D0527901

LE MANOIR DE TYNEFORD

Née en 1980 en Angleterre, Natasha Solomons vit dans le Dorset où elle travaille avec son mari comme scénariste. En 2011, les éditions Calmann-Lévy publie son premier roman, *Jack Rosenbum rêve en anglais*, fortement inspiré de la vie de ses grands-parents. *Le Manoir de Tyneford* est son deuxième roman.

Paru dans Le Livre de Poche :

JACK ROSENBLUM RÊVE EN ANGLAIS

NATASHA SOLOMONS

Le Manoir de Tyneford

ROMAN TRADUIT DE L'ANGLAIS PAR LISA ROSENBAUM

CALMANN-LÉVY

Titre original :

THE NOVEL IN THE VIOLA
publié par Sceptre (Hodder & Stoughton), Londres, 2011.

Veuillez prendre soin de l'église et des maisons. Afin d'aider à gagner cette guerre menée pour la liberté, nous avons renoncé à nos foyers où beaucoup d'entre nous ont vécu pendant des générations. Un jour, nous reviendrons ici. Merci de traiter notre village avec égards.

Note que des villageois évacués avaient clouée avant leur départ sur la porte de l'église de Tyneford. Veille de Noël, 1941.

1

Considérations d'ordre général sur les quadrupèdes

Quand je ferme les yeux, je vois Tyneford House. Allongée sur mon lit dans le noir, je vois sa façade en pierre calcaire baignant dans la lumière dorée d'une fin d'après-midi. Le soleil se réfléchit dans les fenêtres supérieures, l'air est chargé d'une senteur de magnolia et de sel. Du lierre s'accroche à la voûte du porche, une pie béquette le lichen d'une tuile. De la fumée s'échappe d'une des grandes cheminées. On n'a pas encore abattu les tilleuls de l'allée. Leur feuillage printanier verdoie et projette des dessins mouchetés sur le gravier. Les mauvaises herbes n'infestent pas encore les plates-bandes de lavande et de thym. Tondue et passée au rouleau, la pelouse déploie ses bandes de velours vert. Nul impact de balle ne crible le vieux mur du jardin. Les fenêtres du salon sont ouvertes, leurs vitres intactes, avant les tirs d'obus. Je vois le manoir tel qu'il était alors, ce premier jour.

Personne aux alentours. J'entends tinter les verres qu'on dispose pour l'apéritif. Un vase de camélias blancs trône sur la table de la terrasse. Dans la baie, les bateaux de pêche dansent sur les flots, leurs filets largement étendus. L'eau clapote contre leur coque. Nous n'avons pas encore été exilés. Les cottages ne sont pas réduits à des tas de pierres sur la plage, les noisetiers et les prunelliers ne percent pas le dallage des maisons du village. Nous n'avons pas livré Tyneford aux fusils, aux tanks, aux oiseaux et aux fantômes.

Je constate que ma mémoire me trahit de plus en plus. Sans conséquences sérieuses, jusqu'à présent. J'ai parlé à quelqu'un au téléphone et, aussitôt après avoir raccroché, je me suis rendu compte que j'avais oublié qui c'était et ce que nous nous étions dit. Cela me reviendra sans doute tout à l'heure, quand je prendrai mon bain. J'ai oublié d'autres choses aussi. Je ne connais plus par cœur le nom des oiseaux et j'avoue être incapable de préciser à quel endroit j'ai planté mes bulbes de jonquilles pour la floraison de printemps. Cependant, alors que les années effacent tout le reste, Tyneford demeure dans mon esprit – souvenir pareil à un galet poli. Tyneford. Tyneford. Comme si, en répétant ce nom, je pouvais y retourner. En ce temps-là, les étés étaient longs, bleus et chauds. Je me souviens de tout, du moins je le crois. J'ai l'impression que cette époque n'est pas si éloignée. J'ai si souvent repassé ces épisodes dans ma tête que l'accent de ma voix s'y fait partout entendre. Maintenant, par écrit, ils paraissent figés, définitifs. Sur la page, nous ressuscitons, jeunes et insouciants, l'avenir encore devant nous.

Lorsque je reçus la lettre qui m'amena à Tyneford, je ne savais rien de l'Angleterre sinon que ce pays me déplairait. Ce matin-là, j'occupais mon perchoir habituel, près de l'évier de la cuisine. Les bras plongés dans la farine, un de ses sourcils blanc comme neige, Hildegard s'affairait. Quand j'éclatai de rire, elle me frappa avec son torchon, faisant tomber à terre la tartine que je tenais à la main.

« *Gut*. Un peu moins de pain et de beurre ne te fera pas de mal. »

Je lui adressai une grimace et expédiai quelques miettes sur le linoléum. J'aurais voulu ressembler davantage à ma mère, Anna. Les soucis l'avaient encore amaigrie. Sur sa peau claire, ses yeux paraissaient immenses. Elle s'apparentait de plus en plus aux héroïnes d'opéra qu'elle interprétait. Avant d'épouser mon père, elle était déjà célèbre – beauté aux yeux noirs dont la voix évoquait les cerises et le chocolat. C'était une grande artiste. Lorsqu'elle ouvrait la bouche pour chanter, le temps suspendait son vol. Baignant dans un son très pur, l'auditoire se demandait si ce qu'il entendait était réel ou le fruit de son imagination. Dès le début de nos ennuis, des lettres de chefs d'orchestre et de ténors affluèrent de Paris et de Venise. Il y en eut même une d'un contrebassiste. Elles étaient identiques. « Très chère Anna, quittez Vienne pour Paris, Londres, New York. Je m'occuperai de vous… » Bien entendu, il n'était pas question pour elle de partir sans mon père. Ou sans moi. Ou sans Margot. Moi, je n'aurais pas hésité une seconde. J'aurais emballé mes robes du soir (si j'en avais eu) et me serais enfuie pour aller sabler le champagne sur les Champs-Élysées. Mais personne ne m'écrivait, à moi. Pas même un second violon. Je m'empiffrais donc de petits pains beurrés et

11

Hildegard cousait des bouts d'élastique dans les ccintures de mes jupes.

« Allez, viens. Descends de là. » La cuisinière me chassa du plan de travail et me guida vers le milieu de la pièce où un gros livre saupoudré de farine attendait sur la table. « Tu dois t'entraîner. Qu'est-ce qu'on prépare ? »

Anna avait acheté cet ouvrage chez un bouquiniste et, toute fière de sa trouvaille, me l'avait offert : *La Bonne Ménagère*, d'une certaine Mrs. Beeton. Gros et lourd, il était censé m'apprendre la cuisine, le nettoyage et le savoir-vivre en prévision de mon peu prestigieux destin.

Mâchonnant ma tresse, je fis tomber le volume qui s'ouvrit à l'index. « Considérations d'ordre général sur les quadrupèdes… Potage à la fausse tortue… Tourte aux anguilles ». Je frissonnai. « Regarde, dis-je en pointant du doigt une recette au milieu de la page. *Oie rôtie*. Je devrais savoir la faire. J'ai prétendu la connaître. »

Un mois plus tôt, Anna m'avait accompagnée à la poste d'où je devais télégraphier une « annonce de réfugiée » au *Times* de Londres. Je m'y étais rendue à contrecœur en donnant des coups de pied dans les tas de fleurs mouillées qui jonchaient le sol.

« Je ne veux pas aller en Angleterre. J'irai aux États-Unis avec toi et papa. »

Mes parents espéraient s'enfuir à New York où le Metropolitan Opera leur procurerait un visa si Anna acceptait de s'y produire.

Ma mère pressa le pas. « Tu viendras, ma chérie, mais, pour le moment, il nous est impossible d'obtenir un visa américain pour toi. »

Elle s'arrêta au beau milieu du trottoir et prit mon visage entre ses mains. « Je te promets qu'avant même d'aller jeter un coup d'œil aux chaussures chez Bergdorf Goodman, je consulterai un avocat au sujet des démarches à entreprendre pour que tu nous rejoignes.

— Avant même d'aller voir les chaussures chez Bergdorf ?

— Je te le jure. »

Anna avait de tout petits pieds et un goût immodéré pour les chaussures. Si la musique était sa première passion, les chaussures venaient en second. Son armoire contenait d'innombrables rangées de souliers à talons hauts. Il y en avait des roses, des gris, en vernis, en veau et en daim. Maintenant elle se moquait d'elle dans l'espoir de m'amadouer.

« Laisse-moi au moins relire ton annonce », suppliat-elle. Avant de rencontrer mon père, elle avait chanté toute une saison à Covent Garden et son anglais était presque parfait.

« Non. » Je lui arrachai mon papier. « Si mon anglais est si mauvais que ça, le seul boulot que je trouverai sera dans une maison close. Je n'aurai alors qu'à m'en prendre à moi-même. »

Anna réprima un rire. « Es-tu bien sûre de savoir ce qu'est une maison close, ma chérie ? »

Bien entendu, je n'en avais aucune idée, mais pas question de le lui avouer. J'imaginais des réfugiées comme moi s'évanouissant tour à tour sur des canapés trop rembourrés. Vexée par ses taquineries, je fis attendre Anna dehors et envoyai le télégramme suivant :

JUIVE AUTRICHIENNE, 19 ans, cherche place de servante domestique. Parle anglais courante. Je rôtirai votre oie[1]. Elise Landau. Vienne 4, Dorotheegasse 30/5.

Hildegard me lança un regard sévère. « Elise Rosa Landau, il se trouve que je n'ai pas d'oie dans mon garde-manger. Fais-moi donc le plaisir de changer de recette. »

Rien que pour l'ennuyer, j'allais choisir une croustade de perroquet lorsque Anna et Julian entrèrent dans la cuisine. Mon père tenait une lettre. Il était grand – un mètre quatre-vingt-trois en chaussettes – et pourvu d'une crinière noire qui grisonnait légèrement aux tempes. Ses yeux étaient aussi bleus que la mer en été. L'exemple de mes parents prouvait que les gens beaux ne produisent pas nécessairement de beaux enfants. Ma mère était une blonde d'une ravissante délicatesse et mon père portait toujours des lunettes à monture d'acier pour atténuer l'éclat de ses yeux trop azurés (je les ai essayées un jour que Julian prenait son bain et découvert que leurs lentilles n'étaient guère plus correctrices que du verre ordinaire). Pourtant ce couple m'avait engendré. Pendant des années, mes grands-tantes avaient roucoulé : « *Ach !* attendez seulement qu'elle s'épanouisse ! Écoutez-moi bien : à douze ans, elle sera le portrait craché de sa mère. » À cet âge-là, je savais peut-être cracher, mais ne ressemblais en rien à Anna. J'entrai

_____

1. En anglais : *I will cook your goose.* « *Your goose is cooked* » signifie : « vous êtes foutu » ou « les carottes sont cuites ». (Toutes les notes sont de la traductrice.)

dans la puberté et en ressortis. Mes tantes misèrent alors sur mes seize ans, toujours sans résultat. À mon dix-neuvième anniversaire, même Gabrielle, la plus optimiste de mes grands-tantes, avait abandonné tout espoir. « Elle a du charme. Et du caractère. » Tel fut le commentaire le plus positif qu'elles parvinrent à trouver. Ce caractère était-il bon ou mauvais ? Ça, elles ne le dirent jamais.

Cachée derrière Julian, Anna clignait des yeux et passait sa langue rose sur sa lèvre inférieure. Droite comme un piquet, je concentrai mon attention sur l'enveloppe.

« C'est une lettre d'Angleterre », dit Julian en me la tendant.

Consciente que tout le monde me regardait, je glissai avec une lenteur délibérée un couteau à beurre sous le rabat. J'extirpai une feuille de papier à filigrane couleur crème, la dépliai et la lissai. Je la lus lentement et en silence. Les autres patientèrent un moment, puis Julian lança :

« Bon sang, Elise, qu'est-ce qu'elle dit, cette lettre ? »

Je lui jetai un regard noir. J'en jetais souvent à l'époque. Mon père n'en fit aucun cas. Je lus à haute voix :

Chère Fräulein Landau,

Mr. Rivers m'a chargée de vous écrire pour vous informer qu'une place de femme de chambre est libre à Tyneford House. Il est prêt à signer pour vous les demandes de visa nécessaires à la condition que vous restiez chez nous douze mois au minimum. Si ce travail vous intéresse, veuillez nous écrire ou nous télégraphier par retour du courrier. À votre arrivée à Londres, rendez-vous à l'Agence Mayfair dans Audley Street, W.1., où l'on organisera la suite de votre voyage.

Bien à vous.

La gouvernante
Florence Ellsworth, Tyneford House.

Je baissai les bras.

« Douze mois, c'est beaucoup trop long ! Il faut que je sois à New York bien avant, papa. »

Julian et Anna échangèrent un regard. Ce fut ma mère qui répondit.

« Écoute, mon chou. J'espère que tu seras avec nous dans six mois. Mais, pour le moment, tu dois te rendre en lieu sûr. »

D'un geste affectueux, Julian tira ma natte. « Nous ne pouvons partir pour New York que si nous te savons à l'abri. Dès que nous arriverons au Metropolitan, nous te ferons venir.

— Je suppose que c'est trop tard pour prendre des cours de chant... »

Anna fut la seule à sourire. C'était donc vrai. J'allais les quitter. Jusque-là, cette séparation n'avait rien eu de réel. J'avais rédigé un télégramme, l'avais même envoyé à Londres, mais j'avais considéré tout cela comme un jeu. Je savais que les choses allaient mal pour nous à Vienne. J'avais entendu parler de vieilles dames qu'on traînait hors des magasins par les cheveux et qu'on forçait à nettoyer le trottoir. On avait

16

obligé Frau Goldschmidt à ramasser des crottes de chien dans le caniveau, puis à frotter le pavé avec son étole en vison. Assise, toute courbée, sur le canapé, sa tasse en porcelaine dans sa main tremblante, elle avait confié son épreuve à Anna. « Ironie du sort, je n'aimais pas cette fourrure. C'était un cadeau de Herman. Je la portais pour lui faire plaisir. Elle me tenait trop chaud et la couleur aurait mieux convenu à sa mère qu'à moi. Mon mari ne comprendra jamais… Malgré tout, c'était dommage d'abîmer ainsi cette fourrure… » La perte du vêtement semblait l'affecter davantage que l'humiliation subie. Avant son départ, je vis Anna glisser subrepticement dans son cabas une écharpe en poils de lièvre de l'Arctique.

Les signes des temps difficiles que nous traversions se manifestaient dans tout l'appartement. Des éraflures gâtaient le parquet du grand salon à l'endroit où s'était trouvé le piano à queue d'Anna – un cadeau d'un des chefs d'orchestre de la Scala. Il valait près de trois cents marks. Il était arrivé chez nous par un jour de printemps, avant la naissance de Margot ou la mienne, mais nous savions tous que Julian n'appréciait guère de voir ce gage d'amour d'un ancien amant encombrer notre foyer. On avait été obligé de hisser l'instrument avec une poulie et de le faire entrer par une fenêtre de la salle à manger dont on avait ôté les vitres. Margot et moi aurions tellement aimé assister à ce spectacle ! De temps à autre, lors d'une des rares disputes de mes parents, Julian marmonnait : « Tu ne pourrais pas avoir une boîte de lettres d'amour ou un album de photos comme toutes les autres femmes ? Pourquoi te faut-il un fichu piano de concert ? J'en ai assez de me cogner

le pied contre la passion de mon rival. » Si compré-
hensive dans presque tous les domaines, Anna se
montrait inflexible dans celui de la musique. « À
moins que tu ne veuilles dépenser trois cents marks
et démolir à nouveau la salle à manger, ce piano res-
tera ici. » Et il y resta jusqu'au jour où, à mon retour
d'une course qu'Anna m'avait envoyée faire sous un
prétexte quelconque, je constatai sa disparition. De
longues rayures creusaient le parquet et, venant d'un
appartement voisin, j'entendis le bruit discordant
d'un pianiste débutant et peu talentueux apprenant
à jouer. Anna avait vendu son précieux instrument
pour une bouchée de pain à une femme qui habitait
sur le même palier que nous. Tous les soirs à six
heures, nous avions droit aux gammes maladroites
qu'elle imposait à son fils boutonneux. J'imaginai que
le piano ainsi maltraité aurait voulu entonner une
complainte. Condamné à exprimer la laideur, il
devait regretter le toucher sensible d'Anna. Autrefois, son timbre riche et sombre se mariait à la voix
d'Anna comme le café au lait. Le piano désormais
absent, ma mère trouvait tous les soirs une excuse
pour quitter l'appartement vers six heures – elle avait
oublié d'acheter des pommes de terre (pourtant il y
en avait plein dans le garde-manger), elle avait une
lettre à poster, elle avait promis à Frau Finkelstein de
venir soigner ses cors.

Malgré la disparition du piano, les fourrures abî-
mées, les tableaux manquants au mur, l'expulsion de
Margot du conservatoire pour raison raciale et le
départ successif de nos jeunes bonnes, ne nous laissant que la vieille Hildegard, jamais je n'aurais pensé
quitter Vienne. J'adorais cette ville. Elle faisait partie

de ma famille au même titre qu'Anna ou mes grands-tantes Greta, Gerda et Gabrielle. Certes, il se produisait sans cesse d'étranges événements, mais durant les dix-neuf ans de ma vie il ne m'était jamais rien arrivé de grave. D'un naturel optimiste, j'avais cru que tout irait bien. Ce jour-là, quand je levai les yeux vers Julian dans la cuisine et perçus son demi-sourire mélancolique, je compris mon erreur : tout n'irait pas pour le mieux. Je devais quitter l'Autriche, Anna, l'appartement de la Dorotheegasse, ses hautes fenêtres à guillotine avec vue sur les peupliers que le soleil levant enveloppait d'une lumière rose, le garçon livreur de l'épicerie qui passait tous les jeudis en criant : « *Eis ! Eis !* » Je devais quitter les rideaux damassés de ma chambre à coucher que je ne fermais jamais afin d'entrevoir la lueur jaune des réverbères et celle des phares du tramway, en bas. Adieu les tulipes rouges du parc en avril, les robes blanches tourbillonnantes du bal de l'Opéra, les mains gantées qui applaudissaient le chant d'Anna tandis que Julian essuyait des larmes de fierté avec un mouchoir brodé à ses initiales. Adieu les crèmes glacées de minuit sur notre balcon en août, les bains de soleil que Margot et moi prenions dans le parc, allongées sur des transats rayés tout en écoutant les trompettes de la fanfare. Adieu le dîner brûlé de Margot avec Robert qui assurait en riant que cela n'avait pas d'importance, et les pommes et le fromage grillé que nous avons finalement mangés. Adieu le souvenir d'Anna m'enseignant à enfiler des bas de soie avec des gants de chevreau. Et puis, et puis…

« Assieds-toi et bois un peu d'eau. »

D'un geste autoritaire, Anna plaça un verre devant moi tandis que Julian glissait une chaise sous mes fesses. Même Hildegard avait l'air secouée.

« Tu dois y aller, insista Anna.

— Je sais », répondis-je, me rendant compte que mon enfance exubérante et prolongée touchait à sa fin. Je gravai chaque détail de cette scène dans ma mémoire : la petite ride qui apparaissait au milieu du front de ma mère quand elle était soucieuse, la soie grise de son chemisier. Julian, debout à côté de sa femme, une main posée sur son épaule. Les carreaux en faïence bleue derrière l'évier. Hildegard tordant son torchon.

Cette Elise-là, la jeune fille que j'étais alors, déclarerait que je suis vieille, mais à tort. Je suis encore elle. Je me tiens encore dans cette cuisine. La lettre à la main, je regarde les autres. J'attends et je sais que tout doit changer.

2

Chantons dans la baignoire

Les souvenirs n'obéissent pas à une chronologie. Dans mon esprit, tout se bouscule. Anna m'embrasse et me borde dans mon lit d'enfant à hauts barreaux tandis qu'on me coiffe pour le mariage de Margot qui a lieu sur la pelouse de Tyneford où je me tiens, pieds nus sur le gazon. Je suis à Vienne et j'attends que les lettres de mes parents me parviennent dans le Dorset. Dans les pages qui suivent, je dois m'astreindre à un certain ordre.

Dans mes rêves, je suis jeune. Le visage que j'aperçois dans le miroir me surprend toujours. Je détaille mes cheveux gris, élégamment coiffés bien sûr, et les cernes ineffaçables sous mes yeux. Je sais bien que c'est mon visage, pourtant la prochaine fois que je me regarderai l'étonnement sera le même. *Ah oui*, me dis-je alors, *j'ai oublié que c'est moi, ça*. En ces temps heureux où j'habitais le bel appartement de Vienne, j'étais le bébé de la famille. Tous me gâtaient. Margot, Julian et surtout Anna. J'étais leur « petit chou », leur *liebling*. Je n'avais pas de dons remarquables comme eux. J'étais incapable de chanter. Je jouais un peu de piano et de l'alto, mais beaucoup moins bien que Margot qui avait hérité tout le talent de notre mère. Robert, son mari, était tombé amoureux d'elle avant même de lui avoir parlé, rien qu'en l'écoutant jouer à l'alto les *Contes de fées* de Schumann. Il disait que sa performance lui évoquait des orages, des champs de blé ondulant sous la pluie et des filles aux cheveux outremer. C'était la première fois qu'il voyait par les yeux de quelqu'un d'autre, déclara-t-il. Margot décida de répondre à ses sentiments et, six semaines plus tard, ils étaient mariés. Je trouvai tout cela très agaçant et j'aurais dû être follement jalouse sans le détail suivant : Robert n'avait pas le sens de l'humour. Aucune de mes plaisanteries ne le faisait rire, même pas celle du rabbin, de la chaise de la salle à manger et de la noix. C'est vous dire à quel point il était imparfait. Il y avait peu de chances qu'un homme fût un jour charmé par mes dons musicaux, mais il fallait au moins qu'il sache rire.

Je nourrissais l'espoir de devenir écrivain comme Julian, cependant, à la différence de mon père, je n'avais jamais écrit autre chose que la liste des garçons qui me plaisaient. Un jour, alors que je regardais les gros doigts rouges de Hildegard farcir un chou de chair à saucisse, je me dis que cela pourrait faire le sujet d'un poème. J'en étais toutefois restée à cette simple constatation. J'étais grassouillette, les autres étaient minces. J'avais de grosses chevilles ; eux, ils avaient une ossature délicate et des pommettes saillantes. Pour seul avantage, j'avais hérité de la chevelure noire de Julian. Pareille à un python, elle pendait en une longue tresse jusqu'au bas de mon dos. Mon manque d'attrait ne les empêchait pas de m'aimer. Anna supportait ma conduite infantile, on me permettait de bouder, de m'enfermer dans ma chambre et de pleurer à la lecture de contes de fées alors que j'avais depuis longtemps passé l'âge. Grâce à mon interminable enfance, Anna se sentait jeune. Mère d'une gamine comme moi, elle n'avouait à personne, ni à elle-même, ses quarante-cinq ans.

La lettre d'Angleterre changea tout. Je devais m'élancer seule dans le monde et accepter de grandir. Les autres ne modifièrent pas leur attitude. Ils me traitaient toutefois avec une certaine gêne, comme s'ils me savaient malade et s'efforçaient de me le cacher. Anna continuait à sourire avec indulgence de mes mauvaises humeurs, à me glisser la plus grosse part de gâteau et à parfumer mon bain avec ses meilleurs sels à la lavande. Margot m'asticotait et m'empruntait des livres sans mon autorisation, mais c'était juste pour se faire remarquer. Le cœur n'y était pas. D'ailleurs elle ne prenait que les livres que j'avais lus. Seule Hildegard se montra différente. Elle cessa de me tarabuster et, bien que ce fût plus que jamais nécessaire, ne m'importuna plus avec le livre de Mrs. Beeton. Elle se mit à m'appeler Fraülein Elise au lieu d'Elise tout court ou « tourment de ma vie » comme elle l'avait fait depuis ma petite enfance. Or ce n'était pas par respect pour une nouvelle dignité que j'aurais trouvée, mais bien par pitié. Durant ces dernières semaines, je la soupçonnai de vouloir me faire profiter de mon statut social, sachant combien je souffrirais de l'humiliation qui m'attendait dans les mois à venir. J'aurais pourtant préféré qu'elle m'appelât encore Elise, me giflât et me menaçât de trop saler mon dîner. Je laissai en évidence des miettes de biscuits sur ma table de chevet, bravant son interdiction de manger des sucreries dans ma chambre, mais elle ne pipa mot. Elle se contenta de me faire une petite révérence (ce qui me rendit malade) et de se retirer dans sa cuisine avec une expression peinée.

Les jours s'écoulaient. Je les sentais passer de plus en plus vite tels les chevaux bariolés d'un manège. Je suppliais le temps de ralentir. Me concentrant sur le tic-tac de l'horloge de l'entrée, j'essayai de prolonger le silence entre les implacables avancées de la grande aiguille. Bien entendu, je n'y parvins pas. Mon visa arriva par la poste. L'horloge continua son tic-tac. Anna m'emmena chercher mon passeport. Tic. Julian se rendit dans un autre bureau pour payer la taxe afférente à mon départ. À son retour, il disparut sans un mot dans son cabinet de travail, emportant une carafe de bourgogne. Tac. Je remplis ma malle de voyage d'un tas de bas de soie. Hildegard confectionna des poches secrètes dans toutes mes robes pour y dissimuler des objets de valeur interdits, cousit de fines chaînettes d'or dans les ourlets. Anna et Margot m'emmenaient prendre le café chez les tantes. Nous y mangions des gâteaux au miel et nous nous disions au revoir en nous promettant de nous revoir bientôt, « dès-que-tous-ces-ennuis-seront-terminés ». Tic. J'essayai de veiller toute la nuit pour retarder l'arrivée du matin et profiter ainsi du temps précieux qui me restait à Vienne, mais je m'endormais. Tic tac, tic tac. Un autre jour de parti. Je décrochai les photos qui ornaient le mur de ma chambre. Passant un cou-

teau sous le carton de montage, je dégageai une gra-
vure du Belvedere Palace que je glissai dans le
couvercle de ma valise avec les programmes signés du
bal de l'Opéra et mes photos du mariage de Margot :
moi en robe de mousseline brodée d'un motif de
feuilles, Julian en queue-de-pie, Anna en robe noire
informe mise pour ne pas éclipser la mariée, mais
demeurant la plus jolie d'entre nous. Tic. Mes
bagages étaient rangés dans l'entrée. Tic tac. Ma dernière nuit à Vienne. L'horloge sonna six heures. Il
était temps de s'habiller pour la fête.

Au lieu de me rendre directement dans ma
chambre, je passai par le cabinet de travail de Julian.
Assis à son bureau, mon père écrivait, serrant son
stylo de la main gauche. Que pouvait-il écrire ?
Aucun éditeur autrichien n'aurait publié ses romans
à présent. Je me demandai si son prochain livre serait
écrit en américain.

« Papa ?

— Oui, mon chou.

— Promets-moi de me faire venir dès votre arrivée. »

Julian interrompit sa tâche et repoussa sa chaise. Il
m'assit sur ses genoux comme si j'avais encore neuf
ans et non dix-neuf, me serra contre lui et enfouit son
visage dans mes cheveux. Je sentis l'odeur de propre
de sa crème à raser et celle de cigare qui imprégnait
sa peau. Alors que j'appuyais mon menton sur son
épaule, je vis que la carafe de bourgogne était sur le
bureau : vide, une fois de plus.

« Je ne t'oublierai pas, mon chou », dit-il, sa voix
étouffée par le fouillis de mes cheveux. Il m'étreignit
si fort que mes côtes craquèrent, puis avec un léger

soupir il me relâcha. « Peux-tu me rendre un service, ma chérie ? »

Je glissai de ses genoux et le regardai s'approcher du coin de la pièce où l'étui d'alto était appuyé contre le mur. Il le ramassa, le posa sur le bureau et j'entendis le déclic de la serrure.

« Tu te souviens de cet alto ?

— Bien sûr. »

J'avais pris mes premières leçons de musique sur cet instrument en bois de rose. Avant Margot. Ma sœur prenait les siennes sur le piano à queue du salon tandis que, debout au beau milieu de la pièce (un privilège pour m'encourager à jouer), je faisais crisser et grincer ce pauvre alto. J'avais même ressenti un certain plaisir à en jouer jusqu'au jour où Margot se glissa dans le bureau de Julian et plaça l'alto sous son menton. Elle passa l'archet sur les cordes et l'instrument s'anima. Pour la première fois, il se mit à vibrer, de la musique sortait de ses fils métalliques aussi aisément que le vent effleurant la surface du Danube. Nous accourûmes tous, comme attirés par le chant d'une sirène. Les yeux humides et brillants, Anna serrait le bras de Julian, Hildegard tamponnait les siens avec un chiffon à poussière et moi, je restai plantée sur le seuil, impressionnée par ma sœur et malade de jalousie. Le mois d'après, les meilleurs professeurs de Vienne furent requis pour ma sœur. Moi, je laissai tomber la musique.

« Je voudrais que tu l'emportes en Angleterre, dit Julian.

— Mais je n'en joue plus. D'ailleurs, il est à Margot. »

Julian secoua la tête. « Cela fait des années que Margot n'a plus touché à ce vieux machin. De toute façon, il est inutilisable. » Julian me sourit. « Essaie. »

J'allais refuser, mais une expression inhabituelle sur son visage me fit changer d'avis. Je pris l'instrument et le trouvai étrangement lourd. Les yeux fixés sur mon père, je le plaçai sous mon menton et, saisissant l'archet, le fis glisser lentement sur les cordes. L'alto émit un son étouffé comme si on avait fixé une sourdine à son chevalet. Je l'abaissai et regardai Julian. Un sourire errait sur ses lèvres.

« Qu'y a-t-il à l'intérieur, papa ?

— Un roman. *Mon* roman. »

Jetant un coup d'œil à travers les ouïes de la table de l'alto, je me rendis compte qu'il était rempli de papier jaune.

« Comment as-tu réussi à rentrer toutes ces pages là-dedans ? »

Le sourire de Julian s'élargit. « Je suis allé voir un luthier. Il a décollé la table supérieure, j'y ai placé le manuscrit, puis il a recollé l'instrument. »

Il avait l'air tout fier et content de me confier son secret. Il redevint sérieux.

« Je voudrais que tu l'emportes en Angleterre pour plus de sûreté. »

Julian faisait toujours un double de ses manuscrits. De sa petite écriture ronde, il rédigeait son œuvre au-dessus d'un papier carbone. L'ombre de son roman apparaissait sur la page inférieure. Celle du dessus – un papier blanc filigrané – était envoyée à l'éditeur, la copie, faite sur du papier pelure jaune, enfermée dans un tiroir de son bureau. Julian avait la hantise de perdre son travail. Son bureau en acajou recelait un véritable stock de mots. Il n'avait encore jamais laissé un double sortir de chez lui.

« J'emporterai l'original à New York, mais je voudrais que tu gardes cette copie en Angleterre. On ne sait jamais.

— D'accord. Je te la rendrai dès que j'arriverai à New York. Alors tu pourras à nouveau l'enfermer dans ton bureau. »

L'horloge de l'entrée sonna la demie.

« Va te changer, ma puce, dit Julian en me plantant un baiser sur le front. Nos invités vont bientôt arriver. »

C'était le premier soir de la Pâque juive. Anna avait décrété que nous la fêterions avec des invités, du champagne et de la danse comme nous en avions l'habitude avant les « ennuis ». En outre, il serait absolument défendu de pleurer. Margot arriva de bonne heure pour s'habiller. Le visage rougi par la vapeur, nous restâmes assises en peignoir dans la grande salle de bains d'Anna. Ma mère jeta des poignées de pétales de rose dans la baignoire et posa le candélabre de la salle à manger près du miroir du lavabo comme elle le faisait le soir du bal de l'Opéra. Allongée dans le bain, ses cheveux noués au sommet de la tête, elle traçait du bout des doigts des dessins dans l'eau. « Margot, sonne Hilde et demande-lui d'apporter une bouteille de Laurent-Perrier et trois verres. »

Margot obéit, et bientôt nous nous mîmes à siroter du champagne, feignant la gaieté à l'intention des autres. Je bus une gorgée de vin et sentis des larmes

28

me monter aux yeux. *Il est interdit de pleurer*, me répétai-je. Quand j'avalai, les bulles me firent tousser.

« Attention, mon chou ! » me lança Anna avec un rire trop aigu.

Je me demandai combien il nous restait de bouteilles de champagne. Julian avait vendu les meilleures. Comme tout objet coûteux ou de valeur risquait d'être confisqué, autant le liquider. Margot s'éventait avec une revue. La jetant soudain de côté, elle alla remonter le cadre de la fenêtre pour laisser entrer une bouffée d'air nocturne. Je regardai la vapeur s'échapper et le rideau de tulle voltiger.

Anna se renversa en arrière et ferma les yeux. « Parle-moi de cette université, en Californie », dit-elle à ma sœur.

Margot s'affala dans un fauteuil à bascule en rotin. Dénouant son peignoir, elle découvrit un corset en dentelle blanche et une culotte assortie. Jalouse, je me demandai ce que Robert pensait d'une lingerie aussi excitante. Personne n'avait jamais montré la moindre curiosité pour mes sous-vêtements à moi. Robert avait de l'allant, mais il s'emballait toujours trop quand il parlait des projets d'astronomie qu'il avait à l'université. Je l'avais profondément offensé un jour où, le présentant à une réception chez nous, j'avais dit : « Mon beau-frère est astrologue » au lieu d'« astronome ». Il s'était tourné vers moi d'un air hautain et avait rétorqué : « Est-ce que je porte un fichu bleu et de longues boucles d'oreilles ? Est-ce que je te demande une pièce d'argent, puis te prédis que, Vénus étant en rétrogradation, tu vas rencontrer un bel étranger ? » « Évidemment que non, avais-je répondu, mais c'est bien dommage ! » Il ne me l'avait jamais pardonné, ce que je regrettais car, avant cet accrochage, il me laissait tirer sur son cigare. « L'université de Berkeley a une excellente réputation, disait Margot. On y pense beaucoup de bien de Robert. Ses confrères sont ravis qu'il vienne les rejoindre, et patati et patata.

— Et toi, tu donneras des concerts ? » demanda Anna.

Sans musique, Anna comme Margot se sentaient pareilles à des oiseaux en cage. Ma sœur alluma une cigarette, je vis sa main trembler très légèrement.

« J'essaierai de m'intégrer à un quatuor.

— *Gut. Gut.* » Anna hocha la tête d'un air satisfait.

Je bus une autre gorgée de champagne, les yeux fixés sur ma mère et ma sœur. Elles se feraient des amis partout où elles iraient. Dès leur arrivée dans n'importe quelle ville, elles se mettraient à la recherche du groupe de musiciens le plus proche. Aussi longtemps que dureraient les sonates, les symphonies ou les menuets, elles auraient l'impression d'être chez elles.

Je regardai ma sœur. Elle était longiligne. Ses cheveux, dorés comme ceux d'Anna, retombaient en boucles humides sur ses épaules nues. Elle se carra dans son fauteuil, son peignoir en désordre, sirotant du champagne et tirant sur sa cigarette avec un air étudié de femme décadente. Une fine pellicule de transpiration couvrait sa peau. Elle m'adressa un sourire rêveur.

« Tiens, Elsie, prends-en une bouffée. » La balançant entre ses doigts, elle me tendit sa cigarette.

Je repoussai brutalement sa main. « Ne m'appelle pas comme ça. »

Je détestais ce prénom. Pour moi, c'était celui d'une vieille femme. Margot éclata de son beau rire argentin et, à ce moment-là, je la détestai elle aussi. J'étais contente de m'en aller loin, très loin, peu m'importait que je ne la revisse jamais. Étouffant dans toute cette vapeur, je me retirai près de la fenêtre. Malgré la chaleur, je serrai mon peignoir autour de moi, répugnant à l'enlever devant ma mère et ma sœur, d'exposer mes grandes culottes blanches, mon soutien-gorge d'écolière et le petit bourrelet de graisse juvénile qui débordait de ma ceinture.

Sentant une dispute imminente entre Margot et moi, Anna eut recours au seul stratagème qu'elle connaissait pour nous arrêter : elle se mit à chanter. Même si, plus tard dans la soirée, elle se produisit devant nos invités, son collier grenat tremblant comme une rangée de gouttes de sang, c'est de ce moment-là dont je me souviens. Je la revois nue dans la baignoire, en train de chanter. Plus épais que la vapeur, ce son remplit la petite pièce, faisant vibrer l'eau du bain. Je sentis la voix plus que je ne l'entendis. La riche voix de mezzo-soprano d'Anna entrait en moi. Au lieu d'un air d'opéra, elle chanta la mélodie de *Für Elise*. Une chanson sans paroles, juste pour moi.

Je m'appuyai contre la fenêtre, l'air frais dans mon dos, les notes tombant sur ma peau comme des gouttes de pluie. Margot lâcha son verre, le champagne se répandit par terre. Je m'aperçus que la porte était entrouverte. Debout sur le seuil, Julian regardait et écoutait. Désobéissant à la règle qu'Anna avait fixée pour la nuit, il pleurait.

3

Un coquetier d'eau salée

Les invités arrivèrent. Dans l'entrée, un domestique engagé pour la soirée débarrassait les messieurs de leur pardessus et aidait les dames à ôter leur chapeau et leur fourrure. Robert se présenta le premier. Je lui jetai un regard noir pour lui marquer ma désapprobation. Selon Anna, une ponctualité excessive était un terrible défaut chez un hôte. Pourtant, quand je me plaignis de Robert, ma mère déclara, à mon grand agacement, que l'exactitude était permise aux membres d'une famille ou aux amants. Quelques personnes ne vinrent pas. Anna avait lancé trente invitations la semaine précédente, mais ses amis et connaissances avaient commencé à disparaître et certains de ceux qui restaient jugeaient plus sage de ne pas attirer l'attention sur eux, de mener une vie tranquille et de baisser les yeux dans la rue. Nous comprenions parfaitement qu'ils préféraient ne pas se rendre à une soirée pascale donnée par une cantatrice juive célèbre et son écrivain avant-gardiste de mari.

Anna et Julian s'abstinrent de tout commentaire sur ces absences. On réarrangea discrètement les couverts.

Nous nous rassemblâmes au salon. Ceux qui avaient choisi de venir semblaient avoir tacitement convenu de se mettre sur leur trente et un. Si assister à une fête chez les Landau présentait un danger, autant briller de tous ses feux. En cravate blanche et habit, les hommes avaient belle allure. Ces dames portaient des fourrures sombres ou des imperméables longs, mais quand elles ôtaient leur manteau chrysalide, elles étincelaient tels des papillons tropicaux. Margot portait une robe en soie moirée d'un bleu indigo pareille à une nuit d'été rebrodée d'étoiles d'argent qui scintillaient à chacun de ses pas. Même la grosse Frau Finkelstein étrennait une robe prune, ses bras d'un blanc crayeux dans des manches en gaze plissée, ses cheveux tressés en couronne et piquetés de fleurs de cerisier. Tel un magicien, Lily Roth tira de son sac une coiffure en plumes. Elle la fixa sur sa tête, se transformant en oiseau de paradis. Les femmes arboraient tous leurs bijoux. Autrefois, pareil étalage nous eût paru tapageur, voire extravagant ou petit-bourgeois ; maintenant, alors que tout semblait sombrer dans les ténèbres, nous nous demandions comment nous avions pu nous préoccuper de ce genre de choses. Ce soir, nous nous amuserions. Demain, il nous faudrait vendre nos bijoux : la broche arachnéenne de grand-mère, sertie de diamants, le bracelet incrusté de rubis et de saphirs sur lequel les enfants s'étaient fait les dents, les boutons de manchette en platine, cadeau que Herman avait reçu lorsqu'il avait été promu associé dans sa banque. Ce soir, nous les mettrions tous pour briller au clair de lune.

Dégustant son bourgogne, Julian prêtait l'oreille à ce que racontait Herr Finkelstein. Je le voyais sourire avec naturel quand il le fallait. Pour ma part, je connaissais par cœur les histoires de notre invité. Comme le jour où il avait rencontré le baron Rothschild à un concert et où le baron, prenant Herr Finkelstein pour quelqu'un d'autre, l'avait salué d'une inclinaison de tête et la baronne avait levé son verre de xérès dans sa direction. « Qui diable aurait cru qu'il y avait au monde un autre bonhomme aussi élégant, chauve et rondouillard que moi ? Il faut que je trouve mon double et lui serre la main. » Je levai les yeux au ciel. Même à distance, Herr Finkelstein m'ennuyait profondément. Julian m'aperçut et me fit signe de venir les rejoindre. Je secouai la tête et m'éloignai discrètement. Julian réprima un rire. Margot échangeait des amabilités avec Frau Roth. Robert se dandinait tout près d'elle, gauche, incapable de papoter. Il ne savait parler que de ses passions : l'astronomie, la musique et sa femme alors que le seul sujet de conversation de Frau Roth, c'était ses dix-sept petits-enfants. J'espérai qu'ils ne seraient pas voisins de table.

Je savais que ce serait ma dernière fête en tant qu'invitée. Regardant le domestique, sa cravate noire et son visage impassible, je m'imaginai dans son rôle, remplissant les verres et faisant semblant de ne pas entendre les conversations. Dommage que, lorsque j'en avais eu l'occasion, je n'aie jamais rien dit qui valût la peine d'être écouté ! Peut-être n'était-il pas trop tard ? Que pouvais-je dire maintenant ?

Quelque réflexion profonde sur l'état de la nation ? Non. Rien ne me vint à l'esprit. Je souris au serveur pour tenter de lui communiquer ma solidarité. Il croisa mon regard, mais au lieu de me retourner mon sourire, il s'approcha.

« Un autre verre, Fraülein ? »

J'examinai celui que je tenais. « Non, merci, ça va. Celui-ci est plein. »

L'homme parut décontenancé – de toute évidence, je ne l'avais appelé que pour m'amuser. Je rougis, bredouillai une excuse et m'enfuis du salon. Je restai un moment dans l'entrée à écouter les bribes de conversation qui me parvenaient de la pièce voisine. « Max Reinhardt doit partir pour New York la semaine prochaine, paraît-il… Ah bon ? Je croyais que c'était pour Londres. »

Je fermai les yeux et résistai à l'envie de me boucher les oreilles. La porte de la cuisine était close, mais il émanait de ce sanctuaire un fracas d'objets entrechoqués et quelques-uns des plus pittoresques jurons de Hildegard. Personne au monde, pas même Rudolph Valentino ou Moïse, n'aurait pu me persuader d'y entrer à ce moment.

De mon poste d'observation, je voyais Margot et Robert chuchoter dans un coin, main dans la main. Je tenais de bonne source que flirter avec son épouse en public comptait au nombre des pires manquements au savoir-vivre (en revanche, flirter avec le mari de quelqu'un d'autre n'avait rien de répréhensible). Cependant, une fois de plus, Anna me corrigea, m'informant que durant la première année de mariage c'était parfaitement admis. J'espérai que Margot avait inscrit leur premier anniversaire dans son agenda accompagné de la note : « Cesser de flirter avec Robert. » Comme, à cette date-là, elle serait aux États-Unis, je me rendis compte avec une sorte de regret que je ne serais pas en mesure de la rappeler à l'ordre. Il faudrait que je lui écrive. Il se pouvait toutefois, me dis-je, que les Américains eussent d'autres règles. Devais-je lui en parler ? À ce moment, je me sentais pleine de sollicitude envers ma sœur. Alors qu'à la plupart des réceptions les hommes s'agglutinaient autour de Margot et d'Anna, ce soir-là j'avais surpris le regard de Jan Tibor posé sur mes seins. Du coup, je me sentis aussi sophistiquée qu'elles. Dans la pénombre de l'entrée, je bombai la poitrine et battis des paupières, m'imaginant irrésistible. Une Marlene Dietrich brune.

« Tiens-toi droite, chérie, dit Anna apparaissant à mes côtés, sinon tu vas faire craquer les coutures. »

Avec un soupir, je repris une position normale. Mon fourreau avait appartenu à Anna et, bien que Hildegard me l'eût élargi au maximum, il continuait à me serrer.

« Cette robe te va très bien, dit Anna, se rendant soudain compte qu'elle pouvait m'avoir froissée. Emporte-la. »

Je reniflai dédaigneusement. « Pour faire la vaisselle ou pour dépoussiérer les meubles ? »

Ma mère changea de sujet. « Veux-tu sonner pour qu'on puisse passer à table ? »

La clochette en argent qui servait à cet usage avait appartenu à ma grand-mère. Selon Margot, qui avait l'oreille absolue, elle émettait un *do* dièse. Enfant, je considérais comme un privilège de mettre ma plus belle robe, de me coucher tard et d'agiter la clochette annonçant le dîner. Debout, la mine solennelle, près de la porte de la salle à manger, je me laissais embrasser par les convives quand ils entraient deux par deux dans la pièce. Ce soir, en accomplissant de nouveau ce rite, je vis toutes ces fêtes défiler dans mon esprit et une file interminable de convives passer devant moi telle une frise tournant inlassablement autour de la salle à manger. Le visage rougi par l'alcool, ils parlaient fort, affichant la gaieté ordonnée par Anna.

Ma famille n'était pas du tout pieuse. Dans notre enfance, afin que Margot et moi comprenions un peu notre tradition, Anna nous lisait à l'heure du coucher des histoires de la Torah au même titre que *Pierre et le Loup* ou *Mozart et Constanze*. Dans l'épisode du paradis terrestre remanié par Anna, Ève se parait de la séduction de Greta Garbo. Nous nous la représentions se prélassant dans le jardin d'Éden, un serpent coquettement enroulé autour du cou, un Adam transi d'amour (joué par Clark Gable) agenouillé à ses pieds. Ces contes bibliques devenaient aussi compliqués et invraisemblables que des intrigues d'opéra. Margot et moi les dévorions, mélangeant allègrement les genres dans notre imagination. Ève tentait Adam en chantant les airs de Carmen et la voix de Dieu semblait appartenir au *Barbier de Séville*. Si l'on avait demandé à Anna de choisir entre Dieu et la musique, elle n'aurait pas hésité, et je soupçonnais Julian d'être athée. Nous n'allions jamais à la jolie synagogue en brique dans Leopoldstadt, nous mangions des schnitzels dans des restaurants non cachère, fêtions Noël plutôt que Hanoucca et nous targuions d'appartenir à la nouvelle classe de bourgeois autrichiens. Nous étions des Juifs viennois, mais, jusqu'à présent, la partie viennoise prévalait. Même cette année, quand Anna décida de célébrer la Pâque, il s'agissait d'une réception à laquelle Margot porterait les saphirs reçus en cadeau de mariage et moi les perles de ma mère.

La longue table de la salle à manger était couverte d'une nappe blanche à monogramme, on avait sorti le service de Meissen à liseré doré et Hildegard avait poli au maximum les vestiges de l'argenterie familiale. Des bougies brûlaient partout, un petit bouquet composé d'une rose noire et de narcisses (la rose symbolisant l'amour, la couleur noire le chagrin et les narcisses l'espoir) décorait l'assiette des dames, une kippa argentée celle de ces messieurs. Anna avait absolument tenu à ce qu'on se passe du plafonnier. Les bougies étaient donc la seule source de lumière. Je savais que ce n'était pas uniquement pour l'atmosphère romantique. La pénombre servait à masquer les vides sur les murs, à l'endroit où pendaient autrefois nos beaux tableaux. Il ne restait plus que les portraits de famille : le mien à onze ans, en robe de mousseline, les cheveux coupés très court, et ceux de mes arrière-grands-parents avec leur expression revêche, leurs lèvres minces et leurs bonnets de dentelle, ainsi que celui de mon arrière-arrière-grand-tante Sophie représentée parmi des champs verts, sous un grand ciel bleu. Toute sa vie, Sophie avait été agoraphobe. On disait qu'elle avait refusé pendant quarante ans de sortir de son appartement mal aéré. Le portrait qui la transformait en une amoureuse de la nature était donc tout à fait mensonger. Mon tableau préféré montrait Anna dans le rôle de la Violetta de Verdi, juste avant sa mort. Pieds nus, vêtue d'une chemise de nuit transparente (qui avait autant fasciné qu'indigné les critiques), elle vous suivait partout d'un regard suppliant. Autrefois, je me cachais sous la table pour échapper à ses yeux, mais dès que je ressortais la tête au bout d'une heure ou plus, Anna-Violetta m'attendait, pleine de reproches. Les tableaux disparus avaient laissé des taches rectangulaires sur le papier peint pâli par le soleil. Je regrettai surtout celui qui représentait une rue parisienne sous la bruine : des dames se hâtaient le long d'un boulevard planté d'arbres tandis que des messieurs en haut-de-forme serraient des parapluies noirs. Les magasins avaient des devantures rouges et bleues, les dames des joues roses. Je n'étais jamais allée à Paris, mais cette toile m'en donnait un aperçu. Je haussai les épaules. Qu'importait que les tableaux eussent été vendus, de toute façon je ne les verrais plus. Mais quand on quitte son chez-soi, on aime à se le rappeler tel qu'il devrait être, à savoir tel qu'il était avant, parfait et immuable. Aujourd'hui, quand je repense à notre appartement, je remets chaque peinture à sa place : Paris en face du *Déjeuner sur le balcon* (cadeau de Julian à Anna lors de leur lune de miel). Je dois me remémorer que toutes deux avaient disparu avant cette dernière soirée. Alors, en un clin d'œil, les murs sont à nouveau nus.

On entendit racler sur le parquet les chaises que les hommes avançaient pour les femmes. Des robes se prirent dans les pieds des sièges ou dans ceux des cavaliers, suscitant des murmures d'excuse en arrière-fond des conversations. Nous parcourûmes du regard les rangées de convives, espérant être placés près des plus amusants. Herr Finkelstein ajusta sa kippa, couvrant parfaitement le rond chauve sur sa tête. Dans leur austère tenue noir et blanc, les messieurs, qui alternaient avec les dames, garantissaient qu'aucune des toilettes colorées des femmes ne jurent les unes avec les autres. Anna et Julian occupaient les deux extrémités de la table. Ils échangèrent un regard, et Anna agita de nouveau la clochette. Tout le monde se tut. Julian se leva.

« Soyez les bienvenus, mes amis. Cette nuit diffère en effet de toutes les autres nuits : demain matin, ma fille cadette, Elise, partira pour l'Angleterre et, dans quelques semaines, Margot et son mari Robert émigreront aux États-Unis. »

Envieux ou compatissants, je n'aurais su le dire, les invités se tournèrent en souriant vers Margot, puis vers moi. Julian leva la main et les murmures cessèrent de nouveau. Mon père était pâle. Même à la lueur des bougies, je voyais qu'il transpirait.

« En fait, chers amis, reprit-il, nous vivons déjà en exil. Nous avons cessé d'être des citoyens de notre pays. Mieux vaut vivre en exil parmi des étrangers que parmi les siens. »

Julian s'assit brusquement et s'essuya le visage avec sa serviette.

« Ça va, chéri ? » demanda Anna de l'autre côté de la table, essayant de bannir de sa voix toute trace d'inquiétude.

Julian la regarda une seconde, puis se ressaisissant, se leva de nouveau et ouvrit la Haggadah. C'était étrange : jusqu'à cette année-là, nous avions toujours expédié le Séder le plus rapidement possible. C'était même devenu une sorte de jeu. Il s'agissait de voir en combien de minutes nous pouvions terminer. Nous lisions le texte à toute allure, sautant même des passages, de manière à aboutir au dîner de Hildegard en un temps record, de préférence avant qu'il ne soit tout à fait prêt, ce qui faisait grogner et grommeler notre pauvre bonne. Comme par un accord tacite, ce soir-là, nous lûmes chaque mot du récit. Sans doute ceux d'entre nous qui croyaient à la prière espéraient-ils que grâce à leur piété, Dieu aurait pitié d'eux. Moi, j'en doutais. Cependant, alors que le gros Herr Finkelstein chantait en hébreu, son double menton tremblant de ferveur, j'étais partagée entre un sentiment de mépris pour sa piété (n'étais-je pas la fille de Julian, après tout ?) et celui d'une parfaite convenance à la situation. Ses paroles dansaient autour de moi et, dans mon esprit, elles brillaient comme des lumières familières. J'imaginai le Moïse d'Anna en héros de cinéma (James Stewart, peut-être) conduisant les Juifs à travers un désert d'un rose rougeâtre, et aussi quelque chose de plus ancien, une histoire que j'avais toujours connue. Fille moderne, je tripotai mon couteau, embarrassée par la psalmodie de notre invité. Il levait les yeux au ciel, sans prêter attention au filet de *schmaltz* qui dégoulinait du coin de ses lèvres humides. J'aurais voulu qu'il s'arrête, j'aurais voulu qu'il continue à jamais.

Nous prononçâmes la bénédiction sur le vin, puis Jan Tibor, le plus jeune d'entre nous, entama le texte des Quatre Questions : « En quoi cette nuit diffère-t-elle des autres nuits ? Pourquoi ne mange-t-on ce soir que des azymes ? »

Remontant ses lunettes sur son nez, Frau Goldschmidt récita la réponse : « Les azymes que nous mangeons pendant la Pâque symbolisent le pain sans levain que les Juifs emportèrent lors de leur fuite d'Égypte car ils n'avaient pas eu le temps de le faire lever. »

Margot renifla d'un air dédaigneux. « Des placards vides dans une maison juive ? Sans une miette de pain ? Ça me paraît invraisemblable. »

Sous la table, je lui envoyai un coup de pied assez fort pour lui faire mal au tibia. Le petit cri qu'elle poussa me procura une légère satisfaction.

« À toi la prochaine question, Elise », dit Julian de sa voix la plus sérieuse. Il leva un brin de persil et un coquetier plein d'eau salée.

Dans le livre dépenaillé posé sur mes genoux, je lus : « Pourquoi les autres nuits mangeons-nous toutes sortes d'herbes, mais ce soir-ci seulement du *maror* amer ? »

Julian plaça son livre à l'envers sur la table et me fixa comme si je venais de lui poser une vraie question à laquelle je désirais une réponse. « Les herbes amères nous rappellent les souffrances des Juifs réduits en esclavage et les petits ennuis de notre existence. Mais ils symbolisent aussi l'espoir d'un avenir meilleur. »

Sans regarder la Haggadah, il poursuivit – et je me rendis compte qu'il parlait en son propre nom : « L'homme qui a subi de dures épreuves et en connaît la fin se réveille tous les matins heureux de voir le soleil se lever. »

Il avala une gorgée d'eau et se tamponna la bouche. « À toi, Margot. »

Ma sœur le regarda, puis baissa les yeux sur son livre. « Pourquoi les autres nuits ne trempons-nous jamais les aliments, alors que ce soir nous les trempons deux fois ? »

Julian plongea un brin de persil dans le *charoset* sucré et, se penchant par-dessus la table, me le tendit. Je le fourrai dans ma bouche et avalai le mélange poisseux de pomme râpée, de cannelle et de vin. Il mouilla un deuxième brin de persil dans l'eau salée, me le donna, puis me regarda le manger. Le sel brûla mon palais et je sentis sur ma langue un goût de larmes et de longues traversées.

4

Nuages et coucher de soleil

Après le dîner, Margot et moi filâmes sur le balcon. Hildegard nous avait mitonné un de ses meilleurs ragoûts de bœuf ; tant que j'en avais encore l'occasion, je voulais me repaître du goût de mon chez-moi. Margot jeta quelques coussins par terre et nous nous assîmes côte à côte, le regard fixé sur le feuillage mouvant, à la cime des peupliers.

« Tu m'écriras, n'est-ce pas, chou ? dit ma sœur.

—J'essaierai. Mais je risque d'être très occupée par mes parties de bridge, mes pique-niques et tout ça. »

À ma grande surprise, Margot me serra la main. « Il faut que tu m'écrives, Elise. Vraiment.

—D'accord. Mais mon écriture est illisible et je n'ai pas l'intention de m'améliorer.

—Ça ne fait rien. Ça donnera à Robert une autre raison de se plaindre, et tu sais combien il aime ça. »

La longue liste de mes défauts avait fourni à mon beau-frère un sujet d'intérêt supplémentaire, ce dont, à mon avis, il aurait pu m'être un peu plus reconnaissant. La porte du balcon grinça et Anna parut. Margot et moi nous poussâmes pour lui faire de la place sur notre matelas de coussins. Je me débarrassai de mes escarpins qui commençaient à me faire mal et remuai mes orteils dans l'air frais de la nuit. Anna avait peint mes ongles de pied en rouge vif. Je les trouvais très séduisants et regrettais d'avoir à les cacher dans des chaussures.

« Tu emporteras les perles, Elise. Hildegard les coudra cette nuit dans l'ourlet de ta robe.

— Mais elles sont à toi, maman ! Si j'ai besoin d'argent, je pourrai vendre les chaînettes en or. »

Je lui saisis la main, je ne voulais pas qu'elle me réponde. Des lumières brillaient dans les appartements d'en face. Par les fenêtres dont les rideaux n'étaient pas tirés, nous avions l'impression de regarder un spectacle de marionnettes : des silhouettes accomplissant les rituels de la vie quotidienne. Des bonnes faisaient couler des bains ou emportaient les plateaux du dîner, une vieille dame s'y prit à trois fois pour monter dans son lit élevé, un chien dormait dans un fauteuil, près d'une fenêtre ouverte et un homme solitaire tout nu, mais coiffé d'un chapeau, arpentait sa chambre, les mains derrière le dos. Pendant des années, Margot et moi avions occupé ce poste d'observation et assisté aux innombrables drames qui se jouaient de l'autre côté de la rue. Enfants, nous nous disputions sans cesse, nous nous griffions la figure, mais le crépuscule apportait toujours une trêve : nous nous faufilions sur le balcon et, assises l'une près de l'autre, regardions le spectacle dans un silence convivial. J'avais du mal à croire qu'il continuerait sans moi. Pour me consoler, je contemplai mes beaux ongles peints.

« Ces perles sont à toi, déclara Anna. J'ai donné les saphirs à Margot en cadeau de noces. Il n'est que justice que tu aies les perles.

— Arrête ! Tu me les donneras à New York. »

Ma mère tripota l'ourlet de sa robe sans répondre.

« Pourquoi veux-tu me les donner maintenant ? insistai-je. Tu ne vas tout de même pas oublier de me faire venir ? Comment serait-ce possible ? Tu me l'as promis, Anna ! Tu me l'as promis !

— Calme-toi, ma chérie, dit ma mère, riant de ma véhémence. Évidemment que je ne t'oublierai pas. Ne sois pas bête.

— Il serait difficile de t'oublier, assura Margot. Après tout, tu es sa fille et non une paire de gants. »

Je croisai mes bras sur la poitrine, frissonnant dans l'air nocturne et luttant contre une furieuse envie de pleurer. Ma famille ne comprenait pas. Eux, ils partaient aussi, mais tous en compagnie les uns des autres. Moi, j'étais seule. Je craignais qu'ils ne m'oublient ou, pire encore, qu'ils s'aperçoivent qu'ils se passaient fort bien de moi.

Je me rapprochai de Margot, recherchant désespérément sa chaleur.

« Oh ! regarde ! » s'écria ma sœur en désignant un balcon du dernier étage. Une bonne en uniforme impeccable tenait un caniche au-dessus du parapet pour que l'animal satisfasse ses besoins. Un arc de liquide jaune ruissela sur le trottoir, en bas.

« *Ach !* quelle paresseuse, cette fille ! se scandalisa Anna.

« — J'approuve son initiative, déclarai-je. Je la trouve très originale.

— Je plains la famille qui t'accueillera ! » ironisa Margot.

Je n'eus pas le temps de riposter. Julian nous appelait. « Le photographe est arrivé, mes chéries. »

Je ne peux pas m'empêcher de me demander si je me rappelle ce dernier soir avec autant de netteté grâce à la photo. Nous nous rassemblâmes dans le salon. Les tables avaient été poussées contre le mur, les chaises disposées en rangs irréguliers. Sa coiffure en plumes à la main telle une baguette, Lily Roth nous désigna nos places et cria aux hommes d'éteindre leurs cigares et cigarettes. Margot et moi lui permirent de nous assigner deux tabourets bas près d'Anna et de Julian. Toujours déchaussée, je cachai mes pieds sous ma robe longue. Serrées l'une contre l'autre, Margot et moi riions comme deux complices tandis que les dames âgées protestaient et s'agitaient, exigeant d'être assises auprès de leurs maris ou tout au fond pour que leurs bajoues tremblotantes fussent moins visibles.

Les photos sont étranges : elles restent dans le présent, les sujets captés dans un moment qui ne reviendra jamais. Nous les prenons en prévision de l'avenir : alors que clique l'obturateur, nous pensons aux futures versions de nos personnes se rappelant cet événement. Celle que je possède est prise pendant que nous attendions que le photographe fasse sa photo officielle. Le flash explosa, nous saisissant à l'improviste. Margot et moi nous murmurons des choses à l'oreille, prêtant peu d'attention aux autres. À moins que nous nous moquions de Lily qui dirige l'assistance avec ses plumes ou de la tache de sauce qui, à l'insu de son propriétaire, macule la chemise blanche de Herr Finkelstein. Ce n'est qu'en examinant ce cliché que je me rends compte à quel point Margot et moi nous nous ressemblons. Elle est blonde et moi brune, mais nos yeux sont identiques. Mise à part la légère rondeur enfantine de mon visage, nous pourrions être jumelles.

Jan Tibor nous surveille depuis le bord du groupe. Côte à côte, mais sans se toucher, Anna et Julian regardent quelque chose qui se déroule hors cadre. Anna porte sa veste en renard de l'Arctique fermée par une broche en diamant. La fourrure blanche caresse sa gorge, sa robe de soie se déploie au-dessous. Ses yeux marron paraissent inquiets, elle plisse légèrement le front. Beau comme de coutume, Julian se penche vers elle, l'air grave. Il croise les jambes. Son pantalon a remonté, découvrant une chaussette d'une inconvenante pâleur – si je me souviens bien, l'original était jaune canari. Détestant cravates noires et habits, Julian s'offrait toujours le luxe d'un petit acte de rébellion. Dû à quelque astuce du photographe, seuls mes parents sont nets. Les autres membres de notre groupe se pressent autour d'eux pareils à des mortels qui rendent hommage à la reine blanche et à son prince à la double jarretière.

Impossible de dormir. Sitôt que je fermerais les yeux, il ferait jour et il serait temps de partir. Je rejetai les couvertures, descendis du lit et me glissai dans l'entrée silencieuse. Abandonnés sur le rebord d'une fenêtre, deux verres à cognac reflétaient la lumière de l'aube qui filtrait entre les terrasses. « Espèce de vieil agité, va donc te recoucher », grommelai-je à l'adresse du soleil. À pas feutrés, j'entrai dans la cuisine et refermai la porte. Le royaume de Hildegard donnant à l'ouest, il y faisait encore sombre comme en pleine nuit. C'était une pièce encombrée, construite sans considération pour ses utilisateurs, mais notre bonne était un vrai cordon bleu et un flot continu de mets délicats sortait de son repaire. Elle avait remis de l'ordre, nettoyé les plans de travail et rangé les restes. Je décidai de m'offrir un petit en-cas nocturne – ou plutôt matinal – et me glissai dans le garde-manger.

Sur l'étagère du haut, je découvris un grand bol de crème anglaise protégé par une cloche de verre et, à côté, un plat de salade de pommes de terre. Juste ce qu'il me fallait. Dépliant l'escabeau grinçant, j'y grimpai pour m'emparer de mon butin. Je l'apportai à la table où je m'installai avec une cuiller à soupe. J'en étais à la moitié de la crème et n'avais pas encore entamé la salade, lorsque la porte s'ouvrit. Hildegard apparut en chemise de nuit et bonnet de flanelle. Alors que je léchais ma cuiller, elle tira une chaise et s'assit à côté de moi. À ma grande surprise, elle ne me reprocha pas mon raid nocturne (autrefois, elle m'aurait giflée pour moins que cela). Sans doute se disait-elle que c'était la dernière fois qu'elle aurait à se préoccuper de sa jeune voleuse à tresses.

Les yeux mi-clos, elle me regarda. « J'ai du massepain. Je t'en prépare un peu sur un toast ? »

J'acquiesçai et repoussai le bol de crème. Hildegard se leva péniblement, déballa un pain, en coupa une fine tranche et alluma le grille-pain.

« Il faut que tu emportes *La Bonne Ménagère* de Mrs. Beeton, dit-elle, le dos tourné. J'ai marqué tous mes passages préférés.

— Mais ce bouquin pèse une tonne !

— Les Anglais ne sont pas comme nous. Mrs. Beeton t'aidera à les comprendre. »

Je savais que, dans cette discussion, je n'aurais jamais le dernier mot. Même si je refusais d'emporter le livre et allais jusqu'à cadenasser ma valise, je savais qu'en ouvrant mon bagage à Londres, je trouverais le volume relié de rouge de cette bonne Mrs. Beeton niché dans mes culottes. C'était aussi mathématique que le nombre de bols de crème – deux – que je pouvais absorber avant d'être malade.

« D'accord, je le prends. »

Le livre atterrit sur la table avec un bruit sourd. Je caressai l'idée de le couvrir de crème, mais là encore, je me dis qu'il en faudrait davantage pour que Hildegard s'avoue vaincue. Trop fatiguée pour lire, je feuilletai l'ouvrage et une odeur de moisi s'infiltra dans la cuisine. C'est ainsi que devaient sentir les vieilles demeures anglaises, pensai-je. Un vieux bout de papier était glissé entre deux pages. Je le sortis et lus l'inscription en anglais : « À Mrs. Roberts et à son mari adoré de la part d'une amie sincère. Puisse-t-il y avoir assez de nuages dans votre vie pour vous préparer un coucher de soleil spectaculaire. »

Écœurée, je fermai le livre, cachant de nouveau le message. Hildegard avait raison : les Anglais n'étaient pas comme nous. À l'occasion d'un mariage, ils se souhaitaient d'être malheureux. Et parler de coucher de soleil au début d'une union ! Quelle faute de goût ! Ce genre de comportement devait enfreindre toutes sortes de règles d'étiquette. Hildegard flanqua devant moi une assiette de toasts dont le beurre fondu était surmonté de minces tranches de massepain. J'en mordis une grosse bouchée et fermai les yeux de satisfaction. Anna et Julian dormaient de l'autre côté de l'entrée, les tuyaux grinçaient et gémissaient. J'aurais voulu rester à jamais dans cette cuisine, à manger des toasts pendant que mes parents dormaient.

J'ai repensé à cette dernière nuit une centaine – que dis-je –, un millier de fois, mais je ne l'avais jamais écrite avant. Et finalement, j'aime l'impression de permanence que me donnent les mots sur la page. Julian et Anna reposent en sécurité dans mes phrases, enfermés dans des rêves en papier. Je pourrais m'éloigner du souvenir et glisser dans la fiction. Rien ne m'empêche de leur inventer un tout autre destin, celui que je leur souhaitais. Mais je n'en fais rien. Je m'éclipse, retournant aux exigences du présent, au jardinier qui me demande ce qu'il doit faire de mes géraniums, au facteur qui arrive avec un paquet, et je laisse mes parents endormis dans la Dorotheegasse, par un frais matin de printemps, il y a bien longtemps de cela.

5

La mauvaise porte

À Londres, il faisait froid. À mon départ de Vienne, l'été se glissait déjà dans les parcs de la ville – les pétales tombés des arbres parsemaient le gazon ; dans les plates-bandes, des tulipes et des myosotis brillaient au soleil matinal. Une nappe malodorante de brouillard de charbon enveloppait la capitale britannique, la plongeant dans une pénombre jaunâtre, une sorte de demi-jour permanent, ni aube ni crépuscule. Le soleil en perdait sa chaleur et Londres s'attardait dans un faux hiver. Ses habitants semblaient gris, couverts d'une pellicule de smog. Ils couraient dans tous les sens, les yeux baissés, sans jamais s'arrêter pour s'imprégner de la beauté du matin comme les Viennois. Ils expédiaient leurs affaires, pressés de se réfugier dans leurs maisons.

Je me souviens mal du foyer dans lequel je passai ma première nuit en Angleterre, sauf qu'il se trouvait dans Great Portland Street, à côté de la synagogue, et qu'il grouillait de pauvres filles terrifiées venues de

Vienne, de Berlin, de Francfort ou de Cologne. On nous avait enjointes de ne parler qu'anglais, mais en étant incapables, nous restions muettes. Mes compagnes d'infortune me regardèrent filer aux toilettes communes, leurs yeux me suivant comme ceux du portrait d'Anna, chez nous. Fondé par des philanthropes juifs, l'établissement offrait le gîte et le couvert à de jeunes réfugiées fraîchement débarquées d'Europe. Comme nous n'avions pas eu le droit d'emporter de l'argent ou des objets de valeur, nous arrivions avec juste nos vêtements et des sacs remplis de livres, de lettres et de bas – souvenirs de la vie que nous avions quittée. La directrice tint à ce qu'on enferme ma malle dans une pièce du rez-de-chaussée sous prétexte qu'elle était bien trop lourde pour qu'on la porte au dernier étage. Ce fut du moins ce que je compris alors qu'elle examinait mes bagages en déversant sur moi un torrent de paroles aussi dures et déconcertantes que les cacardements d'une oie en colère. Mon anglais rudimentaire ne me permettant pas de discuter, je pris donc ma sacoche, l'étui d'alto et montai me coucher.

En me déshabillant, je découvris qu'une couche de crasse recouvrait les parties de mon corps qui avaient été exposées à l'air. Debout devant le lavabo de mon étroite chambre, je me frottai les mains, la figure et le cou avec un morceau de savon marbré jusqu'à ce que ma peau devienne écarlate. Les rideaux étaient tachés, les fenêtres clouées. Cependant, pareil à une mince volute de fumée, le brouillard s'infiltrait par une fente dans le cadre. Lorsque je toussai, je noircis mon mouchoir en lin. Anna m'avait recommandé de visiter les lieux touristiques, de me promener dans le

Mall, d'explorer Trafalgar Square et de jeter un coup d'œil au Grand Opéra de Covent Garden, mais je ne voulais pas sortir dans la rue de peur d'étouffer. Un jour, lors d'un cours de sciences naturelles, mon professeur avait tranché les poumons d'un cochon. Roses et luisants, ils m'avaient fait penser que l'animal avait vécu heureux à la campagne, respirant jusqu'à sa fin tragique un bon air sain, parfumé de toutes sortes d'herbes. Lors de ma première nuit à Londres, perchée sur ma couchette en bois, je songeai à mes poumons dont le rose fonçait lentement, tel un ongle meurtri.

Je n'avais avec moi qu'une sacoche en cuir contenant mes affaires de toilette et du linge de rechange, mais quand je l'ouvris je découvris que Margot y avait fourré tout au fond des barres de chocolat et un roman d'amour. Cela ne pouvait être qu'elle. Hildegard n'avait que mépris pour les sucreries achetées dans les magasins et le livre embaumait le parfum à la violette de ma sœur. En sentant cette odeur familière, je fus saisie d'un tel accès de nostalgie que j'en eus un haut-le-cœur. Je fis alors la seule chose susceptible de me remonter le moral : je mangeai le chocolat. Non pas une, toutes les barres. Couchée en chien de fusil sur ma couchette, tout habillée parce que j'avais entendu trop d'horribles histoires de poux et de punaises, je fourrai les friandises dans ma bouche, deux à la fois. Margot et Anna les auraient économisées, en auraient mordu juste un bout, veillant à garder le plus longtemps possible ce petit vestige de leur chez-soi. À cette pensée, je fondis en larmes. Consciente de l'indignité de mon sort, je pleurai, la bouche pleine de chocolat, des filets de salive brune dégoulinant sur mon menton. Je décidai de ne pas quitter ma chambre jusqu'à ce qu'il soit l'heure de me rendre à la Mayfair Private Service Agency. Je restai allongée sur le lit à lire, à manger du chocolat et à me languir si fort de mon pays natal et de ma famille que je crus en mourir.

Après le petit déjeuner (une lavasse censée être du thé, du pain rassis et une confiture de couleur orange), je partis à pied pour Mayfair, serrant la lettre de Mrs. Ellsworth dans ma main. J'avais beau l'avoir lue et relue, je n'avais rien pu en déduire sur la personnalité de son auteur. Ses instructions, toutefois, étaient claires : je devais me rendre à Audley Street. J'ignorais si cet endroit était loin du foyer ou comment demander un ticket dans un de ces trams ou autobus qui circulaient en ferraillant dans la rue. Je me voyais déjà éjectée d'un de ces véhicules en marche et atterrissant sur le pavé dans un grand bruit d'os brisés parce que je m'étais trompée sur le tarif du trajet. Ou même emportée vers une autre partie de la ville où je me perdrais à jamais, incapable de retrouver le chemin du foyer. Je boutonnai mon manteau, ajustai mon écharpe couleur émeraude (ma préférée parce que, selon Anna, elle mettait en valeur mes yeux vert bronze) et m'assurai de la propreté de mes gants.

Arrivée à destination, j'attendis un moment devant la porte. Tout juste repeinte, elle était pourvue d'un heurtoir étincelant et l'on venait de laver l'escalier. Fermant les yeux, je pensai à la façon dont Anna devait interpréter différents personnages féminins et décidai de l'imiter. Oui, je serais Violetta, mon héroïne favorite, cette courtisane adulée par les hommes et indifférente aux fluctuations grossières de l'opinion publique. M'imaginant donc dans la peau d'une aimable demi-mondaine du XIXe siècle, j'entrai dans la Mayfair Private Service Agency.

Je me retrouvai dans une pièce aux murs peints en or et blanc, meublée de canapés en velours rouge surchargés de coussins à glands et au parquet recouvert d'un tapis de haute laine. Le délicieux arôme de café et de pâtisseries fraîches qui y flottait me mit l'eau à la bouche. J'attendis dans l'attitude hautaine, impassible que, selon moi, Violetta aurait prise. Je devais avoir bien interprété mon rôle car une femme élégante vêtue d'une robe noire sévère se précipita vers moi, le visage figé en un sourire poli, professionnel, teinté d'une certaine servilité.

« Puis-je vous débarrasser de votre manteau, madame ? »

Sans daigner ouvrir la bouche, je lui permis d'ôter mon vêtement et de me conduire vers l'un des somptueux canapés.

« Un peu de café ? Un petit gâteau ? » demanda-t-elle dès que je fus confortablement installée.

J'éprouvai un léger soulagement. C'étaient là des questions auxquelles j'avais répondu bien des fois au cours de mes leçons d'anglais avec Anna.

« Oui, merci, j'aimerais beaucoup une tasse de café. »

La femme s'immobilisa. Son sourire contraint, déjà moins poli, se contracta encore davantage.

« Vous êtes allemande ?

— Non, autrichienne. De Vienne.

— Et vous cherchez une bonne ? »

Feignant l'indifférence, je lui adressai un sourire aimable et extirpai la lettre froissée de la poche de ma jupe.

« Je suis Fraülein… excuse-moi… Miss Elise Landau. Moi aller à Tyneford House. »

Le sourire de la femme s'évanouit. Elle tendit le bras et me tira brutalement du canapé, furieuse – comme je le comprends maintenant – de son erreur. Comment avait-elle pu être amenée à traiter une réfugiée, une servante, avec le respect obséquieux dû à une dame anglaise ? C'était scandaleux.

« Vous vous êtes trompée de porte. Cette entrée-ci est réservée aux clientes. »

Elle me jeta mon manteau. « Ressortez et revenez par l'autre porte. »

Clouée sur place, mon bras gauche dans ma manche droite, je la dévisageai en essayant de me rappeler que j'étais Violetta et non Elise. Des femmes envieuses avaient sans cesse cherché à humilier mon héroïne (et à lui piquer ses amants, tout cela pendant qu'elle se mourait de consumption). Cette pensée me rasséréna un peu. Mon manteau traînant derrière moi, je jouai de mon mieux l'indignation et sortis.

Une fois sur le trottoir, je m'appuyai contre la balustrade et cherchai des yeux une autre entrée. Un escalier menait à un sous-sol. En bas, dans un mur à la peinture écaillée, s'ouvrait une deuxième porte, noire elle aussi, mais dépourvue de heurtoir. Elle portait simplement un écriteau : ENTREZ SANS SONNER. Je descendis, veillant à ne pas glisser sur les feuilles pourries coincées dans les marches.

Ni canapés ni tapis ni miroirs à cadre doré dans cette pièce. Un linoléum brun usé couvrait le sol. Assises sur des bancs en bois placés contre les murs, des femmes attendaient d'un côté, quelques hommes de l'autre. Promenant mon regard sur la rangée de filles, je me rendis compte que toutes me ressemblaient : des réfugiées au visage pâle, pleines d'angoisse, mais se rappelant que leur mère leur avait ordonné de se tenir droite et serrant des gants coûteux entre leurs doigts moites. Un couple d'un certain âge, lui dans un costume bien coupé, elle avec une étole de fourrure, était assis sur le banc des femmes. On aurait dit qu'ils s'apprêtaient à aller au restaurant plutôt qu'à servir le déjeuner. Quelle profession l'homme avait-il exercée autrefois ? Banquier ? Violoniste ? Et elle, poserait-elle sa fourrure sur le plan de travail avant de se mettre à gratter les carottes ?

Au fond de la pièce, derrière un simple bureau en bois, une femme à cheveux gris et à lunettes demi-lune menait les entretiens avec les candidats. Alors que je me demandais si je devais m'approcher d'elle, lui glisser ma lettre et réclamer l'aide promise, un adolescent boutonneux dans les quatorze ans me fit un clin d'œil et, captant mon attention, passa lentement, en un mouvement circulaire, sa langue sur ses dents. À Vienne, je l'aurais giflé. Plus vraisemblablement, il n'aurait pas osé un geste aussi lascif devant une fille comme moi. Mais je n'étais pas à Vienne. Soudain épuisée, je m'adossai contre le mur. Je n'étais pas Violetta, je n'étais qu'Elise. Vaincue, je pris place au bout du banc réservé aux filles.

Je dois être restée assise là plusieurs heures à regarder une mite cogner ses ailes de papier contre l'ampoule qui oscillait au plafond. Toutes les vingt minutes, la responsable appelait : « La bonne suivante ! » ou « Le valet suivant ! », veillant à faire alterner les sexes. Je regardai le couple s'approcher du bureau et réussis à capter quelques bribes de la conversation : « Une place où nous soyons ensemble… majordome… gouvernante… oui, jardinier et cuisinière nous conviendrait… » Lorsque le tour du garçon arriva et qu'il passa devant moi, je lui lançai un regard noir, m'efforçant d'irradier une désapprobation glaciale. Hildegard était experte en la matière, surtout quand Julian laissait des mégots de cigare à côté de la baignoire. Notre bonne les mettait alors dans un cendrier qu'elle déposait devant le cabinet de travail de mon père. Puisqu'il lui était impossible de gronder son patron, elle pouvait au moins lui faire sentir son déplaisir. Manifestement, je n'étais pas aussi douée qu'elle : lorsque le garçon repassa devant moi pour sortir, il me souffla un baiser. Son toupet me sidéra. Frustrée par mon incapacité à émettre la riposte cinglante qu'il méritait, je lui tirai la langue. Nos regards se croisèrent un instant et j'aperçus une lueur de triomphe dans ses yeux.

« La bonne suivante… Vous. Approchez. »

Je mis un moment à comprendre que la femme aux lunettes en demi-lune et raide comme un piquet s'adressait à moi. Les joues en feu, je me hâtai vers son bureau et m'assis. Elle me scruta de ses petits yeux bleus.

« Un peu de tenue, s'il vous plaît. Vous travaillerez peut-être dans une des meilleures maisons d'Angleterre. Ou d'Écosse. Avez-vous des références ? »

Je la regardai, traduisant lentement ses paroles dans ma tête.

« Eh bien, fit-elle d'un ton impatient, vous avez avalé votre langue ? »

L'expression me parut si étrange que je ne pus m'empêcher de rire, puis comprenant mon erreur, je plaquai ma main sur ma bouche. Je me hâtai de sortir la lettre froissée de Mrs. Ellsworth de ma poche et la glissai sur le bureau. Après l'avoir lue en silence, la femme leva les yeux.

« Vous avez de la chance, Elise. Mr. Rivers appartient à une très bonne famille qui, sans être aristocratique, est néanmoins très ancienne. Vous devez essayer de ne pas décevoir la confiance qu'il place en vous, ajouta-t-elle d'un ton qui indiquait clairement qu'elle jugeait cela impossible. Je ne veux pas vous revoir ici dans une ou deux semaines parce que vous avez trouvé ce travail trop dur. Il y a un mois, une femme qui se disait comtesse, ou quelque chose de ce genre, m'a confié qu'elle n'avait jamais mis ses bas toute seule. Sans la pénurie de domestiques que nous connaissons, je l'aurais envoyée paître. Mais ce matin, j'ai reçu un mot de Mrs. Forde m'assurant qu'elle n'avait jamais eu une aussi bonne femme de ménage que cette comtesse. »

Elle me dévisagea depuis l'autre côté du bureau. Je compris qu'elle attendait une réaction, mais, une fois de plus, mon ignorance de la langue me paralysait. J'étais incapable de prononcer un mot. Se rendant compte que je n'avais rien à dire et me prenant sans doute pour une petite impertinente, la femme se leva, très droite. Elle repoussa sa chaise qui, frottant contre le lino, fit entendre un bruit semblable au cri d'un chien battu. Elle disparut dans une pièce contiguë d'où elle revint une minute plus tard avec une enveloppe qu'elle me tendit d'un geste brusque. « Tenez, il y a ici assez d'argent pour votre voyage ainsi que des instructions. Demain matin, vous devez prendre le train de Waterloo à Weymouth. Quelqu'un vous attendra à la gare de Wareham. »

Elle m'examina un moment avant d'ajouter : « Je connais le montant exact de la somme qui se trouve dans cette enveloppe. Alors, n'allez pas raconter à Mrs. Ellsworth qu'elle n'a pas suffi ou je vous dénoncerai sans pitié. »

J'attrapai ma lettre et après l'avoir fourrée dans ma poche avec l'argent, longeai de nouveau le banc où attendaient réfugiées et ex-comtesses.

Cette nuit-là, couchée dans mon lit étroit, dans mes vêtements maintenant froissés, je sanglotai jusqu'à ce que je m'endorme. Je n'avais jamais vraiment pleuré avant de venir à Londres. Quelques mois plus tôt, en essayant d'éviter que Hildegard ne me gronde pour le vol d'une aile de poulet froid réservé au déjeuner des amies bridgeuses d'Anna, je m'étais cogné le pied si fort à la table de la cuisine que des larmes m'étaient montées aux yeux, mais ça ne comptait pas.

Après mon entrevue à la Mayfair Agency, je m'étais rendue dans un bureau de poste pour envoyer, comme promis, un télégramme à Anna. Pendant que je faisais encore une fois la queue (durant mes premières trente-six heures en Angleterre, j'avais vu plus de files de gens polis qui avançaient en traînant les pieds que dans toute ma vie), j'en composai le texte dans ma tête :

ANGLAIS ÉPOUVANTABLES STOP
JE REVIENS STOP

Ou alors :

SUIS ACCUSÉE DE VOL STOP M'ENFUIS
À NEW YORK STOP

Cependant, quand j'atteignis le guichet, j'expédiai le message suivant :

TOUT VA BIEN STOP DÉPART POUR TYNEFORD DEMAIN STOP ANGLAIS CHARMANTS STOP

Le lendemain matin, à huit heures dix-neuf, alors que le train quittait la gare de Waterloo, je m'assis dans le compartiment de troisième classe du train à destination de Weymouth. Ma malle et ma valise voyageaient dans le fourgon à bagages. Prise en sandwich par deux respectables matrones, j'avais le désagrément d'être propulsée contre la poitrine de l'une ou de l'autre à chaque embardée de la voiture. Ni l'une ni l'autre ne semblaient s'en apercevoir, mais à mon grand soulagement, la plus grosse descendit à Croydon, ce qui me permit de me glisser sur le siège près de la fenêtre. Le visage pressé contre la vitre, je regardai à travers mon propre reflet la banlieue de Londres s'étendre à l'infini. Je n'avais jamais vu autant de gris de ma vie. Seuls un pull rouge ou une robe jaune flottant parmi des tissus blanchâtres sur des cordes à linge apportaient de temps en temps une minuscule touche de couleur au paysage. Les rangées de maisons dont l'arrière donnait sur la voie, leurs jardins en patchwork et leurs vitres encrassées, me rappelèrent les aperçus que j'avais eus de la vie de mes anciens voisins d'en face. Des garçons en short ramassaient des pierres qu'ils lançaient sur le train tandis que des femmes les grondaient depuis l'entrée de leur habitation. Toutes les cheminées vomissaient de la fumée et les feuilles des buissons rabougris qui poussaient sur les remblais étaient noires au lieu d'être vertes. Le billet que je serrais anxieusement dans ma main devint tout poisseux de sueur, son encre commença à se diluer.

Mon estomac gargouillait. J'avais pris le maigre petit déjeuner fourni par le foyer, et à part les quelques pièces de monnaie qui restaient dans l'enveloppe, je n'avais pas d'argent pour m'acheter à déjeuner. Me rappelant la menace de la femme de l'agence, je frissonnai – il m'était impossible de dépenser ne fût-ce qu'un demi-penny de cet argent pour un petit pain. J'ignorais ce qui arriverait si je finissais en prison – il était peu probable que Julian puisse m'aider depuis Vienne. Je regrettai d'avoir mangé tout le chocolat de Margot.

Un jeune homme vêtu d'un costume bon marché et dégageant une odeur d'eau de Cologne et de cigarette monta dans le train. Il claqua la portière du wagon et vint s'asseoir en face de moi. Après un sourire discret et un signe de tête, il ouvrit son journal. J'essayai d'en lire les titres. Enfermée dans ma tristesse, j'avais oublié le monde extérieur et, pendant un ou deux jours, je n'avais entendu aucune nouvelle. « À Londres, le smog atteint un niveau record », « La famille royale s'embarque pour l'Amérique », « Est-ce au tour de la Tchécoslovaquie ? » J'essayai d'en lire davantage, mais les caractères étaient trop petits.

« Voulez-vous que je vous le prête, miss ? »

Levant les yeux, je m'aperçus que le jeune homme me tendait son journal. Inconsciemment, je m'étais assise sur le bord de mon siège pour mieux voir.

« Merci. Oui. J'aimerais beaucoup. »

Je pris le journal et commençai à lire l'article lentement, mais avec une relative aisance. Je comprenais assez bien l'anglais écrit. Je sentis que mon compagnon de voyage m'observait.

« Vous bougez les lèvres en lisant », dit-il.

Je clignai des yeux, saisie par une remarque aussi intime.

« Excusez-moi, je ne voulais pas être impoli. Je m'appelle Andy. Andy Turnbull. »

Je me demandai si confier son diminutif à un étranger dans le train était chose courante en Angleterre. Peut-être cela n'arrivait-il que sur la ligne Waterloo-Weymouth. Je ne voulais ni l'offenser ni l'encourager.

« Elise Landau, dis-je d'un ton sec avant de me replonger dans mon article.

— Vous êtes tchécoslovaque, miss Landau ? »

Surprise, je baissai le *Daily Mail*. « Non, autrichienne. De Vienne.

— Ah, Vienne. J'en ai entendu parler. Des canaux magnifiques. Le palais des Doges. »

Je soupirai. Les Anglais étaient aussi ignorants que Margot me l'avait dit. « Non, ça c'est à Venise. En Italie. »

Je vis à son expression que ces noms n'évoquaient rien pour lui. J'essayai de nouveau : « Je suis de Vienne, en Autriche. »

Il me sourit, l'air déconcerté. De toute évidence, il ne connaissait pas Vienne. Je ne sais pas pourquoi, mais cela m'ennuya. Comment ce jeune homme trop familier, au costume râpé taché d'œuf sur la jambe gauche du pantalon, pouvait-il ne rien savoir de ma ville natale ?

« Vienne est une ville où l'on voit le ciel. Le long des trottoirs, vous trouvez des milliers de cafés où vous pouvez vous asseoir, prendre une consommation et bavarder. De vieux messieurs y jouent aux échecs ou aux cartes en se chamaillant. À Vienne, au printemps, on donne des bals où l'on danse jusqu'à trois heures du matin. Les dames tourbillonnent dans leurs robes blanches telles des fleurs de pommier flottant à terre dans la nuit. En été, nous mangeons des glaces au bord du Danube en regardant les bateaux ornés de lanternes dériver sur l'eau. Même le vent y valse. C'est une ville de lumière et de musique.

— Pardon ? »

Clignant des yeux, je scrutai le visage d'Andy et me rendis compte que j'avais parlé allemand. « Excuse-moi je vous prie. Mon anglais pas très bon. Vienne est la plus belle ville du monde. »

Andy me jeta un regard bizarre. « Pourquoi êtes-vous ici alors ? »

Non seulement je ne connaissais pas assez de mots pour lui répondre, mais en plus je n'en avais aucune envie. Je me creusai les méninges à la recherche d'une phrase adéquate. « Je suis exploratrice. Très intrépide. »

Je me cachai de nouveau derrière le journal et le jeune homme me laissa tranquille une bonne demi-heure. Je lus les articles consciencieusement, essayant d'en saisir les nuances. Je crois que deux ou trois d'entre eux étaient censés être humoristiques, mais ce détail m'échappait.

« Je peux aller vous chercher quelque chose au wagon-restaurant ? » demanda Andy, interrompant ma leçon.

J'avais une faim de loup. Avec un sentiment de culpabilité, je pensais à l'enveloppe contenant de la monnaie qui se trouvait dans ma poche. Anna m'avait souvent répété qu'on ne devait pas accepter d'invitations de messieurs inconnus. Après réflexion, j'optai pour la prudence.

« Non, merci. »

Andy souleva son chapeau, puis traversa la voiture, heurtant les banquettes de l'allée à chaque oscillation du train. Quelques minutes plus tard, il revint avec deux bouteilles de lait et deux sacs en papier remplis de biscuits au chocolat. Il m'en fourra un de chaque dans les mains.

« Excusez-moi, miss, mais je n'aurais pas pu manger tout seul en face de vous, dit-il en montrant son sac de biscuits. Pardonnez mon audace.

— Merci », dis-je. Je pris une gorgée du lait. Il était légèrement aigre, sur le point de tourner, mais peu m'importait. Je le bus avec avidité et me retins d'enfourner les biscuits dans ma bouche. C'était la première fois en deux jours que quelqu'un se montrait gentil envers moi.

« Vous aviez faim », commenta Andy.

Soudain gênée, j'avalai ma dernière bouchée de biscuits. Je pliai le journal et le lui tendis. « Merci, monsieur Turnbull. Très aimable. »

Il sourit. « Vous êtes drôle, vous. »

Je me retournai vers la fenêtre – oui, peut-être qu'en Angleterre c'était vrai. Je n'aurais su le dire. J'ignorais à quel moment nous avions quitté Londres, mais nous roulions à présent dans un paysage verdoyant. Il se mit à pleuvoir, des gouttes martelèrent la vitre. Nous passâmes à côté de vaches rassemblées sous des bosquets, des moutons trempés et des rivières en crue qui débordaient sur les berges. Les gares devinrent plus petites, la distance entre elles plus grande. Les routes goudronnées qui serpentaient près des rails firent place à des chemins que la pluie transformait en bourbiers. Je regrettai d'avoir mis mon imperméable tout au fond de ma malle. La voiture commença à se vider. Après m'avoir saluée d'un coup de chapeau, Andy descendit à Salisbury.

Le train ralentissait. Je voyais de grandes maisons de campagne, chacune de la taille d'un immeuble, échouées dans des prairies tels des paquebots. Après la grisaille sordide de la ville, j'avais l'impression de regarder non pas la réalité, mais un décor peint de couleurs imitant les vraies. L'herbe était trop verte, les touffes de primevères sur les remblais d'un jaune aussi éclatant que du beurre frais. La pluie cessa aussi brusquement qu'elle était venue, le soleil sortit de derrière un nuage. Le ciel se raya de bleu, le sol vert étincela. J'écoutai les noms bizarres des gares qu'annonçait le chef de train : « Prochain arrêt Templecoomb... Changer ici pour Blandford Forum et prendre le train omnibus à destination de Sturmin-ster Newton… Prochain arrêt Dorchester… »

J'avais sommeil, j'étais tout ankylosée et mon cœur battait à mes tempes au rythme du train. Comme on étouffait dans la voiture, je réussis à descendre la fenêtre et me penchai dehors, jouissant du vent qui me frappait au visage et tirait sur mes épingles à cheveux. J'eus un goût de sel dans la bouche. Très pur, l'air sentait la bruyère. Des yeux, je parcourus l'horizon à la recherche de la mer. Nous traversâmes une lande sauvage couverte de buissons et de sombres forêts. Les arbres s'étendaient à perte de vue, masse verte qui moutonnait sur les pentes.

« Prochain arrêt Wareham. Wareham, prochain arrêt », cria le chef de train, parcourant la voiture à toute allure.

Je me levai d'un bond, attrapai ma sacoche et l'étui d'alto. Le train s'arrêta dans une secousse, je vacillai. Les mains tremblantes, je m'escrimai à ouvrir la poignée de la portière. De crainte que le train ne reparte avec mes affaires, j'appelai l'employé des chemins de fer et courus vers le fourgon à bagages.

« C'est laquelle votre malle, miss ? Dépêchez-vous. Le train ne peut pas attendre. »

Trente secondes plus tard, je me tenais seule sur le quai. Une affiche recommandant de boire de la bière blonde Eldridge Pope flottait dans la brise. Un chien aboyait au loin. Je regardai le train rapetisser jusqu'à la dimension d'un escargot et disparaître dans la forêt, puis je m'assis sur ma valise et attendis.

6

Dix-sept barrières

« Elise Landau ?

— Oui. »

Levant la tête, j'aperçus un homme maigre de soixante-dix ans environ aux épaules légèrement voûtées. Debout à l'extrémité du quai, il mâchonnait une pipe, l'air concentré. Il s'approcha de moi sans se presser et inspecta mes bagages.

« À vous ? »

Je le regardai sans comprendre. Il cracha sa pipe et articula avec une netteté exagérée.

« Ces valises, elles sont à vous ?

— Oui. »

Marmonnant dans sa barbe, il disparut au bout du quai, toujours à la même allure, et revint quelques minutes plus tard en poussant un chariot. Avec une facilité surprenante, il hissa les bagages dessus et le poussa en direction de la sortie.

« Mr. Bobbin n'aime pas qu'on le fasse attendre », déclara-t-il d'un ton bourru.

J'essayai de défroisser ma robe et d'arranger mes cheveux tout en courant pour rester à sa hauteur. Je savais par expérience que les chauffeurs étaient toujours pressés. Le vieil homme me conduisit dans une cour pavée où une élégante voiture était garée, le moteur en marche. Cependant, mon compagnon la dépassa et s'arrêta devant une vieille charrette attelée à un énorme cheval de trait au chanfrein enfoui dans un sac de foin.

« Voilà Mr. Bobbin », dit mon guide en caressant le cheval et en poussant un petit soupir de satisfaction.

À cette époque, on voyait encore beaucoup de voitures à chevaux et de charrettes à Vienne, mais elles appartenaient à des chaudronniers, des charbonniers ou à des fermiers qui apportaient leurs produits au marché. J'avais cru comprendre que Mr. Rivers était un homme riche, je supposais donc qu'il possédait au moins une automobile. Avec une sensation bizarre au creux de l'estomac, je pris conscience que Mr. Rivers pouvait très bien avoir une belle voiture et simplement décider de ne pas envoyer son chauffeur chercher la bonne. Tandis que je me faisais ces réflexions, le vieil homme jetait sans cérémonie mes bagages à l'arrière de la charrette et après être grimpé sur le siège du conducteur me tendit son bras musclé pour me hisser auprès de lui.

« Vous pouvez vous asseoir derrière ou à côté de moi. »

L'arrière du véhicule était jonché de sacs de grain vides, de pièces d'équipement agricole et de cageots écrasés. Je vis briller une faux et eus la nette impression que quelque chose s'agitait sous une bâche. Je choisis le siège de devant.

« Comment vous appelez-vous ? demandai-je en m'installant sur le banc en bois.

— Arthur Tizzard. Mais vous pouvez m'appeler Art.

— Comme la peinture ? »

Le vieil homme eut un petit rire, un son grave qui montait de sa poitrine. « Ouais. C'est ça. »

Lorsque nous traversâmes Wareham, j'eus mon premier aperçu d'un village anglais. Les maisons étaient basses, la plupart en brique d'un rouge pâle, certaines enduites d'une chaux qui s'écaillait. Ici et là, on voyait un toit en chaume brun. Dans la grand-rue, les étages supérieurs avançaient au-dessus du trottoir comme les dents de Frau Schmidt. C'était l'après-midi, presque tous les volets étaient fermés, les rares passants ne semblaient guère pressés. Un garçon poussait une bicyclette au porte-bagage rempli d'œufs mouchetés. Assise sur son porche, une femme fumait tandis que son bébé jouait à cache-cache sous sa jupe. Les roues de la charrette grinçaient, les sabots du cheval claquaient. Nous franchîmes un pont où des voiliers montaient et descendaient sur leur amarrage fluvial et passâmes devant un joli pub. Installés dehors, des hommes se disputaient mollement au-dessus d'un jeu de cartes comme si aucun d'eux ne se souciait de l'issue de la querelle, mais prenait simplement plaisir à discutailler. Quelques minutes plus tard, nous quittions la ville et roulions sur une route droite qui coupait à travers un marais. Des oiseaux voltigeaient dans les roseaux, l'air puait la vase. J'aperçus l'éclat d'une aile blanche : un cygne à bec noir atterrit, son cri caverneux porté par le vent. Une rangée de douces collines couvertes d'herbe ondoyante ou de bois sombres bordait le marécage.

À un carrefour, Mr. Bobbin tourna à droite de sa propre initiative. Peu après, nous abandonnions le marais et gravissions un chemin abrupt tracé dans d'autres collines. La mer restait invisible. Me dressant sur mon siège, j'essayai de voir par-dessus les crêtes des coteaux.

Art rit. « Un peu de patience. Elle n'est pas loin. »

Des deux côtés de la route, les talus se boisèrent et je n'entrevoyais plus que par moments des champs en pente et un ciel marbré de bleu et de blanc. Au sommet de la hauteur, je découvris un gracieux manoir à moitié caché par d'énormes rhododendrons piquetés de fleurs rouges.

« C'est Creech Grange », m'informa Art.

Le dos de Mr. Bobbin fumait, de la bave coulait du mors. Se penchant en avant, Art lui prodigua des encouragements.

« Allez, mon joli, encore un petit effort. »

Le chemin devenait de plus en plus raide. Le cheval toussait et ahanait, la charrette avançait au pas. Lorsque nous atteignîmes un dégagement creusé à flanc de coteau, Art s'arrêta.

« On descend. Mr. Bobbin a besoin de souffler. »

Je sautai du siège, heureuse de pouvoir étirer mes jambes. J'atterris sur de la mousse mouillée, glissai et tombai sur le derrière, m'écorchant les mains en voulant amortir ma chute. Art m'aida à me relever et m'épousseta comme si j'avais cinq ans, faisant claquer sa langue contre son palais à la manière d'Hildegard.

« Vous avez mis vos chaussures du dimanche, dit-il. Ce qu'il vous faut, c'est des godillots. Tenez, versez ça sur votre écorchure. »

Il me tendit un flacon et le déboucha. Quand je flairai son contenu, j'inhalai des vapeurs de whisky.

« C'est pas pour renifler. Versez ça dessus. Ça brûle salement, mais ça empêche la blessure de s'infecter. J'ai appris ce truc pendant la Grande Guerre. »

J'obéis. J'aspergeai mes paumes écorchées et poussai un cri quand l'alcool pénétra dans les coupures. En effet, cela brûlait comme le feu.

Art eut un petit rire. « Et maintenant, buvez un coup. Ça vous fera du bien. »

Anna avait des principes très stricts à ce sujet. Une dame ne buvait pas d'alcool. Mais Anna était loin. J'en pris donc une gorgée. La gorge me piqua comme si je venais d'avaler des aiguilles chauffées au rouge.

Nous gravîmes la colline, Art la main posée sur le flanc mouillé de Mr. Bobbin, et moi boitillant, les tibias meurtris. Je me demandai ce que Margot aurait dit en me voyant dans cet état : débraillée, crottée, les cheveux s'échappant des épingles. Nous progressions lentement car toutes les cinq minutes le chemin était bloqué par une vieille barrière. Le cheval s'arrêtait, se tenant bien en retrait lorsque Art ouvrait la clôture. En moins d'un kilomètre et demi, j'en comptai onze, mais notre allure d'escargot m'était plutôt agréable. L'air était chargé d'odeurs peu familières : terre mouillée et fleurs inconnues. Des insectes bourdonnaient ou rampaient autour de moi, tombant des branches inférieures dans mes cheveux ou sur mes joues. Je les frottais du revers de la main, me barbouillant de traînées noires. Le tunnel formé par les arbres nous baignait dans une lumière verte. Je glissais sur les pierres cassées du chemin. Sous ce dais naturel, il faisait humide. Je me sentais moite et légèrement embarrassée par les taches de transpiration sous mes aisselles. Enfin une grande lueur blanche apparut au bout de la rangée d'arbres fermée par une autre barrière. À nouveau, le cheval s'arrêta. Art souleva le loquet et nous emmena au soleil. La qualité de l'air changea aussitôt. Un vent salé me fouetta. J'avais les cheveux dans la figure. Je m'aperçus que nous étions perchés sur l'arête de la colline. Des deux côtés le paysage descendait vers la mer. À droite, un lacis de rivières gris-argent traversait des prairies vertes que tachetaient les dos bruns et blancs de vaches. Des mares brillaient tels des miroirs à main. Elles grossissaient de plus en plus pour se jeter finalement dans la vaste mer grise. Les vagues écumaient sur les plages lointaines et j'imaginai que le grondement dans mes oreilles n'était pas celui du vent des hauteurs, mais celui de la houle. À ma gauche, une étendue de bruyère s'étalait dans une vallée ombreuse nichée parmi les collines comme dans le creux d'une main.

Art mâchonna sa pipe. Le cheval s'ébroua et soupira.

« La vallée de Tyneford, annonça Art. La mer, vous la voyez maintenant ? »

Je le regardai lui, puis la plage, d'une couleur jaune. Je sentais l'odeur de la bruyère, de feux de bois et celle d'autre chose, une chose pour laquelle je ne connaissais pas encore les mots. Art rit.

« Oui, je sais. Ça fait cet effet-là à tout le monde. C'est la magie de Tyneford. »

Il se tourna vers moi et me jeta un regard bizarre. « Vous n'êtes guère bavarde, hein ? Certaines des nouvelles bonnes sont de vrais moulins à paroles. »

Je souris, me demandant ce que Julian penserait de ce jugement – une fille tranquille, peu loquace. Cela ne faisait qu'une semaine que je l'avais quitté et déjà il ne m'aurait pas reconnue. À vrai dire, je n'étais pas tranquille du tout, c'était mon ignorance de l'anglais qui m'enfermait dans le silence. Je mourais d'envie d'interroger Art sur Mr. Rivers, Mrs. Ellsworth, Tyneford, de lui demander le nom de la baie que je voyais miroiter au loin, si l'on pouvait nager en toute sécurité jusqu'à ces rochers couverts de mouettes et quel était cet oiseau à longue queue qui avait surgi d'un buisson en égrenant de douces notes. Des questions se bousculaient dans ma tête sans que je puisse les exprimer. Je cheminai donc à côté du cheval en silence, permettant à Art de me prendre pour une fille calme et gentille.

Il me soutint par le coude quand je regrimpai dans la charrette, heureuse de pouvoir me reposer. J'avais voyagé toute la journée, je commençais à avoir mal à la tête. Des touffes d'herbe poussiéreuse et de chardons formaient une bande vert-gris au milieu du sentier. Mr. Bobbin avançait au pas, des oiseaux folâtraient dans les airs ou gazouillaient frénétiquement dans les ajoncs. Le ciel, vaste et libre, s'étendait des collines à la mer où il se fondait dans l'eau selon une ligne gris-bleu. La tête en arrière, je contemplai les nuages véloces, saisie de vertige à la pensée de ma petitesse. Je pris conscience que je n'étais guère plus qu'une plume sur l'aile d'une de ces oies sauvages qui évoluaient au-dessus de nous.

Le cheval tourna à gauche et descendit un chemin encore plus étroit qui menait dans la vallée de Tyneford proprement dite. Ses sabots accrochaient les cailloux ou glissaient dessus. Des plantes sauvages et des buissons frôlaient la charrette, de petites fleurs de cerfeuil arrachées à leur tige se coinçaient dans les roues et entre les planches des ridelles. Perché sur un vieux casier à bouteilles à l'arrière, un minuscule oiseau moucheté se faisait transporter gratis. Une autre série d'échaliers ralentit notre descente. Sans arrêt, Art sautait à terre pour les ouvrir. Des vaches et des moutons broutaient en liberté à côté du chemin ou traînaient devant la charrette, obligeant Art à siffler et à crier : « Dégagez, dégagez, bande de bons à rien ! »

Il nous mena jusqu'à la dernière barrière et le long de deux cottages en pierre recouverts de lierre sombre. Des panaches de fumée montaient de leurs cheminées. J'aperçus d'autres cottages et quelques maisons plus grandes de la même pierre grise bordant une ruelle qui aboutissait à une pompe et à une petite église. Cependant, toujours de sa propre initiative, le cheval tourna à gauche et s'engagea dans une allée de tilleuls. Pourvus de feuilles tendres d'un vert éclatant, les arbres se dressaient au-dessus de moi, leurs branches pareilles à des mains et des bras joints.

Je ne vis la maison que lorsque nous fûmes presque arrivés. Au-dessus de la cime des tilleuls pointaient des cheminées et une girouette de laiton en forme de bateau qui louvoyait et gambillait au vent. On aurait dit qu'elle naviguait sur un océan de feuillage. Puis les fenêtres du pignon nord brillèrent soudain à travers les arbres. Enfin nous sortîmes de l'allée et Tyneford s'offrit à ma vue. Je n'oublierai jamais cette première vision. C'était un manoir simple et élégant. D'une couleur différente de celle des cottages, ses pierres d'un jaune chaud luisaient au soleil. Un porche gothique s'élevait sur le côté. Le blason familial était sculpté dans sa façade en grès et deux roses en pierre ornaient chacun de ses coins. Une vieille glycine chargée de grappes de fleurs encadrait les fenêtres à l'ouest. Ce ne fut pas seulement la beauté du bâtiment qui me frappa cet après-midi-là et bien d'autres après, mais aussi sa situation : rares sont les endroits en Angleterre où la nature a été plus prodigue. Des bois de hêtres bordaient le jardin, et la demeure, construite sur un terrain en pente, avait la rangée de collines en arrière-plan. Une élégante terrasse courait le long de la maison d'où quelques marches menaient à une pelouse soyeuse qui descendait vers la mer. Toutes les fenêtres de la façade donnaient sur cette étendue d'eau étincelante, calme, enchanteresse. Je respirai de nouveau cet air à l'étrange odeur de thym, de terre fraîchement retournée, de sueur et de sel.

Art conduisit la charrette vers des écuries bâties dans une vaste cour, à l'arrière de la maison, puis se mit en devoir de dételer Mr. Bobbin et de le doucher avec un tuyau. Je descendis à mon tour et me tins, mal à l'aise, sur les pavés de la cour, l'oreille tendue vers le rugissement de la mer.

« Entrez là-bas, dit Art en me désignant une porte. Allez-y. J'apporterai vos affaires dans un petit moment. »

Je me rembrunis, consciente que le vieil homme me parlait sur le même ton qu'aux vaches rétives. Plus tard je découvris que cela traduisait une grande confiance et de l'affection : Art, en effet, n'estimait que très peu de bipèdes. Deux jeunes valets d'écurie sortirent d'un des box. L'un d'eux commença à étriller Mr. Bobbin tandis que l'autre trimballait un grand seau d'eau. M'apercevant, celui-ci fut surpris et renversa de l'eau sur les bottes de Art.

« Espèce de petit crétin merdeux… » se mit à hurler le vieil homme. Je décidai de quitter les lieux avant qu'il ne tourne sa colère contre moi.

La porte de derrière ouvrait sur un couloir obscur qui sentait l'humidité et la souris – une odeur écœurante semblable à celle de l'urine. Les murs étaient chaulés, mais les étroites fenêtres ne laissaient passer que peu de jour. Des voix me parvenaient de derrière la porte située au bout du passage, accompagnées de minces volutes de vapeur. Je frappai, me demandant si je voulais vraiment qu'on me réponde. À la maison, j'avais une certaine réticence à pénétrer dans le domaine de Hildegard : ma mère était son employeuse. Le battant s'ouvrit à la volée, me plaquant contre le mur.

« Oh, qu'est-ce que tu fais là ? me demanda une grosse fille en tablier blanc et bonnet assorti.

— May Stickland, ne lambine pas. File me chercher ces pommes de terre.

— Y a une fille dans le couloir, dit May.

— Eh bien, fais-la entrer. »

Je suivis May à la cuisine. À cette époque, celle-ci paraissait très moderne. Elle était pourvue de larges plans de travail en carreaux étincelants et, au milieu, d'une énorme table couverte de farine et jonchée d'emporte-pièces pour la pâtisserie. Des rangées d'ustensiles pendaient de crochets fixés au-dessus d'un grand fourneau en fonte, d'innombrables cuillers en bois s'entassaient dans des bocaux, à côté du double évier. Placées très haut, les fenêtres empêchaient de voir dehors, mais la lumière entrait à flots, illuminant les particules de farine qui flottaient dans l'air tels des flocons de neige. Hildegard aurait pleuré de joie à la vue d'une cuisine pareille. Mrs. Ellsworth, la gouvernante, trônait à la table, entourée de plaques à gâteaux, d'une motte de beurre ronde, d'un seau à farine, de sachets d'épices et de levure. Ses cheveux gris étaient coiffés en un chignon très strict, sa peau, tannée et ridée, indiquait une vie en plein air, même si elle régnait sur la cuisine. Elle portait une blouse blanche empesée, une ample jupe noire et un tablier, lui aussi apprêté, noué autour de la taille.

« Elise Landau », dit-elle. C'était davantage une constatation qu'une question.

Ne sachant que répondre, je sortis de ma poche l'enveloppe de la Mayfair Private Service Agency et la lui tendis. Elle l'ouvrit et en examina le contenu : des pièces de monnaie et un reçu pour mon ticket de train.

« Vous n'avez pas déjeuné alors ? J'espère que vous n'avez pas laissé un jeune homme vous offrir à boire. »

M'efforçant de ne pas rougir, je gardai le silence. Mrs. Ellsworth haussa les épaules et fit un signe à

79

May. « Donne du pain et du beurre à cette fille. Elle doit mourir de faim. Pas de déjeuner… J'espère que vous n'êtes pas une de ces continentales qui ne mangent rien. J'ai trop à faire pour m'occuper de mauviettes. »

Elle me scruta de ses yeux gris. « Enfin, vous ne ressemblez pas à une de ces femmes qui sautent les repas. Il y a trop de travail ici pour que vous ayez le temps de vous languir.

— Elle dit pas grand-chose », commenta May en flanquant devant moi une assiette émaillée contenant des tartines et du fromage qui s'émiettait.

« J'en connais une qui aurait intérêt à parler beaucoup moins », rétorqua Mrs. Ellsworth.

Vexée, May alla à l'évier où elle pouvait faire la vaisselle et m'espionner sans être critiquée.

Mrs. Ellsworth se tourna vers moi. « Demain matin, je vous mettrai au courant. Ce soir, vous pouvez vous coucher de bonne heure. »

La bouche pleine de pain et de fromage, j'acquiesçai d'un signe de tête. La gouvernante poussa un petit tas de linge dans ma direction.

« Demain, je veux vous voir porter ces vêtements. Et il faudra qu'on parle de votre coiffure. »

Je m'essuyai les mains sur ma jupe et ramassai les affaires : un bonnet et un tablier blancs. Les symboles de ma nouvelle vie. Je les avais déjà en horreur.

7

Mr. Rivers

Je me couchai de bonne heure dans une petite chambre sous les combles. Ne pouvant me tenir debout dans les deux tiers de la pièce à cause du plafond en pente, je m'étendis sur le lit (en pyjama, cette fois, ayant enfin le courage d'enlever ma robe sans craindre les puces ou autres parasites) et contemplai les poutres. Jamais poncées, elles portaient encore des marques de scie sur le côté. En effet, pourquoi se donner la peine de les lisser pour une simple bonne ? La chambre était toutefois rigoureusement propre et chaulée. Pourvue d'une cheminée, elle aurait pu être confortable. Je disposai les photos de ma famille et de Vienne sur l'unique commode. Dans ce décor spartiate, le palais du Belvédère semblait un peu déplacé. Sans radiateur ni électricité, je reposais à la lueur d'une bougie, me prenant pour l'une des héroïnes d'opéra interprétées par Anna, à la différence que j'avais froid, que je me sentais cafardeuse et qu'il n'y avait pas d'auditoire pour m'applaudir. Par une minuscule fenêtre, j'entrevoyais un bout de mer gris ardoise qui vira à un noir luisant à l'approche du crépuscule. Soudain, quelqu'un frappa à la porte, puis glissa une enveloppe sous le battant.

Je me levai d'un bond et, enveloppée du drap, m'approchai clopin-clopant de la porte. Cependant, quand j'ouvris, je ne vis personne. Je me glissai dans le couloir et regardai autour de moi. Vide. Haussant les épaules, je rentrai dans ma chambre, ramassai la lettre et fermai derrière moi. Le timbre portait un cachet postal de Vienne et je reconnus l'écriture ronde de Margot. Je déchirai le rabat, sortis la feuille de papier et commençai à lire.

Je me suis dit que tu aurais peut-être envie de recevoir une lettre à ton arrivée. Alors que je t'écris, tu es toujours là. Je t'entends te disputer dans le bureau avec papa – tu as de nouveau triché au jacquet. Mais tu me manques. Tu n'es pas encore partie que déjà tu me manques. J'espère que tu as aimé le chocolat. Je ne l'ai pas encore caché dans ta sacoche, mais ça ne saurait tarder. Et je sais que lorsque tu liras ces lignes tu l'auras déjà dévoré. Sans doute toutes les barres d'un coup, de quoi te rendre malade et avoir faim le lendemain.

On m'a dit qu'il y avait dans le Dorset des conques qui émettent un do *parfait. Trouves-en une pour que nous puissions jouer ensemble. Je jouerai de l'alto et tu pourras souffler dans la conque.*

Je reniflai avec dédain. Margot voulait toujours à tout prix me faire participer à sa musique – on aurait dit qu'à ses yeux j'étais aveugle et qu'elle devait découvrir un moyen de m'apprendre à voir. J'avais renoncé à lui expliquer que j'adorais écouter de la musique, mais n'éprouvais aucun désir d'en jouer. Je lui trouverais sa conque. Quand je l'apporterais aux États-Unis, ma sœur se rendrait compte à quel point son idée était ridicule. Au mot « États-Unis », mon cœur se serra. L'Amérique, c'était encore plus loin que Vienne, de l'autre côté d'une mer encore plus vaste.

Obéis à Hilde et lis Mrs. Beeton. Selon Anna, toutes les dames anglaises se servent de son livre. Essaie d'être raisonnable, mon chou. Ne te fais pas renvoyer par Mr. Rivers. Du moins jusqu'à ce que nous t'ayons obtenu un visa américain. Alors tu pourras faire irruption dans le salon à l'heure du thé, piquer toutes les cerises du gâteau et te montrer aussi impertinente que si tu étais chez nous et on te renverra, tu fileras en Californie et je serai si contente de te voir et nous boirons du champagne. Mais, en attendant, il faut que tu sois sage.

Je dus me pincer le bras pour ne pas pleurer. C'était l'absence de ponctuation qui me faisait cet effet. On aurait dit que Margot était essoufflée, qu'elle bavardait sans marquer de pause comme quand elle était excitée. Parfois je la détestais, mais je préférais la détester de près. Si loin d'elle, j'oublierais très vite combien elle m'irritait. Elle me manquerait d'une façon insupportable. Levant les yeux au plafond, j'essayai de me rappeler tout ce qui me déplaisait chez ma sœur : elle me chipait mes livres et soulignait les passages qu'elle aimait à l'encre rouge ; elle se pavanait dans ma chambre dans sa lingerie de soie, exhibant ses seins parfaits ; parfois, quand nous nous battions, elle pinçait les bourrelets de graisse qui ceignaient ma taille ; et elle avait toujours plus d'allure dans mes vêtements que moi. Cependant, rien de tout cela n'adoucissait son absence – mépriser Margot était un luxe qui appartenait à mon ancienne vie. J'attendais avec impatience le moment où je pourrais la détester de nouveau.

Je pris mon bonnet de femme de chambre, approchai du petit miroir posé sur la commode et le posai sur mes cheveux. Même Margot n'aurait pu le faire paraître seyant, eût-elle passé des heures dans la salle de bains à se mettre du rouge à lèvres couleur pêche, de la poudre et du fard à joues importés de Paris. Écœurée, je le jetai à terre et, de mes orteils nus, donnai un coup de pied au tablier.

Pendant que j'étais à la cuisine avec Mrs. Ellsworth, Art avait monté mes bagages. Je décidai de les défaire, une nouveauté pour moi : en effet, nous avions toujours eu des bonnes pour ce genre de tâches. Lorsque nous fûmes obligés de les renvoyer, Hildegard et la femme de ménage juive rangèrent nos tiroirs. Notre linge continuait à apparaître chaque mois lavé, amidonné et plié. Pour la première fois depuis mon départ de Vienne, j'ouvris la malle. Comme je m'y attendais, *La Bonne Ménagère* était blottie dans mes vêtements telle une poule couveuse.

Je fus presque heureuse de voir ce livre : c'était comme avoir un morceau de Hildegard avec moi. Mais, pas plus qu'avant, je n'avais l'intention de le lire. Je fourrai mon linge dans des tiroirs, sortis mes jupes et mes robes et les étendis soigneusement sur le lit. J'avais une petite lame de rasoir dans ma trousse de toilette. Assise en tailleur sur les couvertures, je me mis en devoir d'extraire les bijoux de leur cachette, veillant à ne pas me couper les doigts et tacher de sang mes vêtements. Avant de ranger une jupe, j'en tâtai l'ourlet et bientôt je fus en possession d'un petit tas d'or que j'enfermai dans un bas et plaçai à l'arrière d'un tiroir. Anna avait emballé dans plusieurs couches de papier de soie la robe rose que j'avais portée lors de ma dernière nuit à Vienne. J'ignore à quel moment elle avait pu l'introduire dans ma malle. Tout en me rendant compte que je n'aurais jamais l'occasion de la remettre, je savais que j'aurais plaisir à la voir pendue à côté de l'armoire, souvenir de temps meilleurs. Lorsque je la tins à bout de bras, je remarquai que l'ourlet en était froissé, comme si on y avait dissimulé quelque chose. Avec ma lame de rasoir, je défis le double piquage et en tirai doucement un serpent de perles. Le collier d'Anna.

Alors que le ciel du soir plongeait dans la nuit, je restai assise sur le lit à écouter les vagues déferler sur la plage. Le rang de perles luisait à la lueur de la bougie. J'en caressai les petites sphères lisses, blanches comme des gouttes de lait. Ce bijou clandestin révélait qu'Anna doutait que nous nous verrions un jour à New York. Je les égrenai maintes et maintes fois, hésitant à les mettre autour du cou de peur d'étouffer.

Mon sommeil fut agité, le bruit de la mer envahissait sans cesse mes rêves. Un bateau m'emportait vers un pays lointain qui n'était pas l'Amérique. Je savais que nous ne nous dirigions pas vers l'endroit où se trouvaient Anna, Julian et Margot. Je hurlai au capitaine de faire demi-tour, mais deux marins musclés au visage cruel me prirent par les bras et me jetèrent par-dessus bord. Je me débattais et quand je tentais de crier, une eau salée brûlante m'emplit les poumons. Me réveillant en sursaut, je constatai que j'étais trempée de sueur et on aurait dit que j'avais versé un seau d'eau sur les draps. Ma bougie s'était consumée, il faisait nuit noire. Je respirai profondément jusqu'à ce que mon cœur ralentisse et reprenne un rythme normal, puis je décidai d'aller me laver la figure.

Pieds nus, je suivis le couloir à pas feutrés, avançant à tâtons comme si je jouais à colin-maillard en solitaire. N'ayant jamais eu peur du noir ou des bruits nocturnes, je m'efforçai de garder mon sang-froid en cette occasion-ci. En montant à l'étage, je n'avais vu aucune salle de bains. Quand j'avais demandé les toilettes, on m'avait indiqué un cabinet extérieur. Plusieurs portes donnaient sur le couloir, mais ne voulant pas réveiller May ou une autre domestique, je décidai de me rendre dans la cour pour me passer de l'eau sur le visage à l'air libre. L'escalier de service était plongé dans l'obscurité. La main sur la rampe, je descendis à l'aveuglette et réussis à ne pas trébucher sur les marches. J'aboutis au couloir de la cuisine et me hâtai vers la porte de service. Elle n'était pas fermée à clé. Je sortis dans la cour.

Sous mes pieds, les pavés couverts de rosée étaient froids et glissants. Lorsque je dérapai, heurtant mon gros orteil sur une pierre cassée, je regrettai de ne pas m'être chaussée, mais les idées raisonnables me venaient toujours trop tard. Mr. Bobbin appuyait sa tête brune et blanche sur la porte de l'écurie : les yeux fermés, il ronflait doucement. Je souris : c'était la première fois que j'entendais un cheval ronfler. Jusque-là je n'avais entendu que Julian quand il avait forcé sur le cognac après un bon dîner.

La nuit était fraîche. Bien que frissonnant dans mon pyjama, j'appréciai le calme alentour. De me retrouver ainsi toute seule dehors m'apporta un bref moment de bonheur. Pour l'heure, je n'avais pas à me demander ce que je devais dire ou faire. Je pouvais sautiller tout autour de la cour silencieuse sans que personne ne me gronde pour conduite inconvenante. Je m'étirai avec volupté, découvrant mon ventre, et émis un bâillement peu digne d'une dame. Mes cheveux poissés de sueur collaient à mon visage. Malgré le froid, je décidai de les laver. Une vieille pompe pourvue d'un bras en fer se dressait au milieu de la cour. J'actionnai le levier jusqu'à ce qu'un jet éclabousse mes pieds et inonde les pavés. M'agenouillant, je plaçai ma tête sous le conduit, tout en activant la pompe. Je réussis à rincer mes cheveux, mais je m'arrosai d'eau glacée. Le froid me coupa le souffle, vida mon esprit de toute pensée. Ce n'était pas désagréable. Le grincement de la pompe emplissait la cour déserte, de sorte que je mis un moment à me rendre compte qu'on me parlait.

« *Hullo ?* »

Je me relevai d'un bond, me cognant la tête contre la pompe. Je sentis une douleur violente au-dessus de mon œil. Je m'accroupis en me frottant le front. L'instant d'après, un homme s'agenouillait à côté de moi et repoussait du doigt mes cheveux mouillés.

« Vous saignez ou c'est de l'eau ? Je ne vois rien. Venez à la lumière. »

Je le laissai me guider vers un coin de la cour où brûlait une lampe à pétrole posée sur un montoir. Il toucha mon front meurtri. Trop embarrassée pour le regarder, je contemplai mes pieds nus et un peu sales.

« Non, ce n'est pas grave. Désolé, je ne voulais pas vous faire peur. »

Levant les yeux, je distinguai dans la pénombre un homme brun d'une quarantaine d'années, les yeux légèrement en amande. Anna l'aurait trouvé beau, mais je savais les hommes de cet âge bien trop vieux pour prétendre à cet avantage.

« Je suis Christopher Rivers, dit-il.

— Elise Landau », répondis-je en tendant la main.

Il la regarda un moment avant de la serrer chaleureusement entre les siennes. Je rougis, me rappelant soudain que j'étais à présent une domestique qui ne serrait pas la main à des messieurs. Je me rendis compte combien je devais lui paraître bizarre, debout dans la cour au beau milieu de la nuit, vêtue d'un pyjama trempé. Lorsqu'il lâcha ma main, je croisai les bras.

« Je suis très contente de vous connaître, mister Rivers… sir », ajoutai-je après réflexion, me souvenant du titre que les bonnes anglaises donnaient à leur patron.

« — Tout le plaisir est pour moi, Elise », répondit Mr. Rivers en essayant de réprimer le sourire qui s'étendait de ses yeux à ses lèvres.

Je regardai à nouveau les pavés. Jusque-là aucun homme à part Julian ne m'avait appelée par mon prénom. À Vienne, seuls les pères, les frères et les amants pouvaient se le permettre. Les rares hommes que je connaissais m'appelaient toujours « Fraülein Landau » ou, au mieux, « Fraülein Elise ». Que cet inconnu, ou presque, m'appelât Elise tout court avait quelque chose d'étrangement intime.

« Vous devriez rentrer. Vous êtes trempée. Je ne voudrais pas que vous attrapiez froid.

— Oui… euh… mister… sir.

— Appelez-moi Mr. Rivers. »

J'acquiesçai d'un signe de tête, essorai ma longue tresse et m'apprêtai à retourner dans la maison. J'atteignais la porte de service quand Mr. Rivers cria :

« Elise ? »

Je m'immobilisai, la main sur la poignée.

« Je préfère qu'aucun de nous ne mentionne notre rencontre à Mrs. Ellsworth. Nous ne ferons connaissance que demain matin.

— Entendu, mister Rivers. »

Y avait-il un clair de lune ? Je n'en suis pas sûre mais les circonstances l'auraient presque exigé. Quand je repense à cette nuit, je vois une grande lanterne blanche pendre au-dessus des écuries et le vent agiter les oyats. Comme dans un rêve, je suis à la fois la fille dans la scène et un autre moi qui l'observe. Je vois Mr. Rivers repousser les cheveux de la fille, je sens la chaleur de ses doigts sur mon front.

Je regarde cette autre Elise traverser la cour et se glisser dans la maison obscure.

Puis je suis allongée dans l'obscurité, les yeux levés vers les poutres noircies de ma petite mansarde, et j'entortille sans fin ma natte autour de mon bras.

8

Tel Samson, je refuse de me couper les cheveux

Mrs. Ellsworth me conduisit par une épaisse porte verte dans la partie principale de la maison. Cette porte constituait une ligne de séparation entre notre domaine et celui des maîtres aussi inviolable que n'importe quelle frontière nationale. Elle me fit faire le tour du salon situé à l'ouest et me montra une inquiétante rangée de précieuses clochettes en porcelaine et de vieux *netsuke* que je ne devais pas casser. Une série d'ancêtres à l'expression sévère me regardaient depuis les murs obscurcis, les rideaux étant hermétiquement fermés pour préserver du soleil la tapisserie en soie de Chine et une marine de Turner représentant Mupe Bay. La mer peinte déferlait sans bruit sur des rochers luisants, des nuages noirs tourbillonnaient dans le ciel. Mrs. Ellsworth m'informa d'une voix empreinte de fierté qu'il s'agissait du tableau le plus cher de la maison, qu'il avait été assuré pour plus de dix mille guinées. Elle s'arrêta près d'une cheminée portant, gravés dans la pierre, le blason familial et du lierre grimpant. Au fond du foyer, le grès jaune était noir de suie, les cendres d'un feu ancien voltigeaient dans l'âtre.

« Tous les matins, vous devrez nettoyer les cheminées du grand salon, de la salle à manger et de la salle du petit déjeuner. Quand nous avons des dames invitées par temps froid, vous entrez discrètement dans leur chambre pour allumer leur feu. Bien entendu, celui-ci doit être préparé la veille au soir.

— Oui, Mrs. Ellsworth. »

Je réprimai un bâillement. Jamais je ne m'étais autant ennuyée. La liste des tâches à accomplir s'étendait sans fin devant moi et j'étais à peu près certaine d'en oublier la moitié. Je n'échapperais pas à de sévères remontrances.

« Vous avez compris comment utiliser la cire d'abeille pour le parquet ?

— Oui, Mrs. Ellsworth.

— Et vous avez vu comment il faut épousseter ces bibelots sans les casser ?

— Oui, Mrs. Ellsworth.

— Vous pouvez revenir nettoyer ici plus tard. Mr. Wrexham tient à montrer aux nouvelles femmes de chambre comment allumer un feu dans les règles. »

En hâte, je suivis la gouvernante dans l'entrée lambrissée, puis dans une agréable salle à manger où le couvert était mis pour le petit déjeuner. La première chose qu'on m'avait apprise, c'était l'importance de la rapidité : une bonne n'est jamais oisive, or traîner, c'est ne rien faire. Pendant les douze mois à venir, je devrais me déplacer au petit trot comme si une affaire d'État urgente m'attendait, même si je ne faisais que rapporter un coquetier à l'office. Flâner, c'était pour les riches. En y repensant, je me rendis compte que je n'avais jamais vu Hildegard marcher à pas comptés. Elle courait partout, aussi efficace que Mrs. Ellsworth, et même pendant nos petites conversations tranquilles dans la cuisine, elle occupait ses mains, faisant cliqueter les aiguilles de son tricot, raccommodant mes vêtements ou saupoudrant de sucre les pains au lait qu'elle venait de sortir du four.

Dans la salle à manger du matin, une cafetière en argent posée sur une plaque chauffante répandait un arôme délicieux qui me fit saliver. Depuis mon arrivée en Angleterre, je n'avais bu qu'un thé noir et épais, absolument répugnant. Ici, les rideaux étaient ouverts, le soleil entrait à flots par les hautes fenêtres à battants. À l'extérieur, on voyait une terrasse bordée d'une balustrade de pierre enlacée d'un fouillis de vigne vierge. Des pots évasés en terre cuite débordant de géraniums rouges étaient disposés à intervalles réguliers à côté de tables et de chaises blanches. Au-delà, une pelouse bien entretenue descendait en pente douce vers la mer. C'était si beau que je ne pus m'empêcher de sourire.

« Hum, hum, *harrumph*. En voilà encore une qui baye aux corneilles », fit une voix.

Regardant autour de moi, j'aperçus un homme aux cheveux blancs, à l'allure autoritaire d'un chef d'orchestre, debout près de Mrs. Ellsworth. Je réprimai un rire. Je n'avais encore jamais entendu quelqu'un dire *harrumph*. Cette interjection, je ne l'avais rencontrée que dans les livres que j'étudiais pour améliorer mon anglais.

« Elise, voici Mr. Wrexham, le majordome de Mr. Rivers et le chef du personnel ici, à Tyneford. »

Je me figeai, beaucoup plus intimidée par ce vieil homme austère que je ne l'avais été la nuit précédente par Mr. Rivers. Étais-je censée lui serrer la main ? Lui faire une révérence ?

« Ravie et enchantée de… rencontrer… votre connaissance, sir », dis-je, les bras le long du corps.

Le majordome me regarda, les yeux mi-clos. « Cette jeune fille essaie-t-elle d'être drôle ?

— Je ne crois pas, mister Wrexham. J'ai l'impression que sa connaissance de la langue anglaise est assez particulière.

— Eh bien, donnez-lui des livres qui l'enseignent. Ce charabia est inacceptable. Il faut qu'elle puisse servir des dames et des messieurs anglais sans provoquer ni malentendus ni embarras. » Le vieil homme prononça ce dernier mot comme s'il s'agissait d'un crime capital.

« Très bien, mister Wrexham », dit Mrs. Ellsworth.

Je passai le quart d'heure suivant à apprendre du majordome comment préparer et allumer un feu. Cela demanda presque une boîte entière d'allumettes, plusieurs pages de journal et toute la patience de mon mentor. Cependant, lorsque la porte s'ouvrit devant Mr. Rivers, un grand feu ronflait dans l'âtre. Le patron salua ses deux vieux serviteurs et, ne me prêtant aucune attention, s'assit à la table avec son journal.

« Aurez-vous besoin d'autre chose, mister Rivers ? s'enquit Mrs. Ellsworth.

— Non merci.

— Au fait, voici Elise, la nouvelle femme de chambre.

— Parfait. Ravi de faire votre connaissance, Elsie », dit Mr. Rivers sans lever les yeux.

Un frisson d'irritation me picota la nuque. « Elsie », ah oui ? J'eus envie de lui arracher son fichu journal et de le mettre en boule. On ne m'avait encore jamais snobée de cette manière. Mrs. Ellsworth me fit sortir et me fourra une boîte de produits d'entretien dans les bras.

« Bon, maintenant vous pouvez aller nettoyer le grand salon à fond. Quand vous aurez terminé, commencez les chambres. Veillez à faire les lits comme je vous l'ai montré. »

Je m'éloignais d'un pas rapide lorsqu'elle me rappela pour déverser sur moi à voix basse un autre flot d'instructions.

« Elise, rappelez-vous qu'on ne doit jamais vous voir de l'extérieur. Quand vous lavez les vitres, baissez-vous et partez si jamais vous apercevez une dame ou un monsieur dehors, sur la pelouse ou la terrasse. Si Mr. Rivers entre dans la pièce, vous vous excusez, vous ramassez votre fourbi et vous sortez. Vous devez vous rendre invisible, vous comprenez ?

— Oui, Mrs. Ellsworth, je dois me rendre invisible. »

Mes mains saignaient, mes ongles se fendillaient et le bout de mes doigts était rouge et crevassé. Mes jambes me faisaient mal comme si j'avais couru pendant des heures dans les collines et j'avais l'impression d'avoir froissé tous les muscles de mes bras et de mes épaules. Je n'avais qu'un désir : m'allonger dans un bain chaud parfumé aux sels de lavande d'Anna, puis me réfugier dans mon lit douillet avec une tasse de chocolat corsé de kirsch, une spécialité de Hildegard. Au lieu de cela, j'étais obligée de nettoyer, frotter, polir et passer rapidement d'une tâche à l'autre. La maison était vaste, comme plusieurs fois notre somptueux appartement à Vienne, et manquait totalement de confort moderne – en tout cas de celui qui aurait facilité la vie d'une bonne. Je me mis à soupirer telle une amante après le bel aspirateur tout neuf de Hildegard. Mr. Wrexham me surprit en train de regarder par la petite fenêtre cintrée au-dessus du porche latéral pour observer les nuages qui folâtraient dans le ciel comme une couvée de canetons.

« Au travail, ma fille, au travail ! Si vous avez le temps de flâner, je vous donnerai une liste de tâches à accomplir. »

Tandis qu'il frappait dans ses mains, je ramassai mon chiffon, ma bouteille de vinaigre et me précipitai dans la chambre la plus proche où je me mis à dépoussiérer le miroir et la coiffeuse. La photo d'une belle jeune femme vêtue d'une robe à taille basse, dans le style qui avait été à la mode dans les années vingt, était posée sur la table à côté d'un peigne en écaille et d'un vide-poche rempli de boucles d'oreilles. Je la pris pour en épousseter le cadre et examinai son visage. Elle avait un joli sourire, un peu de guingois, et elle regardait l'objectif d'un air timide, comme si elle répugnait à se laisser photographier. Les autres objets qui encombraient la coiffeuse paraissaient incongrus : une pile de revues pour hommes, un vieil exemplaire du *Racing Post* et un étui à cigarettes en argent. En y regardant de plus près, je m'aperçus que la coupe ne contenait pas des boucles d'oreilles, mais des boutons de manchette. Un fauteuil de cuir marron était placé près de la fenêtre, un cendrier sur le rebord intérieur. Il s'agissait de la chambre d'un homme et non de celle d'une femme. J'entendis la porte s'ouvrir derrière moi. Je pivotai sur mes talons, m'attendant à voir Mr. Rivers, mais c'était Mr. Wrexham qui s'était glissé dans la pièce avec l'aisance propre aux majordomes stylés.

« C'est la chambre de Mr. Christopher Rivers.

— Oui, de Mr. Rivers. »

Mr. Wrexham fronça les sourcils. « Non, de Mr. Christopher Rivers, le fils de Mr. Rivers. Il est à Cambridge et reviendra dans quelques jours. May fera le ménage dans cette chambre le moment venu. Vous ne devez pas monter ici pendant le séjour de Mr. Christopher.

— Pourquoi ? »

Cette question m'avait échappé. Mr. Wrexham semblait mécontent. Je vis qu'il se demandait s'il allait daigner me répondre.

« Parce que, généreux comme il l'est, Mr. Rivers tient compte de votre situation. Il estime qu'il n'est pas convenable que vous soyez dans la chambre d'un jeune homme pendant le séjour de celui-ci dans la maison. »

Mr. Wrexham tendit le bras et prit la photo qu'inconsciemment je tenais toujours à la main. D'un geste plein de tendresse, il la replaça sur la table.

« Notre regrettée Mrs. Rivers. C'était une femme remarquable », dit-il à voix basse, presque pour lui-même.

J'examinai la douce personne dans le cadre, ses fins cheveux blonds, et j'essayai de l'imaginer mariée au robuste Mr. Rivers. Je me demandai pourquoi toutes les vieilles photos paraissent tristes.

La journée disparut dans un tourbillon de poussière et de fatigue. May et une fille édentée du village participèrent au grand ménage. Je vis un domestique trimballer des seaux de charbon et un valet en livrée porter des plateaux dans la bibliothèque ou le cabinet de travail. Je nettoyai quatre chambres d'amis dont aucune ne semblait avoir été occupée. Bien qu'aérées tous les jours, elles gardaient une odeur de moisi et d'abandon. À cinq heures, je descendis l'escalier de service qui menait à la salle des domestiques. Une longue table de chêne y était mise pour le dîner. Mr. Wrexham était assis à un bout, Mrs. Ellsworth à l'autre. C'était la première fois que je voyais tous les domestiques réunis. Nous étions moins nombreux que je ne l'avais imaginé. À cinq heures moins dix, les deux bonnes de jour rentraient chez elles, au village. Il n'y avait donc que les huit membres du personnel à demeure installés devant une assiette de ragoût et de pommes de terre fumants. Deux bancs peu élevés encadraient la table ainsi que deux chaises identiques à haut dossier pour le majordome et la gouvernante. Lambrissée de bois sombre, la salle mesurait neuf mètres de long, et à la table, de la même dimension ou presque, il y avait place pour une quarantaine de convives. Nos voix résonnaient dans la pièce et je me demandai quand celle-ci avait été pleine pour la dernière fois. Nous aurions été bien mieux dans la cuisine lumineuse qu'assis sur ces bancs durs dans l'obscurité. Une tapisserie pâlie proclamait « Travail et Foi », une devise peu excitante. Les murs étaient constellés de petites clochettes en laiton, chacune accompagnée d'une étiquette : « cabinet de travail », « salon », « chambre principale », *et cætera*. Une sonnerie électrique plus moderne avait été installée à la cuisine et dans le couloir de service, et ce vieux système conférait à la salle un aspect lugubre. J'étais assise à côté d'Henry, le valet de pied (Stan de son vrai nom, mais à Tyneford les valets de pied s'étaient toujours appelés Henry). Billy le jardinier, dont les cheveux hirsutes contrastaient avec les haies bien taillées de son domaine, enfournait sa nourriture sans prononcer un mot. Jim, le garçon de cuisine, bavardait avec Peter, l'homme à tout faire. May, la fille de cuisine et mouche du coche, était la personne que mon arrivée à Tyneford dérangeait le plus. Assise en face de moi, elle m'observait de ses petits yeux porcins. Je sentais que sans la présence des autres, elle aurait grondé comme un chien en me montrant ses dents jaunes.

« C'est moi qui devais devenir femme de chambre, geignit-elle. Ça fait cinq ans que je suis fille de cuisine. »

Je ne dis rien et examinai le contenu de mon assiette.

« Tu n'es pas prête pour une promotion. On ne peut pas te laisser importuner ces messieurs-dames avec ton bavardage. » Mrs. Ellsworth tambourina sur la table et j'eus la nette impression que ce n'était pas la première fois que les deux femmes avaient ce genre de discussion.

« Suffit, ordonna Mr. Wrexham, les yeux plissés d'indignation. Elise a été engagée sur ordre de Mr. Rivers. Je n'admettrai pas qu'on discute les volontés de monsieur dans cette maison. C'est clair ? »

May baissa la tête et se mit à pleurer en silence au-dessus de ses boulettes de pâte. Mrs. Ellsworth ébaucha un geste de consolation, mais voyant l'expression furieuse du majordome, se ravisa et fit mine de prendre sa serviette.

« Mrs. Ellsworth, voulez-vous dire le bénédicité, s'il vous plaît ? » dit son collègue.

Tous les domestiques inclinèrent la tête et, joignant les mains, formèrent des triangles au-dessus de leur assiette. Je ne savais que faire. Impossible de prier. On m'avait forcée à quitter ma famille, mais je ne deviendrais pas chrétienne. Chaque prière que je prononcerais m'éloignerait encore davantage de mes parents. Je fermai les yeux et scellai mes lèvres.

« Que le Seigneur nous rende reconnaissants pour ce que nous allons recevoir. Que le Christ notre Sauveur bénisse Mr. Rivers, Mr. Christopher et tous les habitants de cette maison. Amen. »

Un chœur d'« Amen » s'éleva de la table. J'ouvris les yeux. Mr. Wrexham me regardait avec une moue de mécontentement.

« Vous ne désirez pas que le Seigneur bénisse cette maison ?

— Il m'est impossible de prier avec vous.

— Pourquoi ? Notre Dieu n'est-il pas assez bon pour vous ? »

Je pensai à Anna, à Julian et à mon dernier soir à Vienne. Je n'avais jamais vraiment prié jusque-là. Je me demandai si je prierais de nouveau un jour, mais je me rappelai la psalmodie suave de Herr Finkelstein et son chant concernant la Terre promise. « L'année prochaine à New York. » Telle serait ma dernière prière jusqu'au moment où je reverrais ma famille.

« Je suis juive. »

Le ton de ma voix me surprit. Ferme et net, c'était celui d'une profession de foi. Je n'avais encore jamais prononcé ces mots. À cause d'eux, j'avais été bannie de Vienne et chassée de l'autre côté de la mer, pourtant ils n'avaient encore jamais franchi mes lèvres. J'avais dû exprimer une grande résolution car ni Mr. Wrexham ni aucun des autres serviteurs ne mentionnèrent à nouveau mon refus de réciter le bénédicité.

On frappa très fort à la porte et Art entra, chaussé de gros souliers sales qui sentaient nettement le crottin de cheval. Mrs. Ellsworth fronça les sourcils, mais se contenta de dire : « Ton repas est sur le chauffe-plat, dans la cuisine. Tu n'as qu'à te servir. »

Je l'avais un peu oublié, Art. À présent, je me demandai pourquoi il ne dînait pas avec nous. Se penchant vers moi, Peter me confia : « Art, il aime pas manger avec des humains. Il préfère la compagnie des chevaux et des vaches. L'ennui, c'est que le ragoût de viande lui convient mieux que le foin. » Puis il rit bruyamment de sa plaisanterie.

« Mr. Bobbin, y dit beaucoup moins de bêtises que toi, riposta Art. Un homme a le droit de dîner en paix. »

Je le comprenais. Moi aussi je me serais bien glissée dehors avec mon assiette pour manger à côté de Mr. Bobbin, dans le calme de la cour. J'adressai un sourire à Art et celui-ci me fit un clin d'œil en sortant. Je ressentis une bouffée de bonheur à l'idée que j'avais un allié dans la place. May me regardait avec une aversion non déguisée.

Après le repas, nous déposâmes nos assiettes dans la souillarde où May, les bras plongés dans l'eau savonneuse, lavait la vaisselle en ronchonnant tout bas. Les autres domestiques partirent vaquer à leurs tâches. Je suivis Mrs. Ellsworth et Mr. Wrexham à la cuisine où je restai plantée sur le seuil, ne sachant que faire.

« Elise, vous servirez à table ce soir, dit le major-dome. Mr. Rivers reçoit un invité et Henry a congé ce soir.

— Je suis prête à le remplacer, mister Wrexham, proposa la gouvernante.

— Non, merci, Mrs. Ellsworth. Cette petite doit apprendre. Engagée comme bonne, elle remplira ses obligations. »

Je regardai le vieux couple de serviteurs. Ils devaient vivre sous le même toit depuis vingt ans, pourtant ils continuaient à s'adresser l'un à l'autre par leur titre. Réprimant un petit soupir, Mrs. Ellsworth s'assit à la table. Mr. Wrexham dressa le couvert devant elle, puis me tendit un plat décoré de saules rempli de pois secs.

« Et maintenant, servez ces légumes à Mrs. Ellsworth. »

Tous les soirs à Vienne, l'une des bonnes et, plus tard, Hildegard elle-même, avait adroitement posé des légumes et des pommes de terre sur mon assiette. Maintenant que c'était mon tour, je trouvai l'exercice difficile. Ou les pois tombaient sur les genoux de la gouvernante ou je lâchais les couverts. On me reprocha de me pencher trop près (« Nous ne sommes pas dans un pub, ma fille ») ou de me tenir trop loin derrière la convive (« Comment pouvez-vous servir une dame à cette distance ? Réfléchissez un peu, voyons »). Au bout d'une demi-heure, Mrs. Ellsworth se leva.

« Excusez-moi, mister Wrexham, mais je dois préparer le dîner. »

Elle se dirigea vers l'énorme fourneau et commença à entrechoquer des casseroles. Après avoir reversé les pois dans un bocal, Mr. Wrexham rangea le plat sur le buffet. Il me tendit un tablier propre.

« Ce soir, Elise, vous servirez l'eau et retirerez les assiettes vides. »

Je fronçai les sourcils. J'avais réussi à poser correctement mes dernières fourchetées de pois sur l'assiette de Mrs. Ellsworth – sauf un qui avait disparu dans le dos de sa robe. D'être reléguée au rang de serveuse d'eau me paraissait une injuste brimade. Je décidai toutefois de ne pas protester.

« Maintenant asseyez-vous », ordonna Mr. Wrexham.

J'obéis, me demandant quelle serait la leçon suivante. Peut-être comment déplier sa serviette avec un moulinet du poignet ? Soudain, je sentis les mains du majordome dans mes cheveux. Lorsque je me tournai abruptement, je me trouvai nez à nez avec une paire de ciseaux étincelants.

« Pas de scène, s'il vous plaît. Il faut que je vous coupe les cheveux.

— Non ! Non ! Je ne veux pas ! »

À reculons, j'allai me réfugier contre le buffet en chêne, à l'autre bout de la cuisine. Mon cœur me battait dans les oreilles et le ragoût glougloutait dans mon estomac. Je gardai les yeux rivés sur les longues lames. Je ne devais pas cligner des paupières. Pas cligner. Dans ma tête, je voyais l'homme aux ciseaux du *Struwwelpeter* s'approcher de moi en grondant « cric-crac, cric-crac », prêt à trancher ma natte.

« Je ne les couperai pas ! criai-je d'une voix larmoyante en me rencognant davantage.

— Elise, ne faites pas d'histoires, intervint Mrs. Ellsworth. Mister Wrexham, vous terrifiez cette pauvre fille. Elle est toute pâle. »

Mr. Wrexham baissa ses ciseaux et croisa les bras.

« Je ne peux permettre à quelqu'un de servir dans ma salle à manger avec des cheveux longs. Ça manque de dignité, c'est sale et c'est laid. »

Mrs. Ellsworth se tourna vers moi. Son visage exprimait une certaine compassion. « En Angleterre, mon petit, toutes les bonnes doivent porter les cheveux courts. C'est une question de rang. Et aussi d'hygiène », ajouta-t-elle, comme si les Autrichiens ignoraient la propreté.

Je fermai les yeux, ravalant mes larmes. Margot m'avait exhortée à être raisonnable. Je ne devais pas me faire renvoyer, pas pour un motif aussi futile.

« Alors moi je couperai mes cheveux. Moi, pas lui », dis-je en désignant le majordome patientant maintenant derrière l'énorme table.

Mrs. Ellsworth acquiesça d'un bref signe de tête. « Très bien. Donnez les ciseaux à Elise, mister Wrexham. »

Le majordome les posa sur la table et les poussa vers moi. Je les regardai briller dans la lumière qui tombait des hautes fenêtres. Je savais que les deux domestiques m'observaient, doutant de mon cou-

rage. Inspirant à fond, je pris l'instrument et me dirigeai vers la porte.

« Au-dessus du col, Elise », me cria Mr. Wrexham.

Je gravis à toute allure l'escalier de service jusqu'à
ma chambre, claquai la porte et m'assis sur le lit, les
ciseaux sur les genoux. Incliné, le miroir de la commode réfléchissait mon visage pâle et mes lèvres pin-
cées. Mr. Wrexham avait essayé de me couper les
cheveux sans enlever mon bonnet : celui-ci était toujours fixé derrière mes oreilles. D'une main tremblante, j'enlevai la bande de dentelle, puis ôtai une à
une les épingles qui retenaient ma longue chevelure
noire. Elle tomba en sombres ondulations dans mon
dos. J'y passai les doigts, en sentis la douceur contre
ma joue. Mes cheveux, ma seule beauté, le seul attrait
dont je fusse fière. Quand nous étions petites, Margot, pour me taquiner, prétendait que j'avais été un
bébé échangé. Anna et Julian ne pouvaient être mes
vrais parents : ils étaient beaux et intelligents tandis
que j'étais grassouillette, laide et ne savais jouer
d'aucun instrument. Je savais qu'elle mentait. Mes
cheveux étaient exactement de la même couleur que
ceux de Julian. Dans mon enfance, à l'heure du coucher, mon père s'allongeait à côté de moi sur mon lit.
Nos têtes se touchaient, aussi sombres qu'une rivière
la nuit, et il entortillait ma longue natte autour de son
poignet pendant qu'il me racontait des histoires. Un
soir, il me murmura celle de Samson et de Dalila.
Samson, le prince hébreu qui déchira la poitrine d'un
lion à mains nues et en retira un rayon de miel. Sa
force résidait dans ses cheveux blonds jusqu'au jour
où Dalila s'amena avec son vin, sa perfidie, ses
ciseaux et transforma son seigneur en simple mortel.

Je regardai Julian, les yeux exorbités, mais mon père éclata de rire et me chatouilla. Ne comprenant pas la plaisanterie, je lui promis avec une solennité enfantine : « Comme Samson, jamais je ne me couperai les cheveux. »

… Je pris ma brosse. Elle était en pure soie de sanglier cousue dans de l'éponge avec une manicle en acajou – un cadeau d'anniversaire d'Anna. Je la passai dans mes cheveux, les démêlant jusqu'à ce qu'ils brillent dans la pénombre. Ensuite, je les divisai en deux et les tressai pour la dernière fois. Les yeux fixés sur le miroir, je saisis les ciseaux et coupai. Je poussai un cri avant de me rendre compte que l'opération était indolore. Ma natte était si épaisse que je dus m'y prendre à plusieurs reprises. Au bout d'une minute, je regardai ma tresse tombée à terre. Je la ramassai et m'approchai de la corbeille à papier, mais j'hésitai à la jeter dedans. Je tenais entre mes mains une mesure du temps écoulé : j'avais laissé pousser mes cheveux depuis l'âge de neuf ans. Les pointes fines appartenaient à l'enfant potelée qui courait pieds nus dans l'appartement, fuyant sa sœur. J'avais joué avec la poupée en porcelaine de Margot et celle-ci m'avait tiré si fort les cheveux que des larmes m'étaient montées aux yeux. Pour me venger, j'avais tripoté la serpillière sale de Hildegard, puis je m'étais glissée dans la chambre de Margot et après avoir ouvert son étui d'alto, j'avais passé mes doigts crasseux sur les crins de l'archet. Quand ma sœur joua, l'instrument cria une seconde avant elle. Me sentant coupable, je m'étais cachée dans la buanderie. J'avais tenté d'apaiser ma conscience en me rappelant la douleur que ma sœur m'avait infligée.

J'enroulai ma natte, ouvris un tiroir vide et la rangeai dedans. L'aspect de ces cheveux détachés du corps avait quelque chose de légèrement macabre, mais je ne pouvais me résoudre à les jeter.

Lorsque je retournai à la cuisine une heure plus tard, les yeux rougis par les larmes, Mrs. Ellsworth se garda de dire un mot. Elle me fourra un mug de thé et un biscuit au gingembre entre les mains et continua à s'affairer à sa pâtisserie. Consciente qu'elle cherchait à me consoler, j'acceptai la boisson et essayai de manger le biscuit, mais il me resta en travers de la gorge.

« Et maintenant, filez à la salle à manger. Souvenez-vous de rester à la gauche de ces messieurs, près de leur coude et, quand vous vous penchez, de garder votre bras gauche plié derrière votre dos. Ne souriez pas. De toute façon, ça ne risque guère de vous arriver aujourd'hui », marmonna-t-elle en ajustant mon bonnet et en lissant mon tablier. « N'en voulez pas trop à Mr. Wrexham. Ce n'est pas un méchant homme. Il tient seulement à maintenir les traditions. »

Je quittai la cuisine tiède et me hâtai le long du couloir en direction du vestibule. Celui-ci était vide et silencieux. J'essayai de me rappeler où était la salle à manger. Des portes s'alignaient de chaque côté, toutes closes. Tendant l'oreille, je perçus du mouvement derrière l'une d'elles et en conclus que c'était la bonne. Je me glissai à l'intérieur de la pièce.

Mr. Rivers était penché sur le billard, un verre de whisky près de lui. Je murmurai une excuse et tentai

107

de m'éclipser avant qu'il ne s'aperçoive de ma présence.

« Vos cheveux, dit-il.

— Quoi ?

— Vous avez coupé vos cheveux.

— Excuse-moi, je dois trouve Mr. Wrexham. »

Il posa la queue de billard et s'approcha d'un pas. Il tendit le bras comme pour me toucher, puis, arrêtant son geste, prit son verre. Il avala une grosse gorgée de whisky. Reposant son verre sur la table, il me congédia d'un petit signe de la main. Il se pencha de nouveau sur le tapis vert, plissant les yeux pour viser la bille blanche.

« Wrexham doit être dans la salle à manger. Deuxième porte à droite. »

Je me tournai pour partir, mais après un instant d'hésitation, m'adressai à lui comme aucune femme de chambre ne l'aurait fait.

« Pourquoi moi, mister Rivers ? Je ne sais rien où sont les choses. Tous les jours il y a des douzaines d'annoncements dans *Times* journal. Pourquoi me choisir moi et pas une autre fille ? »

Mr. Rivers se redressa, me regarda un moment, puis sourit.

« Je parcourais le journal quand j'ai vu ce message ridicule que vous aviez fait passer. "Je cuirai votre oie" ou une chose de ce genre. Ça m'a fait rire. »

Je me dis que Mr. Rivers était un homme à part. Qui d'autre aurait engagé une bonne pour ses qualités comiques ? Il se pencha de nouveau sur le billard et visa la bille rouge.

« Ensuite, par hasard, j'ai remarqué votre nom. *Landau.* Il y a un romancier très original qui s'appelle comme ça. Cela m'a paru une coïncidence de bon augure. J'ai demandé à Mrs. Ellsworth de vous écrire. Elle n'arrête pas de se plaindre de la pénurie de domestiques.

— Julian Landau.

— Oui. Vous le connaissez ?

— C'est mon père.

— Vraiment ? »

Mr. Rivers se redressa, posa sa queue de billard, oubliant sa partie.

« J'ai tous ses livres. Venez les voir. »

Je le suivis à la bibliothèque où il me montra plusieurs livres reliés alignés en rangées symétriques au-dessus de son bureau. Je les reconnus avec un immense plaisir. Dans cette maison étrangère, j'eus l'impression de rencontrer de vieux amis. D'une certaine façon, mon père m'avait sauvée : grâce à ses œuvres, j'étais arrivée à Tyneford. Je pensai au dernier roman de Julian caché dans l'alto et me demandai si, couvert d'un beau cuir, il viendrait rejoindre ceux de l'étagère.

« Vous pouvez les lire, si vous voulez, dit Mr. Rivers. Je suppose qu'ils vous feront penser à votre pays et à votre famille. »

Je le remerciai poliment. Anna avait l'habitude de dire qu'un homme doté d'un excellent goût littéraire était digne de confiance.

Le dîner se passa sans incident. Je versai de l'eau, ramassai les assiettes et attendis dans un coin de la pièce, malheureuse comme les pierres. Assis aux deux extrémités de la table, séparés par un désert d'acajou ciré, les deux hommes étaient obligés de s'égosiller pour s'entendre. Mr. Wrexham allait de l'un à l'autre, portant des plats de légumes ou servant du vin. Pourquoi ne s'installaient-ils pas côte à côte comme le faisaient Julian et Anna lorsqu'ils n'avaient pas d'invités ? Il s'agissait d'une absurde coutume anglaise, la tradition prévalant sur le bon sens. Si c'était là un conseil de Mrs. Beeton, il ne valait pas tripette. Mr. Rivers faisait comme si je n'étais pas là. Son hôte était un homme à bajoues dont la barbe rousse couvrait le double menton. Ils parlaient politique, de la guerre et de Chamberlain, mais j'étais trop triste pour écouter. Satisfait de la façon dont j'avais accompli ma tâche, Mr. Wrexham m'envoya au lit avec une tasse de chocolat en récompense. Pourquoi les Anglais communiquaient-ils à l'aide de nourriture ? À Vienne, Frau Finkelstein dressait son carlin avec des friandises.

Une fois dans ma mansarde, je jetai le fond de ma tasse de chocolat dans la cour, regardant le liquide éclabousser le mur de brique. Après avoir mis mon pyjama, je m'assis sur le lit, sortis du papier, un crayon, et écrivis à ma famille.

> *Chère Margot (et chers Julian, Anna et Hildegard, sachant que vous lirez tous cette lettre),*
> *Je n'ai pas encore eu l'occasion de chercher des coquillages. Ils m'ont obligée à couper mes cheveux. Ne soyez pas tristes : ça me donne un air très sophistiqué. Et me fait paraître plus mince. Qu'est-ce qui est mieux ? Dès mon arrivée à New York, j'irai chez un excellent coiffeur pour me faire faire une bonne coupe. Alors je serai belle comme tout !*
> *Quand partez-vous aux États-Unis ? Voyagerez-vous ensemble ? N'oubliez pas de me faire*

venir immédiatement. Mais ne vous inquiétez
pas – ce n'est pas que je sois mal ici, simple-
ment je m'ennuie : je n'ai personne à qui par-
ler. Mr. Rivers est plutôt sympa. Il aime les
livres de papa. Avec toute mon affection.

Quand je relus ma lettre, je lui trouvai une gaieté que je n'éprouvais pas. Je sortis l'alto de sa cachette, sous le lit, et le serrai dans mes bras.

« C'est quoi, ton sujet ? As-tu déjà un titre ? Je parie que tu parles d'une fille exilée sur une île plu-vieuse. Une fille aux yeux verts qui a un faible pour le chocolat. »

Dans mon esprit, je vis Julian secouer la tête avec un reniflement de dédain.

« Je n'écrirais jamais ce genre d'histoire. Pour rien au monde. »

J'agitai l'instrument et entendis les pages secrètes frapper contre le bois.

« Alors il s'agit de pirates, papa. De pirates et d'un grand navire. »

Julian eut un rire qui semblait sortir du fond de sa poitrine. « Beaucoup trop romantique !

— Donne-moi une indication », suppliai-je le Julian imaginaire. J'essayai de détacher un des feuillets et de le faire sortir par les ouïes. En vain. Je rangeai l'alto dans son étui. Fermant les yeux, je fei-gnis d'être chez moi, à Vienne. J'écoutai Hildegard s'affairer dans la cuisine tandis qu'Anna et Julian dormaient de l'autre côté de l'entrée. Avec un effort, j'aurais presque pu entendre Julian ronfler.

Je me réveillai au milieu de la nuit. M'asseyant dans le lit, j'écoutai les craquements peu familiers de la vieille maison. Je me sentais totalement seule. J'avais besoin de réconfort. Dans une sorte de brouillard, je descendis l'escalier à pas de loup et m'introduisis dans le garde-manger de Mrs. Ellsworth. En haut d'une étagère, je trouvai un sabayon aux fleurs de sureau, reste du dessert de ces messieurs. Quand j'y repense, je me dis que j'ai eu de la chance de ne pas me faire attraper. Pour moi, mon petit en-cas nocturne n'était pas du vol. Tout ce que je voulais, c'était me goinfrer comme je le faisais à la maison, mais le goût sucré de ce mets avait quelque chose d'étrange et d'écœurant. Après tant d'années, le sabayon continue à me rappeler cette nostalgie que j'avais alors de mon chez-moi et, au début de l'été, quand je perçois le parfum des fleurs de sureau, je retrouve mes dix-neuf ans, je suis assise en tailleur sur le sol du garde-manger, serrant un bol de crème dans mes mains et refoulant mes larmes.

9

Kit

Les jours suivants s'écoulèrent dans une sorte de frénésie ménagère. J'essuyai la poussière jusque dans mes rêves et mes vêtements empestaient le vinaigre. À part les quelques minutes volées que je passais dans la cour à offrir des trognons de pomme et des feuilles de laitue à Mr. Bobbin, rien ne vint rompre ma solitude. Située sur le côté de la maison, la cour ne donnait pas sur la mer, mais je pouvais entendre le fracas du ressac, et des oyats poussaient entre les pavés. La nuit, dans mon lit, j'écoutais les vagues déferler sur les rochers, en bas, et je me promettais de descendre sur la plage le lendemain matin, mais à l'aube, j'étais toujours trop fatiguée. Je gigotais sous mes couvertures, cherchant désespérément à dormir quelques instants de plus.

Je n'avais pas de temps libre. Durant les cinq minutes dont je disposais avant le dîner et où j'étais censée me laver les mains et la figure, je sortais dans la cour. Le cheval mangeait dans la paume de ma main. Je sentais son haleine tiède sur ma peau et j'entendais grincer ses grandes dents jaunes. Il ne hennissait pas, mais s'ébrouait et tapait son chanfrein contre la porte de l'écurie chaque fois qu'il me voyait. Je commençais à ressembler à Art : mon seul ami était un quadrupède. Je me dis que je devais absolument améliorer mon anglais. Mr. Wrexham était aussi décidé que moi, mais pour une autre raison : il espérait me voir servir dans la salle à manger. Je ne devais ni ouvrir la bouche, ni écouter les conversations, tout en étant capable de parler un anglais parfait. Il me força à prendre le *Shorter Oxford English Dictionary* en deux volumes ainsi que l'*Almanach nobiliaire 1920* de Debrett. Il essaya d'y ajouter le livre de Mrs. Beeton et ses lèvres esquissèrent une moue approbatrice quand je lui expliquai que j'en avais déjà un exemplaire.

« Étudiez-le, Elise. Une heure par jour, pénétrez-vous de la sagesse d'Isabella Beeton. Elle écrit pour des maîtresses de maison, mais la portée de son enseignement est universelle. Universelle. »

Si je n'avais pas appris entre-temps que Mr. Wrexham était dénué de tout sens de l'humour et n'aimait pas voir les autres sourire, j'aurais ri de sa familiarité avec l'œuvre d'« Isabella » et du ton rêveur de vieil amoureux qu'il avait pris pour prononcer son nom. Je rangeai les livres dans un coin de ma chambre, bien décidée à ne pas les lire.

Un matin de bonne heure, lors de ma deuxième semaine à Tyneford, alors que je nettoyais la chambre d'amis bleue, une pièce lumineuse aux rideaux bleu ciel, je tombai sur une pile de romans posés sur le rebord de la fenêtre. Séparés des volumes reliés de la bibliothèque de Mr. Rivers, ils visaient manifestement à distraire des hôtes de sexe féminin. Je me perchai sur la banquette d'où je voyais les pelouses onduleuses. Il avait plu pendant des heures, le jardin était détrempé, les gueules-de-loup et les roses trémières étaient couchées par terre, mais à présent un rayon de soleil faisait étinceler l'herbe et les nuages noirs fuyaient par-dessus les collines telle la fumée d'une bande de dragons. Un ciel vide et pâle flottait sur la mer. Je mourais d'envie de descendre à la plage, de m'asseoir sur des rochers et d'aspirer de grandes bouffées d'air salin. Cela faisait plusieurs jours que je n'étais pas sortie, je me sentais emprisonnée et pleine de rancune. Décidée à m'échapper deux heures, je choisis un roman à la couverture orange en lambeaux, le cachai au fond d'une boîte de produits d'entretien et disparus dans ma chambre pour y prendre un volume de l'*Oxford English*. Ensuite, je retournai dans le couloir de service et m'arrêtai devant la porte ouverte de Mr. Wrexham. Il n'était pas encore huit heures mais, vêtu de son habit impeccable, le majordome repassait déjà le journal de Mr. Rivers. J'entrai sans dire un mot et essayai de lire les titres par-dessus son coude. Je devais trouver un moyen d'obtenir les vieux journaux : cela faisait près de deux semaines que j'étais à Tyneford et je mourais d'envie de lire les nouvelles. Mrs. Ellsworth avait une radio dans son salon. Certains soirs, en guise de récompense, elle nous permettait, à May et à moi, de venir l'écouter, mais elle n'aimait que les variétés. Mr. Wrexham rangeait méticuleusement les vieux journaux dans sa chambre, et si jamais j'en empruntais un, il considérerait sans doute cela comme un vol. De toute façon, il estimait que les femmes n'avaient pas à se mêler de politique. Les journaux étaient réservés aux hommes et seuls les gentlemen avaient le droit d'exprimer une opinion sur leur contenu.

« Mister Wrexham ? »

Le majordome sursauta et faillit lâcher son fer.

« Elise ! Vous m'avez presque fait brûler le *Times* de Mr. Rivers !

— Vous m'excuser, mister Wrexham.

— Non, on dit : "Veuillez m'excuser." Il faut que vous appreniez. » Le majordome posa son fer à côté du poêle placé dans un coin de la pièce. « Ah, très bien, je vois que vous avez pris le dictionnaire.

— Oui, j'ai le mal de tête. S'il vous plaît, je pouvoir aller étudier l'anglais dans air frais ? »

Mr. Wrexham fronça les sourcils. « Et votre travail ?

— J'ai nettoyé chambres d'amis et préparé feux. Avec un peu d'air, je serai mieux à midi. »

Après un moment d'hésitation, Mr. Wrexham haussa les épaules. « Bon, d'accord, vous pouvez prendre une heure. Mais que ça ne devienne pas une habitude, hein. Pour servir, il faut être fort. »

J'acquiesçai d'un signe de tête et lui adressai un sourire qui, espérai-je, paraissait sincère. « Oh, mais je suis fille très forte.

— Très bien. Alors, allez-y. » Le majordome se remit à son repassage.

Je m'éclaircis la voix. « Mister Wrexham, si vous voulez, je peux mettre journal dans le salon du matin. Je sais qu'il faut placer *Times* sur petite assiette, les titres face à Mr. Rivers.

— Bon. D'accord. Veillez à ne pas le froisser », dit le majordome, me tendant le journal avec un respect religieux.

Je me hâtai de quitter sa chambre avant qu'il ne se ravise, mais dès que je fus sortie du couloir de service, je ralentis et adoptai une allure défendue de manière à pouvoir lire les titres.

« Réunion du Conseil des ministres pour examiner... Menace de chômage... »

J'avais juste le temps de parcourir les premières lignes et je voulais voir s'il y avait la moindre information sur Vienne à l'intérieur. J'entrai dans le salon du matin et plaçai le journal sur l'assiette à pain de l'unique couvert. Depuis le soir où j'avais servi pour la première fois dans la salle à manger, Mr. Rivers n'avait reçu aucune autre visite. Il semblait vivre dans une paisible solitude, mise à part la présence des domestiques. Le matin, il s'enfermait dans son bureau et sortait l'après-midi. Il n'avait qu'un seul visiteur régulier, Mr. Jeffreys, son intendant, un homme invariablement vêtu de guêtres crottées et accompagné d'un setter remuant. Vu qu'il n'y avait jamais d'invités, je me demandai pourquoi nous faisions tous les jours le ménage dans les chambres d'amis.

Je soulevai la première page du *Times*, à la recherche de n'importe quelle bribe d'information. Depuis la lettre de Margot, je n'avais eu aucune nouvelle de Vienne. La pendule en laiton placée sur la tablette de la cheminée sonna l'heure. Je décampai, craignant qu'on ne me trouve en train de feuilleter le journal. Mon père détestait cette habitude. « Un homme a l'exclusivité de son journal, disait-il. C'est un principe sacré. »

Je sortis dans la cour par la porte de service. Exceptionnellement, je ne m'arrêtai pas pour caresser Mr. Bobbin, bien qu'il frappât sa tête contre la porte de l'écurie pour attirer mon attention. Marchant à vive allure le long du sentier qui traversait le bosquet de hêtres, je me dirigeai vers le village. Les haies dégouttaient d'eau de pluie et l'herbe mouillée trempa aussitôt mes chaussures, mais je n'en avais cure. Pour la première fois, à Tyneford, j'étais libre, ne fût-ce qu'une heure. Le sentier boueux était glissant, des moucherons heurtaient mon visage, des papillons blancs voletaient parmi le chèvrefeuille dont le parfum sucré était presque écœurant. Il déboucha sur un ensemble de maisons et un alignement de magasins : une boulangerie, une boucherie et un bureau de poste qui faisait également office d'épicerie. Une boîte à lettres rouge était encastrée dans le mur extérieur. Derrière les magasins se dressait une petite église construite dans la même pierre à chaux grise et, au loin, se profilait la rangée des collines peu élevées de Purbeck. Le vieux toit et les cheminées du manoir émergeaient du bosquet de hêtres tels les mâts d'un bateau amiral au milieu d'une flotte de chaumières.

Derrière le voilage d'une fenêtre, une vieille femme cousait et regardait dehors. Je lui souris. Elle ébaucha un geste de la main, puis ferma hermétiquement son rideau. Plusieurs femmes en robe fleurie, cardigan et caoutchoucs passèrent à côté de moi et entrèrent à la queue leu leu dans l'épicerie dont la porte fit sonner bruyamment sa clochette. Jetant un coup d'œil par la vitrine, j'aperçus des boîtes entassées les unes sur les autres. Elles contenaient de la farine, de l'encaustique, du sucre, de la lessive, des peignes, du chocolat, de la graisse de porc, des enveloppes, du papier hygiénique, des bouteilles de rhum et de liqueur au citron, des livres brochés, des lames de rasoir et des pelotes de laine. Jamais je n'avais vu un magasin aussi encombré. Il semblait vendre de tout et les clients étaient obligés d'enjamber les marchandises. Dans ma poche, je serrai un shilling (ma récompense pour avoir aidé Art à nettoyer l'intérieur de la Wolseley) et, avec un léger sentiment de culpabilité, j'entrai dans la boutique. Cinq minutes plus tard, j'en ressortais précipitamment, les poches bourrées de trois tablettes de chocolat.

Niché au fond de la vallée, le village était entouré sur trois côtés par des collines ; devant lui, la mer grise s'étendait jusqu'à l'horizon. Me détournant du groupe de maisons, j'empruntai le chemin de terre qui menait à la plage. Le vent apportait un carillon de cloches de vaches, emplissant l'air d'une musique étrange. À flanc de coteau, deux hommes en bras de chemise enlevaient de gros morceaux de silex d'un tas de pierres qu'ils empilaient sur un mur curviligne destiné à marquer la limite d'un nouveau champ. Perché sur le poteau d'une barrière, une corneille surveillait les travaux avec une nonchalante curiosité. Plus loin, le sentier devenait plus raboteux et trop étroit pour laisser passer une charrette ou une voiture. Le grondement de la mer s'intensifia et je me mis à courir. Juste au bord de la mer se dressait une hutte croulante à moitié cachée par des ronces et des salicornes bleues. On aurait dit la chaumière de pêcheur d'un conte. Elle semblait presque surgir du roc. Assis sur un casier à homards, un vieil homme aux cheveux aussi blancs que des aigrettes de pissenlit réparait un filet avec un couteau rouillé. Il me parut étrangement familier, mais je n'aurais su dire où je l'avais déjà rencontré. Je lui souris, il me répondit par une inclinaison de la tête avant de reprendre son raccommodage. Serrant mes livres sous le bras, je grimpai par-dessus les rochers qui descendaient vers la plage. Il s'était mis à faire chaud, de la transpiration picotait ma lèvre supérieure. Plusieurs barques de pêche étaient appuyées contre les rochers, près d'une digue pavée, que la marée ne pouvait atteindre. Leurs quilles peintes étaient parsemées de bernaches et de morceaux d'algues malodorantes. Même à plusieurs mètres d'elles, je sentais une odeur désagréable de poisson.

Devant moi, la mer se brisait et écumait. L'eau claquait sur la grève, puis on entendait crisser les galets que les vagues, en refluant, entrechoquaient. Je jetai un coup d'œil à la chaumière. Le vieil homme s'affairait avec ses casiers à homards et il n'y avait personne d'autre en vue. Je m'assis et retirai mes chaussures, mes bas et, après un dernier regard derrière moi, ma jupe. Je lestai mes vêtements avec les livres. Malgré le soleil de ce début d'été, une brise fraîche me donnait la chair de poule. Pieds nus, je marchai avec précaution sur les cailloux et m'approchai de la mer. Les galets mouillés étincelaient et à cause du vent mes cheveux rentraient dans ma bouche. Quand ils étaient longs, je les retenais avec des épingles et ils ne m'entraient pas dans les yeux. Mes orteils touchèrent l'eau glacée, je poussai un cri. Des picotements montèrent et descendirent le long de mes jambes.

Je pouvais crier et taper du pied, personne ne m'entendrait. Je m'avançai dans les vagues, frappant mes poings contre mes cuisses jusqu'à ce qu'elles soient écarlates. La voix couverte par le fracas des lames, je hurlai :

« Je hais cet endroit. Je le hais. Le hais. Anna, Julian, Margot, Hildegard. AnnaJulianMargot. Annajulianmargotttannaulmaana... »

Je psalmodiai si longtemps ces noms que les sons finirent par s'agglutiner et perdre tout sens. Je léchai les embruns qui me fouettaient le visage. J'en avais assez d'être sage et silencieuse. Je voulais d'autres mots. Des grossièretés. J'essayai de pester en allemand, me rappelant les jurons que proférait Julian, surtout ceux qui faisaient gémir Anna, « Oh, chéri... » Mais, chose curieuse, ils ne m'apportaient aucune satisfaction. Il me fallait des gros mots anglais. Le plus choquants possible. Je jetai un regard vers le dictionnaire abandonné sur la plage. Par curiosité, j'y avais cherché des termes interdits. Qu'était-ce encore ? *Testes.* Oui, ça devait être un gros mot. Il m'en fallait davantage. Je me creusai les méninges. Je me rappelai alors un mot que j'avais vu barbouillé sur un mur, à Londres. Il ressemblait à celui des répugnants mollusques au vinaigre qu'Henry, le valet de pied, m'avait offerts. J'inspirai profondément et crachai mes « injures » à la mer.

« *Testes ! Testes* et *cockles !*[1] »

---

1. *Testes* : testicules. *Cockles* : coques. Le mot qu'Elise a vu écrit sur un mur doit être *cock* : queue.

Les yeux fixés sur les nuages en déroute, je criai de nouveau, si fort, cette fois, que ma voix se brisa et grinça dans ma gorge.

« Merde. Enfer. Dégueulasse. *Testes* et *cockles* ! *Cockles* ! Nénés. Nénés et croquettes de poisson ! »

Pivotant sur moi-même, j'aperçus un jeune homme hâlé, le pantalon retroussé jusqu'aux genoux, qui sautait par-dessus les rochers pour me rejoindre. Je le regardai, surprise. Il leva la main en signe de salut et la laissa retomber quand il arriva à ma hauteur.

« Oh, excusez-moi. S'agissait-il d'un jeu personnel ? Je n'ai pu résister à l'envie d'y participer. »

J'étais trop étonnée pour être gênée. Je me contentai de le fixer, bouche bée. Il devait avoir mon âge, à un ou deux ans près. Il avait des cheveux blond foncé et semblait avoir omis de se raser : des poils couleur paille couvraient son menton. Margot l'aurait qualifié de « négligé », quant à Anna, elle m'avait toujours mise en garde contre les jeunes gens non rasés. Un sourire jouait sur ses lèvres. Je pris soudain conscience que je me tenais dans l'eau en petite culotte. Pour me couvrir, je tirai mon pull vers le bas, puis faisant comme si le garçon n'était pas là, je me tournai et allai récupérer mes vêtements sur la plage. Je m'assis et me hâtai d'enfiler ma jupe. Le jeune homme s'approcha et s'installa à côté de moi. Je m'écartai de manière à créer un espace entre nous et, prenant mes livres, en fis une barrière supplémentaire. Le garçon regarda mon rempart, manifestement amusé, puis il se tourna vers la mer.

« Je suis Christopher. Christopher Rivers. Mais tout le monde m'appelle Kit.

— Vous ne doit arriver que jeudi !

— Eh bien, nous sommes mardi et me voilà.

— Mr. Wrexham va très contrarié être. Lui aimer se préparer.

— Wrexham est toujours contrarié. Il est né en grognant. Mais votre anglais est vraiment épouvantable ! »

Je lui lançai un regard furieux, ramassai mes livres et me levai. Kit m'attrapa par le poignet et essaya de me faire rasseoir. Je me dégageai brusquement et, à ma grande honte, sentis des larmes me piquer les yeux.

« Lâchez-moi ! Vous arrêter.

— Excusez-moi. C'était juste pour vous taquiner. Je suis un peu bête, vous savez. Je vous jure que je ne voulais pas vous ennuyer. Tenez. »

Kit me tendit un mouchoir sale. Lorsque je regardai le bout de tissu avec dégoût, il le remit dans sa poche.

« Vous voyez ? Je vous avais bien dit que j'étais bête. »

À ma surprise, je dus réprimer un sourire. Une mèche lui tombait sur l'œil et son pull marine était troué au coude, ce que je trouvais assez charmant. J'eus toutefois l'impression qu'il serait toujours entouré de filles ravies de raccommoder ses tricots ou ses chaussettes.

« Vous travaillez au manoir ?

— Oui. Je suis Elise Landau. La nouvelle femme de chambre. »

Kit fouilla dans sa poche et en sortit un paquet de cigarettes humide. Il en plaça une entre ses lèvres et m'en offrit une autre. Je secouai la tête. Anna désapprouvait les jeunes gens qui fumaient, surtout avant quatre heures de l'après-midi. J'essayai de voir Kit d'un œil critique.

« Ah oui, *Elise*. J'ai entendu parler de vous. Vous êtes de Vienne. Et je regrette de vous le dire, vous ne savez pas polir l'argenterie. Ah, et puis votre père est Julian Landau, un très sérieux romancier. »

Je le regardai, stupéfaite. Kit se rengorgea, manifestement content de ma réaction. Et c'était vrai – pas plus tard que la veille, Mrs. Ellsworth m'avait réprimandée parce que j'avais laissé du produit de nettoyage sur les couverts et avais insuffisamment frotté les cuillers.

« Vous avez lu les livres de mon père ? »

Kit tenta d'allumer sa cigarette. Sa boîte d'allumettes étant mouillée, il s'y prit à plusieurs reprises. Finalement, il frotta son allumette contre un rocher.

« Non, je regrette. Maintenant, bien sûr, j'y serai obligé. » Kit exhala un nuage de fumée. « Mon père adore lire. Et comme il ne lit que des livres très sérieux, voire, excusez-moi, ennuyeux comme tout, j'en déduis que ceux de votre père sont… sérieux.

— Très sérieux et aussi… » Sous l'œil attentif de Kit, je pris le dictionnaire et le feuilletai. « … profonds.

— Profonds ? Dans ce cas, je retire mon offre de les lire. Le *Racing Post* est la lecture la plus profonde dont je sois capable. »

Je ris. « Vous n'êtes pas si stupide, je suis très sûre.

— Pas stupide, Elise. Paresseux. »

Appuyé sur les coudes, il se pencha élégamment en arrière et je me surpris à regretter mes cheveux longs. Je me sentais toute gauche à côté de cet homme-garçon anglais. Ne voulant pas paraître puérile, je me rassis en maintenant soigneusement mes distances. Kit désigna les falaises derrière nous – des roches couleur sable couvertes de bruyère. Des touffes d'herbe et des chardons mauves poussaient dans les parois friables. « Ça c'est Worbarrow Bay. Et ce rocher en forme de groin, là-bas, s'appelle le Tout. » Il tendit le bras vers la plage qui s'incurvait avec majesté sur plus d'un kilomètre jusqu'à une falaise de pierre jaune, abrupte et déchiquetée, qui terminait la baie tel un serre-livres. Il se redressa un peu plus et se rapprocha de moi pour que je puisse suivre le mouvement de son doigt. « Et ça, c'est Flower's Barrow. »

Éblouie par le disque solaire, je plissai les yeux et distinguai les contours très marqués d'un grand rocher dressé au sommet de la colline qui dominait la mer. Kit ferma les paupières et s'étendit sur les galets. « Je pense que vous avez besoin d'un guide. Et aussi de quelqu'un qui vous apprenne à parler correctement anglais. »

Son audace me fit froncer les sourcils. « J'ai dictionnaire. Et des livres.

— Ah oui ? Quels livres ? »

Je sortis le volume dépenaillé d'entre les pages du dictionnaire où je l'avais caché et le lui tendis, le mettant au défi de se moquer de moi. Ouvrant un œil, Kit examina le premier volume de la *Forsyte Saga* avec une expression grave, puis il me le rendit en haussant les épaules.

« Vous avez raison, Elise. Je ne peux pas faire mieux que ce roman. La première famille d'Angleterre, ce ne sont pas les Windsor, mais les Forsyte. Je crois que nous devrions le lire ensemble. »

Je le regardai, essayant de voir s'il me taquinait, mais il m'adressa un sourire plein de naturel. Pas plus tard que ce matin, je déplorais ma solitude et mon mauvais anglais. La perspective de leçons avec Kit me parut attrayante.

« Très bien, mister Rivers. »

Kit leva les yeux au ciel. « Mr. Rivers, c'est mon père. Comme je vous l'ai dit, je m'appelle Kit. En tout cas, moi je vous appellerai Elise, même si je dois admettre que *Fraülein Landau* sonne agréablement à mon oreille. Ce nom a des consonances à la fois sévères et exotiques. »

Je pouffai de rire et montrai le roman. « Qui va lui lire en premier ?

— *Le* lire. Je l'ai déjà lu. À vous maintenant de découvrir les aventures de la belle Irene et de l'ignoble Soames. Nous en discuterons demain. »

Alors que je me penchais pour ramasser mes livres, les tablettes de chocolat tombèrent par terre. Kit roula de nouveau les yeux.

« Vous n'allez pas manger tout ça ! Ça vous donnerait un sacré mal au ventre. »

Je haussai les épaules et fourrai le chocolat dans ma poche. Soudain, je n'en avais même plus envie. « Il faut que je vais de retour à la maison. »

Kit bâilla, s'étira et se leva. Il me tendit la main et, lorsque je la pris, il me mit debout. « Je vous accompagne », dit-il. À ma surprise, cela me fit plaisir.

Nous passâmes devant les deux chaumières en pierre. Le vieil homme s'occupait toujours de ses casiers à homards. Le devant de sa hutte était encombré de filets, les uns emmêlés et déchirés, en attente d'un raccommodage, les autres soigneusement pliés. Kit agita la main.

« Bonjour, Burt. »

Le vieil homme leva les yeux de son casier à homards cassé et nous sourit.

« Bonjour, mister Kit. Quand est-ce que vous venez faire du bateau ?

— Cet après-midi, si le temps se maintient.

— Non, y va pleuvoir. Juste après le déjeuner, à mon avis. Demain, y fera beau, mais le mieux serait dimanche. » Clignant de l'œil, il eut un large sourire qui découvrit ses gencives édentées, rose et brun comme un ver de terre. « Ouais, le meilleur jour, c'est dimanche. Je le sens dans mes os. »

Kit scruta le visage du vieil homme. On aurait dit qu'il y lisait un message. Il fourra les mains dans ses poches et inclina la tête comme pour indiquer qu'il avait compris. « À dimanche alors. J'emmènerai Elise.

— D'accord. »

Burt se pencha de nouveau sur ses casiers et nous poursuivîmes notre chemin. Le soleil séchait la boue du sentier, des flaques d'eau trouble se formaient dans les creux.

« Vous l'avez reconnu ? » demanda Kit.

Je fronçai les sourcils. « Je avoir l'impression déjà vu, mais où... ? »

Kit rit. « C'est Burt Wrexham, le frère aîné de notre majordome. »

Pensant aux deux hommes, je me rendis compte de leur extraordinaire ressemblance : ils auraient presque pu être jumeaux. « Mais ils parlent de façon si différente. Est-ce qu'ils sont naissance tous les deux à Tyneford ?

— Oui, nés et élevés ici. Ce sont les fils de Dick Wrexham le pêcheur et de Rose, sa femme. Ils ont prénommé leur premier fils Burt, mais Rose, Dieu sait pourquoi, a voulu appeler le second Digby. D'après les rumeurs, lord Digby aurait eu l'amabilité de la faire monter dans sa calèche alors qu'elle était enceinte et revenait à pied du marché. Ou un truc comme ça. Une légende, sans doute. En tout cas, les gens d'ici croient que ce prénom a permis au cadet de se donner de grands airs. Et d'avoir des aspirations au-dessus de son rang. »

Je jetai à Kit un regard soupçonneux.

« Oh, moi, j'ai le droit de me donner de grands airs. Je suis fils unique et héritier, vous savez. »

Avec un sourire innocent, Kit leva les mains en un geste de feinte acceptation avant d'allumer une autre cigarette et d'envoyer joyeusement une volute de fumée dans la brise. « Toujours est-il que Digby Wrexham a disparu de Tyneford le jour de son treizième anniversaire – c'est-à-dire à la date où il était censé devenir l'apprenti de son père. Tous les Wrexham sont pêcheurs. Il est revenu cinq ans plus tard sans la moindre trace de son accent de Tyneford, il a frappé à la porte de mon grand-père et demandé qu'on l'engage comme valet. »

J'essayai de me représenter Mr. Wrexham grandissant dans cette minuscule hutte sur la plage et s'enfuyant pour ne pas être obligé de devenir pêcheur. J'avais du mal à le comprendre. Burt respirait un tel contentement pendant qu'il bricolait au soleil, entouré de ses filets !

« Mais il continue à aller pêcher avec Burt quand il a un après-midi de libre. »

Imaginant Mr. Wrexham dans son habit noir, perché à l'avant de la petite barque telle une énorme corneille souffrant du mal de mer, je pouffai de rire.

Nous longeâmes l'allée de tilleuls jusqu'à la cour des écuries, à présent vide. Les pavés en étaient presque secs, mais un filet d'eau s'échappait de la pompe et se dispersait entre les pierres tel un réseau fluvial miniature.

« Attendez, dit Kit en m'attrapant par le bras. Votre bonnet. »

Je me tins immobile pendant qu'il ajustait ma coiffe, la plantant bien droit sur ma tête. Il brossa mon tablier et détacha une bardane de ma manche.

« Voilà. Maintenant vous pouvez vous présenter sans crainte devant Flo.

— Flo ?

— Mrs. Florence Ellsworth. Mais je vous déconseille de l'appeler comme ça. »

Alors que je me précipitais par la porte de service et courais le long du couloir des domestiques, j'entendis Kit crier : « Dépêchez-vous de lire les *Forsyte*. Il faut qu'on commence nos leçons d'anglais. »

Je montai les marches deux à deux jusqu'à ma chambre, jetai les livres sur la commode et souris pour la première fois depuis des jours.

Comme prévu, Mr. Wrexham fut très contrarié par l'arrivée anticipée de Kit. Il s'attendait à ce que le jeune maître descende du train de onze heures quarante-trois en provenance de Basingstoke le jeudi matin.

Art avait reçu l'ordre de préparer la voiture, on avait fait venir de Londres la marque de cigarettes appropriée, commandé le *Racing Post* à l'épicerie locale et descendu des pots supplémentaires de marmelade des étagères supérieures du garde-manger. May était en pleine lessive – les rideaux de la chambre de Kit encombraient maintenant la souillarde et la buanderie – et la chambre du jeune homme n'était pas prête. Mr. Wrexham aurait aimé faire des reproches à Kit, mais ne le pouvant pas, il se rattrapa avec moi. Pour une raison inconnue, il associait l'arrivée inopinée de Kit avec ma personne, et même s'il aurait été incapable de dire pourquoi, il m'en rendait responsable.

« Ce genre de chose est inadmissible. Comment un majordome peut-il y faire face ? Avec si peu de personnel ! C'est insupportable. In-su-ppor-table. »

Il trouva à redire à tout ce que j'avais fait dans la journée : les couteaux étaient sales, les miroirs couverts de traînées et les feux tiraient mal. Il était si mécontent de mon travail qu'il m'interdit de servir à dîner, punition qui, selon lui, devait me remplir de honte. « Couchez-vous de bonne heure, ma fille. Étudiez vos livres d'anglais. Demain, nous essaierons de mieux faire. »

Ce soir-là, allongée sur mon lit, je regardai le ciel virer à l'orange puis au noir, me demandant si j'étais déçue d'être bannie de la salle à manger. J'étais contente d'avoir une heure libre supplémentaire ; d'habitude, je me glissais entre les draps avec une seule envie : dormir. J'éprouvais cependant une légère frustration à l'idée que je ne reverrais Kit que le lendemain. Et encore n'était-ce pas certain : les opéras qu'interprétait Anna m'avaient appris que les jeunes étrangers sont inévitablement inconstants et peu dignes de confiance. Pourtant, la vie à Tyneford me paraissait déjà moins affreuse que ce matin, quand j'avais lancé mes imprécations face à la mer. Au souvenir de Kit, j'éprouvais dans mon ventre une sensation de plénitude comme si je venais de manger une grande assiettée du goulasch aux boulettes de Hildegard.

10

Poisson et tasse de thé

La présence de Kit semblait insuffler de la vie à la
vieille maison. Tout le monde se réveilla : les bonnes
de jour époussetaient chaque recoin avec un soin
maniaque, elles ciraient les sols dallés ou battaient les
tapis en fredonnant. On aurait dit que Kit avait
secoué une invisible couche de poussière répandue
sur le manoir et ses habitants. L'arôme de la pâtisserie de Mrs. Ellsworth se répandit dans le couloir de
service et envahit l'entrée humide. Mr. Wrexham se
retira dans un garde-manger sombre dont j'avais
ignoré l'existence jusque-là et se mit à remplir des
chaudrons avec une eau de source provenant du
potager. Manifestement, il avait pardonné à Kit son
arrivée prématurée car aussitôt après le petit déjeuner il disparut dans cet antre avec lui. On entendait
le tumulte derrière la porte close et une vapeur qui
sentait la levure filtra par-dessous le battant.
Même May paraissait moins contrariée par ma présence. Elle alla jusqu'à m'offrir un bonbon à la

menthe enveloppé dans un tortillon en papier journal.

Je dus attendre le samedi avant de pouvoir parler de nouveau à Kit. Pendant la semaine, j'essayai de le guetter devant le garde-manger, mais Mrs. Ellsworth m'en chassait aussitôt avec une liste de tâches aussi longue que le tissage de Pénélope. J'étais occupée toute la journée et Mr. Wrexham omit de me rétablir dans mon privilège de servir à table. Cependant, le samedi matin, alors que je nettoyais les vitres du salon, j'aperçus le garçon. Il arpentait la pelouse avec son père. Leurs têtes penchées indiquaient qu'ils avaient une conversation sérieuse. Passant outre les instructions de Mrs. Ellsworth, j'observai les deux hommes au lieu de me retirer. Mr. Rivers avait le teint gris, il semblait fatigué et malheureux. Se détournant de son père avec une expression indéchiffrable, Kit m'aperçut à la fenêtre. Nos regards se croisèrent une seconde, puis Kit revint vers la maison. Je restai à la croisée, oubliant de la laver, tandis que Mr. Rivers traversait le gazon et disparaissait sur le chemin menant à la mer. Je me dis qu'il était bien le seul membre de la maisonnée que l'arrivée de Kit n'avait pas eu l'air de chambouler. La porte du porche claqua, l'instant d'après Kit en personne apparut dans le salon, imprimant des traces de pas humides sur le sol ciré. Je fronçai les sourcils, prête à le gronder, puis me rappelant ma place, je me mordis la lèvre. Toutefois, il avait dû voir mon expression de mécontentement. « Désolé, fit-il. Je vais les enlever. »

Médusée, je le regardai s'asseoir par terre et ôter ses chaussures. Il traversa la pièce en chaussettes, s'approcha de l'endroit où je me tenais, chiffon au poing, et ouvrant grand la fenêtre, expédia ses souliers dehors. Ils atterrirent sur la pelouse avec un bruit mat. Puis il ferma bruyamment la croisée.

« Voilà. Je suis vraiment navré. »

Il m'adressa un sourire chaleureux et un regard implorant. « Alors, tu as fait la connaissance des Forsyte ? »

Je mis un moment à comprendre qu'il parlait du livre caché sous mon oreiller.

« Je n'avoir pas eu le temps », répondis-je, debout, toute raide, à côté d'un canapé élimé. Tous les soirs je m'apprêtais à lire ce roman, mais dès que je me couchais, complètement épuisée, je sombrais dans un profond sommeil.

Kit s'affala dans un fauteuil et jeta une jambe sur l'accoudoir, exhibant un grand trou dans sa chaussette. Un orteil passait à travers.

« Ah bon. » Le fait que j'eûs manqué à ma promesse semblait l'attrister autant que si je l'avais rejeté personnellement.

« Je suis vouloir lire, mais j'ai beaucoup travail.

— Eh bien, tant pis. Mais essaie de t'y mettre le plus vite possible. »

Je regardai Kit une seconde, me demandant si je m'étais montrée aussi impatiente avec Hildegard. Probablement. J'étais sans cesse fatiguée à présent. Le matin, quand May me réveillait en tambourinant sur ma porte, j'aurais voulu me rendormir. J'aimais faire le ménage dans le grand salon car je pouvais m'asseoir sur le tapis persan, derrière le canapé, et rêvasser. Si Mr. Wrexham ou n'importe qui d'autre entrait, j'étais cachée. Et si jamais on me surprenait, je pouvais toujours dire que je polissais les pieds en laiton du sofa ou nettoyais une tache sur le parquet.

« Alors, tu viendras ?

— Te demande pardon ? »

Perdue dans mes pensées, je n'avais pas entendu ce que m'avait dit Kit.

« À l'église, demain. »

Je déglutis et, d'un geste instinctif, me passai la main dans les cheveux.

« Impossible. Je ne vais pas à l'église. »

Dans son fauteuil trop rembourré, Kit se redressa. « Juste ce dimanche. Je te promets que ce sera amusant.

— Amusant ? » Je trouvai bizarre que l'église fût si différente de la synagogue. Les rares fois où mes grands-tantes m'y avaient traînée, je m'y étais ennuyée à mourir. À Yom Kipour, vu l'interdiction de se brosser les dents, je passais la journée à éviter l'haleine aigre de ces dames et à esquiver leurs baisers.

« Oui. Amusant. Tu n'as pas besoin de t'avancer dans la nef. Reste près de la porte. Juste cette fois-ci. Fais-moi confiance.

— Je réfléchirai. »

La porte s'ouvrit et Mr. Wrexham, tout nimbé de soleil, apparut sur le seuil. Me voyant en conversation avec Kit, il plissa les yeux, l'air mécontent. Je ramassai mes produits d'entretien et filai dans l'entrée.

« Vous ne devez pas parler à Mr. Kit.

— Lui me parler le premier. »

Mr. Wrexham fronça le sourcil. « Oui, Mr. Kit est très gentil. Il ne faut pas que ces messieurs vous voient nettoyer. C'est inconvenant. La prochaine fois, vous vous excusez et vous quittez la pièce.

— Oui, mister Wrexham. »

Aussi bien le majordome que la gouvernante tenaient à maintenir l'illusion que la maison était nettoyée par magie ou par une bande d'elfes. Les feux devaient être préparés et allumés, les rideaux ouverts et fermés, les sols balayés, les tapis battus, l'argenterie polie et les tableaux époussetés, tout cela subrepticement. C'était très étrange. Chez nous, à Vienne, Hildegard et nos autres bonnes faisaient le ménage en notre présence. Pendant son travail, Hildegard soufflait comme un phoque et marmonnait entre ses dents. Elle n'avait rien de silencieux ni d'invisible.

Mr. Wrexham m'entraîna dans un coin de l'entrée et murmura : « Du courrier est arrivé pour vous ce matin, Elise. Le facteur était un peu en retard. Une histoire de pneu de bicyclette crevé. Si vous voulez, vous pouvez venir dans ma ch… »

Arborant le sourire imperturbable du parfait majordome, il s'interrompit : Kit, toujours en chaussettes, venait de nous rejoindre.

« Où en est la bière ce matin, Wrexham ?

— Elle fermente très agréablement, sir. Est-ce que monsieur voudrait venir la goûter ?

— Wrexham est un petit cachottier, me dit Kit en souriant. C'est un maître brasseur. Il fabrique la meilleure bière du Dorset.

— Monsieur est trop aimable. »

Kit consulta sa montre. « Dix heures un quart. C'est une bonne heure pour échantillonner la dernière décoction. Tu veux venir la goûter, Elise ?

— Elise a beaucoup de travail ce matin », déclara Mr. Wrexham sans se départir de son sourire.

Kit haussa les épaules et commença à suivre Mr. Wrexham le long du couloir de service qui menait à l'office de derrière. Je les regardai s'éloigner, puis sans me soucier des remontrances que je risquais de subir plus tard, j'appelai : « Mister Wrexham ? »

Le majordome s'immobilisa, puis il se tourna et me dévisagea avec une froide désapprobation.

« Ma lettre ? S'il vous plaît. Ma lettre.

— Je suis avec notre jeune maître. Surveillez vos manières, Elise. »

Sa voix avait pris un ton de mise en garde. Kit n'en tint aucun compte.

« Oh, donnez-lui donc sa lettre, Wrexham, dit-il. La bière peut attendre une minute. »

J'éprouvai pour lui un élan de gratitude tout en sachant que, plus tard, le majordome me ferait payer son intervention.

« Très bien, sir », dit Mr. Wrexham sans me regarder.

Nous longeâmes le couloir de service en silence. J'attendis devant la porte de la chambre tandis que Kit continuait son chemin en direction du garde-manger-brasserie. Mr. Wrexham se glissa dans la pièce et attrapa non pas une, mais deux lettres posées debout sur une petite table, à côté de la porte. Sans dire un mot, il me les tendit.

« Merci. »

Je les fourrai dans la poche de mon tablier et commençai à m'éloigner à reculons avec une seule envie : monter droit dans ma mansarde pour les lire en paix.

137

« Attendez ! ordonna Mr. Wrexham. Prenez ce produit à polir et ces chiffons. Les bibelots de la bibliothèque ont besoin d'être nettoyés d'urgence. Je les inspecterai avant le déjeuner. J'exige une propreté parfaite. Je vous conseille de déposer ces lettres dans votre chambre et de les lire plus tard. »

Réprimant un soupir, j'inclinai la tête. Quand je levai les yeux, je m'aperçus que Kit me regardait avec compassion. Il attendait dans la pénombre du couloir, hors de la vue de Mr. Wrexham. À mon soulagement, il ne dit rien. Il semblait s'être rendu compte qu'intervenir encore une fois en ma faveur ne ferait qu'irriter davantage le majordome. N'ayant nulle intention de mettre mes lettres de côté, je pris les chiffons et me hâtai vers la bibliothèque. Je fus ravie que Mr. Rivers fût parti en promenade, m'assurant ainsi quelques instants de solitude.

La bibliothèque se situait dans l'aile nord du manoir. Une de ses fenêtres donnait sur l'allée et le porche, l'autre sur la pelouse. En dehors des moments où Mr. Rivers s'y trouvait, les rideaux étaient fermés pour protéger les reliures fragiles des vieux livres. L'air marin, si bon pour la santé, corrodait la bibliothèque familiale des Rivers. Quand on ouvrait certains de ces volumes, leurs pages se désintégraient. Un jour, je passai mon doigt le long du dos de l'un d'eux et une couche de matière rouge s'effrita sur ma peau. Mrs. Ellsworth m'avait ordonné de brûler des pommes de pin chaque matin dans la cheminée et de tremper des bougies dans de l'essence de lavande, mais l'odeur ambiante de moisi persistait. Les bonnes de jour détestaient cette pièce, disant qu'elle était « affreusement sombre » et qu'elle les mettait « dans un drôle d'état ». Lorsque je leur offris de me charger de son nettoyage, elles se confondirent en remerciements. J'aimais être près des livres de Julian et, pour moi, la pénombre qui y régnait était apaisante plutôt qu'inquiétante. Je la préférais en fin d'après-midi quand je taillais les bougies parfumées et qu'un soleil orange déclinait à l'ouest. Alors le dos des livres resplendissait une minute, se ternissant à nouveau dès que l'astre glissait derrière l'ombre de la colline.

Kit et sa bière occuperaient Mr. Wrexham un bon moment et Mrs. Ellsworth préparait le déjeuner. Je disposais donc de quelques minutes pour lire mes lettres. J'empruntai le coupe-papier du bureau victorien et m'assis sur le tapis de foyer. J'ouvris en premier celle qui portait le cachet de la poste le plus ancien. La feuille était couverte du griffonnage précipité de Margot.

Robert et moi partons demain pour l'Amérique. Je voulais rester ici jusqu'à ce que maman et papa reçoivent leur visa de manière à ce que nous puissions voyager ensemble, mais papa a discuté avec Robert et ensuite tous deux ont insisté pour que nous prenions le prochain bateau. J'ai pleuré, maman aussi, mais les deux hommes se sont ligués contre nous. Alors ne t'inquiète pas si tu ne reçois pas de nouvelles de moi pendant quelque temps, je serai en mer et j'ignore quand est-ce que je pourrai t'écrire à nouveau oh mon chou, tu me manques et ce sera encore bien pire lorsque j'aurai quitté Hilde, maman, papa et même les tantes.

J'aurais tellement aimé rester d'autant plus que tous ces ennuis se termineront bientôt – ce que maman dit elle aussi – je ne veux pas aller si loin et je suis sûre que les parents n'auront qu'un mois de retard sur nous. J'espère que tu vas bien. Essaie de ne pas trop manger.

En plusieurs endroits, l'encre avait bavé comme si Margot avait laissé tomber des larmes sur le papier. Sentant venir le malaise, je respirai à fond. Ma sœur avait toujours eu tendance à avoir des crises d'hystérie, ce que Julian attribuait à son « tempérament d'artiste » (comme moi je n'étais une artiste d'aucune sorte, mes moments d'humeur étaient qualifiés d'« immaturité infantile »). Si Julian voulait que ma sœur parte, il devait avoir ses raisons. Et Robert, renvoyé de l'Université une semaine après l'*Anschluss*, avait un travail bien rémunéré qui l'attendait en Californie. Pour eux, rester plus longtemps à Vienne n'avait pas de sens. Nous y retournerions tous dans un an ou deux ; jusqu'à ce jour-là, il ne servait à rien d'être sentimental. J'eus un reniflement de dérision : depuis quand étais-je si raisonnable ? Ma famille ne m'aurait pas reconnue.

Je pris la deuxième lettre, timbrée une semaine après celle de Margot.

Merci pour ton télégramme. Ta prochaine lettre, tu devras l'envoyer à notre nouvelle adresse. Ton père, Hildegard et moi avons quitté l'appartement de la Dorotheegasse pour un autre, plus petit, à Leopoldstadt. Surtout ne te tracasse pas à notre sujet. Le nouveau loge-

ment est clair, agréable et beaucoup plus adapté à nos besoins. Après votre départ, vous, les filles, Julian et moi nous sentions un peu perdus dans ce vaste logement. Nous sommes vraiment bien installés.

Tout va bien ici. Vous nous manquez Margot et toi, et même ce ronchonneur de Robert, pour dire la vérité. Mais je suis heureuse que vous soyez en sécurité. Ne t'inquiète pas – je pense qu'ils ne s'intéressent pas à des vieux comme nous. Écris-moi pour me décrire la campagne anglaise. Il paraît qu'elle est très belle. J'espère que la cuisine est bonne, même si elle ne peut pas atteindre la qualité de celle de Hilde. Je ne veux pas que tu deviennes trop maigre.

Ta mère qui t'aime.

Anna Julie Landau

Rongée par l'inquiétude, je glissai de nouveau les lettres dans la poche de mon tablier. Anna, Margot et moi avions toujours été très franches les unes avec les autres, or la lettre d'Anna fourmillait de non-dits. Pourquoi mes parents avaient-ils déménagé ? Puisque leurs visas allaient arriver, ils auraient pu attendre quelques semaines. Il m'était désagréable de ne pas pouvoir les imaginer. D'habitude, je les voyais dans la maison de mon enfance. Julian écrivait dans son bureau, Anna revenait de son shopping les joues roses, encombrée de paquets enveloppés dans du papier rayé. À présent, je ne savais comment penser à eux. Je n'avais plus d'images en tête, l'écran était blanc.

141

Cet après-midi-là, Mr. Wrexham m'ordonna de servir le thé à ces messieurs, sur la terrasse. Il avait l'air de penser que je ne méritais pas cette faveur, mais Kit avait demandé que la bière soit embouteillée à temps pour le déjeuner du dimanche et, même si mon insolence méritait d'être punie (« Exiger une lettre et retarder le jeune maître, c'est enfreindre le règlement. Leurs besoins passeront toujours avant les vôtres, ma petite »), il ne pouvait prendre le risque d'incommoder ces messieurs. J'avais beau être en disgrâce, le thé devait être servi à l'heure.

Debout dans la cuisine, raidissant les bras pour ne pas trembler, je tenais l'énorme plateau sur lequel Mrs. Ellsworth plaçait une théière, une passoire, une bouilloire d'eau bouillante, un pot à lait, des petits pains, de la crème, de la confiture de framboises, une assiette de biscuits au zeste de citron et une autre de sandwichs au saumon et au concombre. Henry, le valet, m'accompagna. Il ouvrit toutes les portes, me guida à travers le porche Tudor et jusque sur la terrasse.

« Tu t'en sortiras seule à partir d'ici, Elise ? demanda-t-il.

— Oui, merci. »

Le valet disparut à l'intérieur. Mr. Rivers et Kit étaient assis sur des chaises en fer forgé à une table peinte en blanc. Kit fumait et faisait tomber la cendre dans un pot de fleurs. Son père ne lui prêtait aucune attention et feignait de lire le journal. Je savais qu'il ne lisait pas car il avait des habitudes bien ancrées : il prenait son petit déjeuner en parcourant les titres du *Times* à huit heures quinze, ensuite il ouvrait son courrier et étudiait les nouvelles jusqu'à dix heures trente. Le journal était toujours prêt à rejoindre la pile que Mr. Wrexham gardait dans son bureau avant même le déjeuner. Tandis que je posais le plateau sur la table et disposais les cuillers, je me demandai pourquoi Mr. Rivers ne voulait pas parler à son fils.

Je ramassai avec les pinces un morceau de sucre égaré et le remis dans le sucrier, espérant qu'aucun de ces messieurs ne s'en apercevrait. Mrs. Ellsworth m'avait donné des instructions très précises quant à la façon de verser le thé et ce n'était qu'après deux essais sans erreur, May et elle servant de cobayes, que j'avais reçu la permission de m'exercer avec les maîtres. Je posai une tasse devant Mr. Rivers, plaçai une petite cuiller en argent à un angle précis, puis prenant la théière, je me tins à la gauche de Mr. Rivers.

« Du thé, sir ?

— Oui, merci, Elise. »

Je versai le breuvage et, le trouvant trop foncé, y ajoutai un peu d'eau de la bouilloire en argent.

« Du sucre ?

— Non, merci. »

Je regardai Kit. Je ne savais comment m'adresser à lui en présence de son père. Depuis l'autre côté de la table, il m'adressa un sourire nonchalant.

« Oui, merci, deux morceaux de sucre, s'il vous plaît », dit-il, me sortant d'embarras.

En moins d'une minute, et sans qu'une goutte ait été répandue sur la soucoupe, deux tasses de thé fumaient sur la table, accompagnées d'assiettes de petits pains au lait et de confiture. J'étais plutôt contente de moi.

« Vous faut-il autre chose, sir ? »

Mr. Rivers baissa son journal, le plia en deux et le posa sur la table. Je dévorai l'imprimé du regard, plus affamée de nouvelles que des gâteaux de Mrs. Ellsworth.

« Non, merci. Ce sera tout. »

Alors que je reprenais le plateau, prête à retourner à la cuisine, Mr. Rivers but une gorgée de thé. L'instant d'après, il la recrachait. Une bouchée de feuilles nageait dans la soucoupe. J'avais oublié d'employer la passoire ! Horrifiée, je portai mes mains à ma figure.

Kit éclata de rire. Il but une gorgée du sien et l'avala en frissonnant. « Ah, c'est donc ainsi qu'on prépare le thé à Vienne ? Vous vouliez sans doute nous donner une leçon de savoir-vivre.

— Je suis désolée, Mr. Rivers », dis-je en essayant de m'emparer de sa tasse.

Mr. Rivers sourit, mais refusa de lâcher prise. On entendit un craquement : l'anse de la tasse s'était détachée. Je regardai mon patron, puis le bout de porcelaine fragile restée dans mes doigts et me demandai s'il serait inconvenant de pleurer.

« Je ne vaux rien comme femme de chambre, dis-je, les yeux baissés.

— Franchement, nous avons vu pire, déclara Kit. Tenez. » Il me tendit un mouchoir, cette fois propre et repassé. « Ce n'est vraiment pas grave. »

Mr. Rivers m'ôta doucement l'anse de la main.

« Je vous en prie, ne pleurez pas pour si peu de chose. En fait, ni Kit ni moi n'aimons prendre le thé. C'est Mrs. Ellsworth qui tient à nous le servir.

— C'est vrai, confirma Kit. Même mon père a peur de Flo. »

Je ne pus m'empêcher de sourire. Mr. Rivers se leva et versa le contenu des deux tasses dans l'herbe, la tachant de noir.

« Je dirai à Mrs. Ellsworth que c'est moi qui l'ai cassée. Je ne crains pas ses récriminations, croyez-moi, dit mon patron en lançant un coup d'œil à son fils.

— Merci, dis-je.

— S'il nous faut autre chose, je sonnerai », ajouta Mr. Rivers, me congédiant avec douceur.

— Oui, sir. »

J'avais vu d'autres filles accompagner cette réponse d'une petite révérence, mais il m'était impossible de les imiter. Julian m'avait appris à ne m'incliner devant personne. Le Kaiser était mort, l'empire démantelé et, dans une république, tous les citoyens étaient égaux. Je ne sais comment mon père réconciliait cette idée avec le fait que Hilde lavait ses chaussettes, préparait son petit déjeuner et faisait couler son bain. Julian n'étant pas là pour se défendre, je repoussai ces pensées déloyales.

Entendant la clochette, je retournai sur la terrasse. Mr. Rivers était parti et Kit était assis seul. Il n'avait pas touché à la collation, mais plusieurs mégots gisaient par terre, à côté de sa chaise. Je desservis, empilant de nouveau, le plus silencieusement possible, la vaisselle sur le plateau.

« Comment va ta famille ? demanda Kit.

— Très bien, merci. Ils ont déménagé dans un appartement plus petit. »

Je déglutis et passai la langue sur mes lèvres sèches. « Kit ?

— Oui, Elise ? fit Kit en haussant un sourcil.

— Je voudrais beaucoup lire le journal *Times* de Mr. Rivers. Je n'avoir aucune information sur Vienne. Quand Mr. Rivers finit, je peux peut-être lire ? C'est aussi bon pour mon anglais. »

Kit sourit. « Bien sûr. J'en parlerai à mon père. Il sera certainement d'accord.

— Merci. »

D'un petit geste de la main, Kit écarta ma gratitude et, d'une chiquenaude, ôta une miette de dessus la table.

« Viens à l'église demain. Histoire de te changer les idées. Ça n'a rien à voir avec Dieu, je t'assure. Ça concerne le poisson.

— Le poisson ?

— Oui. Ah ! j'ai réussi à t'intriguer. Mais tu n'auras la réponse que si tu viens.

— Très bien. Si Mr. Wrexham me le permet, je viendrai. »

Kit eut un reniflement de dérision. « Tu penses bien qu'il le permettra. Avoir l'occasion de convertir une juive ? Il sera ravi ! »

11

Balaam et Balak

Kit avait raison. C'est tout juste si Mr. Wrexham ne se frotta pas les mains quand, le lendemain matin, je lui fis part de mon désir d'assister à l'office dominical avec les autres domestiques.

« Parfait. Je suis heureux que Mr. Kit ait pu vous convaincre. Ce garçon a une âme pure. »

Je gardai le silence, persuadée que ma présence à l'église n'avait rien à voir avec l'âme de qui que ce soit.

On m'envoya dans ma chambre chercher un chapeau, mais après avoir découvert mon chapeau cloche rose aplati comme une galette au fond de l'armoire, je nouai un foulard en soie sur ma tête. Pour me taquiner, Margot disait qu'ainsi coiffée je ressemblais à l'une de ces femmes mal fagotées tout juste débarquées de leur *shtetl*. On les apercevait attroupées devant le comptoir d'un *delikatessen* juif, jacassant dans leur allemand âpre. Nous avions honte de ces péquenaudes qui n'avaient rien à voir avec nous. À l'école, elles restaient entre elles de l'autre côté du terrain de jeu, emmitouflées dans leurs manteaux de laine marron et leurs foulards grossiers tandis que Margot, moi et d'autres bourgeoises juives assimilées jouions à chat perché avec les catholiques et, de loin, nous moquions d'elles. Cependant, selon Margot, j'appartenais secrètement à leur groupe : même en carré Hermès j'avais l'air d'une marchande de pommes de terre.

Lorsque je redescendis, toute la maisonnée était déjà partie à l'église située au pied de la colline. Cela m'arrangeait. Je préférais marcher seule, sans avoir à écouter Mr. Wrexham débiter une litanie de conseils. Cela me permettrait aussi de rester près de la porte plutôt que d'être forcée de m'asseoir avec les autres. Je ne voulais ni m'aventurer trop loin à l'intérieur, ni prier.

Je me rappelle ce dimanche avec une grande netteté. C'était l'un de ces matins parfaits de juin qui vous donnent la certitude que le paradis était un jour d'été dans le sud de l'Angleterre. Le carillon de l'église qui résonnait sur la colline s'accordait à celui produit par les clochettes des moutons dispersés dans le pré, à côté du cimetière. Sur un mur de pierre, un chat noir aux yeux avides regardait des canetons jaunes barboter dans la mare. Je pris une profonde inspiration et emplis mes poumons de l'essence de l'été. L'air était chargé du parfum de milliers de fleurs sauvages et le soleil teignait en rose vermillon les gueules-de-loup et les digitales des jardins. Le paysage tout entier était une palette de couleurs. Le ciel d'un bleu intense vibrait au-dessus des prairies parsemées de boutons d'or. À cette époque, j'ignorais le nom des fleurs – je ne les ai appris que plus tard – mais à présent, au lieu d'un tapis de pétales orange ou jaunes, je revois des primevères et des lysimaques. Au loin, la mer scintillait, de l'écume s'écrasait sur la grève. Je fus tentée de laisser tomber l'église et de disparaître sur la plage, mais consciente des ennuis que cela m'attirerait, je traversai le cimetière en toute hâte et m'arrêtai près de la porte en chêne qui menait dans la nef. Rassemblés en rangs serrés, les fidèles chantaient un hymne lugubre. Perché sur sa tête tel un corbeau dépenaillé, le grand chapeau noir de Mrs. Ellsworth dominait la foule oscillante. Tout devant, Mr. Rivers et Kit trônaient sur un banc surélevé.

J'attendis au fond de l'église, adossée contre le mur frais et chaulé, les lèvres scellées. Pour rien au monde, je n'aurais chanté. Que penseraient Julian ou Anna de ma présence en ce lieu ? Je me sentis rougir et j'étais sur le point de m'éclipser lorsque Kit me sourit. À ma grande surprise, il semblait ravi de me voir là. Je me dis que je devais rester, ne fût-ce qu'un quart d'heure.

Fermant à demi les yeux, j'écoutai le pasteur débiter d'une voix monotone prières et annonces paroissiales. Le cheveu rare, il était vêtu d'une longue redingote noire et d'une soutane blanche. Il marmonnait à côté de l'autel, l'air mal à l'aise. Une légère odeur de naphtaline imprégnait l'atmosphère humide comme si les tenues des fidèles restaient rangées au fond de l'armoire six jours par semaine. L'office était tout aussi ennuyeux que mes rares visites à la synagogue, ce qui, d'une curieuse façon, me rassura. Je trouvais que ni Dieu ni son culte n'étaient spectaculaires dans quelque langue ou incarnation que ce fût. Sur une étagère du bureau de Julian, il y avait un livre de prières hindoues. Il contenait des centaines de fantastiques illustrations bordées d'or ; des dieux bleus dotés de plusieurs bras y gambadaient dans des villes jaunes ou chassaient de féroces tigres dans de vertes forêts. Je me disais que même si j'assistais à un de ces exotiques offices hindous avec encens, soucis et dieux colorés, je m'ennuierais aussi. J'observai les paroissiens. Tandis que certains regardaient le pasteur d'un air concentré, d'autres tripotaient leur livre de prières ou fixaient la fenêtre ouverte où un papillon brun et rouge voltigeait dans un courant d'air, cherchant désespérément à ressortir. Sur le banc du fond, Burt et Art entamaient subrepticement une partie de cartes. Lorsqu'un chœur bruyant d'« Amen » détourna l'attention d'Art, Burt glissa un as de trèfle dans la poche de son pantalon et m'adressa un clin d'œil entendu.

Je gigotais dans mon coin, jouant avec les bouts de mon foulard et réprimant des bâillements. Je ne comprenais pas pourquoi Kit m'avait demandé de venir et je me préparais à filer lorsque je remarquai une fille rousse à l'avant de l'église. Elle était nu-tête et ses longs cheveux lui tombaient dans le dos en ondulations écarlates, telle une mer rouge sang. Elle se tenait dans la rangée derrière Kit. Celui-ci se tourna pour lui chuchoter un secret quelconque, son livre de prières pressé contre le coin de sa bouche pour étouffer sa voix. La fille pouffa et cligna des yeux. Je décidai de rester.

L'assemblée des fidèles commença à donner des signes d'agitation. Burt et Art rangèrent leurs cartes dans leur veste. Je me rendis compte que tous les hommes dénouaient leur cravate ou leur foulard, les fourraient dans leur poche ou les confiaient à leur épouse. Un murmure excité parcourut l'assistance. Tous les regards étaient à présent braqués sur le pasteur. Manifestement conscient de l'attention soudaine de ses ouailles, celui-ci se mit à transpirer et à trébucher sur les mots de sa prière. Les paroissiens étaient comme lovés sur eux-mêmes, repliés, en attente, telle la langue sifflante d'un serpent. Je me félicitai d'être près de la porte. D'un pas mal assuré, le pasteur se dirigea vers un gros livre relié posé, ouvert, sur un lutrin et s'essuya le front du revers de la main. Il se racla deux fois la gorge avant d'annoncer d'une voix entrecoupée :

« La leçon d'aujourd'hui est un extrait des Nombres… »

On entendit les fidèles inspirer de concert.

« Balaam… »

Tous les hommes de l'assistance se levèrent.

« … et Balak. »

À ce dernier mot, les hommes coururent vers la porte. Je m'aplatis contre le mur tandis qu'ils passaient en trombe devant moi. Mon cœur battait à tout rompre. Je craignais d'être emportée par la foule et piétinée. Le bruit de cinquante paires de souliers cloutés martelant les dalles retentit dans la petite église. Soudain des doigts s'emparèrent des miens et Kit me siffla à l'oreille : « Allons-y ! »

Il m'entraîna dans le flot des coureurs. Je m'aperçus alors qu'il tenait aussi la main de la fille rousse. Je plissai les yeux et me mis à galoper.

Nous nous précipitâmes vers la mer, le chemin caillouteux résonnait du bruit d'une centaine de pieds. En arrivant sur la plage, je vis deux barques de pêche danser frénétiquement sur les vagues, mais les hommes se groupèrent autour d'une demi-douzaine d'autres embarcations, les poussant de l'épaule et avançant en chancelant vers l'eau.

« Mister Kit, venez ici ! » appela quelqu'un.

Me tournant, j'aperçus Burt. Il criait, debout devant sa hutte où une barque peinte en bleu et blanc reposait sur une plateforme en bois.

« Aidez-moi à la descendre », ordonna-t-il.

Kit, la fille et moi regrimpâmes sur les rochers et essayâmes de soulever l'embarcation. Elle était si lourde que je faillis être écrasée par elle. L'instant d'après, le fardeau s'allégea : un jeune homme blond, à la forte carrure, poussait à l'avant.

« Écarte-toi Poppy ou tu vas te faire mal, dit-il à la fille. Et vous aussi », ajouta-t-il en m'adressant un signe de tête.

Nous reculâmes et regardâmes les trois hommes dévaler vers la mer en traînant la barque, leurs pieds s'enfonçant dans les galets comme dans de la boue. Ils entrèrent dans l'eau. Aussitôt trempés, leurs pantalons noircirent et le bateau se mit à danser sur les vagues.

« Alors, vous venez ? » hurla Kit.

La rouquine m'attrapa par la main et m'entraîna jusqu'à la barque. Elle releva sa jupe, la rentra dans sa culotte et, ôtant ses chaussures, les lança sur le pont. Je retroussai ma robe moi aussi, sans pour autant la fourrer dans mes sous-vêtements. La fille sauta dans le bateau, secouant la tête lorsque le grand gaillard lui tendit la main. J'essayai de l'imiter, mais mes tibias heurtèrent la coque. Une seconde plus tard, je sentis des bras m'enserrer la taille et me trouvai jetée dans l'embarcation, tête la première, tel un poisson. Kit monta à côté de moi.

« Excuse ma familiarité, mais je n'avais pas le temps de faire des politesses. »

Il saisit une rame et nous éloigna de la plage tandis que les autres hissaient une voile marron déchirée.

« Alors, tu es contente d'être venue ? » me demanda Kit.

Assise dans une flaque d'eau au fond du bateau, du sang coulant de ma jambe, je ne répondis pas.

« Au fait, je te présente Poppy, poursuivit-il, désignant la fille aux cheveux écarlates. Et voilà Will. »

Le jeune homme m'adressa un sourire de guingois et leva une main avant de se remettre à ajuster le gréement.

« Z'avez pas oublié quelqu'un ? demanda Burt d'un ton de reproche.

— Ah oui, pardon. » Kit frappa le mât. « Ce bon vieux bateau, c'est le *Lugger*[1]. »

Poppy se glissa à côté de moi. « Est-ce qu'il t'a expliqué ce qui se passait aujourd'hui ? » s'enquit-elle en lançant un regard sévère à Kit.

Je secouai la tête.

« Le chameau ! Tu dois tous nous prendre pour des barbares.

— Ça concerne le poisson ?

— Oui. Aujourd'hui, c'est l'ouverture de la pêche au maquereau. Nous partons pêcher ce poisson dès que le pasteur raconte l'histoire de Balaam et Balak.

---

1. Le *Lougre*.

« — Nous pourrions commencer n'importe quel jour en juin, remarquez, précisa Burt en sortant de derrière la voile, mais ce serait moins amusant.

— Oui, notre départ précipité de l'église contrarie beaucoup le pasteur, dit Kit. Cela ajoute du piment à l'affaire.

— J'ai vu un banc de maquereaux ce matin, dit Burt. Assez loin d'ici, à Worbarrow. On va mettre le cap dessus. »

Le *Lugger* avait été le dernier bateau à sortir. Tout autour de nous, de nombreux petits bâtiments de pêche montaient et descendaient sur les flots. Certains étaient déjà si loin qu'ils ressemblaient à des jouets, leurs voiles blanches pliées comme des mouchoirs de poche. Le ciel était strié de nuages en chevron, la mer bleu-vert s'étendait jusqu'à l'horizon où elle s'incurvait sur la Terre. Des embruns me fouettaient les joues, le vent soulevait mon foulard et tordait les cheveux de Poppy, la faisant ressembler à Méduse.

« Vous inquiétez pas, dit Burt en désignant les autres bateaux. Ils y connaissent rien. Moi, j'suis pas très futé, mais je sais attraper du poisson. Parez à virer ! »

Tout le monde se baissa instinctivement. Sauf moi. Balayant le *Lugger*, le gui me frappa à l'arrière de la tête. Je m'affalai au fond du bateau, une douleur aiguë explosant à la base de mon crâne.

« Espèce d'idiots ! cria Poppy. Vous auriez pu la prévenir ! »

Elle s'accroupit à côté de moi et m'entoura les épaules de ses bras maigres. Étourdie et un peu nauséeuse, j'aurais voulu qu'elle me lâche.

154

« Laisse-la tranquille, Poppy, dit Kit en se rapprochant. Elle ira mieux dans une minute. N'est-ce pas, Elise ? demanda-t-il en me regardant, l'air inquiet.

— Si cette fille veut vomir, qu'elle le fasse par-dessus bord, s'il vous plaît », intervint Burt.

Allongée au fond de la coque, je sentis les élancements dans ma tête diminuer.

« Oui, ça va aller, constata Kit. Elle reprend des couleurs. »

Il m'aida à m'asseoir et me conduisit à l'avant où il m'installa sur un tas de bâches et de cordages enroulés.

« Si quelqu'un crie "parez à virer", tu te baisses. "Merde", tu te baisses. Compris ? »

J'acquiesçai d'un signe de tête, ce que je regrettai aussitôt, mon crâne recommençant à me faire mal. Malgré la douleur, je souris. C'était la première fois que je sortais en mer. Ma traversée en bateau depuis la France ne comptait pas. J'étais restée sans rien voir dans les entrailles du ferry, assise sur ma malle, à vomir en silence dans un sac en papier. Cette expérience-ci était différente. Jetant leurs cris dans le vent, des mouettes à dos gris et des cormorans noirs décrivaient des cercles autour de nous. Finalement, j'aimais bien cette sensation d'être sur une bascule. La brise et la houle me faisaient tout oublier hormis le grondement de la mer et l'appel des oiseaux. Je poussai un cri : une vague était passée par-dessus bord, me trempant de la tête aux pieds. Croyant qu'il s'agissait d'un jeu, Poppy, Will et Kit manifestèrent bruyamment leur joie.

« Regardez », dit Burt en désignant une ombre sous la surface de la mer. Au-dessus de nous, un vol de mouettes tournoyait et descendait en piqué. « Parez à virer ! »

Je m'accroupis et me couvris la tête de mes mains alors que le gui tournait sur le pont avec fracas. Le petit bateau filait vers la tache noire, adressant des signaux frénétiques aux autres embarcations. Sans que je m'en sois rendu compte, nous avions viré en direction de la côte et longions à toute allure l'ombre dans l'eau. À l'aide d'une louche, Will et Kit versaient des appâts malodorants par-dessus bord. L'onde se mit à bouillonner de poissons étincelants.

« Va tenir la barre, Poppy », ordonna Burt. La fille obéit et le pêcheur déroula un filet entassé à l'arrière. Une autre barque n'était plus qu'à une vingtaine de mètres, avançant parallèlement à nous. Burt siffla et un son aigu lui revint en écho.

« Voilà le *Brandy Queen* qui arrive. »

L'autre embarcation tira une bordée et se dirigea droit sur nous. Lorsqu'elle nous atteignit, frôlant presque notre flanc, Burt lança un bout du filet à un pêcheur barbu qui l'attrapa avec aisance. Tandis que le *Brandy Queen* virait de nouveau de bord, Burt dévida sa part de filet dans l'eau, emprisonnant les poissons. Le *Brandy Queen* et le *Lugger* attendirent, se balançant à l'endroit où commençaient les hauts-fonds. Puis les autres barques nous encerclèrent, des rames battirent l'eau et des hommes crièrent pour chasser les maquereaux dans le grand filet, loin de la sécurité des profondeurs. Comme pétrifiés, les poissons se laissèrent traîner vers le rivage où se tenaient des dizaines de femmes et d'enfants du village. Ceux-ci avaient troqué leurs habits du dimanche contre des vêtements de travail et s'apprêtaient à ramasser la

prise. Une caravane de charrettes descendait lourde-
ment l'étroit sentier de la grève.

« Les gardes-côtes ont prévenu les mareyeurs par
télégraphe, expliqua Kit.

— Ils ont dû râler qu'on interrompe leur déjeuner
dominical, dit Burt. Mais je sens dans mes orteils
qu'on fera de bonnes affaires. »

Le *Lugger* avait presque atteint la plage quand la
mer explosa. Des poissons arc-en-ciel sautèrent hors
de l'eau, brisant la surface en mille endroits, transformant les bas-fonds en un tourbillon d'écume. Le
soleil illuminait leur dos, faisant briller leur peau
rouge, marron, vert et noir. Les mouettes criaient,
plongeaient et attrapaient un poisson dans leur bec
tandis que les femmes et les enfants les chassaient à
coups de balai et de bâton. Quelques villageoises
s'élancèrent. Entrant dans l'eau tout habillées, elles
saisirent la senne. Des hommes bondirent de leur
bateau pour les aider. La mer foisonnait de maquereaux qui dansaient, battaient des nageoires, bondissaient en décrivant une courbe dans l'air, puis
retombaient avec un claquement dans les vagues.
Une cinquantaine de personnes étaient alignées sur le
rivage, agrippant le lourd filet et le tirant peu à peu
sur les galets et sur la plage.

Couchés sur la grève, les poissons tressautaient au
soleil. Des enfants aux jambes nues couraient le long
du rivage et lançaient des galets pour éloigner les
mouettes et les cormorans avides. Tout le monde
était là : Mr. Wrexham et Mrs. Ellsworth chassaient
les oiseaux, May bavardait avec un pêcheur en tirant
mollement le filet. Mr. Rivers aidait à le haler au
milieu des brisants : de cette manière, l'eau de mer

recouvrait les maquereaux et les gardait frais en attendant que les poissonniers puissent les charger dans leurs véhicules pleins de glace. Sans cravate et les manches retroussées, il se tenait, pieds nus, dans les bas-fonds, son pantalon trempé jusqu'aux genoux. Apercevant le *Lugger*, il s'avança plus loin et attrapa l'amarre.

« Je vous ramène à terre ? demanda-t-il.

— Sûr, répondit Burt. Je pense pas que ces demoiselles veuillent prendre un bain. »

Kit grimpa par-dessus bord pour assister son père. Éloignant le bateau des maquereaux, les deux hommes remorquèrent le *Lugger* vers le rivage et le montèrent de quelques mètres sur la plage. Poppy sauta à terre avec agilité et courut le long de la grève en direction des poissons emprisonnés dans le filet. Mr. Rivers m'offrit sa main et m'aida à mettre pied sur les galets.

« Ce n'est pas un spectacle qu'on doit voir souvent à Vienne.

— En effet, sir.

— Au fait, Elise, je préviendrai Wrexham que je vous autorise à lire mes journaux. »

Avant que je n'aie eu le temps de le remercier, des cris retentirent derrière nous : les mareyeurs envahissaient la plage.

« Excusez-moi », dit Mr. Rivers. Il se tourna et se précipita vers le groupe de grossistes, désignant la prise avec un grand sourire. Kit le rejoignit un instant plus tard. Tous deux échangèrent des poignées de main avec chacun des négociants. Ils semblèrent les écouter patiemment, puis secouèrent la tête.

« Les braves gens ! s'écria Burt. Mr. Rivers et Mr. Kit y nous obtiendrons un bon prix, c'est aussi sûr que la marée de printemps. Les marchands essaient toujours de chipoter. Avec ces messieurs, ils oseront pas. »

Apparemment, les deux parties parvinrent à un accord. Il y eut d'autres poignées de main, puis Kit siffla. Hommes, femmes et enfants se ruèrent alors sur les maquereaux et commencèrent à les empiler sur des brancards, dans des seaux ou des barriques et à les porter jusqu'aux voitures des mareyeurs. Les cris des mouettes devinrent assourdissants. Je perdis bientôt le compte du nombre de transports que j'aidais à faire. Infatigables, Poppy et Will ne cessaient d'aller et venir entre le haut de la plage et le bord de l'eau. Parmi la multitude de têtes sautillantes, on distinguait celle de Poppy pareille à une baie de houx dans un panier de noisettes. Avec mes cheveux bruns et courts, je me sentais inintéressante. Un certain nombre de véhicules avaient réussi à descendre sur les galets, de sorte qu'à la fin, on pouvait déposer les poissons du filet directement dans les chariots et les camionnettes. L'opération prit plusieurs heures et l'après-midi était déjà bien entamé lorsque la dernière voiture remonta sur la route pavée. Des maquereaux tombés pendant le transport étaient éparpillés sur la plage. Mrs. Ellsworth chargea les enfants de les ramasser et de les jeter dans un énorme chaudron. Épuisée, je m'allongeai sur la grève et fermai les yeux. Kit s'affala à côté de moi.

« J'espère que tu aimes le maquereau », dit-il.

Son bras frôla le mien, mais j'étais trop fatiguée pour me préoccuper des règles de la décence et le repousser. Sa peau était agréablement tiède et je m'étonnai qu'au cours de tous ses sermons sur les convenances, Anna eût omis de me dire que les enfreindre était beaucoup plus amusant.

Plus tard ce soir-là, le village fit la fête sur la plage. L'air fraîchit, mais les galets retenaient la chaleur du jour et, même au crépuscule, nous marchâmes pieds nus sur la grève. Des petits garçons couraient en tous sens pour ramasser du bois et de la salicorne sèche et, sous la direction de Kit, construisaient un grand bûcher sur le rivage. Dans la lumière déclinante, Kit y mit le feu en glissant un mégot allumé dans un cocon de feuilles mortes. Quelques instants plus tard, des flammes orange montèrent vers le ciel et des étincelles volèrent dans les vagues telles des lucioles vermillon.

« Au lieu de bayer aux corneilles, Elise, tu ferais mieux de nous aider », cria Mrs. Ellsworth.

Je me dirigeai avec précaution vers le bord des dunes où la gouvernante et une petite troupe de femmes avaient improvisé une cuisine. Des charbons incandescents brillaient dans les rochers surmontés de dizaines de poêles à frire remplies de maquereaux. Le poisson avait été écaillé et vidé, mais c'était tout. Serrés l'un contre l'autre, les yeux morts, ils grésillaient dans du beurre, des poignées de criste-marine vert foncé et des morceaux de fenouil poivré. M'agenouillant entre Poppy et Mrs. Ellsworth, je m'emparai de l'une des poêles. Tandis que le soleil plongeait dans la mer, je tournai et retournai les poissons luisants. Une foule se rassembla autour du feu.

160

Des enfants serraient des bouquets de fleurs : lychnide des prés, chèvrefeuille, lavande, romarin, gaillet et pimprenelle. Burt et Art les aidèrent à en décorer le *Lugger*. À la fin, le vieux bateau ressembla à un vaisseau de conte de fées qui aurait mieux convenu à la lady of Shalott de Tennyson qu'à un pêcheur mal rasé chaussé de bottes dépareillées. Art, Will et Kit le descendirent jusqu'au rivage et le poussèrent dans l'eau. Burt souleva une fillette de sept ou huit ans tout au plus, la porta dans ses bras et la déposa tendrement sur les bâches, à la proue. Ensuite, nous les regardâmes voguer vers l'entrée de la baie.

« C'est une vieille coutume, m'expliqua Poppy. Nous devons remercier la mer. Après la première pêche, nous lui lançons des fleurs en offrande. Personnellement, je ne serais pas fâchée de voir Sally Hopkins passer par-dessus bord elle aussi. Cette enfant est un monstre.

— Ne dis pas une chose pareille, l'admonesta Mrs. Ellsworth.

— Excuse-moi, tante Florence », dit Poppy.

Je la regardai, surprise.

« Oh, Florence n'est pas ma vraie tante. Elle est de Bristol et moi j'ai grandi dans cette maison sur la falaise. »

Du bout de sa fourchette, elle désigna une lumière jaune qui brillait sur le promontoire.

« Tante Florence me connaît depuis que je suis petite, c'est tout. Tyneford est un endroit bizarre, tu sais, différent de tous les autres. »

Nous mangeâmes le poisson avec les doigts, extirpant les arêtes que nous jetions sur les galets où elles seraient picorées par les mouettes ou emportées par les vagues. Assis sur un grand morceau de bois flotté, Poppy, Will, Kit et moi mangions dans un silence convivial. Je pris conscience que, pour la première fois depuis mon départ de Vienne, j'étais heureuse. Les pêcheurs buvaient de la bière et chantaient des chansons grivoises au clair de lune, les enfants jouaient bruyamment dans les dunes.

« As-tu jamais vu brûler du bois flotté ? » me demanda Kit.

Lorsque je secouai la tête, il bondit sur ses pieds et secoua notre siège, nous faisant tomber pêle-mêle par terre.

« Arrête ! » protesta Poppy. Tenant fermement son poisson, elle essaya de se rasseoir.

« Espèce de fumier ! » cria Will en jetant sur Kit un galet qui lui frôla la tête.

« Il faut qu'Elise voie ça », déclara Kit peu ému d'avoir failli perdre un bout d'oreille.

Il traîna le tronc d'arbre dans le feu qui se mit à crépiter. Des langues lumineuses d'un bleu vif s'élevèrent en sifflant. Leur couleur rappelait celle des yeux de Kit. Le brasier semblait irréel, tel le fourneau d'un magicien. Je m'attendais presque à en voir surgir un génie à queue de poisson. Kit était tellement différent des garçons que j'avais connus à Vienne – même s'ils n'étaient pas nombreux. Il y avait eu Jan Tibor, un jeune homme très petit pour son âge, binoclard et très doué pour le piano à en croire le chœur de mes grands-tantes. Malheureusement, il ne m'avait jamais donné l'occasion de m'émerveiller de son talent musical car à chacune de nos rencontres il bégayait de nervosité, ses yeux saillaient derrière ses épaisses lunettes et il avait davantage l'air de vouloir vomir que de jouer du Chopin. Ma grand-tante Gabrielle était convaincue qu'il deviendrait un compositeur célèbre. Il était toutefois trop malingre pour une idylle. Robert, le mari de Margot, était assez beau, mais plus sérieux encore que les sévères ancêtres pendus aux murs de la salle à manger de Tyneford. Et puis je n'aimais pas les hommes qui me grondaient. Robert, j'en suis sûre, aurait fait un excellent majordome, austère et désapprobateur. Mr. Wrexham et lui auraient pu passer ensemble un agréable après-midi à énumérer mes défauts.

Kit était différent. Il avait de l'assurance, mais sans ce côté crâneur de certains garçons autrichiens. J'aimais le voir rire. Je me surpris à vouloir dire ou faire des choses qui l'amuseraient.

« Tu es amoureuse de Kit ? me demanda soudain Poppy.

— Pardon ?

— Oh, toutes les filles sont amoureuses de lui, tu sais. Je l'ai été, moi aussi, jusqu'à quatorze ans, ensuite ça m'a passé.

— Quoi ? Tu n'es plus amoureuse de moi ? s'écria Kit qui s'était éloigné du feu pour s'asseoir près d'elle.

— Non », répondit la rouquine. Elle lui tourna le dos pour me faire face. « Alors, tu es amoureuse de lui ? »

Médusée, je me contentai de la regarder. Will s'affaira soudain avec les lacets de ses bottines et Kit semblait fasciné par deux gamins qui grillaient joyeusement des escargots embrochés sur de petites branches.

« Ne t'en fais pas. Kit ne demande que ça. Il voudrait que toutes les femmes soient amoureuses de lui. Je crois que c'est à cause de sa mère. Elle est morte quand il était très jeune. »

Je regardai Kit. Il m'adressa un sourire bon enfant. Le fait que Poppy parle de lui et de sa mère défunte comme s'il n'était pas là n'avait pas l'air de le déranger. Je pensai à la photo de cette blonde au sourire timide qui se trouvait dans sa chambre et me demandai comment elle était morte.

« Je suis désolée », dis-je.

Kit sourit de nouveau. « Ne t'inquiète pas. Je ne me souviens pas d'elle. »

Comment cette absence de souvenirs pouvait-elle arranger les choses ? me dis-je. Pour moi, elle aggravait la perte.

« Ce psychanalyste, Mr. Freud, est viennois, fit Poppy. Tu l'as connu ? »

Je poussai un petit soupir, soulagée qu'on ait changé de sujet. « Non, mais un jour j'ai vu sa fille, Anna, dans une papeterie.

— Ah oui ? Qu'est-ce qu'elle a acheté ?

— Je ne m'en souviens pas. Des enveloppes, je crois.

— Ah. »

Poppy ne cacha pas sa déception. De toute évidence, elle attendait quelque révélation sensationnelle. Apercevant une barrique renversée, elle grimpa dessus et balança ses jambes. Sur sa peau claire, ses taches de rousseur ressemblaient à des miettes sur une nappe blanche. La mer brillait sous les étoiles et les lumières d'un bateau clignotaient au loin, dans l'obscurité. Les pêcheurs se mirent à chanter avec frénésie. Ils battaient la mesure du pied et frappaient dans leurs mains, le crissement des galets sous leurs souliers pareil à un grondement venu des tréfonds de la terre. Je me surpris à bouger au rythme de leur mélodie et imaginai Anna joignant sa voix argentine à la leur. Le navire à l'horizon disparut derrière la courbure de la Terre et j'agitai la main comme si Margot en était une passagère. Art sauta sur une barque retournée et se mit à jouer un air mélancolique sur son violon en accompagnement des chanteurs. L'instrument avait un beau ton grave et, dans mon esprit, c'était Margot qui en jouait sur le bateau évanoui. Le son était étrangement étouffé à cause du roman de Julian fourré dans la table harmonique en bois de rose.

12

Diana et Juno

À l'aube d'une fraîche journée de novembre, Kit et moi étions assis sur le promontoire. L'été s'était épanoui, puis flétri pour devenir automne. Serrés l'un contre l'autre au sommet du cap, au-dessus de Flower's Barrow, nous contemplions la mer écumeuse. Frissonnante, j'entourai ma poitrine de mes bras. Un pâle soleil se levait derrière la colline.

« Allons, ne fais pas ta difficile. Ce n'était pas si ennuyeux que ça, dit Kit.

— D'accord, mais je continue à préférer la *Forsyte Saga*. C'est plus élégant. »

Kit eut un reniflement dédaigneux. « Penses-tu ! Simplement, ton anglais était si mauvais à l'époque que tu ne t'es pas rendu compte que ce roman est un terrible mélo.

— Tu as peut-être raison, mais les Forsyte resteront à jamais dans mon cœur. C'est la première famille anglaise dont j'ai fait la connaissance. » Je souris et soufflai sur mes doigts. « Viens, je commence à avoir froid et j'ai un millier de verres à net-toyer. »

Kit se leva, puis il me tendit ses mains pour me relever. Je chancelai et tombai sur lui en riant. Chaque fois qu'il revenait de Cambridge, il me donnait des leçons d'anglais dès potron-minet. Grâce à nos lectures et à son aide, je le parlais couramment maintenant. Il m'arrivait encore de trébucher sur un mot et, pour peu que je fusse excitée ou contrariée, de maltraiter un peu la syntaxe. Je pouvais toutefois entretenir une conversation sans effort. Avec un pincement au cœur, je me rendis compte qu'à présent je rêvais en anglais, même quand je rêvais de Vienne. Je n'étais plus la fille à la natte-python arrivée à Tyneford il y avait des mois de cela, mais quelqu'un d'autre. Si l'Histoire ne m'avait pas expédiée de l'autre côté de l'Europe, aurais-je découvert que j'aimais la mer, les vastes cieux et les prairies ? Ce goût devait avoir été caché en moi comme le chêne dans le gland ou les jacinthes dans le sol. Mes lointains ancêtres avaient vécu dans des *shtetl* et cultivé la terre à l'Est. Peut-être cet amour de la nature sauvage était-il un souvenir ethnique enfoui dans le cœur de tout bourgeois juif citadin. J'essayai d'imaginer Anna se promenant sur le Tout, habillée en pittoresque paysanne. Je pense que son amour de la campagne et de la vie sauvage (« Oh, ces choses sales et malodorantes, chérie ! ») était enfoui plus profondément que le mien. Mon expression devait m'avoir trahie.

« As-tu eu de leurs nouvelles ? demanda Kit.

— Non. Toujours rien. Je ne comprends pas.

— Je croyais qu'ils devaient partir pour New York.

« — C'est ce qui avait été prévu. Il y a des mois déjà. Mais ils n'ont pas reçu leurs visas.

— Ça s'arrangera, Elise.

— Tu crois ? » demandai-je, enfonçant mes mains dans la laine tiède de mon manteau. Je commençai à rebrousser chemin.

« J'espère que tu m'as trouvé un beau cadeau d'anniversaire, dit Kit, courant pour me rattraper.

— Non, je n'ai rien.

— Tant mieux, parce que j'ai quelque chose à te demander.

— Ah oui ? » Je jetai à Kit un regard soupçonneux. Chaque fois que je lui rendais un service, je me faisais gronder par Mr. Wrexham.

« Ne prends pas cet air inquiet. Retrouve-moi avec Poppy et Will dans la cour, après dîner.

— Entendu. »

Nous descendîmes avec précaution la pente de la colline. Battus pendant des siècles par les tempêtes, les aubépines et les prunelliers n'avaient de feuilles que d'un côté, leurs rameaux nus s'étendaient tels de longs cheveux flottant au vent. Encore épargnés par les verdiers et les hochequeues, les buissons étaient constellés de baies rouges. Un fouillis de sceaux-de-la-Vierge rampait entre les arbrisseaux et des triangles d'iris fétides se cachaient au pied des clôtures. Des taches de boue parsemaient l'herbe humide et jaunie.

« Allez, on court », dit Kit en attrapant ma main.

Il s'élança sur le sentier, m'entraînant avec lui, dispersant les moutons dont les clochettes tintèrent dans le vent. L'air âpre me fouettait le visage, engourdissait mes joues ; mes poumons brûlaient de fatigue et de froid. D'habitude, Kit était extrêmement sédentaire. Rien ne lui plaisait davantage que se nicher dans un fauteuil, une jambe jetée par-dessus l'accoudoir, une cigarette dans une main, un livre dans l'autre, et de bavarder avec moi pendant que j'époussetais les meubles ou nettoyais la cheminée. C'est à peine s'il trouvait l'énergie d'aller se chercher un autre verre de xérès ou de vider son cendrier. Toutefois, lorsqu'il décidait de courir, il galopait dans les collines tel l'un de ces chevreuils dorés pourchassés par une meute, et il pouvait continuer ainsi, infatigablement, pendant une heure ou plus. Je l'avais observé depuis une fenêtre du salon. Il courait pour le pur plaisir de l'exercice, puis il rentrait, épuisé, s'affalait dans son fauteuil de cuir préféré, allumait une cigarette et ne bougeait plus pendant un jour ou deux.

« Kit ! Doucement ! Je ne peux pas… » criai-je entre deux halètements.

Ma jupe était bien trop étroite pour les enjambées bondissantes de mon compagnon. Si je ne m'arrêtais pas pour la retrousser, je me casserais la figure. Avec un grand bruit, la couture se déchira.

« Kit ! »

Sans m'écouter, il continua à m'entraîner alors que nous entamions la descente abrupte vers le village. Un faucon tacheté planait au-dessus de nous, guettant une proie invisible. Parsemé d'éboulis, le chemin était glissant, je bondissais et dérapais, terrifiée de me retrouver à terre. Nous atteignîmes le bas de la pente. Kit se tourna vers moi en riant, mais j'étais furieuse.

« Ne recommence… ja… jamais, criai-je, hors d'haleine. J'ai bien… cru… que… j'allais tomber.

— Mais tu es saine et sauve, dit Kit nullement ému par mes reproches. Et à l'heure. Wrexham ne pourra pas te gronder. »

J'attrapai le poignet de Kit et le retournai pour voir sa montre. Il n'était pas encore six heures. Je pouvais aller vaquer tranquillement à mes tâches. Le majordome avait autorisé mes leçons à la condition qu'elles ne m'empêchent pas d'accomplir mon travail. « Cette jeune fille est femme de chambre et non une invitée, avait-il dit. Aurait-elle été une princesse de sang royal à Vienne que ça ne changerait rien pour moi. » Je ne l'avais jamais entendu parler aussi fermement à Kit. Prenant sa promesse très au sérieux, Kit veillait à ce que les leçons eussent lieu avant l'allumage des feux de la maison. Cela ne posait pas de problème en été, mais au début du mois de novembre, il fallait que je me lève avant l'aube et une bonne heure avant que May ne tambourine à ma porte.

« Je crois que nous ne pourrons reprendre nos leçons qu'après la fête, dis-je.

— Tu ne peux pas t'arranger ? Te lever un peu plus tôt, espèce de flemmarde ? »

Kit me donna un petit coup de coude dans les côtes.

« Non. » S'opposer à Kit était presque impossible, surtout lorsqu'il s'agissait de lui refuser quelque chose. « Je me lève déjà à cinq heures.

— Moi aussi.

— Oui, mais ensuite tu peux dormir toute la matinée. Moi, je dois travailler.

— Ma pauvre petite Cendrillon ! »

Je ramassai une bardane et la lançai sur lui. Elle se logea dans ses cheveux dorés. Kit tira dessus, puis se rendant compte qu'elle était bien accrochée, haussa les épaules et la laissa simplement pendouiller. Il n'était pas vaniteux pour deux sous.

« N'oublie pas que tes amis arrivent ce matin. »

Le lendemain, Kit allait avoir vingt et un ans et devenir majeur. Mr. Rivers avait accepté de donner une fête à Tyneford. Il y aurait trois jours de célébration qui réunirait la moitié des jeunes gens huppés du Dorset. Cela faisait plusieurs semaines que Mr. Wrexham et Mrs. Ellsworth vivaient dans un état de grande anxiété. Ils avaient vainement essayé d'engager des extras. Le majordome avait dressé et distribué d'innombrables plans du personnel, mais les avait tous annulés quelques heures plus tard. Mrs. Ellsworth et une fille du village avaient passé presque toute la semaine à confectionner des gâteaux, à préparer confitures, pickles et marinades. Pour sa part, Kit avait commandé des caisses d'alcool à Londres ainsi que des shakers en acier inoxydable. Tous les soirs avant le dîner, il passait un certain temps à enseigner à Henry, à Art et à Mr. Wrexham l'art de composer des cocktails. Le majordome renâclait. Les cocktails étaient une abomination américaine, mais comme le jeune maître fêtait sa majorité, on ne pouvait rien lui refuser. Aussi, quand il n'était pas occupé à peaufiner sa stratégie domestique, Mr. Wrexham étudiait-il consciencieusement la recette du « Tom Collins », du « Gin Sling » ou du « Harvey Wallbanger ». On aurait dit un collégien bûchant ses verbes latins.

Les premiers invités arrivèrent après le déjeuner. J'étais occupée à arranger des fleurs ou, plus exactement, j'écoutais Mrs. Ellsworth critiquer mon arrangement. Ce fut elle qui, tirant sur les cardères, le lierre et le rameau d'herbe de Robert, les transforma en un joli bouquet.

« Votre mère ne vous a-t-elle jamais appris ce genre de chose ? »

Je haussai les épaules. Anna adorait acheter toutes les semaines des brassées de fleurs au marché : roses noires, lys ou fleurs d'oranger. Elle les étalait en de merveilleuses combinaisons sur la table de la cuisine, s'extasiant comme une enfant sur leurs couleurs et leurs parfums, et fredonnant le *Duo des fleurs* de Delibes. Elle laissait à Hildegard le soin de les mettre dans de l'eau.

« Voilà. Vous voyez ? »

Mrs. Ellsworth me tendit un vase de Chine décoré de poissons bleus et à présent rempli de fleurs artistement dérangées.

« Montez-les dans la chambre de lady Diana Hamilton.

— Oui, Mrs. Ellsworth. »

Je longeai en hâte le couloir et gravis l'escalier de service jusqu'à la chambre d'amis bleue. Pendant une semaine, j'allais servir de femme de chambre aux sœurs Hamilton. Bien qu'appartenant à la noblesse, elles n'étaient pas riches, du moins pas assez pour voyager avec une bonne. Mr. Wrexham tenait à ce que je remplisse ce rôle. Selon lui, mon passé viennois me qualifiait pour cette tâche – « Je suis sûr que vous êtes allée au bal, à l'Opéra ou que vous avez aidé votre mère à se préparer. » Henry me confia qu'avoir une femme de chambre autrichienne était considéré comme presque aussi chic que d'avoir une femme de chambre parisienne. Mr. Wrexham semblait heureux à l'idée que Tyneford House puisse offrir ce luxe aux distingués invités de Mr. Kit. J'ignorais que ma nationalité me rendait si précieuse. Mon prestige aurait-il diminué si ces gens avaient compris que l'Autriche ne me comptait plus au nombre de ses citoyens ?

Je déposai le vase sur la coiffeuse et promenai mon regard autour de la chambre. Les rideaux bleu clair s'harmonisaient avec le ciel de novembre. De l'autre côté de la fenêtre, la mer d'un gris métallique déferlait. Je me demandais ce que je ressentirais si je demeurais ici en qualité d'invitée et non de domestique, si Kit tirait une chaise pour moi à la table du dîner et disait : « Wrexham, une autre citronnade pour mademoiselle. » Lorsque je pensais à l'Elise de Vienne avec sa vie facile remplie de concerts, de bains parfumés et d'amour familial, j'avais l'impression qu'il s'agissait d'une autre personne. J'entendis des pneus crisser sur le gravier, puis des voix dans l'entrée et le remue-ménage d'une arrivée. Je me glissai hors de la pièce et regardai depuis l'ombre du palier. Deux filles blondes aux cheveux courts et frisés comme ceux des chérubins erraient dans le hall, au-dessous de moi. Je savais qu'elles attendaient Kit. Elles portaient des fourrures claires. Mrs. Ellsworth prit leurs gants, mais la plus grande des nouvelles venues refusa l'aide de la gouvernante pour enlever son manteau.

« Oh non. J'ai toujours froid et cette maison est glaciale. Où diable est Kit ? S'il nous oblige à venir dans ce bled perdu, il pourrait au moins être là pour nous accueillir », dit-elle d'un ton qu'elle devait croire drôle et désarmant mais qui, à moi, me parut fort impoli.

La porte du salon s'ouvrit et Kit pénétra dans l'entrée en chaussettes. Les deux filles l'embrassèrent.

« Excusez-moi, dit-il, je dormais. Je me suis réveillé à cinq heures du matin.

— C'est notre arrivée qui t'a excité à ce point ? »

La grande fille qui ressemblait à une poupée lissa le col froissé de Kit.

« Évidemment, Diana », répondit son hôte en la débarrassant de sa fourrure. La fille paraissait avoir oublié le froid.

« Diana. Juno. Quel plaisir de vous revoir ! »

Mr. Rivers apparut dans l'entrée. Les deux filles lui présentèrent leur joue. Mr. Rivers les embrassa avec flegme. Sa présence fit cesser le badinage. Malgré leur air déluré, Diana et Juno semblaient intimidées par lui.

« Mrs. Ellsworth va vous montrer votre chambre. Ensuite, vous pouvez venir prendre le thé avec Kit et moi.

— Merci, mister Rivers », dit Diana.

Le maître de maison lui adressa un sourire chaleureux. « Je pense que vous êtes maintenant en âge de m'appeler Christopher.

— Oui, Christopher », dit Diana du ton d'une enfant qui découvre que son professeur a un prénom.

Les deux filles suivirent docilement la gouvernante. Je me précipitai dans le couloir en direction de l'escalier de service. Une fraction de seconde trop tard.

« Elise ! » appela Mrs. Ellsworth.

174

À contrecœur, je revins sur mes pas.

« Mesdemoiselles, je vous présente Elise. Elle sera votre femme de chambre pendant la durée de votre séjour ici. »

Les filles me toisèrent et il y eut un long silence. Sans doute s'attendaient-elles à ce que je leur fasse la révérence. Elles en furent pour leurs frais. Mrs. Ellsworth s'éclaircit la voix, puis ouvrit la porte de la chambre.

« J'espère que ces demoiselles seront à leur aise. S'il vous faut quoi que ce soit, vous n'aurez qu'à sonner. »

Mrs. Ellsworth salua d'un petit signe de tête, puis disparut. Je pivotai sur mes talons pour l'accompagner, mais Juno cria : « Eliiiise. Attendez une minute. Nous aurons peut-être besoin de vous. »

Réprimant un soupir, je les suivis dans la pièce.

Diana s'assit devant la coiffeuse, se mira dans la glace et roula les yeux.

« Dieu ! Quelle tête ! Savez-vous coiffer – quel est votre nom déjà ?

— Elise. Je peux essayer si vous voulez. »

Je pris une brosse, des épingles et saisis une mèche rebelle. Diana me tapa sur la main.

« Arrêtez. Vous n'allez qu'empirer les choses. »

Je me mordis la lèvre pour ne pas lui répondre.

Juno s'affala sur le siège sous la fenêtre. « Quel temps horrible ! Pourquoi Kit donne-t-il une fête en cette saison ? Dieu seul le sait. Il aurait pu attendre juin ou juillet. À ce moment-là, on aurait peut-être eu droit à un rayon de soleil. Tyneford est sinistre en hiver. »

Diana tourna ses boucles autour de son index. « La campagne, c'est un caprice, pas un endroit où l'on vit réellement. »

Je retins ma langue. Leur avais-je jamais ressemblé ? J'espérais que non. Si je m'étais conduite comme elles, Hildegard m'aurait donné une bonne fessée. Diana me regarda dans le miroir.

« Alors comme ça vous êtes une juive allemande, Ellis ?

— Autrichienne.

— C'est pareil, non ?

— Je suis de Vienne.

— Les Viennoises sont très à la mode. » Diana se tourna vers sa sœur. « Il paraît que lors de son séjour chez les Pitt-Smyth, à Bath, Jecca Dunworthy avait pour femme de chambre une comtesse autrichienne. »

Je me tus et retirai quelques cheveux blonds de la brosse. Diana se remit du rouge à lèvres.

Pendant le dîner, je me tins, le dos pressé contre le mur, derrière Diana. En qualité de sœur aînée, elle monopolisait les marques d'attention. Une fille du village attendait derrière Juno. Elle avait reçu des ordres très stricts : se taire et se borner à changer les assiettes. Plusieurs jeunes gens étaient arrivés dans l'après-midi et des rires emplissaient la salle à manger. Mr. Rivers était assis au haut bout de la table à côté d'une fille en robe lavande d'une extrême maigreur. Elle me rappela ces feuilles presque immatérielles dont il ne reste que les nervures. Malgré les sollicitations de son hôte, elle ne mangeait rien, se contentant de siroter son vin blanc. Je n'avais jamais assisté à une fête qui réunissait autant de jeunes. À l'exception de Mr. Rivers, le père, tous les autres convives étaient des amis de Kit et le flirt allait bon train. Mr. Wrexham remplissait silencieusement les verres. Près de la cheminée, il faisait une chaleur étouffante. Avant le dîner, j'avais alimenté le feu avec plusieurs grosses bûches et maintenant je pouvais à peine respirer. J'aurais voulu m'asseoir. De la sueur me chatouillait le front. Il ne fallait surtout pas que je tombe. J'essayai d'inhaler par le nez et d'expirer par la bouche. Vacillant sur le fond sombre du papier peint, les bougies semblaient animer les portraits de famille. Les visages des ancêtres coulaient telles des effigies de cire.

« Ellis. Hé ! vous. »

Diana fit claquer ses doigts devant mon nez et je me rendis compte qu'elle désignait sa serviette tombée à terre. Je m'avançai, m'efforçant de ne pas m'évanouir, et me baissai pour ramasser le carré de tissu. Comme mes doigts étaient gourds, je dus m'y prendre à deux fois. Quand je me redressai, chancelante, je m'appuyai sur le dossier de la chaise de Diana.

« Qu'est-ce qui vous prend ? siffla-t-elle.

— Excusez-moi, mademoiselle. »

D'un moulinet du poignet, je replaçai la serviette sur ses genoux et me retirai au fond de la pièce. Je vis que Mr. Rivers me regardait avec inquiétude. Il appela Mr. Wrexham et, l'instant d'après, le vieux majordome ouvrait la porte de la pièce ainsi qu'une fenêtre. Un flot d'air frais baigna mon visage. Je souris à Mr. Rivers, mais il s'était déjà tourné vers Juno et la fixait d'un air grave avec ses yeux bleu-gris. De l'autre côté de la pièce, Kit construisait une tour à l'aide de petits pains. Il plaisantait avec Diana et une fille à la grosse poitrine en robe verte. Quand je regardai de nouveau le bout de la table, je m'aperçus que la chaise de Mr. Rivers était vide.

« Vous ! Encore une fois. »

La serviette de Diana gisait de nouveau par terre. Le tissu de sa robe devait être très glissant. Alors que je m'agenouillai pour ramasser l'objet, Diana avança le pied et, de son talon aiguille, cloua ma jupe au plancher. Prise au piège, j'étais accroupie à ses pieds tel un stupide groom d'hôtel. Je tirai sur mon vêtement, mais Diana ne fit qu'enfoncer sa chaussure davantage. Je n'aurais pu me libérer qu'au prix d'une scène. Au bout de trente secondes, elle me permit de me relever et de replacer la serviette sur ses genoux.

Je revins à mon mur, veillant à ne pas m'y appuyer, conformément aux instructions précises de Mr. Wrexham. S'appuyer, semblait-il, était aussi répréhensible que lambiner. Diana faisait manger à Kit des cuillerées de son sabayon. Après en avoir avalé deux ou trois, il repoussa sa main pour allumer une cigarette. En présence de son père, il n'aurait jamais osé fumer pendant un dîner avec des dames, mais Mr. Rivers ayant disparu, les jeunes gens perdirent toute retenue. Juno appuya la tête contre l'épaule d'un garçon qui se mit à jouer avec ses cheveux. Le majordome partit chercher une autre bouteille à la cave. Les hommes desserrèrent leur nœud papillon.

« Elise ! appela Kit.

— Oui, sir ? »

Kit balança sa cravate entre ses doigts.

« Mettez-la.

— Non.

— C'est mon anniversaire.

— Votre anniversaire n'est que demain. »

Alors que je me détournais de Kit, je m'aperçus que toute l'assistance nous regardait. Je fis mine de lui arracher le papillon.

« Non, je veux vous le mettre moi-même.

— Kit ! » suppliai-je à voix basse.

L'alcool rendait ses yeux vitreux. Je me dis que je ferais bien de me plier à son caprice avant le retour de Mr. Wrexham ou de Mr. Rivers. Je m'accroupis devant sa chaise et il glissa le ruban de soie autour de mon cou. Son haleine empestait l'alcool, du vin rougissait ses lèvres. Quand ses doigts frôlèrent ma peau, je sentis mes joues s'empourprer. Je déglutis, mais il n'ôta pas sa main. Tout en sachant que j'aurais dû m'en aller, je restai là un moment à regarder le demi-sourire qui plissait ses yeux.

« Je sonne pour le café ? » demanda Diana d'une voix aiguë en tambourinant sur la nappe de ses ongles vernis.

Je repoussai la main de Kit, me levai et sortis presque en courant chercher le plateau.

Après avoir servi le café, je me glissai dehors, dans la cour. Poppy et Will étaient assis côte à côte sur le montoir. Au cours des deux derniers mois, ils avaient commencé à sortir discrètement ensemble. La petite main constellée de taches de rousseur de Poppy reposait dans l'une des grosses pattes de Will.

« Comment va la fête ? demanda mon amie.

— Kit est saoul.

— Devant son père ?

— Mr. Rivers est parti après le dessert. »

Je shootai dans un morceau de silex qui alla heurter la pompe.

« Que sais-tu sur Diana Hamilton ? »

Poppy balança ses jambes, jeta une pastille au chocolat en l'air et la rattrapa sur sa langue. « Son père, lord Hamilton, a dilapidé la fortune familiale aux courses. Une vraie tragédie. Diana porte le nom de son premier cheval gagnant, Juno celui du deuxième. Ensuite, il a tout perdu sur Afternoon Delight.

— Je la crois amoureuse de Kit. »

Poppy haussa les épaules. « Comme la plupart des filles. Ce serait toutefois dommage qu'elle ait jeté son dévolu sur lui. Flirter et faire les yeux doux est une chose, mais Kit devrait épouser une riche héritière. Le manoir a besoin de réparations très coûteuses. »

Je tournai la tête, évitant son regard.

Elle lança un autre bonbon en l'air, mais Will la poussa de côté et attrapa la pastille lui-même. Poppy rit. Elle rejeta la tête en arrière et mangea le bonbon suivant en le faisant tomber directement du cornet en papier. Avec un sourire contraint, je m'adossai contre la porte de l'écurie.

« De quoi voulait-il nous parler, Kit ? »

Poppy haussa de nouveau les épaules, sauta au bas du montoir et s'approcha de la stalle de Mr. Bobbin. Le vieux cheval sortait la tête. Elle lui donna un bonbon.

« Ça va mieux maintenant, n'est-ce pas ? » roucoulat-elle en le caressant derrière les oreilles.

Kit apparut, les mains dans les poches et son éternelle cigarette aux lèvres.

« Désolé, fit-il dès qu'il m'aperçut. J'avais un peu trop bu. Mais tu sais bien que je suis un parfait imbécile. »

J'avais eu l'intention de crier, de le gronder pour sa conduite stupide, mais il paraissait si repentant que ma résolution chancela. J'extirpai le nœud papillon de la poche de mon tablier et le lui mis sous le nez sans prononcer un mot. Il le prit et me fixa de ses yeux alcoolisés.

« Je suis désolé, Elise. Vraiment. Mais il m'arrive d'oublier que… Que tu n'es pas des nôtres. »

Je tapai ma semelle et me frottai les mains. Le bord des pavés commençait à geler et le lierre accroché aux briques de l'écurie scintillait dans l'obscurité. Quelques mois plus tôt, à Vienne, j'avais été des leurs. À présent, j'ignorais où était ma place. Les autres domestiques m'adressaient à peine la parole. Ils savaient que je n'étais pas des leurs non plus. J'avais perdu toute appartenance.

« Que voulais-tu nous demander ? » m'enquis-je, veillant à rester à bonne distance de Kit.

Poppy cessa d'offrir des bonbons à Mr. Bobbin et se tourna vers Kit. Ce dernier s'éclaircit la voix et écrasa sa cigarette par terre.

« Eh bien, je pensais que ça animerait un peu la fête si Poppy et toi vous arriviez habillées en garçon. Je prêterais à chacune de vous un de mes vieux smokings. Ce serait marrant, non ? »

Je regardai Kit fixement et, pour la deuxième fois en deux heures, me sentis rougir d'indignation.

« Tu es cinglé. Complètement cinglé. Je suis une domestique. Je sers les apéritifs. Je remplis les verres. Je nettoie les couverts. Je ne suis pas une chanteuse de cabaret. Et on n'est pas au *Simpl* ici. »

Nullement ébranlé par mon explosion de colère, Kit me regarda de ses yeux trop bleus et haussa les épaules.

« Ce n'est pas une raison pour te fâcher. Je pensais que ce serait amusant. Je croyais que tu étais le genre de fille qui aime enfreindre les règles. »

Je dus admettre que cette idée n'était pas sans attrait, comme la perspective d'ennuyer Diana, d'ailleurs. Cependant, la partie raisonnable de mon cerveau se rendait compte que ce serait idiot. Je me souvins de l'avertissement de Margot. Je devais être sage. Aucun visa ne m'attendait à New York.

« Non. Je vais me coucher. Désirez-vous autre chose, sir ? » dis-je pour l'ennuyer et lui rappeler notre différence de position.

Kit me regarda et, pour la première fois depuis notre rencontre, je vis une expression de colère passer sur son visage. Il plissa les yeux.

« Oui, merci, Elise, je voudrais un cognac et un cigare. »

Je lui jetai un regard furieux, mais après ce que je venais de lui dire, je ne pouvais guère refuser de le servir.

« Et toi, Poppy ? demanda Kit en se tournant vers la rouquine. Puis-je t'inciter à endosser un smoking ? Je suis sûr que ça t'irait très bien. »

Poppy secoua la tête. « Non, merci. Je viens de me faire faire une robe neuve. Je tiens à la mettre.

— Tu as bien raison », intervint Will. Il était si silencieux que j'avais oublié sa présence. Il restait simplement assis sans rien dire à regarder Poppy avec des yeux enamourés. « Je ne suis pas un monsieur comme toi, Kit, mais ton idée me déplaît. À mon avis, tes invités n'apprécieront pas.

— Peuh, qu'est-ce que tu en sais ? Tu n'y viendras même pas, à cette fête !

— Non. J'ai pas envie que tes copains se moquent de moi. » Will parlait lentement, d'une voix égale, en regardant Kit droit dans les yeux. « Je te souhaite un bon anniversaire. Je suis content que nous soyons amis, mais je ne viendrai pas me couvrir de ridicule à ton bal. Ces gens-là ne se rendent pas compte que tout est différent ici, à Tyneford. Ils ne comprennent pas notre façon de vivre. »

C'était la première fois que j'entendais Will contrarier Kit. Celui-ci ne répondit pas. Il se contenta d'enfoncer ses mains dans ses poches et de donner un coup de pied à un brin de paille. Il savait que Will avait raison. Remarquant que je traînais à côté de la porte de service, il me lança :

« Tu ne devais pas m'apporter un cognac ? »

Marmonnant entre mes dents, je me glissai dans la maison. Lorsque je revins dans la cour, ils riaient, réconciliés. Kit était quelqu'un qui ne pouvait rester fâché très longtemps, surtout avec Will. Les deux garçons avaient été amis toute leur vie. Je ne connaissais pas l'Angleterre en dehors de Tyneford, mais je me doutais bien que presque partout ailleurs les constructeurs de murs de pierre ne frayaient pas avec les riches héritiers. Kit, Will et Poppy avaient vagabondé ensemble dans les collines, cherchant des œufs de canard sauvage et pêchant des civelles dès qu'ils avaient été assez grands pour escalader les échaliers et les barrières qui divisaient la vallée. Avec Will et Poppy, Kit était parfaitement naturel. Quand je l'observais en compagnie de ses camarades de Cambridge et des membres de la bonne société, je trouvais qu'il endossait une nouvelle personnalité tout comme Diana endossait sa fourrure. Il devenait désinvolte, charmeur, et il buvait. Je n'étais pas sûre de l'aimer sous ce jour-là.

« Je vais raccompagner Poppy », dit Will en entourant de son bras musclé les épaules de son amie.

D'un geste taquin, Kit lui donna une tape dans le dos et embrassa Poppy sur les joues. La rouquine me fit adieu de la main, puis le couple s'enfonça dans la nuit, nous laissant seuls, Kit et moi, dans la cour. Je lui mis le verre de cognac dans les mains.

« Tu peux boire ça, moi je garde le cigare. »

Kit haussa un sourcil. « Depuis quand fumes-tu ? »

Il sortit une boîte d'allumettes de sa poche de poitrine et en frotta une. Je tenais le cigare avec maladresse. Kit l'arracha de ma bouche, l'alluma et le replaça entre mes lèvres. Je tirai doucement dessus, remplissant ma bouche de fumée, et réussis à ne pas tousser.

« Chez moi, lors de fêtes, Robert, mon frère par mariage, partageait son cigare avec moi.

— J'espère que "frère par mariage" est la même chose que "beau-frère", sinon je serai très jaloux. Je serai obligé de le provoquer en duel ou un truc de ce genre. Comme je ne sais pas tirer, il a toutes les chances de me tuer. »

Je ris, mais mon cœur battait à grands coups dans ma poitrine. Je m'étonnai que Kit ne l'entende pas. Il vida son verre.

« C'est très méchant de ma part, Elise, mais parfois je me surprends à souhaiter qu'il y ait la guerre. Alors tu serais obligée de rester avec nous.

— Kit, tais-toi… Que fais-tu de ma famille ?

— C'est vrai. Je te demande pardon.

— J'aimerais tant que tu fasses la connaissance d'Anna. Elle te séduirait en deux secondes. » Je lui passai le cigare. « Tu as des souvenirs de ta mère, toi ?

— Tout le problème est là : je n'en ai aucun.

— Sans doute étais-tu très jeune à sa mort.

— J'avais quatre ans, donc en âge de me souvenir d'elle. Elle est morte brusquement. Elle s'est noyée.

— Noyée ? C'est affreux ! Je suis désolée. »

Kit se frotta le nez, laissant une trace de cendre. « Le plus étrange, c'est qu'elle était une excellente nageuse et qu'elle est morte dans son bain. Une sorte d'attaque. C'est mon père qui l'a trouvée. Pendant des années, il a craint que je ne souffre de la même maladie. Il défendait à ma gouvernante de me donner un bain. Je devais me laver par petits bouts au lavabo. J'ai dû sentir très mauvais quand j'étais petit. »

Ne sachant que dire, je lui pris la main. Il me permit de la lui serrer une seconde, puis il se dégagea et, d'une chiquenaude, ôta de la cendre de cigare de son pantalon.

« Il paraît que quand on m'a appris la nouvelle, je me suis évanoui. Lorsque j'ai repris connaissance, ma mère avait disparu. Je me demandais pourquoi papa était si triste. Pourquoi il n'arrêtait pas de pleurer. Je n'avais plus aucun souvenir d'elle, tu comprends ? Maintenant, quand je regarde des photos de famille, je me vois à côté d'une sympathique étrangère. Je me souviens de fêtes, de pique-niques, de sorties en bateau. Je sais qu'elle était là, avec moi, mais elle ne figure pas dans le tableau.

— Rêves-tu d'elle ?

— Non, jamais. »

J'aurais voulu lui prodiguer des paroles de réconfort, lui promettre l'amour d'Anna, mais je n'en trouvais aucune et Anna était loin. Je l'embrassai sur la joue. Il sentait son après-rasage au bois de santal et la fumée de cigare.

Nous restâmes assis côte à côte, en silence, sans que nos doigts se touchent, à écouter les chevaux s'ébrouer. Leur souffle fumait dans l'air glacé telle la vapeur d'une bouilloire qui chante.

13

Anniversaire et verre cassé

Le lendemain, May me réveilla avant l'aube. C'était le vingt et unième anniversaire de Kit et le jour de la fête. On attendait plus de cent invités pour le dîner et le bal. Cela représentait des heures de préparation et, en plus, il nous fallait servir huit hôtes à demeure. Je fis le ménage dans les salons et arrangeai tous les feux du rez-de-chaussée avant même que le soleil n'apparût au-dessus de la colline. Alors que je montai au premier avec mon panier de petit bois, l'aurore darda ses rayons à travers la fenêtre du porche. Tout le coteau parut brûler et crépiter, le dos des vaches prit une teinte rose et les buissons d'aubépine flamboyèrent. Cela me rappela Moïse et je souris.

« Elise », appela doucement une voix derrière moi.

Me tournant, j'aperçus Mr. Rivers sur le palier. Il était en robe de chambre et pantoufles.

« Avez-vous lu les journaux ? »

Chaque soir, désespérément en quête d'informations sur Vienne et l'Autriche, je parcourais le *Times* avant de m'endormir, mais je ne trouvais que les affreuses nouvelles habituelles en page quatorze : Juifs harcelés, biens confisqués, arrestations et discours enflammés de Herr Ribbentrop ou de Herr Hitler. Ces histoires étaient perdues dans une foule d'autres articles concernant la plantation de géraniums, l'ouverture du Parlement par le roi ou l'opération des amygdales des célèbres triplettes Corry.

Mr. Rivers fronça les sourcils, l'air soucieux.

« Vous êtes au courant de l'attentat à Paris ? J'espère que Herr von Rath survivra, sinon les Juifs en pâtiront. »

Il me fit signe et, à sa suite, je descendis l'escalier jusqu'à la bibliothèque. Machinalement, je m'approchai des fenêtres et ouvris les rideaux. La lumière du matin filtra dans la pièce. Mr. Rivers s'assit à son bureau et tourna les boutons de sa radio. L'appareil chauffa, émettant toutes sortes de parasites. Je me sentais nauséeuse et mes tempes battaient douloureusement. Je récitai leur nom telle une prière. « Annaetpapaannaetpapaannaetpapapapapa. » Puis la voix du speaker se fit entendre. « Le roi a ouvert le Parlement hier. Une grande cérémonie… »

En silence, nous écoutâmes les informations pendant quelques minutes. Aucune mention de l'attentat commis à l'ambassade d'Allemagne, à Paris. Quand commença la météo marine, Mr. Rivers éteignit le poste.

« On dirait que la BBC ne partage pas mon inquiétude. Peut-être a-t-elle raison et que tout s'arrangera. Prévenez-moi dès que vous aurez des nouvelles de vos parents.

— Oui, sir. »

Mr. Rivers s'installa dans son fauteuil derrière le bureau et scruta mon visage sans dire un mot. Je me demandai si je devais rester ou partir. Mr. Rivers se montrait toujours très gentil avec moi, mais je n'oubliais jamais qu'il était mon employeur. Son côté réservé commandait le respect, même de la part de filles aussi capricieuses que Diana et Juno. Je le sentais toujours loin, comme s'il vivait derrière un panneau de verre. Il se tenait droit, ne renversait jamais son whisky, ne salissait jamais rien. Son bureau était méticuleusement rangé, les enveloppes empilées par ordre de grandeur. Il répondait à toutes les lettres par retour du courrier. Il lui manquait l'aisance et la cordialité propres à Kit. Il me parlait rarement, sauf pour me prier de lui apporter à boire. Parfois je m'étonnais qu'il fût le père de Kit. Ce dernier devait ressembler à sa mère. Je ne savais jamais ce que Mr. Rivers pensait. Parfois, je le surprenais en train de me regarder, mais, en général, il détournait si vite les yeux que je me demandais si je n'avais pas rêvé. Il désigna la rangée de livres de Julian sur l'étagère derrière lui.

« Votre père écrit-il un autre roman ?

— Oui, sir. Mais il ne pourra pas être publié en Autriche. Ses ouvrages sont interdits à présent. »

Mr. Rivers me regarda fixement. Que penserait-il s'il savait que la dernière œuvre de Julian était cachée dans son grenier ? Pendant un instant, je fus tentée de le lui avouer, puis je me ravisai. Ce roman m'appartenait et je refusais de partager son existence avec quiconque. C'était un secret entre Julian et moi. Je me rendis compte que c'était la première fois que je voyais Mr. Rivers non rasé. Une ombre

noire dévorait son menton. Je voulais depuis longtemps lui poser une question. Je déglutis et passai la
langue sur mes lèvres sèches.

« Parlez-vous allemand, sir ?

— *Oui, mais très mal. Je suis beaucoup meilleur
pour la lecture.* »

Malgré l'inquiétude qui m'étreignait, je souris et
applaudis. Entendre ma langue maternelle, même
écorchée, me remplissait de bonheur.

« *Mais non, sir, vous le parlez très bien. Si vous
désirez pratiquer cette langue, je serais heureuse de
vous aider. Vraiment. Vous pourrez me dire quel est le
livre de papa que vous préférez. Moi, c'est* Le Chapeau
du Minotaure. »

— Doucement ! s'écria Mr. Rivers en riant. Je ne
comprends rien quand vous parlez si vite.

— Excusez-moi.

— J'aimerais beaucoup prendre des leçons de
conversation allemande avec vous. Nous pourrons
peut-être nous y atteler une fois le calme revenu,
après la fête.

— Oui, sir.

— Je n'aurais pas dû vous donner cette mauvaise
nouvelle. Mais ne vous inquiétez pas. Je suis sûr que
tout ira bien. Si j'en apprends davantage, je vous le
dirai immédiatement. »

Après avoir quitté la bibliothèque, je grimpai à
toute allure dans ma mansarde au lieu d'aller allumer
le feu dans la chambre de Diana comme me le dictait
mon devoir. Je fouillai dans mes tiroirs et en sortis les
perles d'Anna. Je ne sais pourquoi, j'avais envie de

les porter ce jour-là. Je les attachai sous mon chemisier dont je remontai le col pour les cacher. Ensuite, je me précipitai dans la chambre d'amis où je découvris que Diana était déjà réveillée.

« Vous êtes en retard, dit-elle. Et j'ai froid. Il me faut tout de suite une tasse de thé.

— Oui, mademoiselle. »

Je m'apprêtais à aller chercher son thé quand elle me rappela.

« Allumez d'abord le feu. C'est incroyable que cette maison n'ait pas de radiateurs. »

Effectivement, la chaudière ne chauffait que les salons. Kit m'avait expliqué que son père avait été obligé de vendre un de ses précieux tableaux pour payer l'installation du chauffage au rez-de-chaussée. Il avait toutefois décidé qu'au lieu de vendre sa marine de Turner, la famille et les invités auraient à se contenter, dans leurs chambres, de feux de cheminée à l'ancienne. Les domestiques, eux, n'avaient rien. Sans radiateurs ni cheminées, nous souffrions tous d'engelures à partir de la fin octobre. Je trouvais bizarre que le propriétaire d'un aussi magnifique manoir n'eût pas les moyens de le chauffer convenablement. Kit me précisa également que les terres de Tyneford rapportaient peu et que si son père devait choisir entre le nombre d'employés et le chauffage, il privilégierait toujours le personnel. Les deux hommes conversaient rarement et semblaient prendre peu de plaisir à leur compagnie mutuelle. Cependant, lorsque Kit parlait de son père, sa voix vibrait de fierté.

J'approchai une allumette du petit bois et soufflai doucement sur la flamme. Une minute plus tard, un beau feu ronflait dans la cheminée. J'y ajoutai du charbon et des bûches de pin. La chaleur s'étendit dans la pièce tels des doigts bienfaisants. Je me relevai en souriant, satisfaite de mon nouveau savoir-faire. Je n'avais jamais allumé de feu avant de venir ici. À présent, je devais être aussi habile que Hildegard.

« Ce n'est pas sa faute », dit Diana.

Elle était assise dans son lit, appuyée contre des coussins brodés, la tête nimbée de boucles serrées. Dans la lumière matinale, ses yeux paraissaient violets.

« Pardon ? fis-je.

— Vous avez jeté un sort à Kit. Vous, les Juives, vous n'êtes pas particulièrement belles, mais les hommes vous trouvent irrésistibles. »

Bien que consciente de mon insolence, j'éclatai de rire.

« Je vous défends de vous moquer de moi ! Comment osez-vous ? »

J'essayai de réprimer ma gaieté, amusée à l'idée que j'étais une sorte de tentatrice exotique. À force de monter et descendre les escaliers, je devais avoir perdu un peu de la graisse enfantine qui ceignait ma taille. M'imaginant en séductrice enturbannée sortie tout droit d'une fantaisie orientale, je me remis à pouffer. Diana attrapa un coussin et le jeta sur moi. Le projectile m'atteignit à la joue avant de tomber par terre. Je le ramassai, le tapotai et le plaçai sur le fauteuil près de la fenêtre.

« Je vais chercher votre thé, mademoiselle.

— Vous faisiez partie de la bonne société viennoise ? » s'enquit Diana en lissant sa chemise de nuit en soie.

J'hésitai. À Vienne, ma famille appartenait à la bourgeoisie, à la nouvelle classe d'artistes juifs libéraux, mais quel que fût notre degré d'assimilation, nous restions séparés des autres citoyens, telle la crème sur le lait. On avait beau fêter Anna au bal de l'Opéra – tous les riches Viennois voulaient l'entendre chanter –, le nom de Landau ne nous procurait pas un box ni la meilleure table au *Café splendide*. Mais cela, Diana n'avait pas à le savoir.

« En effet, répondis-je.

— Ah oui ? fit Diana d'une voix navrée. Je croyais qu'il n'y avait pas plus chic qu'une Viennoise. Or tout le monde sait qu'une dame ne porte pas de perles avant six heures du soir. »

Un sourire satisfait sur ses lèvres roses, elle enfouit la tête dans son oreiller. Tremblante de rage, je partis chercher son petit déjeuner.

Ces messieurs-dames avaient été invités à une partie de chasse dans la propriété voisine de Lulcombe afin de donner aux domestiques le temps de préparer les festivités du soir. Pour nous, la journée se déroula dans un tourbillon d'activité orchestré par Mr. Wrexham avec une précision toute militaire. Le majordome en personne supervisa l'astiquage de l'argenterie. Je nettoyai plusieurs fois les couteaux et Henry fit étinceler salières, poivriers, chandeliers et marque-places. Mrs. Ellsworth, qui détenait la clé de l'armoire à linge, nous surveilla étroitement, May et moi, tandis que nous portions les nappes empesées dans la salle à manger et étendions d'autres nappes, taillées sur mesure, sur la desserte de la salle de billard destinée à servir de bar. On accrocha des lampions sur la terrasse, des roses blanches envoyées par Harrods décoraient les pièces. Art et Burt disposèrent sur les pelouses des bougies prêtes à être allumées au crépuscule. Deux filles du village assistaient Mrs. Ellsworth et le garçon de cuisine. Même Poppy arriva avant le déjeuner pour aider à préparer les tourtes au gibier. Dans un coin de la cuisine en effervescence, elle dépiauta des faisans, coupa de la venaison et des ramiers, trancha des morceaux de jambon rôti au miel. On porta un bac dans le bureau de Mr. Wrexham, on le remplit de glace, puis de bouteilles de champagne. Après bien des difficultés, le majordome avait réussi à emprunter trois bonnes supplémentaires et un valet à des propriétaires voisins. Le couloir de service résonnait de voix et de pas précipités. On aurait dit une ruche. Le garde-manger regorgeait de gâteaux recouverts de sucre glace et à différents parfums : citron, cerise, orange. Des sabayons côtoyaient des diplomates à l'anglaise, des plateaux chargés de saumon poché garni de rondelles de concombre fines comme du papier reposaient sur des caisses. Des plats de poulet froid et de chutneys exotiques à la pêche et au cumin s'alignaient sur les étagères. J'allais et venais portant des messages, des couverts et des verres à eau ; des serviettes de table et des listes d'invités ; des cartes marque-places provenant de Liberty à Londres ; du sucre et du sel marin ; des shakers, des seaux à glace, des brins de menthe, des bouteilles de whisky, de rhum, de gin et de kirsch ; des assiettes à fruit peintes à la main et des tasses à café en porcelaine.

Incapable de me concentrer, je laissai choir sur le sol de la cuisine un plateau de beurriers sur lesquels May venait d'imprimer les armoiries familiales. Disgraciée, je dus aller vider le compost. Même derrière la maison, le jardin était impeccable. Des rubans blancs décoraient les buissons de buis et je vis les garçons d'écurie nettoyer au tuyau la cour où l'on avait aménagé un espace pour une trentaine de voitures. On avait pourvu la chambre d'Art de balles de paille, de cruches de bière et de sandwichs pour que les chauffeurs puissent y attendre leurs maîtres le plus confortablement possible. J'attendais le retour de Mr. Rivers avec impatience : je voulais savoir s'il avait d'autres nouvelles. Cependant, ni Kit ni lui ne rentreraient avant le début de la soirée, à l'heure où les dames s'habilleraient pour le dîner. Tout ce que je pouvais faire, c'était aller et venir, nettoyer et me ronger les sangs.

Les domestiques dînèrent tôt, à quatre heures, et pour la première fois depuis mon arrivée à Tyneford, nous remplîmes les bancs de la salle à manger. Pressés les uns contre les autres, nous avalâmes notre soupe, mangeâmes notre pain et notre fromage. Comme électrisés par l'excitation, nous écoutâmes Mr. Wrexham avec un sentiment proche de la fierté.

« Je sais que vous êtes tous fatigués. Cela fait des semaines que vous travaillez dur. Vos efforts culmineront ce soir, en ce jour où Mr. Christopher Rivers, l'héritier de Tyneford, atteint sa majorité. Faisons en sorte que toutes ces dames et tous ces messieurs qui assisteront à la célébration de cet événement louent la qualité du service dans cette maison. Faisons honneur à Tyneford et à la famille Rivers. »

L'assemblée des domestiques applaudit et porta un toast à Kit. Mr. Rivers avait autorisé Mr. Wrexham à ouvrir une bouteille de champagne. Chacun de nous en reçut une goutte que nous savourâmes comme de l'ambroisie. Même Henry et May me sourirent – au moins pour un soir j'étais l'une des leurs. Alors que je montais dans ma chambre pour passer un uniforme propre, un bonnet et un tablier de dentelle spécialement commandés pour l'occasion, je me sentis saisie d'une impatience plus grande que celle que j'avais pu connaître à Vienne avant d'assister à une fête en tant qu'invitée. La porte de ma mansarde était entrebâillée. Je la fermai pour m'assurer un moment de tranquillité. J'attachai de nouveau les perles autour de mon cou et songeai à Anna. Était-elle en sécurité ? Pensait-elle à moi ?

La nuit tomba et des crissements de pneus se succédèrent dans l'allée. Diana et Juno n'allaient pas tarder à réclamer mon aide. Comment deux femmes adultes pouvaient-elles être aussi gourdes ? Il fallait qu'on étende leurs vêtements sur le lit, qu'on leur déballe la savonnette, qu'on leur chauffe et parfume leurs serviettes de toilette. Je descendis en hâte dans la chambre bleue et commençai à fermer les rideaux. Je m'arrêtai un instant et ouvris la croisée pour regarder la maison et le parc : de la lumière brillait à toutes les fenêtres et, sur la pelouse, Art allumait les bougies protégées par des lampes tempête. De petites flammes s'élevèrent dans l'obscurité. L'air nocturne me rafraîchit les joues, le vent chantait dans les mélèzes.

« Vous avez fait couler mon bain ? » demanda Diana, faisant irruption dans la pièce et jetant ses gants à terre.

196

Avec un soupir, je tirai les rideaux et fermai bruyamment la fenêtre.

« Je m'en occupe, mademoiselle. »

Je me glissai dans la petite salle de bains carrelée et ouvris les robinets. L'eau frappa les parois de la baignoire avec un grondement semblable à celui d'un train traversant un tunnel. J'y versai des poignées de sels à la rose qui remplirent la pièce d'une vapeur parfumée. J'étais épuisée, mes bras et mes jambes me faisaient mal et mes tempes battaient. J'aurais donné cher pour me plonger moi-même dans cette bonne eau chaude.

« Venez me déboutonner ! » appela Juno.

Je retournai en hâte dans la chambre et défis les boutons en nacre de sa cape d'amazone. Je ne pouvais imaginer vêtement plus ridicule et moins pratique pour monter à cheval. Non pas que Juno risquât de s'adonner à ce sport. Je ne me rappelais pas l'avoir vue s'aventurer dehors si ce n'était pour grimper dans une voiture.

« Avez-vous passé une bonne journée, mademoiselle ?

— Ne me parlez pas, répliqua Juno.

— J'aimerais un cordial au citron », dit Diana. Elle avait au moins pris la peine de se déshabiller et se prélassait à présent dans le fauteuil près de la fenêtre en feuilletant un exemplaire de *Vogue*.

Réprimant mon envie de dire un gros mot, je descendis en courant à la cuisine chercher un verre. Je savais par expérience qu'il était inutile que je remonte sans glace. Celle du seau dans le garde-manger ayant fondu, je fus obligée d'en prendre un morceau dans la glacière à champagne de Mr. Wrexham. Tout cela me prit cinq bonnes minutes. Quand je revins dans la chambre bleue, je fus accueillie par un bruit de cascade. Pressant le verre du foutu cordial dans les mains de Diana, je me ruai dans la salle de bains. La baignoire débordait. Pataugeant dans l'eau avec mes chaussures, je fermai les robinets. Furieuse, je retournai d'un pas résolu dans la chambre. Allongées en combinaison de soie sur leurs lits jumeaux, les sœurs parlaient des derniers dessins de mode de Dior.

« Vous n'auriez pas pu fermer les robinets ? » demandai-je, criant presque.

Diana tourna vers moi des yeux froids. « J'aurais pu si j'avais été la femme de chambre.

— J'étais partie vous chercher à boire !

— Oui, merci. Vous vous êtes rappelé la glace. »

Il était inutile de discuter. J'épongeai le sol de mon mieux, puis annonçai que le bain était prêt.

« Parfait. Ma robe est dans l'armoire. Veuillez me la poser sur le lit. Elle aura peut-être besoin d'un coup de fer », dit Diana en tournant une page de son magazine.

J'allai à l'armoire et l'ouvris. Devant moi pendait une rangée de jupes, de chemisiers et de robes en soie verte, rose et crème.

« Celle en mousseline émeraude est à moi », cria Juno.

Je la pris, l'accrochai au dos de la porte et m'assurai qu'elle n'était pas froissée.

« Je mettrai la rose », dit Diana.

Je sortis une robe en soie moirée et la levai vers la lumière. Mon cœur se mit à battre très fort et une rage folle m'envahit.

« Cette robe est à moi. Pas question que vous la mettiez.

— Ah bon ? » Diana parlait d'une voix égale. « Allez donc dire à Wrexham que c'est la vôtre. »

Je savais que le majordome ne se soucierait pas de l'appartenance du vêtement. L'important pour lui, c'était le confort de ces dames. Je n'étais qu'une domestique et ce vol représentait une humiliation mineure.

« Vous pouvez toujours vous plaindre à Kit », ajouta-t-elle.

J'écarquillai les yeux. Ainsi donc il s'agissait de Kit. D'en bas monta un bruit de verre cassé. Je pensai à Anna. J'avais l'impression de marcher sur des sables mouvants, le sol sous mes pieds s'enfonçait et m'aspirait. J'étais si fatiguée…

Je jetai la robe par terre et quittai la pièce.

Je me mirai dans la glace du palier, ajustai mon bonnet, puis descendis le grand escalier. Le vestibule était vide, les domestiques n'occupaient pas encore leur poste. Tout était prêt : les tables étaient mises, les verres préparés, les boissons agréablement glacées. Du couloir de service s'échappait un bruit de vaisselle entrechoquée et des cris étouffés. Je décidai de l'éviter à tout prix. La porte de la bibliothèque étant entrebâillée, je l'ouvris. Assis à côté de son bureau, Mr. Rivers jouait avec un verre ballon. Kit était vautré dans un fauteuil, près de la fenêtre. Pour une fois, il ne fumait pas. Aucun des deux hommes ne me sourit.

« Joyeux anniversaire, mister Kit… sir », bredouillai-je. En présence de son père, je ne savais comment l'appeler.

— Merci, Elise », répondit-il, la mine grave.

Mr. Rivers remplit un verre de cognac et le fit glisser sur le bureau, dans ma direction.

« Herr von Rath est mort il y a quelques heures et des pogroms auraient eu lieu en Allemagne. »

Prise de vertige, j'attrapai le verre et avalai une gorgée d'alcool qui me brûla la gorge. « Et en Autriche ?

— Dans tout le Reich, précisa Kit.

— Il paraît que des Juifs sont arrêtés et leurs biens détruits. On incendie les synagogues. » Mr. Rivers me versa un autre verre.

« Oh, Elise, je suis désolé. » Kit traversa la pièce et me saisit la main.

Consciente que Mr. Rivers nous regardait, je dégageai mes doigts. Je vidai mon verre et clignai des paupières.

« Désirez-vous autre chose, sir ? » demandai-je en me tournant vers mon employeur.

Il secoua la tête avec une expression de profonde tristesse.

« Non, Elise. Vous pouvez disposer.

— Merci, sir. »

Je saluai et me glissai hors de la pièce.

Arrivant par deux ou trois, les invités se rendaient dans la salle de billard pour boire un des cocktails exotiques que préparaient Henry ou Art. Ce dernier avait l'air mal à l'aise dans le costume qu'il avait mis pour l'occasion. Des dames à boas de plumes sirotaient du champagne dans le salon ou cancanaient sur l'escalier et dans le vestibule. Des extras en habit et cravate blanche circulaient dans la foule, remplissaient les verres et offraient des canapés sur des plateaux d'argent. Un petit orchestre accordait ses instruments dans la bibliothèque et les douces notes d'une flûte se mêlèrent au bruit des rires et des conversations. Je n'aurais pas dû boire ces deux cognacs. J'avais trop chaud, ma robe de laine noire collait à mes aisselles. J'aurais aimé ouvrir un des boutons du col, mais Mr. Wrexham risquait alors de voir mon collier de perles. Les femmes de chambre ne portaient pas de bijoux, même après six heures du soir. Juno plaisantait avec Poppy. De toute évidence, le fait que la rouquine n'appartînt qu'à la classe moyenne et fût née dans un petit pavillon n'avait pas l'air de la gêner. Kit bavardait avec Diana. Elle lui dit quelque chose qui le fit sourire. Ses joues roses s'harmonisaient avec la couleur pastel de la robe d'Anna. Celle-ci paraissait plus large sur elle que sur moi. Diana avait noué un rang de perles en verre autour de la taille, de sorte que le vêtement soulignait sa silhouette. La robe lui allait beaucoup mieux qu'à moi et, à ce moment, je la haïs intensément. Je voulais la porter, cette robe. Je voulais sentir sur moi son tissu soyeux dont les plis devaient encore garder un peu du parfum d'Anna. Après notre dernière soirée à Vienne, nous n'avions pas eu le temps de la faire nettoyer. J'imaginai qu'elle recelait aussi les odeurs de cette fête donnée des siècles plus tôt.

Les invités s'assirent par petits groupes aux tables rondes, grignotant le saumon poché de Mrs. Ellsworth et sa tourte aux œufs de caille. Une femme en robe lavande caressa le poignet d'un homme de haute stature à courte moustache alors qu'elle se perchait sur ses genoux. Deux filles en robe rouge mangeaient du gâteau au chocolat et buvaient dans de grands verres des cocktails aux couleurs vénéneuses. Je ramassai les assiettes vides et servis à des dames des tranches de pâté et de poulet. Du coin de l'œil, j'observais Kit qui passait d'un invité à l'autre. Il s'approcha en douce et me tendit une coupe de champagne vide.

« Pas d'autres nouvelles », dit-il.

Je remplis son verre, réprimant mon envie de le vider moi-même. J'aurais voulu disparaître sur la plage avec une bouteille, boire et insulter la mer. Au lieu de cela, je regardai Diana qui, dans la robe d'Anna, décortiquait les pétales de rose en sucre de son gâteau tout en distribuant des sourires à deux hommes.

« Tout s'arrangera, Elise, dit Kit. Tu verras.

— Cesse de me répéter ça. Qu'est-ce que tu en sais ? »

Kit prit un air si triste que j'éprouvai des remords. Après tout, c'était son anniversaire et ce qui se passait en Europe n'était pas de sa faute. Je respirai à fond et me forçai à sourire.

« Anna adorerait ta fête. Et elle serait furieuse si elle savait que tu la gâches en te faisant du souci pour elle. »

Kit regarda son champagne, la mine abattue. Il secoua son verre. Des bulles montèrent à la surface telles des étoiles filantes.

« Je t'assure qu'elle serait très fâchée, repris-je. Si elle était ici, elle se planterait à mi-hauteur de l'escalier. À cause de l'acoustique, tu comprends. Elle se serait mise d'accord avec l'orchestre et elle chanterait. » Je soupirai. « Comme j'aimerais que tu l'entendes chanter ! »

Par-dessus l'épaule de Kit, je vis que Mr. Wrexham me fusillait du regard. Qu'une femme de chambre conversât avec l'hôte était inadmissible. Je m'éloignai en hâte et, m'emparant d'un cendrier, me dirigeai droit sur un groupe de messieurs qui fumaient sur la terrasse.

« Ah, excellente idée. Auriez-vous du feu ? demanda un homme blond en brandissant une boîte d'allumettes vide.

— Bien sûr, monsieur », répondis-je en en tirant une, toute neuve, de la poche de mon tablier. Au cours des derniers mois, j'avais appris que je devais toujours avoir certains objets sous la main. Mr. Wrexham fut très satisfait lorsqu'il s'aperçut que j'avais toujours avec moi des allumettes, un mouchoir, du papier et un crayon, un filet à cheveux et des pastilles de menthe. Pour lui, c'était la preuve que j'avais fini par accepter mon rôle dans la vie, à savoir assurer le confort de mes maîtres. En fait, j'avais horreur d'être obligée de courir chercher des élastiques ou de l'aspirine. Je constatai que je perdais beaucoup moins de temps en gardant une réserve de ces choses dans mes poches. Je le faisais par commodité et non par altruisme.

Le vent froid qui balayait la terrasse avait éteint plusieurs bougies, même celles protégées par des lampes tempête. Une épaisse couche de nuages occultait la lumière des étoiles et enveloppait le sommet de la colline. La nuit était très noire, le fracas de la mer semblait venir d'on ne savait où. De la musique s'échappait par les portes ouvertes de la maison et descendait vers la plage telle une brume invisible. Je m'attardai dans l'ombre, heureuse d'avoir un moment de répit. Sous la rangée de lampions, des couples dansaient. Dans leurs robes couleur pastel, les filles flottaient d'un endroit à l'autre telles des bulles de savon dans la brise. Heureuse de pouvoir les regarder, je me rappelai les danseurs que j'avais vus au bal de l'Opéra, au mois de mars. C'était quelques semaines avant l'*Anschluss* et, cette nuit-là au moins, on avait l'impression que rien ne changerait jamais. Bien entendu, on avait prié Anna de chanter. J'assistais à cette fête pour la première fois. Vu que c'était mon premier bal, je portais une robe blanche comme toutes les débutantes. Ma grand-tante Gerda m'avait prêté ses boucles d'oreilles en diamant, elles pendaient de mes lobes tels deux glaçons. Pendant la première demi-heure, je fus incapable de danser. Fascinée, je regardais les filles glisser et tournoyer à travers la salle dans leurs tenues immaculées. On aurait dit que tout Vienne s'était donné rendez-vous dans le théâtre. Ces centaines de filles qui tournaient sans fin me donnèrent le vertige. C'était comme regarder des flocons de neige voler dans le blizzard. À la fête de Kit, alors qu'une fille blonde se renversait dans les bras de son cavalier, je crus voir Margot, le visage rosi par le bonheur. L'horloge de l'église sonna et je désirai ardemment revenir en arrière. J'aurais voulu que les aiguilles de la montre tournent à l'envers et me ramènent en un clin d'œil dans cet autre lieu. J'étais prête à revivre minute par minute, seconde par seconde, tout ce qui m'était arrivé depuis. Je ne demandais qu'une chose : retourner à Vienne à cette époque-là.

À moitié cachés dans la pénombre, Diana et Mr. Wrexham apparurent à mes côtés.

« Lady Hamilton a besoin de votre aide, Elise, dit le majordome avec une brève inclinaison de la tête.

— J'ai eu un petit accident », dit Diana. Elle pouffa de rire, feignant d'être embarrassée. « C'est stupide. J'ai renversé du vin sur ma robe. »

Je l'examinai. Dans l'obscurité, j'aperçus une tache cramoisie sur le devant de la robe d'Anna. Un sourire aux lèvres, Diana me regardait, me mettant au défi de me plaindre. Sans mot dire, je la suivis dans la maison et l'escalier. Nous nous frayâmes un chemin à travers la foule de fêtards qui encombraient le palier. J'ouvris la porte de la chambre bleue, Diana s'y faufila. Elle dégrafa la robe elle-même, défaisant les crochets cousus sur la couture de droite, puis elle en sortit et l'abandonna sur le plancher. Parfaitement à l'aise, elle se dressa au milieu de la chambre dans ses chaussures à talons hauts, sa combinaison en soie, et me jeta un regard de pitié.

« Il paraît que les vôtres ont des ennuis dans votre pays. Comme c'est triste. Indésirables là-bas, indésirables ici. » Elle poussa un profond soupir. Quiconque ne la connaissait pas aurait pu croire que son cœur débordait de compassion. Elle me regarda de ses yeux sombres, couleur d'ecchymose. « C'est incroyable. »

Je ramassai la robe tachée et montai en courant dans ma mansarde. Le vêtement était fichu. J'y enfouis mon visage. Il empestait le vin et le parfum douceâtre de Diana. Elle m'avait volé un morceau d'Anna. J'étais si furieuse que je me grattai les bras jusqu'au sang. Je fourrai la robe dans la corbeille à papier et redescendis. Sur le palier du premier étage, une fille dont la longue natte noire était entrelacée d'un ruban argenté enfournait des cuillerées de glace à la fraise dans la bouche d'un jeune homme. Une bouteille de vin à moitié pleine était posée à côté d'eux, sur le tapis. Malgré leurs protestations, je m'en emparai et m'enfuis. Jetant un coup d'œil par-dessus mon épaule pour voir si Mr. Wrexham était dans les parages, je me précipitai dans la chambre à coucher de Kit au bout du couloir et fermai la porte à clé.

La pièce était vide, les rideaux fermés. Je bus une gorgée de vin et me dirigeai vers l'armoire. Cela sentait la cigarette. Une serviette humide pendait au dos d'une chaise et une bouteille d'eau de Cologne débouchée émettait le parfum de Kit : bois de santal et miel. Je bus une autre gorgée de vin à même la bouteille et m'essuyai le menton du revers de la main. De la musique filtrait telle une fumée à travers le plancher. J'entendis quelqu'un crier dehors, mais je n'ouvris pas le rideau pour regarder. Je sentais la mer sombre déferler sans fin dans le lointain.

Malgré le chaos créé par la fête, Mr. Wrexham avait trouvé le temps de ranger la chambre de Kit habituellement en désordre. Tous ses pantalons avaient été soigneusement rangés dans la vaste penderie. Je tirai sur l'un d'eux. Il ne faisait pas partie d'un habit de soirée. Je le laissai tomber par terre. J'en sortis un deuxième, puis un troisième, les jetant tous sur le plancher jusqu'à ce que je découvre une veste de smoking et un pantalon assorti – gris anthracite avec un ruban noir le long de la couture. Après avoir enlevé ma robe, je les endossai. Kit était un homme-garçon, mince et souple, mais, à ma surprise, le pantalon était trop large pour moi. Quand avais-je maigri ? Anna n'aurait pas été contente. Je trouvai une chemise au col amidonné, la mis et en rentrai les pans dans ma ceinture. La veste flottait sur mes épaules, mais le pantalon était à peine trop long. Ce smoking devait avoir été confectionné des années plus tôt, quand Kit était encore au collège. J'empruntai son peigne et, m'asseyant devant la coiffeuse, le passai dans mes cheveux. Mrs. Rivers me souriait depuis sa photo sépia. Je saisis la bouteille de vin et la vidai. C'était la faute de Diana. La robe perdue. Tachée de rouge. Tachée de sang. La fourrure abîmée de Frau Finkelstein. Les disparus. Indésirables ici. Herr von Rath a été tué par les Juifs. Des pogroms. La robe d'Anna. Elle m'a volé Anna. Le roman dans l'alto. Diana. Tout était la faute de Diana.

J'examinai mon reflet dans le miroir. Yeux trop brillants. Lèvres rougies par le vin. Abandonnant ma robe au milieu de la pièce, j'ouvris la porte et m'aventurai sur le palier. Je m'attendais presque à entendre des cris d'horreur. Rien. La fille à la natte avait disparu. Un couple s'embrassait dans l'ombre. Des bribes de musique se mêlaient aux rires et au brouhaha des conversations, mais personne ne faisait attention à moi. Avec mes cheveux courts plaqués sur le crâne, on devait me prendre pour un garçon. Descendant l'escalier d'un pas nonchalant, je cherchai Kit des yeux dans la foule. Personne ne vint me demander une boisson, un gilet de laine, une assiette propre ou l'emplacement des toilettes. Pour un instant, je redevins l'une des leurs. En dépit de la chaleur et du bruit, des couples de danseurs qui me heurtaient au passage, je pouvais respirer. Je repérai Kit sur la terrasse et me dirigeai droit sur lui.

« Kit. Kit. »

Il se tourna une seconde sans me voir. Je le tirai par la manche.

« Kit, c'est moi. »

Un sourire ravi s'épanouit sur son visage.

« Tu as osé. Tu as vraiment osé. »

Me prenant par la main, il m'entraîna sous une lanterne pour m'examiner. Il me tourna d'un côté, puis de l'autre.

« Tu es jolie. Très jolie même. » Il repoussa une de mes mèches derrière mon oreille. « On dirait presque un garçon.

— Eh bien, tu ne m'invites pas à danser ?

Kit renifla. « Tu pourrais m'inviter, toi. Ça reviendrait au même, non ?

— M'accordes-tu cette danse, Kit ?

— Avec plaisir. Mais attends un moment. »

Il rentra dans la maison, me laissant seule sur la terrasse. Je me glissai dans l'ombre pour ne pas être vue. Du moins, pas encore. La musique s'arrêta. Puis, tendant l'oreille, je perçus le début d'une mélodie familière. Les *Légendes de la forêt viennoise* de Johann Strauss. Kit revint auprès de moi.

« Une valse viennoise me semblait appropriée », dit-il.

« Appropriée » n'était pas un mot que j'aurais choisi en la circonstance. Il m'offrit sa main. Lorsque je la pris, il me guida vers les lumières de la maison et les couples oscillants.

« Une seconde », dis-je.

Je m'emparai d'une flûte de champagne posée sur une desserte et la vidai – les bulles me chatouillèrent la gorge – puis, d'un geste brusque, la reposai sur le plateau d'un serveur qui passait près de nous. On avait ouvert les portes du grand salon qui donnait sur le vestibule et les couples valsaient d'une pièce à l'autre, zigzaguant selon des dessins compliqués. Je les imaginai reliés par des fils de soie et brodant une immense tapisserie. Tous les hommes portaient l'habit et un nœud papillon, les femmes formaient un bouquet multicolore. Une fille en tenue bleu outre-mer se renversa dans les bras de son cavalier, ses longs cheveux blonds balayant le sol.

« Viens », ordonna Kit.

Me prenant par la main, il m'entraîna dans la foule.

C'était la première fois que je dansais avec Kit, ce serait aussi la dernière. Lorsqu'il m'enlaça et me serra dans ses bras, je me raidis. Il sourit.

« Ça ne t'ennuie pas si c'est moi qui conduis ? »

Je ne dansais pas très bien, mais n'importe quelle Viennoise sait valser tout comme un moineau sait voler. Sans me préoccuper des autres, je me mis à danser avec Kit. Monter, descendre. Glisser, tourner. Des chuchotements derrière moi. Les autres couples avaient commencé à remarquer que deux hommes dansaient ensemble. La fille en bleu en rata une mesure. Son cavalier ralentit. *Ne regarde personne d'autre que Kit*. Monter, descendre. Et tourner. Où était Diana ? Je voulais qu'elle nous voie. Des danseurs reculaient vers le mur et nous observaient avec des murmures désapprobateurs. « Ce n'est pas un homme, mais une fille. » Et tourner. Glisser et chasser. « N'est-ce pas la femme de chambre ? » Kit me renversa dans ses bras. « Il paraît qu'elle est viennoise. » Monter et descendre. « Femme de chambre ou putain juive. » Kit me serra contre lui.

« Tu sais que la valse est appelée la danse "coquine" ? me murmura-t-il à l'oreille.

— Oui, et elle est interdite à Londres.

— Absolument. Elle est censée être *shocking*. »

Alors que nous passions devant le long miroir de l'entrée, j'aperçus nos reflets : deux minces silhouettes en noir et blanc. Celle de Kit, haute, surmontée d'une tête dorée qui brillait à la lueur des bougies, la mienne petite, dotée de cheveux noirs et d'yeux plus foncés. Je repérai Diana : debout au pied de l'escalier, vêtue d'une robe propre en taffetas, elle nous regardait avec une moue de dégoût. Enveloppée dans les bras tièdes de Kit, je souris. Je perçus un bruit de verre cassé : Kit avait marché sur une flûte à champagne abandonnée par terre. Je patinai, la semelle de mes chaussures glissa sur les éclats. Du verre brisé dans le temple. Chagrin. Ne jamais oublier la tristesse. Pas de joie sans peine. Emportés par la musique, nous continuâmes. Je fermai les yeux. Casser du verre. C'est l'anniversaire de Kit et les synagogues brûlent. Kit chuchotait à mon oreille, mais je ne l'entendais pas. J'écoutais l'écho lointain de vitres brisées.

« Je pense que nous devrions les choquer encore un peu plus », dit Kit, à haute voix cette fois.

Me renversant de nouveau dans ses bras, il m'embrassa. Pendant un instant, oublieuse de Diana et des murmures désapprobateurs, je le laissai faire. Il avait un goût de cognac et de tabac.

« Lâche-la. »

Je sentis une main sur mon épaule. Mr. Rivers se tenait près de nous, les yeux noirs de colère.

« Qu'avez-vous fait ? »

14

La cause de notre déchéance

Nous étions debout dans la bibliothèque, face à Mr. Rivers. De l'autre côté de la porte nous parvenait le crescendo des conversations, un murmure collectif désapprobateur. Les rideaux étaient ouverts et j'apercevais le reflet de nos visages pâles dans la vitre. Dehors, les dernières bougies s'éteignirent et le jardin s'engloutit dans les ténèbres.

« Tu ne peux plus me parler sur ce ton, dit Kit. J'ai vingt et un ans maintenant. » Je ne l'avais jamais vu aussi furieux.

« Seul un gamin pourrait se conduire de façon aussi stupide. »

Mr. Rivers allait et venait devant les fenêtres, les mains croisées derrière le dos.

« Quelle idée de déguiser la femme de chambre en garçon et de l'exhiber devant les filles de bonne famille du comté ! On n'est ni dans un cabaret ici ni dans un club de tapettes. Tu t'es ridiculisé.

— C'était pour nous amuser. Une plaisanterie ! cria Kit.

— Non, tu voulais te moquer de tes invités. Les choquer. Leur faire croire que tu "en étais". Tu as convié la moitié des gens du comté à ta fête, puis tu les as insultés. »

Mr. Rivers se tourna vers moi et dit d'une voix froide : « J'ignore ce qui se fait à Vienne, mais dans la bonne société anglaise, les jeunes filles ne s'habillent pas en homme, sauf au théâtre. »

Je pensai à Anna dans le rôle de Chérubin. Elle portait une culotte en soie et les cheveux relevés en une sorte de coiffure de garçon. Mais là, il s'agissait de Mozart et non de la vraie vie. Julian prétendait que Mozart, c'était du music-hall pour intellectuels.

Mr. Rivers secoua la tête. L'indignation le faisait bredouiller. Il se tourna de nouveau vers Kit. « Pourquoi l'as-tu embrassée ? Et cela devant toutes ces filles de la bonne société ? »

Kit regarda son père dans les yeux. « Parce que j'en avais envie », répondit-il d'un ton de défi.

Je me demandai ce qui fâchait le plus Mr. Rivers : que Kit m'eût embrassée ou qu'il l'eût fait devant les voisins. Il recommença à arpenter le vieux tapis persan, puis s'arrêta près de moi.

« Après ce scandale, comment puis-je ne pas vous renvoyer ? »

Je secouai la tête et m'assis sur l'escabeau placé contre la bibliothèque. Le nœud papillon m'étranglait et je me sentais ridicule. Je n'avais qu'une envie : remettre mon uniforme rugueux de femme de chambre. Même mon bonnet et mon tablier m'auraient soulagée.

« Mais non, tout est de ma faute, assura Kit. C'est moi qui lui ai demandé de le faire.

— Elle ne peut pas rester. Mr. Wrexham et Mrs. Ellsworth exigeront son renvoi.

— À qui appartient cette maison ? À toi ou à eux ? cria Kit, les joues enflammées de colère.

— À moi, Kit. Et cela jusqu'à ma mort. » Mr. Rivers prit une profonde inspiration pour essayer de se calmer. « Mais il faut que je pense au bien de ma maisonnée. Et à ton bien à toi. À ta réputation.

— Ne t'inquiète pas pour moi. Que va-t-il advenir d'Elise ?

— Je lui trouverai une place convenable ailleurs. »

Pour Mr. Rivers, malgré sa bonté et ses attentions, je restais donc la bonne – quelle qu'eût été ma situation autrefois. J'avais mal à la tête, une douleur aiguë me vrillait les tempes. Au souvenir du cognac, du vin et du champagne que j'avais ingurgités, mon cœur se souleva. Qu'avais-je fait ? Au-dessus de Mr. Rivers, je voyais une rangée de livres au dos desquels le nom *Julian Landau* était inscrit en lettres d'or. J'avais l'impression que mon père en personne me regardait, l'air très déçu.

« Écoutez, je partirai, dis-je. Je savais que c'était mal. Moi m'en aller. » Sous l'effet du stress, mon anglais se désintégrait. Ma voix se brisa, je ravalai un sanglot. Kit s'accroupit près de moi et essaya de me prendre la main.

« Non. Non. »

Je me dégageai brusquement, refusant de le regarder.

« Ne fais pas ça », dit Kit, le visage tordu par le chagrin.

214

Au-delà de lui, je regardai son père. Il me tournait le dos, les épaules raides de colère, silencieux.

« Bonne nuit, Kit. Je suis désolée. Je suis désolée, mister Rivers. Je vous avais bien dit que j'étais une femme de chambre lamentable. Je vous demande pardon. »

La baie vitrée était ouverte sur la nuit. Je me glissai dehors et m'enfonçai dans l'obscurité.

Le visage inondé de larmes, je traversai en courant la pelouse sombre et dévalai les marches qui menaient au sentier de la falaise. Alors que j'approchais de l'eau, mes sanglots furent couverts par le grondement des vagues. Pourquoi Kit ne m'avait-il pas suivie ? Il était censé me pourchasser dans le noir et me supplier de rester. Mais j'étais seule. J'atteignis le bord du promontoire et, frissonnante, ralentis. Au-dessous de moi la mer tonnait et écumait, des embruns battaient la craie. À quelques centaines de mètres de moi, une lumière jaune clignotait dans l'obscurité. Le pavillon sur la falaise. Poppy. J'irais chez Poppy. Je me remis à courir.

En atteignant la maison, je frappai à coups redoublés sur la porte, espérant que ce serait Poppy et non l'une de ses tantes qui m'ouvrirait. Une lumière s'alluma et la silhouette d'une très jeune fille en robe de chambre blanche apparut sous le porche. Je passai ma langue sur l'eau salée qui mouillait mes lèvres.

« J'ai vu ce que tu as fait. Oh, Elise ! »

Je fronçai les sourcils et plantai l'ongle de mon index dans la partie charnue de mon pouce. Je ne voulais pas que Poppy me vît pleurer. « Je peux rester chez toi cette nuit ?

— Bien sûr. »

À l'intérieur, elle m'emmena dans une petite chambre donnant sur la plage, me tendit une chemise de nuit propre et une savonnette.

« Essaie de dormir. Nous parlerons demain matin. »

Je me souviens qu'après son départ, j'étais restée un moment debout dans le noir, serrant contre moi les affaires qu'elle m'avait données. Finalement, je me couchai en chien de fusil sur le lit, fermai les yeux et écoutai le son rythmique des vagues. Alors que j'écris maintenant, des années plus tard, je suis tentée de raconter une histoire bien différente. Je bois une gorgée de café brûlant et j'imagine qu'au lieu de rester étendue, en sueur et incapable de dormir, je descends en courant sur la plage. Je sors le *Lugger*, le traîne sur la grève et le pousse à l'eau. Je sais comment hisser la voile et employer la rame pour m'éloigner du rivage. Au clair de lune, je traverse la vaste mer. Je vogue vers la France, je vogue vers Anna et Julian. J'arrive à Vienne dans la nuit silencieuse, je remonte le Danube pareil à un ruban de soie noire. Prévenus par leurs rêves, mes parents m'attendent sur la rive. Nous repartons ensemble. Nous flottons sur l'océan jusqu'à New York et Margot. Quand, dans la lumière rosée de l'aurore, notre frêle esquif atteint la statue de la Liberté, personne ne nous interdit l'entrée du pays. C'est une des prérogatives du conteur que d'essayer d'écrire la fin qu'il, ou elle, souhaiterait. Même si elle n'existe que sur la page blanche.

Je fus réveillée par des coups frappés à la fenêtre. Les rideaux étaient ouverts et, dans la grisaille de l'aube, j'aperçus Kit. Je rejetai mes couvertures et après lui avoir fait signe d'être silencieux, je sortis de la chambre. Tout en veillant à ne pas réveiller Poppy ou ses tantes, je me glissai dehors. Kit m'attendait dans le carré de broussailles qui passait pour un jardin.

« Je suis venu te… » commença-t-il.

Je posai un doigt sur ses lèvres et l'entraînai un peu plus loin pour ne pas déranger mes logeuses. Je ne portais que la chemise de nuit de Poppy. Le sable était froid sous mes pieds nus. Frissonnante, je croisai les bras sur la poitrine.

« Tout s'est arrangé, dit Kit. J'ai parlé à père. Tu peux revenir. »

Je secouai la tête. « Non. Impossible. Je dois m'en aller. »

Kit semblait épuisé. Les cernes sous ses yeux étaient du même bleu que ses iris. Il avait mis un pantalon beige et un pull marine, mais j'avais l'impression qu'il ne s'était pas couché.

« Après le déjeuner, je partirai en stop à Cambridge », dit-il en essayant de me faire lever la tête.

De mon gros orteil, je dessinais dans le sable sans répondre.

« J'ai parlé à père, répéta-t-il. Tu peux retourner là-bas. Après mon départ.

— Ce n'est pas juste, Kit. Tout est de ma faute. Je ne vois pas pourquoi c'est toi qui devrais t'en aller. »

Kit rit. « C'était mon idée. Mon cadeau d'anniversaire. »

Je déglutis et continuai à tracer des cercles par terre. Je soupirai. Il fallait que je lui dise la vérité, même s'il ne devait plus jamais me parler. « Ce n'est pas à cause de toi que je l'ai fait, Kit. C'était à cause de Diana. Elle m'a volé la robe de ma mère et l'a abîmée. J'étais furieuse contre elle. Je l'ai fait pour la contrarier. »

Kit se passa la main dans les cheveux. Des mèches rebiquaient autour de ses oreilles comme des brins de paille dorée.

« Tu m'as laissé t'embrasser à cause de Diana ?

— Oui. »

Il se rapprocha de moi. Ses yeux étaient pleins de colère à présent, ses pupilles s'étendaient sur ses iris telle de l'encre sur un buvard. Il m'attrapa par les épaules. Je sentis ses mains tièdes sur ma peau nue.

« Tu me fais mal. »

J'essayai de me libérer, mais il me tenait avec fermeté.

« À cause de Diana et pour rien d'autre ?

— Oui, je viens de te le dire. »

Au lieu de me lâcher, il se pencha et m'embrassa. Les poils durs de son menton écorchèrent ma joue. Ses lèvres avaient un goût de tabac et de sel. Il avait dû longer la plage. Sa bouche était douce et chaude. Je me retrouvai en train de l'embrasser et de penser à Margot et à Robert toujours occupés à se bécoter dans un coin du salon lors des soirées chez nous. Alors, je me demandais pourquoi ils se conduisaient ainsi, c'était indécent, mais maintenant je comprenais, puis je n'eus plus qu'une seule idée : qu'il continue à m'embrasser, oh oui qu'il continue ! Il s'écarta de moi et prit mon menton entre ses mains.

« Juste à cause de Diana, hein ? » fit-il avec un sourire en coin.

Je touchai mes lèvres du bout des doigts et clignai des paupières, décontenancée.

« Au revoir, Elise, dit-il en me prenant la main. J'espère que tu recevras de bonnes nouvelles de tes parents. »

Il se pencha et posa un autre baiser sur mes lèvres. Puis il se tourna et s'éloigna sur le sentier qui menait à la grande maison.

Je me réveillai des heures plus tard. Poppy était assise au bord de mon lit, une tasse de thé à la main. Je me redressai brusquement, manquant renverser la tasse, et regardai les flots de lumière qui entraient par la fenêtre.

« Quelle heure est-il ? demandai-je en aplatissant mes cheveux ébouriffés.

— Tard. Onze heures passées.

— Oh ! »

Me rappelant ma disgrâce, je retombai sur l'oreiller. Ma grasse matinée était une honte plutôt qu'un luxe. Pourtant Kit m'avait dit que je pouvais retourner à Tyneford House après le déjeuner. J'avalai une gorgée de thé brûlant. J'avais fini par accepter cette répugnante habitude anglaise de le boire avec du lait et du sucre.

« Ceux du manoir ont envoyé un message. Le majordome veut te voir là-bas à une heure et demie. » Poppy me débarrassa de la tasse que je balançais dangereusement au-dessus de la courtepointe blanche. D'un geste décidé, elle la posa sur la table de chevet.

« Jusque-là, inutile de broyer du noir, reprit-elle. Habille-toi. On descend à la plage. »

Après avoir enfilé un de ses pantalons et un pull rouge qui devait jurer terriblement avec ses cheveux, je la suivis sur le sentier de la falaise. Ses tantes avaient déjà disparu pour la journée et je ressentis un petit pincement d'envie en pensant à la liberté dont elle jouissait. À Tyneford, je devais rendre compte de chaque instant de ma journée. Poppy, elle, pouvait se lever à n'importe quelle heure et faire ce qu'elle voulait. Les loisirs que j'avais ce jour-là étaient aussi inattendus qu'humiliants. Si cela lui chantait, Poppy pouvait rester des heures à contempler le déferlement des vagues. Sa vie me semblait paradisiaque.

On était à marée basse. Sur la plage nue, les galets brillaient sous le ciel froid de novembre. Nous enlevâmes chaussures et chaussettes, courûmes vers l'eau et nous mîmes à faire des ricochets. Je n'en réussis que trois ou quatre. D'un petit mouvement désinvolte du poignet, Poppy faisait rebondir ses pierres huit à neuf fois, telles des grenouilles dans un étang à nénuphars. Lassées par notre jeu, nous finîmes par longer la grève en direction de la hutte de Burt. Le vieil homme était assis dehors, sur un seau renversé. Il réparait de nouveau un de ses casiers à homards et nous adressa un signe amical. Nous nous approchâmes, nous frayant un chemin à travers les filets enroulés.

« 'jour ! » fit-il.

Poppy s'agenouilla et saisit un casier. Sortant un canif de sa poche, elle se mit à racler les bernaches accrochées au métal.

« Paraît qu'il y a eu un peu de grabuge hier soir, à la fête de Mr. Kit. »

J'acquiesçai de la tête.

« Z'avez des ennuis avec Mr. Rivers et Mr. Wrexham ?

— Oui. »

Burt eut un rire bref. « Mais vous voulez pas partir, hein ? »

Je m'adossai contre la clôture et, pour la première fois, pensai sérieusement à un éventuel départ de Tyneford. La veille au soir, furieuse et humiliée, j'avais promis de m'en aller, mais je n'avais pas vraiment réfléchi à ce que cela signifierait. Art attellerait Mr. Bobbin à la vieille guimbarde et me conduirait à la gare, cahotant lentement à travers les vertes collines. Puis il y aurait le voyage dans un train gris qui me ramènerait en ferraillant à la ville grise et enfumée. Avec un peu de chance, je trouverais une place chez deux vieilles filles. Je leur préparerais du thé et leur servirais des crêpes beurrées sur des napperons en papier tandis qu'elles suceraient leurs dentiers. Finis les appels des engoulevents dans la lande les nuits de juin, le murmure du vent dans les mélèzes ou le parfum sucré du jasmin après la pluie. Je n'entendrais plus la mer battre les rochers pendant une tempête. Et je ne verrais plus Kit. Pas seulement pendant un, deux ou trois mois d'exil, mais plus jamais. Je déglutis et frottai mes mains moites sur mon pantalon.

« Non, je n'ai pas envie de quitter cet endroit. »

Burt sourit et interrompit un moment son travail.

« Quelle heure est-il ? » demanda Poppy.

Le vieux pêcheur regarda le soleil au-dessus de la mer. « Environ une heure moins le quart.

— Il vous suffit d'examiner le ciel ?

— Non. Je viens d'entendre les cloches de l'église. »

Après avoir pris congé, nous nous hâtâmes vers Tyneford House. Je remis chaussures et chaussettes et Poppy me caressa les cheveux. Alors que nous traversions la cour maintenant vide de voitures, je fus submergée de vagues d'appréhension. Tous les invités étaient partis. Henry décrochait les lampions. Il fit semblant de ne pas me voir.

« J'espère… Enfin, tu me comprends… » bredouilla Poppy. Renonçant à chercher les mots adéquats, elle m'étreignit.

« Merci. » Je me dirigeai vers la porte de service. Maintenant que j'étais consciente de mon désir de rester, mon cœur cognait dans ma poitrine. Le couloir des domestiques était vide et fraîchement lavé. Je longeai le vestibule, théâtre des événements de la veille. On avait effacé tous les signes de la soirée, pourtant sous l'odeur de savon et de propre, je discernai une note de tristesse. La maison soupirait, elle avait rangé ses guirlandes et retombait dans la grisaille du quotidien. Dans la lumière éblouissante de l'après-midi, les lambris lentement rongés par des générations de vers paraissaient soudain usés, ternes.

Mes pas résonnèrent sur le dallage. Je traversai le hall et m'approchai du couloir de service, sentant sur moi le regard désapprobateur des ancêtres Rivers dans leurs cadres dorés. Même les épagneuls à leurs côtés me dévisageaient avec dédain. En dehors des portraits, la maison semblait vide. Douze heures plus tôt, elle fourmillait de couples de danseurs et d'une armée d'extras en veste blanche. Il y régnait à présent un silence déroutant. Malgré mon peu de sympathie pour ces filles, Diana et Juno l'avaient remplie de mouvement et de vie. Quand Margot et moi rendions visite aux grands-tantes, à Vienne, dans leur appartement-bonbonnière regorgeant de napperons en dentelle et de porcelaine, nous devions leur faire l'effet d'une tornade avec nos histoires concernant l'école et nos activités de plein air. Juchées sur leur canapé, nous grignotions des gaufrettes au gingembre en bavardant comme des pies. Les trois tantes, Greta, Gerda et Gabrielle nous regardaient en souriant à travers leur pince-nez. Elles nous gavaient de chocolat, nous permettaient de fouiller dans leurs boîtes à bijoux et de nous déguiser avec les diamants et les bracelets en or de notre arrière-grand-mère. Lorsque Anna décidait qu'il était temps de partir, on boutonnait nos manteaux et on nous ramenait dans la rue. Cependant, quand je levais les yeux vers l'appartement des tantes, je les repérais toujours derrière la fenêtre en train d'agiter la main. Et toujours avec un petit air triste. C'est l'impression que me fit Tyneford cet après-midi-là : on aurait dit une tante célibataire agitant la main à la fenêtre tandis que les enfants s'éloignent en toute hâte.

Traînant les pieds, je m'approchai de la porte de Mr. Wrexham et frappai.

« Entrez. »

Mr. Wrexham et Mrs. Ellsworth m'attendaient dans le bureau du majordome, assis sur deux chaises à haut dossier. Quant à moi, je me tins devant eux telle une collégienne repentante. Baissant les yeux, je remarquai que le sol était impeccablement propre et ciré. J'attendais des remontrances, un flot de reproches, et m'apprêtais à pleurer. J'avais l'habitude des hommes colériques – Julian était capable de s'emporter tel un ours de cirque (cela se produisait généralement quand il était en panne d'inspiration ou lorsque Anna s'était risquée à émettre des réserves sur les pages de son premier jet). Mr. Wrexham, cependant, me surprit. Il ne cria pas. Il ne semblait pas fâché, simplement très triste.

« Ainsi donc vous serez la cause de notre déchéance », dit-il.

En une sorte d'accord tacite, Mrs. Ellsworth fit claquer sa langue contre ses dents. Mr. Wrexham remua sur sa chaise, puis il se leva pour me parler. Les mots montaient des tréfonds de son cœur.

« Ce genre de chose ne serait jamais arrivé du vivant de mon père. Une fille comme vous aurait été renvoyée illico. Bon débarras. Le problème, c'est que vous n'êtes pas l'une de nous. Et vous n'êtes pas l'une d'eux non plus. Vous n'appartenez à rien. Dans une maison comme celle-ci, chacun a sa place et doit en tenir compte pour que le système fonctionne. Nous avons tous un rôle à jouer. Cela a très bien marché comme ça pendant des siècles. Mais vous… vous et vos semblables… Mr. Rivers et Mr. Kit ne vous traitent pas comme une femme de chambre. N'importe quelle autre fille aurait été virée sur-le-champ et pas par le maître. Il ne serait pas intervenu ! Cela relève de mes fonctions. Si Mr. Rivers s'en mêle, c'est à cause de vous. »

Des larmes incontrôlables inondaient mon visage, j'essuyai mon nez du revers de la main. Mr. Wrexham me tendit un mouchoir blanc repassé et amidonné, mais n'en poursuivit pas moins son réquisitoire. L'air malheureux, il dit :

« Mrs. Ellsworth n'arrive pas à vous former comme une vraie femme de chambre. Il ne s'agit pas seulement de savoir préparer un feu, verser du thé ou se taire pendant le dîner. Vous avez tout changé, vous comprenez ? Votre position ici est toujours en porte-à-faux. Et cela sonne le déclin de Tyneford, je vous assure. Ce n'est pas votre faute, vous l'avez amené avec vous. »

Je sanglotai dans le mouchoir du majordome, ne sachant que répondre, quelle défense présenter. Ses accusations n'avaient rien de personnel, elles n'étaient pas destinées à blesser. Simplement, je faisais partie d'un ensemble plus vaste qui menaçait son univers, celui de son père et de ses ancêtres. Pourtant j'adorais cet endroit et je n'avais pas eu l'intention de causer sa perte. Cela ne pouvait être vrai. Mr. Wrexham devait se tromper. Je l'espérais de tout mon cœur.

15

Peut-être demain

Je n'avais aucune nouvelle de mes parents à part un bref télégramme de huit mots reçu à la fin du mois de novembre. TOUT VA BIEN STOP NE T'INQUIÈTE PAS STOP BAISERS ANNA STOP. Une fois par semaine, je leur expédiais de la poste du village une lettre remplie d'un joyeux bavardage ou de bribes d'histoires que je tenais de Poppy ou de Burt. Ils ne me répondaient jamais et j'ignorais si mes lettres arrivaient à destination. Je les envoyais malgré tout. J'aimais imaginer Anna et Julian occupés à griller de la brioche et à lire mes lettres devant le feu, même si ce n'était pas vrai. L'hiver anglais n'était pas aussi rigoureux que l'autrichien. Aucune couche de neige ne ouatait les collines et les toits, mais j'avais froid, je n'avais jamais eu aussi froid de ma vie. Même couchée tout habillée, mon manteau étendu sur le lit et une bouillotte chipée à l'office sous mes pieds glacés, je ne parvenais pas à me réchauffer. Je regrettais mon édredon de plume viennois – les couvertures anglaises étaient trop minces. Je rêvais des histoires que pouvait contenir l'alto. Je voyais des musiciens qui jouaient des airs endiablés au-dessus de Worbarrow Tout, tandis qu'Anna et Julian dansaient sur la mer (mon père portant ses chaussettes jaune canari). Le bois de rose recelait une infinité de romans possibles et, dans le noir, des colporteurs viennois se heurtaient à des soldats marchant au pas de l'oie qui sortaient d'immeubles aux vitres brisées.

Des engelures gonflaient mes doigts et, le matin, j'avais du mal à gratter les allumettes pour les feux de cheminée. J'avais presque oublié ce que c'était que d'avoir chaud. Les mains passées autour d'un mug de thé, je frissonnais devant le fourneau de la cuisine, hésitant à m'aventurer dans la maison glaciale. En plus Kit n'était pas là. J'espérais qu'il reviendrait pour Noël, mais Mrs. Ellsworth ne nous fit pas préparer sa chambre. Je croisais les doigts : peut-être serait-ce pour le Nouvel An. Toutefois, les jours s'écoulèrent, la nuit de la Saint-Sylvestre arriva et toujours aucun signe de Kit.

1938 glissa vers 1939 pendant mon sommeil. Mr. Wrexham m'avait poliment invitée à rejoindre les autres domestiques pour boire un verre de xérès à minuit cinq (après qu'il eut enlevé la coupe de champagne solitaire de Mr. Rivers), mais je déclinai son offre sur le même ton. Je n'étais plus qu'une ombre dans cette grande maison. C'est à peine si Mr. Rivers faisait attention à moi ; quant aux domestiques, ils s'efforçaient de m'éviter. Seul Art me tolérait. Il me donnait des poignées de foin pour Mr. Bobbin, l'unique membre de la maisonnée à prendre plaisir à ma compagnie.

Le 3 janvier, je reçus une lettre de Margot. Dans la froide lumière du matin, je m'accroupis devant le feu du salon et déchirai l'enveloppe.

Comme Anna ne te demandera jamais de l'aide, je me suis dit que je devais le faire à sa place. Le visa américain n'est toujours pas arrivé. Julian ne m'écrit jamais, pas un mot (j'aurais pourtant cru que les écrivains étaient de bons épistoliers). Quant aux lettres d'Anna, elles fourmillent de pieux mensonges. Je n'en ai jamais cru un mot, pourtant j'aurais bien voulu que ce fût vrai, oh mon chou, j'aurais tant voulu que ce fût vrai ! Puis j'ai reçu une lettre de Hildegard :

« Vos parents connaissent une situation difficile qui empire de semaine en semaine. Ils vont au consulat, ils attendent et on leur dit : "Peut-être demain. Peut-être la semaine prochaine." Mais le visa n'arrive pas.

On a emmené Herr Finkelstein dans la nuit du 9 novembre. Il est revenu, mais sans ses dents. Des dents qui étaient saines et solides. Ce soir-là, j'ai envoyé Herr et Frau Landau à l'hôtel. Ils y étaient en sécurité. Mais ces cinglés sont venus ici, ils ont pris tous les livres de Herr Landau et les ont brûlés dans la rue. Ensuite, ils ont jeté son bureau par la fenêtre et l'ont brûlé aussi. Maintenant votre père a perdu tous ses manuscrits, mais il remercie ce Dieu auquel il ne croit pas de lui avoir épargné bien pire. »

Elise, ils ne peuvent attendre plus longtemps. Ton Mr. Rivers peut-il les aider à venir en Angleterre ?

Baissant la feuille de papier, je soufflai doucement sur le charbon, provoquant une éphémère flambée orange. J'essayai de réprimer une légère jalousie à l'idée qu'Anna écrivait plus souvent à Margot qu'à moi – cela n'avait pas d'importance. Je devais parler à Mr. Rivers tout de suite, même s'il tolérait à peine ma présence dans la maison. À cause de moi, son fils était banni de Tyneford et les domestiques murmuraient. Mais, s'il le fallait, j'irais jusqu'à le supplier.

À midi trente, Mr. Rivers partit faire sa promenade au sommet de Flower's Barrow. De la fenêtre de la chambre de Kit, je le regardai gravir la colline, l'épagneul du garde-chasse agitait la queue à ses pieds. Le ciel était de la couleur du silex, l'herbe au-dessous d'un vert intense. L'herbe était réellement plus verte en Angleterre ; du train qui m'emportait à travers la France, il y avait un siècle de cela, je n'avais vu que d'interminables champs ocre. Même les prairies onduleuses des Alpes autrichiennes, brûlées par la neige, étaient ternes au printemps. Mr. Rivers marchait vite, son manteau flottait au vent. Il atteignit le faîte de la colline en quelques minutes. Je remarquai pour la première fois qu'il avait la même démarche que Kit mais plus lente, plus mesurée. Je m'installai dans un fauteuil en cuir, près de la fenêtre. Il se mit à bruiner. Des gouttelettes d'eau mouchetèrent la vitre et les dalles de la terrasse au-dessous. J'aimais me cacher dans la chambre de Kit. Elle était imprégnée de son odeur. Un étui en argent était posé sur le rebord de la fenêtre. Je l'ouvris et reconnus ses cigarettes turques. J'en allumai une, toussai et chassai la fumée de la main. Je savais que si on m'attrapait j'aurais des ennuis, mais depuis l'*incident* je veillais à ce que mon travail fût exemplaire. Mrs. Ellsworth ne le vérifiait plus que très rarement. Je m'accordai quelques bouffées, puis j'éteignis la cigarette et la replaçai, à moitié fumée, dans l'étui. Kit ne me manquait pas vraiment – sauf que, sans lui, la maison paraissait vide et je n'avais personne à qui parler. Aussi était-il tout à fait normal que je ressente son absence. Ça s'arrêtait là. Je me remémorai son baiser. Je m'étais passé et repassé si souvent ce souvenir dans la tête qu'il commençait à s'user sur les bords. La voix de Kit, réduite à un filet, grésillait comme un vieux disque.

Je pris la photo de sa mère. C'était curieux de penser qu'elle était aussi étrangère à Kit qu'à moi. Pas étonnant qu'elle eût l'air triste. J'examinai l'angle de sa mâchoire, ses cheveux d'un or pâle. Je voyais Kit en elle. Kit l'avait peut-être oubliée, l'avait effacée de son enfance, elle n'en était pas moins présente, ses traits affleurant sous ceux de son fils.

Luttant contre le vent, Mr. Rivers atteignit les herbages et s'engagea sur le chemin de la falaise. Je me glissai hors de la chambre de Kit, dévalai l'escalier de service, pris mon manteau et m'aventurai dans la cour. Les pavés mouillés étaient glissants. Mon col relevé jusqu'aux oreilles, je gravis en hâte la colline à la poursuite de Mr. Rivers. Je ne voulais pas me retrouver face à lui dans la bibliothèque, scène de ma disgrâce. J'avais remarqué qu'à ses retours de promenade, les yeux brillants, il avait presque l'air heureux. Parfois même, je le surprenais à sourire. À présent il souriait moins qu'à mon arrivée à Tyneford : alors, c'était à cause de mon mauvais anglais uniquement, amusement qu'il essayait toujours de réprimer pour ne pas me blesser.

La pluie redoubla. Je battais des paupières pour me débarrasser de l'eau accrochée à mes cils. Mes chaussures faisaient un bruit de succion sur le talus boueux. Des vaches mélancoliques s'étaient réfugiées sous des arbres dénudés, de grosses gouttes accrochées à leurs oreilles tels des pendentifs. J'étais trop haut pour entendre rugir la mer, mais les vagues vertes battaient les falaises et des mouettes s'élevaient en criant dans les airs. J'aurais aimé être une de ces héroïnes des romans à couverture orange que me prêtait Kit : irrésistibles dans leurs vêtements mouillés, elles attrapaient parfois une légère pneumonie qui les poussait infailliblement dans les bras du héros bégayant d'émotion. Mon nez dégoulinait, mes cheveux me collaient au visage. À vrai dire, je ne souhaitais pas que Mr. Rivers me trouvât irrésistible : juste pâle et pathétique. Devant mon regard désespéré, il déciderait de m'aider quelles qu'en fussent les conséquences (comme le père inflexible de *La Traviata* regardant Violetta moribonde). J'éternuai. Mon scénario était assez improbable.

Soudain, j'entendis aboyer à mes pieds. L'épagneul blanc et brun se précipitait vers moi, posait ses pattes boueuses sur mon manteau et me léchait les mains.

« Assis, Stanton ! Non ! »

Mr. Rivers attrapa le chien qui lui glissa entre les doigts comme un poisson et se mit à pourchasser un faisan.

« Elise ? » fit Mr. Rivers, surpris par ma présence sur la colline détrempée.

Une véritable héroïne se serait évanouie, elle se serait cassé la cheville et aurait pleuré, le suppliant d'aider sa famille, mais j'avais des articulations solides et des joues bien saines rosies par l'exercice.

« C'est vous que je cherche, mister Rivers. Je vous en prie, ne dites rien à Mr. Wrexham. »

Mon employeur me regarda en silence de ses remarquables yeux bleus. Je déglutis, mon cœur battait à se rompre.

« Ils ont brûlé ses livres. Ils les ont jetés dans la rue et brûlés. »

Le vent soulevait mes cheveux et les rabattait contre mon visage, fouettant ma peau.

« Qu'en est-il du visa américain ?

— Il n'est toujours pas arrivé. »

Mr. Rivers se tenait parfaitement immobile, indifférent à la pluie et aux hurlements du vent dans les arbres dénudés. Ressentant une certaine impatience, je faillis taper du pied avec ma chaussure trempée. Il devait bien savoir ce que je voulais !

« Pouvez-vous m'aider ? Je vous en prie. »

Il demeura silencieux.

« Je vous en prie. C'est vrai, je me suis très mal conduite, mais j'ai fait des efforts depuis, je vous assure. Et je ne vois pas à qui d'autre m'adresser. »

Il inclina légèrement la tête pour montrer qu'il m'écoutait. Je pris une profonde inspiration et, le regardant droit dans les yeux, poursuivis :

« Si jamais la guerre éclatait… Tout le monde dit qu'elle est inévitable. Même Art, Burt et Mr. Wrex-

232

ham. Anna et Julian doivent partir avant. Pour les États-Unis, la France ou ici. »

Portant ses doigts à ses lèvres, Mr. Rivers émit un sifflement strident. Couvert de boue et frétillant de la queue, l'épagneul réapparut. Sa langue rose pendante exprimait le bonheur.

« Nous devrions rentrer, dit Mr. Rivers. Ce n'est pas un temps à rester dehors. »

Je le regardai fixement pendant un moment. Allait-il aider mes parents ? Je n'aurais su le dire.

Tout comme la feuille isolée précède le tourbillon du sous-bois sous l'effet d'un ouragan, les rumeurs concernant la guerre avaient enflé pour devenir une cacophonie. Même Mrs. Ellsworth mettait les nouvelles du soir sur sa radio, nous permettant, à May et à moi, avant d'aller nous coucher, de nous asseoir dans son petit salon et d'écouter les informations en buvant du chocolat. Voulant retrouver mon Autriche, je souhaitais la guerre dans la mesure où les hostilités ne commenceraient qu'une fois Anna et Julian en sécurité de l'autre côté de la mer. J'essayai de les imaginer ici, à Tyneford : un fusil en bandoulière, Julian parcourrait les collines avec Mr. Rivers ; Anna jouerait du Mendelssohn sur le piano à queue du salon. L'air marin aurait désaccordé l'instrument, mais ma mère saurait le faire chanter. Mrs. Ellsworth monta les sinistres masques à gaz de la cave. Bien que Mr. Rivers ne cessât de la rassurer, elle était très angoissée, persuadée que la guerre allait éclater d'un moment à l'autre et que les Allemands nous bombarderaient aussitôt, gazant toute la maisonnée. La nuit, j'avais des cauchemars. Je voyais Anna jouer du piano, ses doigts dansant sur les touches, sa voix angélique étouffée par un masque à gaz.

Un matin de février, je reçus plusieurs lettres de Margot d'un coup. Le courrier en provenance des États-Unis était très irrégulier : rien pendant des semaines, puis tout un paquet à la fois. Elles débordaient du plateau de Mr. Wrexham et je les attrapai dans mon tablier avant qu'elles ne tombent par terre. Comme c'était le jour de la semaine où j'avais un après-midi libre, je les fourrai dans ma poche pour les lire sur la plage, après le déjeuner. Poppy avait promis de m'emmener à Brandy Bay, puis le long de Wagon Rock jusqu'aux grottes de Tilly Whim. À deux heures, je la vis qui m'attendait devant sa maison, emmitouflée dans un ciré et plusieurs écharpes de laine.

« On y va ? cria-t-elle, impatiente. Tu es prête ? »

J'acquiesçai d'un signe de tête et Poppy s'élança au pas de course sur le sentier de la falaise, dépassa la descente sur la plage de Worbarrow et continua son chemin sur l'étroite piste crayeuse. Détrempée par plusieurs semaines de pluie, celle-ci était aussi glissante que de la glace. Craignant que mon amie ne tombe de la paroi abrupte, je poussai un cri. La mer battait le pied du rocher, de l'écume couronnait les brisants. Poppy se mit à rire et ralentit l'allure pour me permettre de la rattraper. Ses cheveux s'étaient échappés de leurs attaches et volaient telles des flammes autour de sa tête. La mer sombre semblait absorber toute la lumière du monde : comme suspendu au-dessus de l'eau, le ciel était d'un gris menaçant. Contre l'arrière-fond du paysage hivernal, les

234

cheveux de Poppy brillaient d'un éclat étrangement vif. Elle essaya de les renouer.

« Autrefois, je les détestais, me confia-t-elle. Je suis née avec une vraie tignasse. Pas les jolies boucles de certains bébés, mais des cheveux lisses qui m'arrivaient aux épaules. »

Soudain une bande d'oies gris-bleu au bec orange fendit l'air en cacardant au-dessus de nous.

« Des oies cendrées, dit Poppy. Elles sont superbes, n'est-ce pas ? Signale-les à Art. Il sortira son fusil. De l'oie rôtie à la gelée de prunes. Mmm. Un délice. »

Je contemplai le vol d'oiseaux, aussi vaste et noir qu'une ombre. Leurs pattes roses soigneusement repliées sous leurs ventres me firent penser aux grands-tantes assises sur le canapé et cachant leurs pieds sous les plis de leurs jupes. Je ne voulais pas les manger, ces oies, je voulais les regarder voler. Poppy avait continué son chemin, je courus la rejoindre. Le fracas des lames résonnait dans ma tête. Fouettées par le vent, les vagues enflaient en une croissante furie. Au loin, un petit bateau de pêche dansait et bondissait sur l'eau. Pendant une heure, nous marchâmes et courûmes tour à tour. Brandy Bay, où la marée basse léchait le sable lisse, apparut au-dessous de nous, puis disparut au moment où nous contournions le cap. Lovell's Tower, une folie en pierre perchée sur la falaise au-dessus de Kimmeridge, se profila à l'horizon.

À un détour du chemin, le sentier se divisait : une branche continuait à monter vers Kimmeridge, l'autre menait à un rebord rocheux et à plusieurs grottes carrées. Elles se dressaient devant nous, noires et menaçantes, et je réprimai un délicieux frisson.

Poppy s'engouffra dans l'une d'elles, je la suivis. La caverne sentait l'humidité. Les murs recouverts d'une moisissure vert épinard avaient été équarris, de grandes plaques de pierre gisaient par terre. Poppy s'assit sur l'une d'elles, je l'imitai. Pendant que mon amie se prélassait en fumant, je sortis les lettres de Margot. Je commençai par lire la plus récente.

As-tu des nouvelles des parents ? Moi je n'en ai presque plus. Mais, grâce à Hildegard, j'ai découvert quel était le problème avec le visa : Julian et Anna n'ont pas assez d'argent pour payer la taxe de sortie, une sorte de pot-de-vin dont je ne connais pas le montant exact. Ils sont fauchés. Ils ne parviennent pas à vendre leurs biens à leur juste valeur. Robert a essayé de leur envoyer de l'argent des États-Unis, mais c'est presque impossible – tout le monde arrive d'Europe, personne n'y retourne. Je t'en prie, chou, demande à Mr. Rivers un moyen de les aider.

Quand ils seront en sécurité auprès de toi, je persuaderai Robert d'aller en Angleterre. Ce pays ne peut pas être si différent des États-Unis. Notre vie de couple est tellement tranquille ! Qui aurait cru qu'un jour ton agitation et ton désordre me manqueraient (je pense à toi chaque fois que je ramasse les vêtements que Robert a jetés par terre) ? Je regrette même la puanteur des cigares de Julian et les marmonnements indignés de Hilde le jour où papa a taché le buffet avec du bourgogne. Et Anna... comment peux-tu supporter l'absence d'Anna ?

Je croyais que la Californie était un endroit ensoleillé. En fait, il y pleut tout le temps. J'ai une collection de parapluies multicolores – je sors sous la pluie avec mon arc-en-ciel. Robert fait des progrès en anglais. À vrai dire, c'est presque inutile vu que la moitié de ses collègues viennent de Strasbourg, de Vienne et de Berlin. Et de toute façon, ils parlent un jargon scientifique.

À présent, je suis membre d'un orchestre universitaire. Ici, les femmes jouent en public, dans de vraies salles de concert, et les gens paient pour les écouter. Et moi, oserai-je le faire ? Les tantes désapprouveraient. Tu imagines leur réaction ? Leur petite-nièce musicienne professionnelle ! Seules des prostituées monnayent leur talent. Mais sais-tu une chose, mon chou ? J'aimerais bien en être une. Anna a toujours été parfaite dans les rôles de courtisane.

Je n'avais jamais entendu parler de taxes de sortie. Autrefois, Julian était riche. Je me rappelai les gros billets dans son portefeuille. Mais à présent, personne ne voulait publier ses livres. Je pensai aux chaînettes en or cachées dans un de mes bas, au grenier, et me sentis légèrement coupable. Je décidai de parler de nouveau à Mr. Rivers. J'envoyai valser un galet, il heurta un mur de la caverne, provoquant une fine pluie de terre.

« Fais attention, dit Poppy. Cette grotte est fragile. Des bouts de plafond s'effondrent tout le temps. »

Elle me regarda un moment en tapant ses pieds contre son siège. « Je suis désolée pour ta famille. Si seulement je pouvais t'aider ! En fait, ce n'est pas impossible. Je vais partir pour Londres. En mission secrète. » Elle jeta un coup d'œil par-dessus son épaule comme si elle craignait qu'on nous espionne. « Au profit du gouvernement. Pour le cas où il y aurait la guerre.

— Ah oui ? fis-je, tiraillée entre la curiosité et la tristesse de la voir s'en aller.

— Oui. J'ai décidé de laisser tomber Cambridge. À quoi les études servent-elles aux filles ? Tout ce travail pour ne pas même recevoir un diplôme. C'est comme participer à une course à l'œuf dans la cuiller, sauf que tu n'as ni le droit de gagner ni de manger ton œuf à la fin, si tu vois ce que je veux dire.

— Oui, je comprends.

— Et si la guerre éclate, ils ne vont certainement pas permettre aux filles de se battre. Ils ne l'ont jamais fait jusqu'à présent. C'est parfaitement injuste. Mais pour ce boulot, il faudra que je me montre discrète. Ce sera sans doute ce qui me sera le plus difficile. Raconte-moi donc un secret pour que je puisse m'entraîner. »

Avec l'ardeur d'un coucou au début du printemps, Poppy me regarda de ses yeux verts. J'essayai de penser à un secret, un secret que je consentirais à partager. Je n'en avais qu'un : le baiser que Kit m'avait donné un matin à l'aube, mais celui-là je voulais le garder pour moi. Il m'appartenait et le confier à Poppy l'aurait en quelque sorte affadi.

Mon amie haussa les épaules. « Bon, ça ne fait rien. Mais s'il t'en vient un à l'esprit, n'oublie pas de m'en parler. Je serai absente trois ou quatre mois.

— Si longtemps ? » Je fis la moue et détournai les yeux. D'abord Kit et maintenant Poppy… Je me trouvais fort à plaindre.

« Oui. Je manquerai terriblement à Will, reprit-elle gaiement. Ça me fend le cœur chaque fois que j'y pense. Tu crois qu'il pleurera et perdra l'appétit ? Il faudra que je lui écrive des lettres très courtes et très passionnées. »

Poppy se tut quelques minutes et je mis un moment à me rendre compte qu'elle me fixait, l'air concentré.

« Elise, que sais-tu sur les rapports sexuels ? »

Je la regardai, surprise, bêtement flattée qu'elle pût me considérer comme quelqu'un ayant l'expérience de la vie. « Pourquoi ?

— Je pensais faire l'amour avec Will. Avant mon départ.

— Ah bon », dis-je, décontenancée. Quand ils me croyaient hors de portée de voix, Anna et Julian se livraient à des plaisanteries grivoises sur la libido refoulée des Britanniques. J'en avais déduit que les Anglais ne faisaient l'amour qu'une fois mariés et seulement le jeudi. Comme nous étions innocentes à cette époque ! Bien entendu, nous nous prenions pour des jeunes filles très sophistiquées alors qu'en réalité nous étions terriblement naïves, même nanties de parents bohèmes.

« Eh bien, dis-je, ma mère m'a expliqué… comment procéder. D'après elle, la plupart des opéras tournent autour du sexe. Et du chant, bien sûr. Au fond, ils parlent tous de sexe. »

Poppy fronça les sourcils. Une discussion sur les intrigues d'opéras ne lui apportait guère les renseignements qu'elle cherchait.

« Et j'ai lu un livre de Freud appartenant à Julian. Il traitait presque exclusivement de sexe », ajoutai-je, résolue à lui venir en aide.

Je m'étais faufilée dans le bureau de mon père et lui avais emprunté plusieurs volumes de Freud. Je m'attendais à ce qu'ils me procurent des frissons, comme la vue de ces photos de femmes à moitié nues aux yeux aguichants, qu'on vendait pour un pfennig sur les éventaires crasseux des quais du Danube. Lorsque je m'identifiai avec une de ces beautés corsetées pour lesquelles des gens étaient prêts à débourser du bon argent rien que pour les reluquer, je sentais tout mon corps vibrer. Les livres de Freud, en revanche, se révélèrent décevants.

« Et alors ? demanda Poppy. Que disait Mr. Freud ? J'aimerais vraiment savoir. »

L'explication me coûtait un effort, je fronçai les sourcils. « Eh bien, il parle tout le temps du *ça*, du *moi* et du *surmoi*. Je crois que l'homme met son ça – à moins que ce ne soit son moi – dans ton supermoi et alors vous vivez tous les deux une sublimation. C'est très compliqué. Et puis il est beaucoup question de phallus.

— Ah oui, j'en ai déjà vus de ceux-là. Chez des chevaux et des chiens. Et un jour, chez un taureau qui faisait l'amour avec une vache. Si on peut appeler ça faire l'amour. Ça m'a paru assez brutal. Je n'ai pas remarqué de ça ni de moi chez les vaches, mais il est vrai que je ne sais pas à quoi ils ressemblent.

— Moi non plus.

— Les gens se débrouillaient tout seuls avant que Freud leur explique comment s'y prendre. T'inquiète pas, on s'en sortira. Mais j'aurais préféré m'y connaître un peu mieux.

— Oui, c'est bien d'être compétent, dis-je en rougissant et en essayant de ne pas penser à Kit, mais je

240

ne crois pas que ton ignorance dérangera beaucoup Will. Après tout, il faut bien débuter un jour, ajoutai-je d'un ton maternel, répétant la phrase employée par Mrs. Ellsworth chaque fois qu'elle m'enseignait quelque chose.

— Si je couche avec Will, je deviendrai sans doute une traînée, dit Poppy qui semblait plutôt réjouie par cette perspective.

— Non, pas si tu l'aimes. D'ailleurs toutes les héroïnes célèbres deviennent tôt ou tard des traînées. Regarde Ève. Une traînée. Ou Anna Karénine. Une traînée au destin tragique.

— Es-tu prête à en être une avec Kit ? »

Je savais que je devais dire non, qu'il ne fallait même pas que j'y pense. En ce qui concernait ses filles, Anna se montrait beaucoup plus pointilleuse en matière de morale que dans les autres domaines. Elle avait défendu à Margot de partir en vacances avec Robert avant leur mariage. Je revois ma mère, toute sa menue personne exprimant la colère, admonestant ma sœur : « Je t'interdis d'aller te dévergonder à Strasbourg. Pense à tes pauvres tantes. Elles en auraient une attaque. » J'eus un pincement au cœur. Anna aurait su exactement ce qu'il fallait conseiller à Poppy.

Dehors, le jour tombait et le vent chassait des nuages sombres vers la grève. Un croissant de lune sautait sur les vagues noires.

« Viens, dis-je, tendant la main à mon amie. On ferait bien de rentrer. »

Le lendemain matin, je me glissai dans la salle du petit déjeuner où Mr. Rivers s'attardait devant sa tasse de café. Les sourcils froncés, il lisait son journal et ne remarqua pas ma présence. De la poche de mon tablier, je sortis une poignée de chaînettes en or et les posai sur son assiette. Il sursauta et leva les yeux.

« Mister Rivers, c'est pour payer le pot-de-vin. Pour faire sortir Anna et Julian d'Autriche. »

Mon employeur ne répondit pas. Il se contenta de regarder les colliers lovés sur la porcelaine, jaunes comme du beurre frais.

« Ces bijoux devaient payer mon billet pour New York. Ils ont une certaine valeur. Pouvez-vous les vendre, s'il vous plaît ? »

Mr. Rivers secoua la tête et poussa l'assiette vers moi, renversant la confiture.

« Non, gardez votre argent. Je ferai tout mon possible de mon côté. »

Je croisai mes bras derrière le dos.

« Prenez-les, mister Rivers. L'argent que vous en retirerez ne sera pas pour vous, mais pour eux. »

Ma voix devait avoir été très insistante car il inclina brusquement la tête, enveloppa l'or dans son mouchoir et le glissa dans sa poche.

Cette nuit-là, alors que, couchée dans mon lit, j'écoutais le grondement lointain de la mer, je me tracassai au sujet de la vente des chaînettes. Sans doute ne rapporteraient-elles pas assez. Je pensai à l'alto caché au-dessous de moi. Aucun éditeur autrichien ne voulait publier Julian, mais qu'en serait-il d'un éditeur anglais ? Mr. Rivers avait lu tous ses livres. Si je les traduisais en anglais, on les accepterait peut-être ici. Je sautai du lit et fouillai dans la pile de romans brochés posés sur la commode. J'en choisis un pourvu d'une austère couverture gris et noir. La jugeant d'une tristesse appropriée, j'écrivis à son éditeur :

Cher Monsieur,

Je suis la fille du célèbre écrivain viennois Julian Landau. Le Times *de Vienne l'a décrit comme « l'auteur le plus étrange de notre ville », ce qui, vous en conviendrez, est un grand compliment. Par une chance extraordinaire, j'ai en ma possession, ici, en Angleterre, son dernier manuscrit. Au cas où vous seriez intéressé, je vous l'enverrais. Cela pourrait prendre une à deux semaines, vu qu'il est caché dans un alto pour plus de sécurité. Je suis toute disposée à en entreprendre la traduction.*

Veuillez agréer, etc.

Retournant au lit, je me sentis pleine d'espoir, persuadée que Julian m'avait confié le moyen de le sauver. Lorsque je m'endormis, le chant de l'alto se mêla au bruit du ressac.

Février fut glacial. Le bavardage de Poppy me manquait. Je me promenais seule dans les collines ou le long des plages battues par le vent avec, dans ma poche, les lettres de ma sœur que j'avais relues si souvent que je les connaissais par cœur. Je détestais communiquer par lettre – l'échange était trop lent. J'avais l'impression que Margot et moi étions deux vieilles dames qui exprimaient leurs pensées en bégayant, des pauses de la taille de l'Atlantique séparant leurs idées. Je lui parlai de la vente des chaînettes en or, mais passai sous silence le roman dans l'alto. J'aurais peut-être dû le mentionner, mais c'est toujours après coup qu'on devient sage. C'était mon secret et à moins que l'éditeur ne me demandât de retirer le manuscrit de l'instrument, je préférais me taire. Margot m'envoyait des lettres enfiévrées dans lesquelles elle supputait la valeur des bijoux, j'y répondais en m'interrogeant sur le nombre de semaines que prendrait l'obtention du visa. Parfois je m'asseyais au sommet du cap de Tyneford et regardais les robustes moutons des coteaux brouter en contrebas, leurs clochettes tintant au vent. Des nuages bleus couraient dans le ciel, leurs ombres traînaient sur la colline tels de grands filets déployés.

Juchée sur un muret de pierre à côté de Flower's Barrow, je lus avec une déception croissante la réponse de l'éditeur londonien :

> *Chère Miss Landau,*
>
> *Merci pour votre offre de lire le dernier ouvrage de Herr Landau. Bien que l'idée d'un manuscrit caché dans un alto ait piqué ma curiosité, je crains qu'à l'heure actuelle, en Angleterre, il y ait peu de demande pour des romans allemands – même traduits. Je suis sûr que vous comprendrez.*
>
> *Merci d'avoir pensé à nous.*
>
> *Veuillez agréer, etc.*

Mars apporta des tempêtes qui arrachèrent des tuiles au toit de l'écurie. Art fut obligé de grimper sur une échelle instable pour les reclouer. Avec l'arrivée du printemps, des perce-neige surgirent sous les haies, des crocus jaunes et mauves constellèrent la pelouse devant Tyneford House, s'ouvrant et se refermant au soleil tels les becs d'oisillons affamés. Les tulipes germèrent dans les pots en terre cuite de la terrasse et des primevères blondes s'épanouirent dans les plates-bandes donnant au sud. Les pêcheurs remontèrent sur leur bateau, heureux comme les foulques caquetantes que le temps plus clément avait ramenées. J'observais embarcations et oiseaux depuis le haut des falaises ou depuis mon perchoir sur le cap de Tyneford. Un après-midi, un mois environ après le départ de Poppy, je me prélassais dans mon endroit préféré, sur le promontoire, regardant avec les jumelles d'Art une buse aux pattes ébouriffées s'élever dans les airs, puis planer, les ailes palpitantes. Couchée sur le dos, je contemplais, émerveillée, le ventre noir du rapace, ses grandes ailes étendues, et perdis toute notion du temps. Puis les cloches de l'église sonnèrent trois heures et je bondis sur mes pieds. J'étais en retard. Les jumelles battant contre mon manteau, je dévalai la pente vers le manoir, glissant sur des pierres et de la boue, dispersant des moutons bêlants sur mon chemin. J'atteignis l'arrière de la maison en vingt minutes, le visage rouge et luisant, les chaussures crottées. Je m'arrêtai dans l'allée pour reprendre haleine et me penchai pour soulager un point de côté. Alors que je me redressais, je remarquai une Wolseley argentée garée près de l'entrée. Cigarette aux lèvres, Kit s'appuyait contre elle. Sans réfléchir, je courus vers lui et jetai mes bras autour de son cou.

« Tu es de retour ! Dieu merci, tu es de retour ! »

Il rit et se laissa étreindre. « Je t'ai manqué alors ? »

Je reculai de quelques pas. « La maison était affreusement triste sans toi. D'autant plus que Poppy est partie elle aussi. »

Avant qu'il n'ait pu répondre, une mince silhouette vêtue d'un imperméable Burberry brun apparut dans l'allée, une main gantée en visière pour se protéger du soleil printanier.

« Oh, elle est encore là, celle-là, fit Diana en me jetant un regard méprisant. Je croyais qu'on l'avait virée. »

Je serrai les poings en silence. J'avais besoin de l'aide de Mr. Rivers, ce n'était pas le moment de me faire renvoyer pour impertinence.

« Arrête ça, Di, l'admonesta Kit. Elle s'appelle Elise, comme tu le sais fort bien. Allez, sois gentille. »

Il se pencha et me chuchota à l'oreille : « Désolé. Ça fait partie de ma pénitence : être aimable avec Diana Hamilton. L'inviter à déjeuner et me conduire en gentleman. C'est dur. Mais au fond, elle n'est pas si mal que ça. »

Pour ma part, j'en doutais. Je le priai de m'excuser et entrai dans la maison préparer le thé.

Désormais, Diana se montra polie envers moi devant Kit. Elle avait compris qu'insulter ou se moquer de la femme de chambre n'était pas le moyen de se faire aimer (aussi effrontée et incompétente que fût ladite femme de chambre). Pendant ce premier thé, je la jugeai irrévocablement : elle était insupportable. Quoi qu'elle ait pu faire croire à Kit, elle n'avait pas changé.

Alors que je servais l'Earl Grey, elle gloussa. Non pas à mes dépens, mais à cause d'une remarque de Kit. En fait, elle n'arrêtait pas de glousser comme une crécerelle des marais. Elle semblait trouver hilarant tout ce que disait Kit. Elle minaudait, faisait des moues tandis que moi je boudais, les sourcils froncés, et essayais de ne pas laisser choir les biscuits. Certes, Kit pouvait être très amusant, il n'empêche que Diana se rendait ridicule. Du moins, je l'espérais. Je scrutai le visage de Kit pour voir sa réaction, mais il regardait nonchalamment la mer, au-delà de la pelouse.

« Je suis content d'être rentré, murmura-t-il. Tu m'as vraiment manqué. »

J'ignorais s'il s'adressait à la maison, à Tyneford, ou à moi.

Comme l'été précédent, l'arrivée de Kit réveilla la maisonnée. Démoralisés par la grisaille de l'hiver, nous nous étions résignés à la morosité ambiante. La présence de Kit sembla réchauffer chaque recoin du manoir. En plus de Diana, il avait amené Juno et deux camarades d'université. Alors qu'elle m'aidait à laver la vaisselle du thé, Mrs. Ellsworth se plaignit que Kit ne pouvait se déplacer sans toute une escorte. Je ne répondis pas, mais tandis que je plongeais une tasse dans l'eau savonneuse, je me dis que Kit cherchait à tout prix à éviter ces longues heures seul avec son père. L'atmosphère était toujours plus détendue lorsque Eddie, Teddy ou George empêchait ces tête-à-tête guindés, aussi décevants pour l'un que pour l'autre.

Le soir de son retour, Kit apporta, avec l'aide d'Art et de Burt, la moitié d'un tronc d'arbre dans le grand vestibule. Indifférent aux cris de Mrs. Ellsworth, inquiète pour son parquet ciré, et à la crainte de Mr. Wrexham qui l'avertit que la cheminée n'avait pas été ramonée depuis quarante ans, il alluma un feu dans l'énorme âtre de pierre. Le foyer tira fort bien et le morceau de chêne crépitant donna de la chaleur dans toute la maison. Sur les instances de Kit, nous nous rassemblâmes tous devant le brasier, le personnel comme ces messieurs-dames. Kit distribua des verres de gin rose à l'assemblée. Pendant que nous buvions, le plâtre humide des murs et le papier peint maculé, transfigurés par la lueur du feu, prirent un aspect à la fois douillet et somptueux. Même Mr. Wrexham sourit et me tapota le bras. Mr. Rivers et Kit allèrent chercher le vieux gramophone du salon et tout le monde, domestiques et filles de la bonne société, dansa sur une musique de Cole Porter, devant la flambée. Les dames et les messieurs se trémoussaient d'un côté du hall, le personnel de l'autre. Plantée sous le portrait d'un bonhomme au teint jaunâtre vêtu d'une redingote, j'hésitais. Comment pouvais-je danser après ce qui s'était passé ici la dernière fois ? Kit évoluait avec Juno, Diana avec Mr. Rivers. Le nez dans mon verre, je regardais la scène.

« Voulez-vous me faire l'honneur… » me demanda Mr. Wrexham avec un aimable sourire.

Je me sentis si reconnaissante que j'en aurais pleuré. Nous nous approchâmes de l'endroit où Mrs. Ellsworth se dandinait sur place avec Burt et où Henry swinguait avec May. L'ambiance si gaie faisait penser à *La Nuit des rois*. Le téléphone se mit à sonner dans la bibliothèque. Mr. Wrexham s'excusa auprès de moi et partit y répondre. Il revint un instant plus tard et chuchota quelque chose à l'oreille de son maître. Celui-ci l'écouta, l'air grave, avant de lui répondre. Le majordome se glissa alors vers le gramophone dont il souleva l'aiguille. La musique se tut, cavaliers et cavalières protestèrent. Ils continuèrent à danser pendant deux ou trois mesures jusqu'à ce que Mr. Rivers levât la main pour réclamer le silence.

« Mon régisseur a téléphoné. Il vient d'entendre à la radio que Hitler a envahi la Tchécoslovaquie. »

On entendit comme un hoquet collectif de surprise, puis tout le monde se mit à parler à la fois. Diana se pendait au bras de Kit ; Mrs. Ellsworth, blanche comme un linge, serrait les doigts boudinés de May. Mr. Rivers partit subrepticement à la bibliothèque, je le suivis. Le dos tourné, il tripotait les boutons de sa radio.

« Mr. Rivers ? Avez-vous pu m'aider ? »

Il sursauta.

« Bon sang, Elise, n'entrez pas si doucement ! Vous m'avez fait peur. »

Je haussai les épaules. « Mr. Wrexham, lui, trouve que je me déplace avec la légèreté d'un éléphant. »

Mr. Rivers eut un petit sourire. Il s'assit dans son vieux fauteuil, vida son gin rose dans un pot de fleurs près de la fenêtre et se servit un verre du whisky contenu dans une carafe.

« Ce n'est pas aussi facile que vous le pensez, Elise. Ils détestent les livres de votre père en Autriche, comme à Berlin, d'ailleurs. Le pot-de-vin est plus élevé que tout ce que j'aurais pu imaginer. »

Je me sentais étrangement calme. Un grand silence se fit autour de moi alors qu'en même temps j'entendais le tic-tac de l'horloge de l'entrée, écho à celui de notre horloge, plus petite, dans notre appartement de Vienne. Je perçus l'odeur du plat que cuisinait Hildegard : la graisse d'agneau et le sel de céleri des choux farcis qui grésillaient dans le four. J'écoutai les horloges jumelles mesurer deux temps différents et me surpris à demander : « Et Mr. Freud ? Ils détestaient ses livres, mais ils l'ont laissé partir. »

Mr. Rivers soupira. « Certes, mais Mr. Freud est célèbre en dehors de son pays. Votre père a moins d'amis que lui. »

Je me rappelai les perles d'Anna. « Il me reste un collier. Je pourrais le vendre. »

Mr. Rivers but une gorgée de whisky. « Ça ne servirait à rien. Il s'agit de dizaines de milliers de reichsmarks. »

Avant que je ne puisse répondre, Kit et ses amis envahirent la bibliothèque, Diana et Juno dans leur sillage. La pièce s'emplit de bruit et d'agitation.

« Alors, on les écoute ces nouvelles, mon vieux ? » demanda Eddie, à moins que cela n'ait été George. Kit donna un grand coup sur la radio et les cloches de Big Ben nous parvinrent sur les ondes.

« J'en suis malade, déclara Juno. Je suppose qu'une guerre est inévitable à présent. Pourquoi ne règlent-ils pas leur différend entre eux au lieu de nous entraîner tous dans le conflit ?

— Quelqu'un aurait-il une cigarette ? » demanda Diana en se laissant tomber sur la banquette de la fenêtre.

Je regardai Mr. Rivers. Le voyant entouré de tous ces gens, je me rendis compte que notre conversation était terminée. Je n'avais pas besoin d'écouter les nouvelles. Je me glissai hors de la pièce et pénétrai dans le vestibule où Mr. Wrexham ramassait les verres sales. M'apercevant, il interrompit son travail.

« Il est minuit passé. Vous pouvez vous retirer si vous voulez. »

Lors de cette visite-ci des sœurs Hamilton, on ne m'avait pas demandé d'être leur femme de chambre. À notre soulagement respectif, supposais-je.

« Merci, mister Wrexham. »

Je longeai en hâte le couloir des domestiques et montai l'escalier de service jusqu'à ma mansarde. Allongée sur mon lit, dans le noir, j'écoutai déferler la mer. Des dizaines de milliers de reichsmarks. Des dizaines de milliers. Je répétai ces mots à haute voix comme si je pouvais faire surgir pareille somme des ténèbres. Remplie de dormeurs, la maison était calme. À pas de loup, je traversai le vestibule silencieux et pénétrai dans la bibliothèque. Je passai en revue les livres et trouvai ce que je voulais. Je tendis le bras et descendis *La Dot des vieilles filles* de Julian Landau, puis je me glissai dans le salon. Les rideaux étaient ouverts et la lune emplissait la pièce d'une lumière froide, assez forte pour permettre de lire. Je m'assis par terre en tailleur, le livre sur les genoux. Ce n'était pas le roman de Julian que je préférais et Anna le détestait carrément, lui reprochant sa cruauté. C'était justement pour cette raison que je l'avais choisi ce soir. Avec cet ouvrage en mains, je pouvais entendre mes parents se quereller. Les trois vieilles filles, c'étaient mes grands-tantes. Julian les décrivait minutieusement, allant jusqu'à parler du poil unique qui surgissait du grain de beauté que Greta avait au menton. Sauf que dans le livre elle s'appelait Gertrude. Julian maintenait que la fiction transformait les tantes, que Greta, Gerda et Gabrielle (les femmes réelles) n'avaient rien à voir avec Gertrude, Grunhilda et Griselda (les personnages du roman). Il ne parvint pas à en convaincre ni Anna ni nos parentes. Lorsqu'il essaya de se justifier devant une tasse de café et de la *Sachertorte*, Greta grommela qu'elle ne tenait pas à ce que sa verrue fût ainsi immortalisée. Après le départ des tantes, blessées dans leur dignité, je me souviens que la dispute de mes parents résonna dans tout l'appartement. Ravies, Margot et moi entendîmes Anna jeter des assiettes en porcelaine de Meissen sur Julian. Nous l'applaudîmes depuis le seuil de la chambre d'enfants, nous demandant si elle était parvenue à atteindre et à tuer notre père. « Tu crois qu'on deviendra orphelines ? Est-ce que maman mettra du rouge à lèvres en prison ? »

J'avais compris la fureur d'Anna et celle des tantes : ce qui les fâchait, ce n'étaient pas les mensonges de Julian, mais son honnêteté. Il n'aurait pas dû voler ces détails à la vie, mais ce soir, j'étais contente qu'il l'eût fait. Alors que je frissonnais, assise par terre dans le salon d'une maison de la campagne anglaise, à des milliers de kilomètres de Vienne, je retrouvais mes tantes dans les pages de son livre. Elles me souriaient, m'offraient des biscuits et se plaignaient de l'attitude dédaigneuse des garçons du *Café Sperl*. N'ayant pas de photos d'elles, je les perçois presque comme des personnages d'un conte – un trio de marraines-fées ridées, friandes de *Linzertorte* et entichées de leurs nièces. Elles continuent toutefois à vivre entre les pages du roman de Julian telles les ailes séchées d'un papillon.

Cette nuit-là, je lus pendant des heures, m'imaginant de retour dans ma famille. Julian et Anna se prélassaient sur le canapé, la tête blonde de ma mère posée sur les genoux de son mari.

« Je ne serais jamais partie en Angleterre si j'avais su que vous resteriez coincés en Autriche », dis-je, les sourcils froncés.

Anna sourit. « Et qu'aurais-tu fait, mon chou ? Tu serais restée assise ici à te ronger les sangs avec nous ? »

Je changeai de position sur le plancher. « Nous sommes censés être tous ensemble à New York. Ça ne devait pas se passer comme ça. »

Ma mère n'avait pas changé : elle avait toujours la même petite ride entre les yeux, le même demi-sourire.

« J'espère que le roman caché dans l'alto parle de toi, de Margot et de moi, dis-je. Sauf que, dans le livre, nous sommes beaucoup plus séduisantes. Moi, je suis plus mince et je mesure cinq centimètres de plus. Margot est pareille à elle-même. Julian arbore une moustache en croc. Toi, tu portes des bottines et tu fumes des cigarillos. Et Kit…

— … nous ne connaissons pas ce garçon », fit remarquer Julian.

C'est vrai, pensai-je, et le mirage s'évanouit comme brume au soleil. Dans quelques heures je serais obligée de me lever pour allumer les feux et nettoyer la maison. Je me mis péniblement debout et commençai à arpenter le salon dans l'espoir de me fatiguer assez pour pouvoir dormir. Peut-être aurais-je intérêt à faire un peu de ménage tout de suite, ce serait déjà ça de fait. Je sortis un mouchoir de la poche de mon pyjama et époussetai les cadres des tableaux. Je fis le tour de la cheminée, brandissant mon chiffon sous le nez de portraits miniatures représentant des dames à cols montants et bonnets de dentelle, des hommes perruqués en uniforme et une beauté aux grands yeux et au décolleté vertigineux dont la perruque poudrée était sertie de perles. Je m'avançai vers la marine de Turner, prête à dépoussiérer ses bords dorés, mais le tableau avait disparu. Je clignai des paupières et me frottai les yeux. Cette toile était-elle accrochée là ? Je tombais de fatigue et n'avais pas les idées bien claires. Oui. Le Turner se trouvait sur ce mur, assez loin de la cheminée pour ne pas être endommagé par la fumée et à l'abri du soleil qui entrait par les fenêtres sud. Cela ne faisait aucun doute : le tableau n'était plus là.

Assise sur le canapé, je regardai le mur nu. Rien à voir avec ceux de notre appartement. En y repensant, je me sentais profondément malheureuse. Ici, c'était différent. Le tableau n'était ni perdu ni volé, on ne l'avait pas déplacé. Mr. Rivers l'avait vendu. Il allait nous aider. Anna et Julian viendraient à Tyneford.

16

Miss Landau

À six heures, au matin, je me glissai dans la chambre de Kit. Il faisait déjà assez chaud pour que ces messieurs puissent se passer de feu de cheminée – les dames comme Diana et Juno continuaient à en réclamer un au beau milieu du mois de juin. Bien que n'ayant rien à craindre, je fermai la porte à clé pour plus de sûreté. La pièce était imprégnée d'une odeur de tabac et de sueur. Kit dormait dans son grand lit blanc, un pied hors des couvertures, sa tête blonde cachée sous une pile d'oreillers. J'écoutai sa respiration rythmée pendant un moment, puis je m'approchai de la fenêtre à pas de loup et jetai un coup d'œil à la colline. Épaisse comme de la fumée, une brume matinale envahissait la vallée. Pareil à une monnaie d'or, le soleil brillait à travers ce linceul. D'un mouvement preste, j'ouvris grand les rideaux. Un flot de lumière se déversa dans la chambre, enveloppa la silhouette dans le lit. Je m'éloignai de la fenêtre au cas où Mr. Wrexham ou quelqu'un d'autre se promenât dans le jardin.

« Kit. »

Il ne bougea pas.

« Kit. »

Toujours rien.

Je m'assis sur le lit et touchai son bras nu recouvert d'un fin duvet blond. « Kit. » Une main se referma sur mon poignet et me tira vers le bas.

« Vous ici ? Quelle surprise ! » dit Kit, soudain bien réveillé. Il m'attira plus près de lui. « Ce que tu fais là n'est pas très raisonnable. Si je décidais d'être polisson, tu ne pourrais pas me le reprocher. »

Il me dévisagea un moment, puis bâilla. « Tu ne m'aurais pas apporté du thé et de l'aspirine, par hasard ? »

Sans lui prêter attention, j'essayai de me redresser, mais il ne desserra pas son étreinte. Je dus tourner la tête, de sorte que j'étais couchée à côté de lui, son visage tout près du mien.

« Kit, dis-moi que c'est vrai. Que Mr. Rivers a vendu le tableau. Qu'il va aider Anna et Julian. »

Kit me lâcha, se cala contre ses oreillers et promena son regard sur les pelouses.

« Il n'est pas encore vendu. Papa voulait s'assurer de mon accord, vu qu'il s'agit de mon héritage et tout ça.

— Et alors, tu es d'accord ? »

Kit ne répondit pas. Il se pencha vers moi et m'embrassa sur les lèvres. Posés sur ma nuque, ses doigts m'attirèrent contre lui. Soudain je ne pensai plus à Anna ou à Julian, seulement à Kit. Il me mordit la lèvre et je criai, bien qu'il ne m'eût pas fait mal. Il me sourit.

« Je t'aime, tu sais. Je ne devrais peut-être pas. Je devrais aimer Diana ou une de ces filles mortellement ennuyeuses et terriblement riches. Mais c'est toi que j'aime. »

Je le regardai. À part ma mère, personne ne m'avait jamais dit ces mots-là. J'avais toujours imaginé que lorsque quelqu'un le ferait, ce serait en allemand. Ils paraissaient tout nouveaux à mon oreille. Je n'étais jamais allée au cinéma en Angleterre et n'avais jamais écouté chez Mrs. Ellsworth une de ces pièces à l'eau de rose que diffusait la radio. J'avais lu les romans d'amour de Kit, mais jamais je n'avais entendu cette phrase prononcée à haute voix.

« Nous parviendrons à les faire sortir, Elise, murmura-t-il. Dussé-je me rendre en Autriche et porter leurs bagages, je les amènerai à Tyneford. »

Il me regarda avec de grands yeux aussi innocents que ceux d'un enfant. Sa conviction était contagieuse. Je glissai mes doigts dans ses cheveux dorés et l'embrassai.

« Je t'aime. »

Je prononçai ces mots en anglais. Dans ma bouche, ils avaient une saveur étrangement exotique et pourtant, d'une certaine façon, ils étaient détachés de leur sens. J'essayai de nouveau, cette fois en allemand.

« *Ich liebe dich.* »

Kit gloussa. « Répète-moi ça, s'il te plaît. C'est très joli. »

Avant que je n'aie pu m'exécuter, quelqu'un secoua la poignée de la porte.

« Mister Kit ! cria Mr. Wrexham. Auriez-vous l'obligeance de m'ouvrir ? »

Horrifiée, je me redressai avec une telle hâte que je cognai Kit au front.

« Il sait que je suis ici ! » soufflai-je en sautant du lit.

Kit haussa les épaules et saisit son étui à cigarettes. « Wrexham sait toujours tout. Un sacré bon majordome. De la vieille école. »

Il balança ses jambes hors du lit, se leva d'un bond et attrapa son peignoir. Il jeta un coup d'œil derrière lui et, me voyant près de la fenêtre en train de lisser mon tablier, ouvrit la porte.

« Bonjour, Wrexham. Ah, formidable ! Vous m'avez apporté du thé. Et de l'aspirine. Vous êtes merveilleux. »

Le majordome pénétra dans la pièce avec son plateau. M'apercevant, il se figea. Imperturbable, Kit prit un cachet d'aspirine et l'avala à sec. Le visage de Mr. Wrexham devint aussi gris qu'un ciel d'hiver. Il m'examina sans ciller.

« Puis-je demander ce qu'Elise fait ici ? » s'enquit-il, se ressaisissant assez pour poser le plateau sur la table de chevet et verser du thé.

Kit but avec bruit une gorgée du breuvage. « Eh bien, pour être franc, je l'ai trouvée dans ma chambre à mon réveil. Une agréable surprise, je dois dire. Pas tout à fait correcte, je vous l'accorde. Mais rassurez-vous, ajouta-t-il en voyant le majordome blêmir, il ne s'est rien passé d'inconvenant. Enfin... rien de trop inconvenant », conclut-il avec un sourire coquin à mon intention.

Je poussai un petit cri, plaquai ma main sur ma bouche, et me tournai vers la fenêtre. Je ne voulais pas voir l'expression de Mr. Wrexham.

« Oh, ne vous en faites pas, Wrexham, dit Kit. Je l'aime, vous savez.

— Dans ce cas, auriez-vous la bonté d'en informer votre père, mister Kit ? »

Le majordome se baissa pour ramasser un oreiller et un magazine tombés par terre. Kit traversa la pièce et s'installa dans un fauteuil délabré, près de la fenêtre. Pour la première fois depuis l'irruption de Mr. Wrexham, il avait l'air légèrement perturbé.

« Oui, ça s'impose sans doute », dit-il.

Il s'agita sur son siège.

« Mais il faudra d'abord que je m'habille, je suppose.

— Très bien, sir. Voulez-vous que je vous fassc couler un bain ?

— Excellente idée. Merci. »

Pendant cet échange, j'étais restée à la fenêtre, à quelques pas de Kit. J'étais à la fois transportée de joie et mortifiée. J'avais envie de pleurer sans savoir si c'était de bonheur ou d'humiliation. Comme il était évident que Mr. Wrexham resterait dans la chambre, je compris que je devais partir au plus vite.

« Je dois faire le ménage au rez-de-chaussée », déclarai-je. Kit n'essaierait sans doute pas de m'embrasser devant le majordome, mais je ne pouvais en être sûre. Alors que je m'enfuyais, je sentis le regard des deux hommes posé sur moi.

J'évitai la salle du petit déjeuner. Persuadée que toute la maisonnée savait qu'il y avait anguille sous roche, je ne voulais rencontrer ni Mr. Rivers ni ses invités. J'époussetai les *netsuke* du salon. Je les sortis de leur vitrine et les nettoyai un à un avec de l'eau chaude avant de les sécher et de les remettre en place d'une main tremblante. C'étaient des objets fort laids : un nid de rats en ivoire aux queues entremêlées, des guerriers ventripotents au sourire narquois. Je lavai les plinthes à l'eau savonneuse et cirai les lambris. J'avais besoin de m'occuper, je ne tenais pas en place. Lorsque je pensais à Kit, mes doigts montaient machinalement à ma gorge. Je souriais. Au lieu de craindre un éventuel renvoi, je me sentais heureuse, invulnérable. Il m'avait embrassée. Il m'aimait. Nous marierions-nous ? J'avais lu tous les romans d'amour entassés dans les chambres d'amis, depuis *Lady Rose and Mrs. Memmary* jusqu'au fascinant *Miss Buncle's Book* et l'inquiétant *Cheerful Weather for the Wedding*, mais toutes ces histoires se terminaient au moment crucial : la cérémonie nuptiale. La suite demeurait terriblement mystérieuse. Dommage que Margot ne fût pas là ! Les informations que Poppy et moi avions échangées se révélaient désormais insuffisantes et je doutais fort que les livres de Mr. Rivers puissent offrir la moindre aide sur un plan pratique. Ma sœur n'était pas prude, elle m'aurait donné sans rougir tous les renseignements que je lui aurais demandés. Je me la représentai assise dans le lit de la chambre bleue, vêtue de son élégante lingerie, savourant une crème rose et me donnant des conseils pour ma vie conjugale entre deux langoureuses bouffées de cigarette. Je lui écrirais, la priant de m'éclairer par retour du courrier. Mais ce que je désirais vraiment, ce n'était pas une simple feuille de papier, c'était elle en chair et en os.

J'essayai de nous imaginer, Kit et moi, prenant le thé sur la terrasse, en été. Les roses grimpantes empliraient l'air de leur parfum pénétrant, nous parlerions du temps exceptionnellement chaud ou peut-être de cricket. Je pouffai de rire. Ensuite, je m'imaginai restant dans la pièce quand mon mari prendrait son bain et m'asseyant sur le bord de la baignoire comme je le faisais avec Margot – sauf que ça ne serait pas pareil. Je vis Kit se prélasser, nu, dans l'eau et me souriant à travers la vapeur. Que porterais-je à cette occasion ? Un peignoir ? Mes sous-vêtements ? Rien du tout ? Mes joues s'enflammèrent et je me mordis la lèvre. Oui, constatai-je, j'étais prête à l'épouser.

Kit me trouva en train de laver les marches près de la cour des écuries. J'étais tellement absorbée par la tâche de gratter la mousse sur la pierre qu'il dut crier.

« Ah ! te voilà ! Je t'ai cherchée partout. »

Je me relevai et me brossai de la main, consciente qu'une couche de substance verdâtre encrassait mes ongles.

« Allons nous promener. »

Avec un sentiment de culpabilité, je jetai un regard au seau rempli d'eau sale et aux marches à moitié nettoyées.

« Laisse tout ça. Tu finiras plus tard », trancha Kit. Il s'empara de ma main mouillée et m'entraîna hors de la cour, sur le sentier qui gravissait la colline. Tout à l'effort de l'ascension, nous restâmes silencieux un moment. De fragiles violettes poussaient parmi un fouillis de hautes herbes. C'étaient les premières que je voyais ce printemps et j'essayai de ne pas les écraser. Kit marchait vite. M'efforçant de rester à sa hauteur, je me retrouvai bientôt hors d'haleine et le front moite. Parvenu au sommet, il ralentit.

« Je lui ai parlé », m'annonça-t-il.

Je m'adossai au mur de pierre qui zigzaguait sur le sommet. Des nuages blancs se pourchassaient dans le ciel bleu-gris. Une mèche humide collée à son front, Kit se planta à côté de moi.

« Et alors, qu'est-ce qu'il a dit ? »

Kit changea de position. « Eh bien, je suis entré dans la bibliothèque d'un pas décidé et j'ai clamé : "J'aime Elise." Mon père a levé les yeux et répondu : "Oui, je sais." "Je sais ?" lui ai-je dit. Oui, c'est bizarre, parce que moi je m'en suis rendu compte hier seulement. J'en étais presque sûr lors de mon départ, remarque. Pendant mon absence, je ne cessais de penser à toi. J'essayais de me distraire – dîners avec les copains, parties de tennis – mais tu revenais toujours me hanter. J'ai commencé à me demander si j'étais amoureux. À mon retour ici, quand tu t'es jetée sur moi à côté de la voiture, j'en ai acquis la certitude.

— Je ne me suis pas jetée sur toi !

— Si, si, je te le jure. »

Moitié par colère moitié pour rire, je lui donnai une petite tape. Il m'attrapa et m'attira contre lui. Blottie dans ses bras, je souris et pensai : *C'est donc ça le bonheur.*

« Et tu as fumé mes cigarettes. J'en ai trouvé une à moitié consumée. Elle avait ton odeur. »

Après m'avoir lâchée, Kit se hissa sur le muret et m'aida à m'asseoir à côté de lui, les jambes ballantes. Il regarda la mer qui ondulait au loin.

« C'était bizarre. Père ne s'est pas tellement intéressé à moi. Il était déjà au courant de ma grande
passion. Il s'est montré beaucoup plus curieux à ton
sujet.

— À mon sujet ? Pourquoi ?

— Il voulait savoir si tu m'aimais. Il m'a demandé
plusieurs fois si j'en étais sûr. Notre histoire semblait
l'inquiéter. » Kit s'interrompit et scruta le ciel pâle
comme s'il y cherchait ses mots. « Non, pas l'inquiéter. L'attrister. Oui, c'est ça : il était triste.

— Ah. »

Mr. Rivers devait être déçu que Kit eût jeté son
dévolu sur moi. Cela compromettrait probablement
sa réputation. Sans doute eût-il préféré que son fils
tombât amoureux d'une Diana, d'une Juno ou d'une
lady Henrietta. D'une fille sans menton, mais riche.
Pourvue d'une armoire pleine d'étoles de vison et
d'une belle inscription dans le registre paroissial de
quelque comté anglais.

Nous restâmes assis à écouter les oiseaux, le grisol-
lement des alouettes, le caquètement des pipits et le
jacassement d'un pivert. Les fleurs jaunes et collantes
des genêts qui recouvraient la colline répandaient
une odeur de noix de coco. Kit demeura silencieux
un moment, puis il s'agita à mes côtés et dit à voix
basse : « Il ne veut pas que nous nous fiancions. Du
moins, pas encore.

— Ah. »

Une vague d'appréhension noua mon estomac.

Kit sourit. « Ne prends pas cet air inquiet. Il nous
demande juste d'attendre.

— Pourquoi ? »

Ce n'est que des années plus tard que j'appris ce qui s'était vraiment passé entre les deux hommes, ce jour-là, dans la bibliothèque. Mais en cette matinée de printemps 1939, Kit me rapporta une partie seulement de leur conversation. Au fil du temps, j'ai si souvent imaginé cet entretien que je dois me rappeler que je n'y étais pas, qu'il ne s'agit pas d'un souvenir.

Bien qu'il fût à peine dix heures, Mr. Rivers versa une bonne mesure de whisky dans deux verres et en poussa un en direction de son fils.

« Bon, d'accord, dit-il, je veux bien croire que tu l'aimes et qu'elle partage tes sentiments. Mais, enfin, Kit, ceci n'aurait jamais dû arriver. Des gens comme toi et Elise ne sont pas censés se marier.

Kit sursauta. « Des gens comme Elise ? Tu veux dire les *Juifs* ?

— Oui, confirma abruptement son père.

— Nous ne sommes plus en dix-neuf cent vingt, objecta Kit, de plus en plus en colère. Ils font partie de notre milieu maintenant.

— Certes, on les accueille, ou, pour être franc, on les tolère dans presque toutes les maisons d'Angleterre. Mais quand il s'agit de mariage, les Juifs restent entre eux. Ils sont aussi stricts que nous. »

Kit secoua la tête. « Quelles foutaises !

— Ne parle pas comme un collégien. Le père d'Elise serait aussi furieux que moi. Et il n'y a pas que son origine. Bon sang, Kit, c'est la femme de chambre ! » Mr. Rivers vida son verre. « J'ai horreur des cancans. Surtout lorsqu'ils nous concernent. »

Kit eut un rire bref. « Tu es aussi étroit d'esprit que tous les autres.

— Oui. J'aimerais que tu épouses une femme riche. Que tu aies des biens à léguer à ton fils. J'ai fait de mon mieux, Kit, mais Tyneford, tu sais… On ne peut pas continuer comme ça. Le domaine a besoin d'argent.

— Tu veux donc que j'épouse une fille que je n'aime pas pour sa fortune ? »

Mr. Rivers secoua la tête. « Non, je ne souhaiterais cela à personne. Nous ne sommes plus à l'époque où, fût-ce bien ou mal, on se mariait pour l'Angleterre – pour que le pays restât agréablement vert. »

Kit scruta le visage de son père avec une froide curiosité. « Et toi ? As-tu aimé ma mère ? Ou seulement ses biens ? »

Mr. Rivers se raidit. « Je t'interdis de me juger. Nous avons fait notre devoir. Ce que tout le monde attendait de nous. L'argent de ta mère a permis de conserver les toits des chaumières du village, à te payer Eton et Cambridge. Grâce à lui, les tilleuls de l'allée sont toujours debout et les champs invendus. »

Des souvenirs adoucirent le visage de Mr. Rivers. « J'aimais ma femme d'une certaine façon. C'était une fille douce, gentille. Une excellente mère – elle t'adorait. J'espère l'avoir rendue heureuse. Mais l'ai-je aimée avec la passion chantée par les poètes ? Non. À l'époque, on ne comptait pas là-dessus. »

Regardant son père, Kit sentit sa colère faire place à la tristesse.

Mr. Rivers soupira. « À toi de choisir, Kit. Si tu épouses Elise, tu dois te rendre compte que tu risques de perdre Tyneford – pas cette année, ni la prochaine, mais certainement un jour. L'aimeras-tu encore à ce moment-là, sachant que tu as renoncé à ta propriété pour elle ?

— Évidemment, répliqua Kit avec toute l'indignation d'un jeune homme amoureux pour la première fois.

— Je m'attendais à cette réponse. » Mr. Rivers eut un rire amer. « Personne ne sourcillerait si tu couchais avec elle, la prenait pour maîtresse. La moitié des prétendus gentlemen anglais ont de discrètes liaisons. Mais je ne te laisserais pas faire une chose pareille à Elise.

— D'ailleurs il n'en est pas question. Je veux l'épouser. »

Mr. Rivers eut un sourire las. « Tu as vingt et un ans. Tu peux te passer de ma permission, mais je te demanderai d'attendre. Je t'en prie, donne-toi un an de réflexion. Fais ça pour moi. Je ne t'ai jamais rien demandé, mon fils. »

Kit ne dit rien pendant une minute, puis il acquiesça d'un signe de tête. « Bon, d'accord. Un an. Mais seulement parce que tu me le demandes. Je ne changerai pas d'avis. »

Si j'avais été au courant du choix que lui avait présenté son père, aurais-je modifié mon attitude ? Aurais-je encore accepté de l'épouser ? Je ne sais pas. Cela s'est passé il y a si longtemps…

Près de moi, sur le mur, Kit cligna des paupières. Je lui donnai un coup de coude.

« Pourquoi ton père veut-il que nous attendions ? »

Kit me prit la main. « Voyons, Elise, il faut lui laisser un peu de temps. Tu es juive et tu es venue chez nous en tant que domestique. Tout cela compte pour des gens comme lady Vernon ou les filles Hamilton. Et, malgré les apparences, mon père appartient encore à leur monde. »

Je me mordis la lèvre, blessée par le fait qu'en dépit de tout – son admiration pour les livres de Julian, la vente du Turner, sa bonté envers moi – Mr. Rivers me considérât marquée par ma judéité, une tare pire que mon humble position dans sa maison. Celle-ci était due à un simple hasard tandis que ma judéité, elle, coulait dans mon sang.

« As-tu jamais pensé à ce que dirait ton père ? » demanda Kit.

Il y avait eu quantité de mariages mixtes à Vienne. En conséquence, ils étaient devenus presque banals. Lors de dîners, Julian déclarait, la bouche pleine de *schnitzel*, que ces unions représentaient l'avenir et étaient une des Bonnes Choses en ce Monde. Une Bonne Chose au même titre que les bourgognes et les éditeurs qui n'exigeaient pas de changements arbitraires à ses manuscrits et ne qualifiaient pas son travail d'« obscur » ou d'« obtus ». En revanche, il considérait l'adjectif « obscène » comme un compliment.

« Julian n'y verrait aucun inconvénient, dis-je après un moment de réflexion. À mon avis, du moins. Tous ses livres traitent de la parfaite assimilation et il ne cesse de parler d'unions "résolument modernes". Il devrait donc approuver la nôtre à fond. De plus, je crois qu'il est athée. »

Kit fronça les sourcils. « Un homme peut exprimer certaines opinions par écrit et en changer lorsqu'il s'agit de sa fille. »

Je le regardai d'un air interrogateur. Il soupira et reprit.

« Eh bien, je ne crois pas qu'un roman laisse présumer la façon dont son auteur réagira lorsque sa fille lui amènera un prétendant chrétien. »

Je scrutai le visage de Kit, me demandant s'il avait trouvé cela tout seul ou si son père le lui avait soufflé. En l'absence de Julian, cette discussion semblait un peu théorique. Mon père aimait s'expliquer lui-même, préférant surprendre ses interlocuteurs, son opinion étant généralement le contraire de ce qu'ils avaient imaginé. Mais Julian était si loin et Kit était là, juste à côté de moi, avec ses yeux bleus, son sourire malicieux, son odeur de bois de santal et de tabac turc.

« Tu ne vas tout de même pas me demander de me convertir ? »

Kit éclata de rire. « Grands dieux, non. Je t'adore telle que tu es.

— Es-tu sûr que ton père ne l'exigera pas ? Parce que cela m'est impossible, tu sais. »

Je pensai avec horreur à ce jour où j'avais jeté un coup d'œil à l'intérieur de la cathédrale de Vienne. Il pleuvait à verse et j'avais oublié imperméable et parapluie. Je tenais un morceau poisseux de tarte aux dattes et, craignant que l'eau ne le gâte, je m'étais glissée dans l'église en quête d'un coin sec où grignoter ma friandise. Me voyant manger, un prêtre en soutane avait fait la grimace. J'avais enfourné le reste du gâteau avant qu'il n'ait pu me rappeler à l'ordre. Alors que j'essayais de ne pas m'étouffer, j'avais aperçu une grotesque statue de marbre : un homme agonisant sur une croix blanche, perdant du sang, le front écorché par des épines, les lèvres entrouvertes, à jamais sur le point de crier. Et ils pensaient que c'étaient les Juifs qui avaient fait ça ? Pas étonnant qu'ils nous haïssent. Jusqu'au moment où j'avais vu cette sculpture et inhalé le parfum douceâtre de l'encens, je ne m'étais pas rendu compte combien les filles de l'école étaient différentes de Margot, de moi et des autres Israélites. Je n'ai pas mangé de dattes depuis. Le vent de mars transperçait mon mince chandail, je frissonnai.

« Je ne peux ni ne veux me convertir.

— Mais ma chérie, je te répète qu'il n'en est pas question. Et toi ? Tu veux que je me convertisse ? »

Kit tira un mouchoir de sa poche et le posa sur ses boucles blondes telle une kippa improvisée.

« Ne dis pas de bêtises. Bien sûr que non.

— Eh bien, c'est décidé. Nous serons résolument modernes. Ton père approuvera, le mien aussi, et nous vivrons heureux à jamais.

— Comme dans ces romans à l'eau de rose.

— Exactement. Avec moins de taffetas. »

Kit se pencha vers moi et m'embrassa. Ses longs cils me chatouillèrent la joue. J'aurais pu l'embrasser jour et nuit. Je suppose que c'était ce que May et les femmes de ménage appelaient « se peloter ». Kit s'empara de ma main et passa ses doigts dessus. Gênée, j'essayai de la lui retirer : à force de laver les sols, ma peau était sèche et crevassée. Les messieurs étaient censés s'extasier sur la finesse des mains de leurs amantes et non sur leurs callosités ou leurs ongles fendus. Violetta était une courtisane, mais elle n'avait pas eu ce problème : ses mains étaient probablement aussi douces que de la soie. Je me sentais pareille à une Juliette d'un certain âge aux mains rugueuses et aux chevilles épaisses. Kit aurait fait un splendide Roméo, même si je l'imaginais plus facilement en train de flemmarder avec une cigarette et un cocktail au gin que pourfendant un individu de son épée.

« Oh, regarde ! s'exclama Kit. Une aigrette de pissenlit, la première de l'année. » Il désigna une plante blanche duveteuse nichée parmi les fleurs jaunes disséminées dans l'herbe tel un dessin d'enfant du ciel étoilé. Il descendit du muret, la cueillit et la leva vers moi.

« Dis-moi quelle heure il est », lui ordonna-t-il. Il souffla dessus, envoyant une volée de petites flèches emplumées dans le vent.

Malgré le fait que Kit et moi n'étions pas fiancés, ma vie à Tyneford changea. Mr. Wrexham me demanda si je désirais m'installer dans une chambre plus confortable, mais je déclinai son offre : j'en étais venue à aimer ma mansarde. Couchée dans mon lit en haut de la maison, je rêvais que j'étais en vigie sur le mât d'un grand navire avec une vue superbe sur la mer infinie, meilleure même que celle du capitaine. Bien qu'un peu surpris, le majordome m'autorisa à rester au grenier, mais le matin suivant la déclaration de Kit, je devins pour la première fois « miss Landau ».

Mr. Wrexham me convoqua dans son bureau et, chose exceptionnelle, me proposa une tasse de thé. Cela m'étonna tellement que je répondis par la négative. Le visage du majordome se crispa et je compris trop tard que mon refus avait été une erreur. Aussi, quand il m'invita d'un signe à m'asseoir, je faillis rater le siège dans mon empressement. D'une correction parfaite, comme toujours, il fit semblant de ne pas le remarquer. Il s'installa en face de moi, droit comme un des peupliers du jardin, les jambes serrées, les pans de son habit pendant derrière lui, ses mains blanches posées sur ses genoux noirs.

« Nous sommes dans une situation assez délicate, miss Landau. Mr. Rivers m'a dit que Mr. Kit et vous-même n'étiez pas encore officiellement fiancés, mais qu'un tel événement était fort probable. » Mr. Wrexham fit une pause. « Cela rend votre position ici assez compliquée. Vous ne pouvez continuer à travailler comme femme de chambre. Par ailleurs, étant donné que vous n'êtes pas encore fiancée, nous devons procéder avec le plus grand tact. »

Il expliqua que May et les femmes de ménage accompliraient désormais mon travail (Mr. Rivers ne pouvant supporter une minute de plus que sa future bru lave les sols ou fasse son lit), mais que j'aiderais Mrs. Ellsworth à diriger les affaires du ménage. Pour autant que je puisse en juger, cette tâche, considérée comme plus noble, consistait à composer les menus et à m'occuper de l'interminable arrangement des fleurs. Je n'étais pas autorisée à aider la cuisinière. Mes mains devaient être douces et blanches avant qu'on ne glissât une bague à mon doigt.

« Reste à régler la question épineuse des repas. Jusqu'à ce que vos fiançailles soient annoncées dans le *Times*, il n'est pas convenable que vous les preniez avec la famille. Mais vous ne pouvez pas continuer à

271

déjeuner à l'office. Il a donc été décidé que vous mangeriez dans le salon du matin.

— Seule ?

— Oui, pour le moment, miss Landau.

— Eh bien, c'est entendu, mister Wrexham. »

Le majordome tressaillit presque imperceptiblement.

« Si je puis me permettre… Les circonstances ayant changé, vous pouvez m'appeler Wrexham désormais. »

Je secouai la tête. « Non. Comme vous l'avez dit, je ne suis pas encore fiancée. Je vis dans une sorte de no man's land. Je prends mes repas seule. Jusqu'à ce que je devienne Mrs. Rivers, vous resterez *mister* Wrexham. »

Le majordome ne sourit pas. Il se contenta d'incliner légèrement la tête. « Comme vous voudrez, miss Landau. »

Mars céda la place à avril, accompagné d'un gel tardif qui plaqua des dessins de givre sur les carreaux, tacha de blanc l'océan jaune des primevères et para de bijoux les tulipes noires de la terrasse. On aurait dit des dames en manteau de zibeline saupoudré de cristal. Les nuits étaient claires et froides. Je grimpais sur l'unique chaise de ma mansarde et, par la fenêtre, regardais les étoiles étinceler à la surface de la mer. Mr. Rivers m'autorisa à télégraphier la grande nouvelle à ma sœur et ne me reprocha ni la longueur ni l'exubérance de mon message.

TOUT VA BIEN STOP MIEUX QUE BIEN
STOP VIE MERVEILLEUSE STOP ANNA

JULIAN VIENNENT À TYNEFORD STOP
AI BRÛLÉ MON BONNET ET MON
TABLIER STOP KIT M'AIME STOP
ROBERT ET TOI DEVEZ VENIR EN
ANGLETERRE STOP APPORTEZ
PARAPLUIE STOP TRÈS HUMIDE ICI.

Diana et Juno repartirent à Londres, emmenant avec elles le dernier des camarades d'université de Kit. Comme Kit et moi n'étions pas officiellement fiancés, il n'y avait rien à leur dire. Mr. Rivers et l'habile majordome s'étaient arrangés pour me garder à distance des deux demoiselles durant les derniers jours qu'elles passèrent à Tyneford. Mais les filles étaient très perspicaces dans le domaine sentimental et Diana, soupçonnant qu'on lui avait manqué d'égards, m'observait avec les yeux d'une gestapiste. Le soir précédant son départ, je la surpris assise sur mon lit, dans ma chambre. Tous mes tiroirs étaient ouverts et leur contenu éparpillé sur le plancher, kaléidoscope confus de culottes, de soutiens-gorge, de chemisiers et de gants.

« Avez-vous trouvé ce que vous cherchiez ? » m'enquis-je, soulagée de n'avoir plus à l'appeler « mademoiselle ».

Diana haussa les épaules. « Non. Ces perles, ont-elles été volées ? ajouta-t-elle brutalement en désignant le collier qu'elle avait trouvé dans l'un de mes bas.

— Non, je regrette. Elles sont bien à moi.

— Dommage », commenta-t-elle d'un ton froid.

Je commençai à ranger mes affaires.

« Kit aurait dû être à moi, vous savez », dit-elle.

Je fermai bruyamment le tiroir et m'adossai à la commode. Avec ses boucles dorées, son visage en forme de cœur et ses lèvres pareilles à deux pétales de rose incurvés, Diana était vraiment jolie.

« En effet », acquiesçai-je.

Mais il est à moi, pensai-je. Et ces mots, nous les entendîmes toutes deux, bien que je ne les eusse pas prononcés.

Avril s'envola, mai lui succéda avec des fleurs de pommier, des jacinthes sur les falaises, des baisers le soir avant d'aller au lit, et l'équivalent en or de trente millions de livres sterling de la Banque d'Angleterre voguant vers le Canada pour y être mis en sécurité. Les coucous criaient dans les bois sombres, les jardiniers de Tyneford plantaient des rangées bien droites de choux et les hommes discutaient de la date probable de la mobilisation, événement que redoutait Mr. Wrexham à cause du chamboulement qu'elle provoquerait dans son organisation méticuleuse du personnel. Tous les soirs, Kit et Mr. Rivers élaboraient des stratégies pour obtenir les visas de sortie de mes parents. Même si je ne dînais pas avec eux, on m'autorisait à les rejoindre plus tard et à leur servir le café. Après avoir replacé la cafetière en argent sur le plateau, je pris un carré de chocolat noir et m'installai à côté de Kit. Celui-ci se pencha vers moi et posa sa tête blonde sur mon épaule.

« Je veux qu'ils me disent "non" en face », déclara Mr. Rivers. Il était las des lettres polies mais ambiguës que lui envoyait l'ambassade d'Allemagne. « Avec nos regrets… nos plus humbles excuses… aux environs de Pâques… avant la Saint-Michel… »

274

« J'en ai assez de leurs atermoiements. J'ai pris rendez-vous à l'ambassade. Je leur parlerai et verrai s'il y a moyen de régler cette absurde situation. »

Mr. Rivers paraissait persuadé que deux types sensés réunis dans une pièce pouvaient rapidement trouver une solution à l'amiable. Je n'étais pas en mesure de lui expliquer que les bureaucrates allemands n'étaient ni sensés ni aimables.

« Je t'accompagnerai, déclara Kit.

— Et moi aussi », dis-je.

L'idée de pouvoir regarder mes ennemis dans les yeux m'excitait au plus haut point – je voulais voir si j'arriverais à les faire broncher. Je désirais ardemment aider Anna et Julian. Mon impuissance me rongeait.

Mr. Rivers fronça les sourcils. « Viens si tu veux, Kit, dit-il. Vous, Elise, vous feriez mieux de vous abstenir. Votre présence n'arrangerait rien.

— Mais il s'agit de ma famille !

— Si vous voulez les aider, vous resterez ici. Je doute que les fonctionnaires de l'ambassade veuillent vous parler. »

Ma frustration se transforma en colère. « Parce que je suis juive ! J'en ai vraiment assez. C'est tout ce que je suis désormais et je ne sais même pas ce que cela signifie. Je mange du porc et je hais Dieu. Mais, pour eux, ça ne change rien. Et pour vous non plus, mister Rivers. Kit ne doit pas épouser Elise parce que c'est une foutue juive. »

Les deux hommes se regardèrent, choqués par la violence de ma réaction. Sans doute une gentille jeune fille anglaise ne se serait-elle pas conduite ainsi et mon comportement était inconcevable de la part d'une ex-femme de chambre. Je savais que j'aurais dû

éclater en sanglots pour atténuer l'effet de ma gros-
sièreté, mais j'étais beaucoup trop furieuse pour cela.

« Et je ne reviendrai pas là-dessus, dit Mr. Rivers.
J'essaie de faire ce que je peux pour votre famille.
Tout ce que je vous demande, c'est d'attendre un
peu. Vous êtes très jeunes tous les deux. »

À présent, j'avais vraiment envie de pleurer. « Je
suis désolée. Je suis désolée. »

Je m'excusai et me glissai dehors, dans la fraîcheur
du jardin. Seule sur la terrasse, je fus submergée de
honte. Comme je devais leur paraître ingrate !

Mr. Rivers, toutefois, ne m'en tint pas rigueur.
Lorsque, un moment plus tard, je revins timidement
dans le salon, il me sourit.

« Venez, dit-il, serrons-nous la main. Entre amis
on a le droit de se disputer. »

Nous nous serrâmes solennellement la main, puis
je m'installai sur un tabouret, devant le feu.

« Eh bien, c'est entendu, mon père et moi irons à
l'ambassade demain, dit Kit. Veux-tu que je te rap-
porte quelque chose de la ville ? Un cadeau pour
Mrs. Landau peut-être ? »

Me rendant compte que les deux hommes étaient
bien plus gentils avec moi que je ne le méritais, je
sentis des larmes me piquer les yeux. « Eh bien, si
vous y tenez... Anna adore les sels de bain. »

Kit sourit. « Je pense que c'est dans mes possibilités. Quoi d'autre ?

— Hildegard remplit toujours les tiroirs de ma
mère de sachets de lavande et de roses.

— C'est comme si c'était fait. J'irai chez Liberty. Vu la nature de mes achats, ils penseront tout de suite que je suis amoureux.

— Et Mr. Landau, qu'est-ce qu'il boit ? demanda Mr. Rivers. Wrexham entretient une très bonne cave. Mais y a-t-il un alcool continental que votre père aime en particulier ? »

Je souris. « Merci de votre gentillesse à tous les deux. Julian n'est pas difficile. Il aime tous les vins rouges, mais pas tellement les alcools forts. »

En fait, il qualifiait les « alcools continentaux » tels que schnaps ou kirsch – péché mignon de mes grands-tantes – de « poison pour vieilles filles ». J'étirai mes jambes devant le feu, consciente de la générosité des deux hommes. Je savais que j'avais de la chance. La plupart des filles dans ma situation s'estimaient contentes si le maître de maison leur adressait un mot aimable. Dieu seul savait que je n'en méritais pas. Pourtant, mis à part mon éclat de ce soir, j'avais remarqué que père et fils étaient plus à l'aise l'un avec l'autre en ma présence. Je leur évitais une intimité gênante. Au lieu de se parler directement, ils pouvaient me raconter l'histoire de Tyneford et des habitants d'avant : grand-mère Julie qui avait une telle peur des chiens qu'elle s'était évanouie à la vue d'un renard sur la colline ; l'oncle Max qui préférait les chiens aux êtres humains, en particulier à sa mégère de femme. Avec un tiers familier dans la pièce, les Rivers semblaient prendre plaisir à leur compagnie mutuelle. Leurs dîners raccourcirent de plus en plus. À peine avais-je le temps de manger ma soupe en solitaire que Mr. Wrexham venait me chercher pour aller servir le café au salon.

« On fait une partie de cartes ? » demanda Mr. Rivers.

Kit s'agita sur son fauteuil et s'étira. « Oh, non. Pas ce soir.

— Voulez-vous que je vous grille des tartines ? » proposai-je.

Kit se redressa brusquement. « Oui. Formidable. »

Je sonnai et demandai à Mr. Wrexham d'apporter du pain, du beurre et la fourchette à griller de Mrs. Ellsworth. À son retour, je m'agenouillai devant les charbons incandescents, embrochai une épaisse tranche de pain sur les dents de l'instrument et la tins au-dessus du feu. Elle prit bientôt une belle couleur dorée et fuma légèrement. La chaleur rosit mes joues. Kit se glissa derrière moi et s'accroupit sur le tapis du foyer. Pendant ce temps, Mr. Rivers s'était occupé du gramophone. La pièce s'emplit des arpèges du *Nocturne en* fa *mineur* de Chopin.

« Il y a un peu de fumée », dis-je, et Kit se leva pour ouvrir la fenêtre.

L'air entra dans le salon avec le grondement de la mer, sorte de basse continue qui accompagnait la musique de Chopin. Je regardai le reflet des flammes sur le visage des deux hommes et compris que j'étais pardonnée, que notre dispute était déjà oubliée. Je l'ignorais alors, mais je vivais là un des moments les plus heureux de mon existence. J'étais aimée, j'avais agréablement chaud, et tandis que les notes perlaient autour de moi, je me disais que le meilleur restait à venir. Mais il est dans notre nature de ne jamais prêter assez d'attention au bonheur.

17

Chiens noirs et gants blancs

Juin fit place à un juillet brûlant. Des libellules aux
ailes d'un vert iridescent bourdonnaient au-dessus de
l'étang du village tels des avions miniatures. Kit partit
à Cambridge passer ses examens. Il réapparut quinze
jours plus tard, les ayant réussis avec un respectable
2:2. Mr. Rivers cacha sa déception derrière une bouteille de Veuve Clicquot 1928. Nous trinquâmes et
portâmes des toasts. J'aurais été heureuse sans
l'inquiétude permanente que me causait la situation
de mes parents. Chaque matin, je faisais le tour de la
chambre bleue, préparée pour leur arrivée : rideaux
fraîchement lavés, sachets de lavande dans les tiroirs,
bouteilles de parfum en cristal disposées sur la coiffeuse. Fermant les yeux, j'imaginai Anna allongée sur
le lit dans son pyjama en coton, attendant que je lui
apporte son café du matin tandis que Julian, assis
près de la fenêtre en robe de chambre, griffonnait sur
l'un de ses carnets reliés de cuir. Dès leur arrivée, ces
derniers mois se transformeraient en un jeu ; en

rétrospective, tout paraîtrait simple et lumineux – un conte de fées se terminant par une réunion, puis, un an plus tard, par un mariage fêté sur la pelouse. Je me demandais si Margot et Robert parviendraient à temps en Angleterre pour que ma sœur pût être demoiselle d'honneur.

Le dernier jour de juillet, Mr. Wrexham sortit dans la cour où j'aidais Art à étriller Mr. Bobbin. Il me remit une lettre posée sur son plateau d'argent.

« Pour vous, miss Landau. »

Je la pris et en déchirai l'enveloppe.

> *Mon petit chou,*
>
> *Le visa est arrivé ! Il est arrivé. Je ne parviens pas encore à le croire, mais il est là, entre mes mains. Nous partons. Pour de bon. Ton père doit aller faire la queue pour payer notre taxe de sortie (j'ignore comment nous rembourserons ton Mr. Rivers), puis nous te rejoindrons. Dis-moi à quoi ressemble Tyneford à cette époque de l'année. Tu m'écris que la cuisine y est « substantielle ». Je n'aime guère les abats, mais je suis sûre que je peux m'habituer à n'importe quoi...*

J'interrompis ma lecture et, saisissant Art, je lui plantai deux baisers sur la joue. Je me précipitai dans la maison en appelant Kit et Mr. Rivers.

« Ils ont reçu le visa ! Ils arrivent ! »

29 août. Kit et moi avions étendu une couverture sur la pelouse. Lui, il voulait monter au sommet de

Flower's Barrow ou aller nager, moi je préférais lire les journaux et écrire une autre lettre à Anna. Je ne les postais plus : le temps qu'elles arrivent à destination, mes parents seraient partis ; je les gardais donc dans l'étui d'alto. Je voulais raconter en détails à Anna les derniers mois de ma vie. Je l'imaginai allongée sur un transat à l'ombre du chêne, lisant mon paquet de lettres, riant doucement et sirotant du thé glacé.

À présent, je lisais le *Daily Mirror* d'Art en plus du *Times* de Mr. Rivers. Les journaux étaient étalés autour de nous. Lestés avec des pierres, ils s'agitaient dans la brise telles des mouettes entravées. Kit roula sur le dos et mit sa main en visière pour se protéger du soleil éblouissant de cette fin d'été.

« Alors, que dit Mr. Churchill ce matin ? »

Je parcourus le *Mirror*.

« *Personne ne sait ce qui va se passer sur le continent. Ni à quel moment arrivera le pire.* »

Kit ouvrit un œil. « Anna et Julian vont arriver d'un jour à l'autre », dit-il.

Il avait fini par attraper mon habitude d'appeler mes parents par leur prénom.

« Oui, d'un jour à l'autre, répétai-je en écho.

— Allons, ma chérie, ça ne sert à rien de t'angoisser. Ils seront ici avant que tu t'en rendes compte. »

Je repris le *Mirror*. « *Tous les vaisseaux britanniques sont à présent sous le contrôle de l'Amirauté. Depuis samedi, à minuit, tout bateau à flot passe sous le commandement de l'Amirauté.* »

« Burt sera ravi d'apprendre que le *Lugger* appartient maintenant à la marine, dit Kit en caressant sur

mon bras les taches de rousseur brunies par le soleil.
« Tu viens te baigner ? Il fait si chaud.

— Non, merci. Je vais rester ici un moment.

— Comme tu voudras. Si tu as envie de me rejoindre, je serai sur la plage de Worbarrow.

— D'accord, dis-je en lui plantant un baiser sur le nez. Donne-moi une heure. »

Je le regardai descendre à la plage dans ses tennis blanches. Les jours passés dehors, au soleil, avaient éclairci ses cheveux. Ils étaient à présent d'un or plus vif et sa peau avait pris une belle teinte brune. Je fus tentée d'abandonner mes journaux et de courir après lui. Kit était un nageur musclé. Il fendait les vagues de son crawl vigoureux. Ensuite, il aimait s'allonger en short sur les rochers, aussi lisse et luisant qu'une loutre de mer. Oui, décidai-je, les journaux et la lettre à Anna pouvaient attendre. J'irais chercher mon maillot de bain à la maison. Après avoir ôté d'une chiquenaude une coccinelle de mon chemisier, je me levai et retournai vers la terrasse. Soudain j'entendis des pneus crisser sur le gravier, puis claquer deux portières de voiture. Mr. Rivers faisait sa promenade quotidienne dans les collines et Art ne prenait jamais l'automobile sans lui. Nous n'attendions aucun invité. Mon cœur bondit dans ma poitrine. Anna. Julian. Ça devait être eux. Je courus vers le côté de la maison, glissant sur les cailloux. Je tournai le coin à toute allure et m'arrêtai net.

Anna et Julian sont debout dans l'allée. Un son s'échappe de ma bouche et, pendant un instant, je le prends pour le cri d'une mouette. Ils sont arrivés. Je répète ces mots sans trop y croire. Puis je suis blottie dans les bras d'Anna. Ah, son parfum épicé ! À la lumière du soleil, j'aperçois de petites mouchetures blanches dans ses cheveux blonds et Julian est maigre, plus maigre que je ne l'ai jamais vu, mais cela n'a pas d'importance : on le gavera de crumble aux groseilles et il regrossira. Je pleure, j'étouffe, je froisse le col bien repassé d'Anna.

« Tout va bien, ma chérie, me dit Julian. Tout va bien maintenant. »

Je le prends par la main et je les conduis tous deux sur la terrasse où nous nous asseyons dans l'air tiède. Un papillon se pose sur le revers de la veste d'Anna. Elle le regarde d'un œil bienveillant. « Prends garde, mon petit, lui dit-elle, je pourrais te trouver trop joli et te transformer en broche. »

Je regarde mes parents et constate qu'ils n'ont pas changé : un peu plus vieux et fatigués peut-être, mais c'est tout. Anna sourit et son front se plisse. Julian étend ses jambes et, à mon vif plaisir, je vois que ses chaussettes sont dépareillées. Comme nous avons trop de choses à nous dire, nous nous taisons et écoutons le bruit de la mer. Sur l'eau, un voilier tire une bordée et file vers l'extrémité de la baie. Je voudrais tout leur raconter : que les tiroirs d'Anna sont pleins de lavande et que Mr. Rivers a mis de côté une bouteille de château-margaux pour fêter leur arrivée. Je voudrais qu'ils fassent la connaissance de Kit et qu'il plaise à Anna. Dans leurs pots en terre cuite, les géraniums sont d'un rouge si intense, le rouge des dessins d'enfant, que je me promets d'en avoir toujours sur la terrasse pour me rappeler ce moment. Je voudrais leur demander des nouvelles des grands-tantes, mais je m'abstiens parce que je suis égoïste et ne veux pas gâcher notre bonheur. J'essaie de formuler une autre question, n'importe laquelle, pour cesser de penser à ces trois vieilles femmes restées seules à Vienne. Je me tourne vers Julian et je dis : « De quoi parle le roman dans l'alto ? »

Tout cela s'était passé en l'espace d'un éclair. Je m'arrêtai et clignai des yeux : j'étais seule dans l'allée. Le mirage d'Anna et de Julian avait disparu, mais je continuais à vouloir de toutes mes forces que ce fussent eux. J'aperçus une voiture de police garée devant l'entrée. Pourquoi mes parents étaient-ils venus dans ce véhicule ? Art serait allé les chercher à la gare, mais cela n'avait plus d'importance maintenant. Le soleil de midi m'éblouissait. La main en visière, je parcourus l'allée des yeux, à la recherche de mes parents.

« Anna ! C'est moi. Papa ? criai-je sans rien voir.

— Miss ? » fit une voix.

Je me tournai. Un policier en uniforme se tenait à côté de la porte de service, son casque coincé sous le bras.

« Oui ? répondis-je d'un ton impatient.

— Il paraît qu'une bonne autrichienne travaille dans cette maison.

— Plus maintenant. Avez-vous amené un couple ici ? Des Autrichiens. Une petite dame blonde et un monsieur très grand, aux cheveux noirs et…

— Doucement, miss, je ne vous comprends pas quand vous parlez si vite. »

Le gendarme fut rejoint par son compagnon, un jeune homme rondelet qui arborait ce qui devait être sa première moustache : un duvet de poils bruns sur sa lèvre supérieure.

« Êtes-vous citoyenne britannique, miss ? demanda-t-il.

— Non, je suis autrichienne. Mais qu'est-ce que ça peut vous faire ? Où sont Anna et Julian ?

— Il n'y a que nous deux ici, miss. Il faut que vous veniez avec nous. Rien de grave. Il faut simplement que vous nous accompagniez au poste de police. »

Je protestai faiblement, mais, assommée par la déception, je me laissai embarquer à l'arrière de la voiture. J'avais vaguement conscience d'être sans chapeau ni manteau. Anna m'avait toujours fait comprendre qu'on ne devait pas sortir tête nue. Le jeune policier mit le moteur en marche, la voiture s'ébranla. Art arriva en courant des écuries. Agitant frénétiquement les bras, il essaya d'arrêter le véhicule, mais le conducteur pressa l'accélérateur et nous filâmes. Je me tournai et vis Art crier quelque chose d'inaudible à travers la vitre.

Ils se montrèrent très gentils avec moi, au poste de police. Ils me servirent des tasses de thé tiède, des biscuits au chocolat dont je n'avais aucune envie et me demandèrent de remplir d'interminables formulaires. Une secrétaire, vêtue d'une jupe en tweed mal coupée et d'un chemisier qui bâillait, révélant un triangle d'estomac grassouillet, me confia : « Nous avons reçu l'ordre de rassembler tous les "ressortissants de pays ennemis". Il y a peu de continentaux dans le coin. Vous êtes donc une sorte d'attraction. » Au lieu de répondre, je sirotai mon thé trop sucré. J'avais l'impression que des mains glacées me serraient le cœur. S'ils raflaient déjà les étrangers en Angleterre, ils n'en laisseraient pas entrer d'autres. Les frontières du pays se fermaient aussi inéluctablement que les palourdes au crépuscule. C'est à peine si je me rendis compte qu'après avoir marmonné des excuses, miss Tweed me conduisit dans une cellule et demanda à un agent de m'enfermer. Peu m'importait. J'appréciais même que ma prison fût froide et sentît l'humidité. Une douleur commençait à sourdre de derrière mes yeux, des élancements aussi aigus que la lame du couteau à désosser de Mrs. Ellsworth. De vives lumières apparaissaient dans mon champ de vision et m'aveuglaient. L'Histoire avait lieu quelque part ailleurs. Des soldats marchaient à travers l'Europe. Les livres de Julian étaient jetés par la fenêtre et moisissaient sous la pluie, les mots qui les composaient dérivaient dans les caniveaux. On tabassait si fort Herr Finkelstein que lorsqu'il rentrait chez lui, auprès de sa femme, il crachait ses dents comme si c'étaient des grains de maïs. Mais même ces événements-là n'étaient pas assez importants pour constituer l'Histoire. L'Histoire, c'était toute la flotte et non le bateau de Burt qui pêchait le maquereau dans la baie. Assise sur le sol de la cellule, je sentis l'Histoire me frôler le bras. Je vis deux grands chiens noirs pourchasser Anna et Julian à travers champs, au sommet de la colline. Des molosses aux crocs très blancs et aux puissantes mâchoires rouges. Ce n'étaient pas des chiens, mais des loups échappés de mon vieux livre de contes. Mes parents étaient obligés de courir, de courir, de courir. Kit viendrait me délivrer, mais Anna et Julian devaient courir.

« Immédiatement, ai-je dit. Immédiatement ! » fit une voix familière dehors.

L'instant d'après, la porte de la cellule s'ouvrit et Mr. Rivers entra. Je bondis vers lui et me jetai dans ses bras. À ma surprise, je découvris que je pleurais, de gros sanglots secouaient mes épaules. Mr. Rivers me serra contre lui.

« Chut, chut, Elise, murmura-t-il. Vous êtes en sécurité. Je vous promets qu'ils ne vous emmèneront pas. »

J'essayai de lui expliquer que je ne m'inquiétais pas pour moi, mais pour mes parents. J'étais toutefois incapable de parler. Mr. Rivers enleva sa veste et m'en couvrit les épaules. Je me blottis contre lui, m'efforçant de réprimer mes sanglots. Il essuya mes larmes avec son pouce et m'embrassa sur le haut de la tête.

« Chut. La voiture nous attend, dit-il. Venez, je vous ramène à la maison. »

J'acquiesçai d'un signe de tête, puis je vomis sur ses chaussures bien cirées.

La guerre éclata pendant que je dormais. Ma migraine dura quatre jours et, à mon réveil, je me retrouvai dans une chambre inconnue. Il faisait noir. Le lit, peu familier, était confortable et je sentis une odeur douceâtre de roses. J'eus soudain peur que les roses et l'obscurité ne m'étouffent et je poussai un cri. La porte s'ouvrit brusquement, laissant entrer une lumière jaune dans la pièce. Mrs. Ellsworth apparut près de moi et me serra contre elle.

« Calmez-vous, mon petit. Vous avez été très malade. Tenez, buvez ça. »

Elle me força à boire quelques gorgées de tisane d'orge. Du coup, je me sentis un peu mieux et eus honte d'avoir paniqué.

« Je suis dans la chambre bleue », dis-je. La lumière du couloir tombait sur les rideaux et le papier peint, les faisant luire comme un ciel au crépuscule.

« Oui. J'ai usé mes vieux genoux à monter vous soigner au grenier. »

Je remarquai que des stores pour le black-out avaient été fixés aux fenêtres. La guerre.

« Y a-t-il déjà eu des bombardements, Mrs. Ellsworth ?

— Non, miss. Pas même à Londres. »

Curieusement, je fus contente de n'avoir rien raté. S'endormir en temps de paix et se réveiller au milieu d'une guerre, sinon d'une bataille, faisait un drôle d'effet. Les combats avaient-ils commencé en Europe ? Où étaient Anna et Julian ? Une douleur commença à vibrer derrière mes yeux. Heureusement que le camouflage obscurcissait la pièce.

« Vous avez fichu une sacrée trouille à ces messieurs. Quand Mr. Rivers est rentré de sa promenade et a découvert qu'on vous avait emmenée, il a pris sa voiture et il a filé. On ne l'avait jamais vu rouler aussi vite. J'en ai eu des palpitations ! »

Mrs. Ellsworth s'interrompit et s'éventa de la main comme si elle voulait refroidir ce souvenir.

« Et quand Mr. Kit est revenu de la plage et a constaté votre disparition et celle de son père… Je ne vous dis pas… Nous étions tous bouleversés. Puis Mr. Rivers est entré comme un ouragan, vous portant dans ses bras. Mr. Kit était dans tous ses états. Il ne s'est calmé que lorsque le médecin est venu et lui a assuré qu'il ne s'agissait que d'une crise de nerfs. D'une migraine ou d'un truc comme ça. »

Bien que me reprochant d'avoir ce genre de pensée, je regrettai de ne pouvoir me rappeler le moment où Mr. Rivers m'avait tenue dans ses bras et où Kit était fou d'inquiétude. La description que m'en donnait la gouvernante faisait paraître tout cela fort agréable. Dommage que j'eusse gâché l'événement en vomissant sur les chaussures de mon sauveteur. Violetta, Juliet ou Jane Eyre n'auraient pas eu cette faiblesse. Ni Anna, d'ailleurs.

Avec un faible gémissement, je me tournai et me couchai en chien de fusil. Dans mon enfance, quand j'étais malade, Anna me caressait les oreilles. Je détestais ça. Cela produisait du bruit, me chatouillait, et, à chaque fois, je repoussais sa main. Que n'aurais-je donné maintenant pour qu'elle fût là !

Quelqu'un frappa discrètement à la porte. Quand je levai les yeux, j'aperçus Mr. Rivers debout sur le seuil.

« Ah ! Vous êtes réveillée ! s'écria-t-il, et un sourire s'épanouit sur son visage.

— Venez donc vous asseoir auprès d'elle, dit Mrs. Ellsworth comme s'il n'osait pas s'approcher sans sa permission. Je descends lui chercher son dîner. »

Elle sortit d'un air affairé et Mr. Rivers tira un fauteuil jusqu'à mon lit. D'un geste spontané, il me prit la main. Il resta un moment silencieux, puis il tenta une ou deux fois de dire quelque chose. Finalement, il parla à voix basse, serrant ma main entre les siennes.

« Elise, je suis vraiment désolé. La guerre a éclaté. Tous les visas sont annulés. » Il pressa si fort mes doigts qu'il me fit mal. « Vous êtes en sécurité. Je ne les laisserai pas vous emmener de nouveau. Mais Mr. et Mrs. Landau... On ne leur permettra pas d'entrer dans le pays. Je ne peux rien faire pour eux. Il ne nous reste plus qu'à attendre et espérer que le conflit se termine vite. »

Je me forçai à respirer. « Savez-vous où ils sont ? »

Mr. Rivers secoua la tête. « Une de mes connaissances à Paris essaiera de se renseigner. »

Il me tendit un verre d'eau. « Buvez un peu. Vous êtes toute pâle. »

Je le pris et tentai d'avaler une gorgée. Mes mains tremblaient tellement que je répandis de l'eau sur les couvertures. Mr. Rivers me débarrassa du verre et, repoussant les cheveux de mon visage, le porta à mes lèvres.

« Où est Kit ? m'informai-je alors qu'il le replaçait sur la table de chevet.

— Je l'ai envoyé prendre l'air. Il a usé les tapis de Mrs. Ellsworth à force de les arpenter. Dès son retour, je lui dirai de monter vous voir. »

Il me regarda en silence. J'étais trop fatiguée et trop triste pour me sentir gênée ou me demander pourquoi il me détaillait ainsi. Tout ce que je savais, c'était qu'il semblait aussi malheureux que moi.

Je sentis des ombres rôder autour de la maison. Arrivées avec le black-out, pendant que je dormais, elles demeurèrent quand Mrs. Ellsworth décrocha les stores. Je me rendis compte que j'avais vécu en Arcadie seulement lorsqu'il fut temps de quitter ce pays idyllique. Alors que, pour le moment, nous pouvions y demeurer, je sentais que, par une sorte d'horrible tour de magie, l'endroit commençait à changer. Arbres, pelouses et buissons restaient les mêmes, la maison se transformait plus lentement, mais quelque chose s'était modifié. À notre insu, nos vies avaient changé de ton : nous approchions à vive allure du mouvement final, que nous y fussions ou non préparés.

Le lendemain matin, Kit entra dans ma chambre d'un pas allègre, chargé du plateau de mon petit déjeuner. Mrs. Ellsworth attendait sur le seuil, redoutant qu'il ne renverse du jus d'orange ou de la marmelade sur sa carpette immaculée. Kit déposa son fardeau oscillant sur la table de chevet. Des cuillers cliquetèrent, la cafetière glissa dangereusement et je tendis le bras pour retenir le pot à lait.

« Vous voyez, Flo, je m'en suis très bien tiré ! »

Après avoir roulé les yeux et secoué son tablier, la gouvernante disparut. Kit s'assit au bord du lit. Je regrettai de n'avoir pas eu le temps de me brosser les cheveux et de me laver la figure. Je devais ressembler à un épouvantail. Dès le départ de Mr. Rivers, le soir précédent, je m'étais rendormie et je n'avais pas parlé à Kit depuis ma mésaventure au poste de police. Il me serra dans ses bras.

« Je suis désolé, dit-il, et sa voix se brisa. Dès que la guerre est finie, nous partirons à leur recherche. Nous irons ensemble en Autriche. À Paris ou à Amsterdam. Où qu'ils soient, nous les trouverons et les amènerons à Tyneford. Je te le promets. »

Je hochai la tête en silence.

« D'ailleurs, il y a encore des chances qu'ils viennent.

— Non, Kit. Je t'en prie. »

Je ne voulais pas entendre un mot de plus à ce sujet. Le silence permettait de rester dans le flou. Kit desserra son étreinte, mais garda ses mains posées sur mes épaules. Il dut sentir mon état d'esprit car il me regarda avec un petit sourire aux lèvres.

« Tu es vraiment affreuse, annonça-t-il avec une gaieté forcée.

— Merci pour le compliment, rétorquai-je en détournant la tête.

— Oui, hideuse, en fait, insista-t-il en riant. Heureusement que je suis fou amoureux de toi. »

Il attrapa le plateau et le plaça sur le lit.

« J'ai reçu des instructions très strictes : je dois m'assurer que tu manges tout, jusqu'à la dernière miette. »

Je fronçai les sourcils, toujours un peu fâchée contre lui, mais j'avais faim. Je pris donc une cuiller et entamai l'œuf.

« Dire qu'il y a un instant encore tu étais au seuil de la mort et voilà qu'à présent tu dévores un œuf à la coque ! » plaisanta Kit.

Il essaya de m'embrasser, mais ayant la bouche pleine, je le repoussai.

« Comme tu es cruelle, soupira-t-il. Flo t'a-t-elle dit que je ne t'ai pas quittée un instant pendant ta maladie ? J'étais aux petits soins pour toi.

— C'était très gentil de ta part, mais maintenant je vais mieux. »

Je l'observai par-dessus ma tasse de café. Quel soulagement de ne pas avoir à boire cet affreux thé noir le matin ! Je trempai un bout de toast dans mon jaune d'œuf.

Le chaud soleil de septembre se répandait dans la pièce. Kit ouvrit la fenêtre, une délicieuse brise s'engouffra à l'intérieur, apportant une odeur de lande et de mer.

« Kit, veux-tu aller me chercher du papier et une plume ? Je dois écrire à Margot.

— Tu peux envoyer un télégramme, chérie. »

Je fis la bêtise de secouer la tête et la douleur revint marteler mon crâne. « Non. Je voudrais qu'elle profite encore de quelques semaines d'espoir. Mes mauvaises nouvelles n'arriveront que trop tôt. »

La guerre a éclaté et ils ne sont pas venus. Espérons qu'ils aient pu atteindre Paris. Kit me jure qu'il les retrouvera à la fin du conflit. Lorsque je suis avec lui, je parviens à être optimiste. Sois-le aussi. Anna et Julian viendront à Tyneford ainsi que toi, Robert et vos douze enfants. Nous boirons de la limonade et mangerons des sandwichs au concombre sur la pelouse, sous un soleil radieux.

« Mrs. Ellsworth, j'aimerais travailler demain », dis-je quelques heures plus tard à la gouvernante qui m'apportait une pile de magazines et mon déjeuner.

Il fallait que je m'occupe. Je préférais me livrer à n'importe quelle activité plutôt que de rester couchée à ruminer. La gouvernante s'affaira autour du lit, lissant les couvertures et grattant une tache invisible sur le couvre-lit.

« Quand vous irez mieux, vous pourrez composer les menus et m'aider à trier le linge.

— Non, j'ai besoin d'un vrai travail. »

Il devait y avoir une pointe de désespoir dans ma voix car Mrs. Ellsworth cessa de s'agiter et se tourna vers moi.

« Nettoyer l'arrière-cuisine ou biner le potager, précisai-je. Est-ce qu'Henry s'est déjà engagé ? Il ne tardera pas à partir, vous savez. Et le jardinier aussi. May devra travailler pour la guerre et qui sait si les femmes de ménage vont rester. Mr. Wrexham et vous ne pourrez pas tenir la maison rien qu'à vous deux. »

Mrs. Ellsworth entreprit de réarranger les bouteilles de parfum déjà parfaitement alignées sur la coiffeuse.

« Mr. Rivers a expressément défendu que vous laviez par terre désormais. Ce n'est pas convenable. »

J'eus un reniflement de dérision. Jusqu'à une date récente, je faisais encore son lit et pliai son pyjama.

« La situation a changé. Je serai convoquée à l'agence pour l'emploi et si je ne suis pas indispensable dans la maison ou à la ferme, on m'enverra ailleurs. Je ne veux pas aller en usine. Je veux rester ici, mais il me faut du boulot. »

Mrs. Ellsworth fit claquer sa langue contre son palais. « Mr. Wrexham ne sera pas content, se plaignit-elle.

— Eh bien, dites-lui que s'il me contrarie, j'irai tout droit chez le fermier et lui proposerai de traire ses vaches. En fait, ça pourrait être beaucoup plus amusant qu'une tâche domestique.

— Non, non, miss, je lui en parlerai, promit Mrs. Ellsworth en me jetant un regard inquiet. Mais ce n'est pas correct. Vous n'êtes pas censée préparer les repas, ni mettre les pieds dans ma cuisine. »

Assise avec moi devant le gros fourneau de la cuisine, Mrs. Ellsworth me montrait comment peler correctement des carottes. « Elle sera terminée à Noël, annonça-t-elle en m'arrachant l'énorme couteau. Comme ça, ne les grattez pas. Ou au printemps au plus tard », conclut-elle, passant de ses pronostics concernant la durée de la guerre à l'épluchage des légumes.

« Quelle affaire ! Et dire qu'on détruit le champ de pommes de terre pour y construire un abri, poursuivit-elle d'un ton hargneux. Un sacré gaspillage. Pour quelle raison Mr. Hitler voudrait-il bombarder un champ de pommes de terre ? Il n'ira pas bien loin avec sa guerre s'il s'amuse à anéantir les oignons et les patates des gens. »

Je n'essayai pas d'expliquer et Mrs. Ellsworth resta convaincue que l'abri Anderson devait être creusé dans le champ de pommes de terre parce que celui-ci était l'objectif le plus vraisemblable d'une attaque aérienne et non parce que l'emplacement du potager en faisait l'endroit le plus sûr. « Tout ce remue-ménage me donne mal au ventre. »

Je la laissai jacasser. Elle était fatiguée. Le garçon de cuisine qui s'avéra avoir déjà dix-huit ans malgré ses jambes maigres et son acné (à moins qu'il n'ait sauté sur la première occasion d'échapper aux corvées les plus désagréables de la maison) s'était engagé dès la déclaration de guerre et avait disparu dans la nuit. Nous n'entendîmes plus parler de lui. Aussi Mrs. Ellsworth avait beaucoup plus de travail et mon aide devint indispensable. Plusieurs garçons de ferme se portèrent volontaires sans attendre la mobilisation et le fermier réclama l'assistance de sa fille, ce qui réduisit notre équipe de domestiques à une seule femme de ménage. À son tour, Henry, le valet de pied, rejoignit l'armée. Le 12 septembre, il partit dans un camp d'instruction du Wiltshire, au grand dépit de Mr. Wrexham. « Selon la loi, vous auriez dû me donner une semaine de préavis », se plaignit-il lorsque le valet apparut dans son bureau, vêtu de son nouvel uniforme vert, et qu'il rendit sa livrée dont autrefois il avait pris grand soin, roulée en boule et tachée.

Henry haussa les épaules. « Eh bien, vous n'avez qu'à supprimer mes gages de la dernière semaine, dit-il, mais ça ne serait pas très patriotique de votre part. Nous sommes en guerre, vous savez. »

Bien entendu, pour Mr. Rivers il n'était pas question de ne pas payer Henry et il aurait même demandé à Art d'emmener le nouveau soldat à Dorchester en voiture si l'essence n'avait pas été rationnée. On ne prenait l'automobile que pour les déplacements importants. De toute façon, Mr. Rivers et Kit semblaient préférer rouler en charrette avec Art et Mr. Bobbin, de sorte que les restrictions ne changeaient pas grand-chose pour eux. J'écoutais Mrs. Ellsworth bavarder et fredonner en accompagnement du *Frog King's Parade* diffusé par la radio. J'aimais être à la cuisine. Cela me rappelait mon chez-moi et les heures passées à encombrer Hildegard pendant qu'elle confectionnait une *Sachertorte* ou coupait du steak pour un *Goulash*. Les odeurs de la cuisine de Mrs. Ellsworth étaient différentes – poires, graisse de bœuf, bacon, hareng fumé, petits pains au lait et crème anglaise – mais elles me plaisaient tout autant. Je venais de préparer ma première tourte au poisson et au persil et me sentis assez fière lorsque la gouvernante sortit le plat tout fumant du four et le plaça au-dessus de la cuisinière.

« Parfait. C'est doré à point. Allez faire un brin de toilette maintenant. Dans cinq minutes Mr. Wrexham sonnera la cloche du déjeuner. »

Il était inutile de discuter. Je sortis en hâte de la cuisine, allai me recoiffer et me passer de l'eau sur la figure. Malgré le manque de personnel et l'énorme distance entre la cuisine et la salle à manger, il fallait respecter les formes. La destruction du champ de pommes de terre et la disparition des domestiques inférieurs avaient perturbé Mrs. Ellsworth. Pour se rassurer, elle soignait les détails des déjeuners servis dans la salle à manger. Lorsque Mr. Wrexham passait devant la porte de la cuisine avec son plateau chargé et sa chemise impeccablement empesée, elle y voyait la preuve que l'Angleterre était un pays puissant, invincible. Des guerres avaient beau éclater, des garçons de cuisine s'engager dans la marine, des rideaux noirs écraser les baies vitrées et des valets, autrefois sérieux, partir sans préavis, le déjeuner devait être servi à une heure et cinq minutes par un majordome ganté de blanc.

« Le château de Lulcombe a été réquisitionné par l'armée », annonça Mr. Rivers. Nous prenions le thé sur la terrasse. J'avais l'impression que toute une vie s'était écoulée depuis le jour où j'avais cassé une tasse en servant ces messieurs. Cet après-midi-là, c'était Mr. Wrexham qui portait le plateau. Je versai le thé et beurrai les petits pains. Il faisait chaud pour une fin septembre, aucun nuage n'encombrait le ciel bleu pâle et seules les feuilles pourpres du prunier indiquaient que nous étions en automne.

« J'ai offert à lady Vernon et aux filles Hamilton de les héberger pendant qu'on aménage pour elles le petit manoir de douairière. »

Mr. Rivers s'interrompit, amusé par l'expression navrée que j'avais dû prendre, et Kit me lança un regard oblique. Je détestais Diana et sa tante, lady Vernon, dont l'art de manier l'insinuation me terrifiait. Toujours parfaitement polies, ses paroles avaient toujours un double sens. Me surprenant un après-midi à porter à ma bouche un morceau de biscuit de Savoie avec mes doigts, elle me demanda : « Miss Landau, voulez-vous une fourchette à gâteau ? » d'un ton qui donnait à entendre : « Vous n'êtes qu'une étrangère barbare, mon carlin a de meilleures manières que vous. » Un jour, alors que je revenais de la plage, je passai à côté de sa voiture garée devant la poste de Tyneford. Elle m'appela pour me faire des remarques sur le fait que j'étais nu-tête. Emporté par le vent, mon chapeau était tombé à la mer. Comme il était trempé, je ne voulais pas m'en recoiffer et le portais à la main. « Sans chapeau, ma chère ? J'admire votre audace. Vous êtes si sûre de vous que vous pouvez vous promener en cheveux ! » Sous-entendu : elle aurait préféré me découvrir en costume d'Ève plutôt qu'à moitié habillée. Elle me détestait à cause de Kit. Bien que trouvant celui-ci trop pauvre pour présenter un bon parti pour une de ses nièces, elle aurait voulu que Diana eût l'occasion de refuser sa demande en mariage.

« Rassurez-vous, reprit Mr. Rivers, elles ne resteront pas longtemps. Je crains toutefois que nous ne soyons obligés de les inviter plus souvent à dîner que nous le souhaiterions.

— Espérons que Tyneford ne sera pas réquisitionné aussi », dit Kit. Sans toucher à son petit pain, il lécha de la confiture avec son doigt.

« Ça me semble peu probable, déclara Mr. Rivers. Notre route est mauvaise et nous sommes trop loin de la gare. Et puis le manoir n'est pas assez grand pour servir de caserne.

— Et d'école ? J'ai entendu Flo dire que certaines maisons de campagne vont être occupées par des écoles de Londres. » Kit alluma une cigarette.

Mr. Rivers secoua la tête. « Nous sommes trop près de la côte. C'est beaucoup trop dangereux ici. Ce serait absurde d'évacuer des enfants de Londres pour les envoyer dans une zone à risque. »

Il plia son journal et le posa sur la table. « Ce que nous avons de mieux à faire, c'est de donner un coup de main au fermier. La moitié des ouvriers agricoles se sont déjà engagés et les autres seront appelés d'ici un mois ou deux. Je n'ai pas conduit de tracteur depuis mon adolescence. Je dois dire que ça me plairait assez. »

Je remuai mon café avec une cuiller en argent, regardant le lait se marbrer, puis disparaître. « Mister Rivers, ne risquez-vous pas d'être mobilisé ? » m'enquis-je, me demandant si j'étais impolie. Les Anglais avaient une attitude bizarre envers l'âge.

« Cela m'étonnerait. J'ai passé la quarantaine. Il faudrait vraiment que l'armée manque d'hommes. »

Sa façon de se présenter comme un vieillard me fit sourire. Moi qui l'avais vu parcourir les collines à grandes enjambées, je savais que ce n'était pas vrai. J'étais plutôt d'accord avec Anna : un quadragénaire était encore jeune. Kit regarda un moment son père en silence, puis il dit avec une désinvolture étudiée : « Will s'est engagé dans le deuxième Dorsetshire. Ces gars m'ont l'air très bien. Je pensais en faire autant. »

Mr. Rivers posa sa tasse sur la table. Il devint tout pâle, comme brusquement frappé de mal de mer. « Pas l'armée de terre, supplia-t-il. Je ne pouvais pas la supporter. Tu n'as pas idée de ce que c'est. Ce n'est pas un jeu d'enfant. C'est l'enfer. »

Kit tira une grosse bouffée de cigarette, essayant de trouver des mots qui ne braqueraient pas son père. « De nos jours, c'est différent. La guerre aussi sera différente. Ça ne ressemblera peut-être pas à ce que tu as connu.

— C'est possible, Kit, mais je t'en prie, écoute-moi. »

Mr. Rivers avait une expression que je ne lui avais encore jamais vue. Une fine pellicule de sueur couvrait sa lèvre supérieure. Kit tendit le bras et effleura la main de son père, le premier contact physique que j'eusse jamais observé entre eux.

« Bon, d'accord. Pas l'armée de terre. »

Mr. Rivers se cala contre le dossier de sa chaise et but une gorgée de thé. Sa main tremblait légèrement. Il se tourna vers moi. « J'ai servi dans l'armée pendant six mois en 1918. J'avais un ou deux ans de moins que Kit. C'était horrible. Impossible à décrire.

Tout ce que je peux dire, c'est que je refuse que mon fils connaisse un telle épreuve. »

Kit lui tendit son étui à cigarettes. Son père en prit une et l'alluma. C'était la première fois que je le voyais fumer. Je jouai avec les miettes dans mon assiette.

« Le frère aîné de mon père a servi trois ans, dis-je. Il a été tué dans les Flandres en 1917. Julian en parle dans son premier roman. »

Mr. Rivers me regarda avec une drôle d'expression, puis il eut un rire bref. « Il se battait pour le Kaiser, bien sûr.

— Oui. »

Il y eut un silence. Nous bûmes notre thé et grignotâmes nos petits pains tout en considérant le fait que, vingt-cinq ans plus tôt, nous avions été en guerre dans des camps opposés. Une grande mouette se posa sur un des pots de fleurs et regarda le gâteau d'un œil avide. Kit en détacha un morceau et le lança sur la pelouse. L'instant d'après, toute une bande de ces oiseaux atterrissait sur l'herbe dans un blizzard d'ailes blanches et l'air s'emplit de leurs cris caverneux.

« La marine ! s'exclama Kit. Oui, ce sera la marine. S'il me faut quitter Tyneford, je veux au moins être en mer. »

Quinze jours plus tard, debout dans l'allée, Mr. Rivers et moi regardions Art guider Mr. Bobbin hors de la cour. Kit était assis à ses côtés. De Wareham, un car l'emmènerait directement à Hove, au camp d'entraînement. En silence, nous suivîmes des yeux le cheval qui avançait d'un pas pesant le long des chemins verdoyants. Il se mit à bruiner, mais nous restâmes immobiles, bien décidés à ne pas perdre Kit de vue un seul instant. Je me rappelai Anna, Julian et Hildegard agitant la main sur le quai en retenant leurs larmes. La gare bruissait du sifflement de la vapeur émise par la locomotive, des cris des porteurs, de pleurs de bébés et d'adieux murmurés. Je frissonnai et resserrai autour de moi mon gilet de laine. Un vent glacial gémissait dans l'avant-toit, apportant avec lui une senteur réconfortante de fumée de feu de bois et de tourbe. J'imaginai que c'était la maison qui criait une sorte d'au revoir. À un tournant, Kit agita joyeusement le bras dans notre direction et sauta à terre pour ouvrir la première des dix-sept barrières qui menaient à la ligne de faîte et au monde au-delà de Tyneford. Mr. Rivers et moi vîmes les silhouettes rapetisser à l'horizon, devenir des points qu'on distinguait à peine des arbres nus ou du bétail disséminé de chaque côté du chemin. La carriole progressa lentement le long de la crête, puis disparut dans le sombre tunnel des arbres, en route pour Steeple et Wareham.

« D'après Mrs. Ellsworth, la guerre sera terminée avant Noël, dis-je. L'instruction prendra du temps, il est donc possible que Kit n'ait jamais à se battre.

— Espérons que Mrs. Ellsworth ait raison. On rentre ? »

Mr. Rivers s'effaça, me laissant pénétrer la première à l'intérieur. Je m'attardai un instant dans le vestibule à écouter le grignotement des horloges-de-la-mort. Un vase de roses brunies était posé sur la table et un pétale fané était tombé sur la surface en acajou. N'importe quel autre jour, Mrs. Ellsworth les aurait fait immédiatement remplacer, mais dès le départ de Kit la maison avait pris un aspect négligé. Des fleurs mortes dans un vase. Une traînée de cire sur le parquet. Les rideaux en damas à côté de la porte d'entrée n'avaient plus l'air élégamment défraîchis : ils étaient vieux et râpés.

« Je vais dans la bibliothèque », dit Mr. Rivers.

Il s'éloigna. J'entendis la porte se fermer et, une seconde après, le cliquetis du carafon de whisky. Je m'assis sur la dernière marche et, le menton appuyé sur les mains, écoutai résonner le silence. Tous ceux que j'aimais étaient loin. J'avais entendu Kit discuter avec d'autres garçons. Tous étaient pressés de se battre. « À nous, les Boches ! » criaient-ils comme si, dès leur engagement, on allait leur présenter une rangée de soldats ennemis prêts à prendre une bonne raclée. Si seulement j'avais pu parler à mon père. Il aurait trouvé des mots pour me réconforter ou, du moins, me faire sourire. Je n'avais pas vu Julian depuis deux ans, mais si je montais au grenier, je pourrais casser l'alto et en sortir les pages de son manuscrit. Son roman était là, attendant que je le lise.

Dans mon ancienne chambre, j'extirpai l'alto de sa cachette et le gardai un moment sur mes genoux, sentant l'étrange poids de sa table harmonique. Je l'attrapai par le manche et le tins en l'air, prête à le fracasser sur la tête de lit en fer. Au lieu de cela, je le coinçai sous le menton et, saisissant l'archet, le promenai sur les cordes. Pour la première fois en quinze ans, je me mis à en jouer. Je n'y avais plus touché depuis la superbe performance de Margot. C'était ainsi que l'instrument était censé sonner. Cela n'avait rien à voir avec les petits airs d'écolière que je parvenais à lui arracher. Mais à présent, l'alto avait changé. Avec le roman dissimulé à l'intérieur, il ne pouvait qu'émettre des sons bizarres. Je n'avais donc pas à avoir honte de ne pas produire de la belle musique comme ma sœur.

On aurait dit que l'instrument murmurait. J'essayai une simple mélodie de Mozart, triste et ténue telle la voix d'une jeune choriste comparée au timbre moelleux d'une soprano d'opéra. Cela me convenait parfaitement. La musique n'est pas composée que de notes, elle est aussi remplie de soupirs et de silences mesurés. Pendant ces interruptions, nous anticipons la reprise de la musique. Je voulais jouer pour combler l'absence d'Anna et de Julian, sauf que leur silence n'était pas mesurable : au lieu d'une pause musicale, il s'agissait d'un vide absolu, dépourvu de tout son. Aucun signe sur la partition ne m'indiquait la durée de leur absence. Je jouai un autre nocturne, mais, cette fois, incapable de prêter attention à la mélodie, je n'entendis que les silences.

18

L'Anna

Le soir du Nouvel An, je me couchai de bonne heure. Mr. Rivers était obligé d'assister à une fête donnée par lady Vernon, à la maison douairière de Lulcombe. Il m'assura que j'y serais la bienvenue, mais nous savions tous deux qu'il s'agissait d'un pieux mensonge. Je restai donc à Tyneford à écouter la radio dans la bibliothèque en mangeant des figues confites devant le feu. Je m'éclipsai avant que Mr. Wrexham n'eût à se demander s'il devait ou non m'inviter pour le traditionnel verre de xérès à minuit entre domestiques, dans le bureau du majordome.

Sans allumer sur le palier ni dans ma chambre, je tirai les rideaux pour le black-out et ouvris la fenêtre. Il fallut un moment à mes yeux pour s'adapter à ces ténèbres. Autrefois on voyait une ou deux lumières briller dans le village, celles des villes lointaines de Weymouth et de Portland projetaient une brume jaune sur l'horizon. À présent, l'obscurité sourdait tout autour de moi. Je me blottis dans un fauteuil et inspirai. L'air était si froid qu'il me fit mal aux dents. Il devait être près de minuit, mais je ne distinguais pas ma montre et les cloches de l'église étaient muettes – selon la loi, on ne devait les sonner que dans le cas d'une invasion. Je n'entendais que le grondement de la mer, bruit qui m'était devenu aussi familier que le babillage de mes pensées. Les rares fois où j'avais dû m'aventurer à Dorchester ou à Wareham, j'avais été frappée par le calme qui y régnait. Malgré les rues animées, on percevait un silence étale. Désormais, je ne pourrais plus vivre sans la mer : c'était ma musique à moi. Je comprenais enfin ce qu'éprouvaient Anna et Margot les jours où elles ne pouvaient ni en jouer ni en écouter.

Levant mon verre de whisky, je portai un toast à ma famille, puis à Kit, certaine que, où que fût son navire, il pensait à moi. Une ou deux fois par mois, je recevais des lettres de lui (je les ai gardées toutes ces années et, à présent, elles se déchirent à l'endroit des plis, tellement je les ai lues et relues. Elles sont pleines de futilités exprimées avec conviction, le genre de sottises qu'un garçon écrit à sa petite amie. D'une certaine façon, pourtant, lorsqu'elles vous sont destinées, elles ne vous paraissent jamais plates et banales, mais touchantes de tendresse et de sincérité).

Assise dans le noir, je sortis mon paquet de lettres et puisque je ne parvenais pas à les lire à cause du manque de lumière de la pièce, je les récitai par cœur.

Mon Elise chérie,

Notre bateau-école s'appelle le King Alfred.
En fait, il ne s'agit pas d'un bateau, mais d'une

école reconvertie ou un truc comme ça. Nous devons faire semblant de la prendre pour un navire. Le devant du bâtiment, c'est « la proue ». Avant les cours, on fait l'appel pour s'assurer que nous sommes tous « à bord ». J'habite en ville, mais quand nous partons le soir, nous allons « pendre nos hamacs ». C'est comme ça dans la marine, ça surprend au début mais on s'y habitue et j'y trouve même une poésie fortuite. Quand la guerre sera finie, nous descendrons à Durdle Door un soir d'été et nous pendrons un hamac à deux places sous les falaises. Nous nous y allongerons ensemble et attendrons qu'une sirène vienne se peigner sur la plage en agitant sa queue. Ou bien nous nous contenterons de nous saouler au xérès et je t'embrasserai depuis tes orteils jusqu'à tes genoux, j'embrasserai l'interstice entre tes bas et tes douces cuisses blanches... Je dois aussi te dire que mon salut est impeccable et que je suis très beau en bleu... Je suis bien content que Burt m'ait enseigné des nœuds et les règles de la mer, cela rend certaines épreuves plus faciles, mais j'ai hâte de m'embarquer. La discipline et l'instruction sont supportables. Ça me rappelle un peu Eton. J'ai l'impression d'être redevenu un collégien, à la différence qu'ici je suis responsable de la vie d'autres hommes... Toutes les nuits je rêve de Tyneford et de toi. Tu es de nouveau habillée en garçon et – c'est peut-être mal – je te serre contre moi, je t'embrasse et, cette fois, personne ne m'en empêche. Je défais ton nœud papillon et je lèche le charmant petit creux à la base de ton cou... Aujourd'hui,

307

manœuvres en mer, mais il s'avère que c'était plutôt un entraînement au mal de mer. Eh bien oui, j'en souffre. Cela ne m'est jamais arrivé sur les bateaux de pêche ou les yachts, mais la façon dont les vaisseaux plus grands se balancent... oh mon Dieu, je suis malade rien que d'y penser... Les cours se terminent demain et je ne me sens pas prêt du tout... J'espérais embarquer sur un destroyer, mais ce sera sur une corvette. Pas mal non plus, remarque. J'aimerais pouvoir te dire où nous allons, mais je n'en sais rien moi-même. Par contre, je peux te dire que je suis terrifié, comme tous mes camarades. Je me demande ce que les marins de métier vont penser de nous, pauvres bleus. Enfin, de toute façon il est trop tard pour m'engager dans la RAF. Toujours nauséeux. J'ai été malade pendant tout le trajet jusqu'à CENSURÉ, mais je n'étais pas le seul : tous les officiers de la Volonteer Reserve étaient verts. Les marins professionnels se sont montrés très chics envers nous : il paraît que les matelots ne plaisantent jamais au sujet du mal de mer, chacun en a souffert un jour ou l'autre. Le second maître m'a avoué qu'il continuait à être malade les deux ou trois premiers jours à bord. J'espère avoir bientôt le pied marin, surtout si nous allons à CENSURÉ... Oh, l'aurore boréale ! J'aurais voulu que tu puisses voir ça, Elise. Elle était si vive que je l'ai d'abord prise pour une fusée éclairante lancée par un cuirassier – tout l'horizon brillait d'un éclat verdâtre comme une aube sinistre... Toi et moi, nous irons à CENSURÉ, puis nous ferons le tour de CEN-

SURÉ dans une vedette confortable. J'en serai le capitaine. Il n'y aura que nous deux. Peut-être pour notre lune de miel. Qu'en dis-tu ? Je pense que ce serait formidable. Nous emporterons des œufs durs et des toasts aux anchois (comme tu le sais, mes talents culinaires s'arrêtent là). Nous marcherons pieds nus dans l'océan et nous nous baignerons tout nus. La nuit, nous nous étendrons sur le pont et attendrons la lueur de l'aurore boréale... Oh, mon Dieu, je suis incapable d'écrire. Je me sens si malade que je pourrais en mourir. Pourquoi diable ai-je choisi la marine ?... Il y a des types formidables à bord, je dois dire. Nous avons eu une sacrée frousse hier soir CENSURÉ... J'aimerais être à Tyneford. Je suppose qu'en raison du froid et des restrictions de fuel vous devez tous geler. Te souviens-tu de l'hiver dernier ? J'avais apporté un tronc de chêne et l'avais fait brûler dans la cheminée du vestibule. J'étais déjà amoureux de toi, mais je ne t'en avais rien dit. Je t'ai regardée danser avec Wrexham et figure-toi que je me sentais jaloux du vieil homme. Je suis d'ailleurs jaloux de tous ceux qui sont auprès de toi en ce moment. De mon père qui a le privilège de te voir tous les jours et de te dire « Passez-moi la marmelade » quand tu es toute rose après ton bain et encore à moitié endormie. Comme on a la nostalgie de ces détails quotidiens lorsqu'on est loin de chez soi ! Nous avons appris aujourd'hui que le destroyer CENSURÉ... À mon retour à Tyneford, je te garderai pour moi toute une semaine. Personne d'autre n'aura le droit de te parler, de *t'approcher ou de te toucher. Si nous étions mariés, je tiendrais à ce que tu te promènes toute nue, mais puisque nous ne le sommes pas, je me contenterai de t'embrasser et peut-être de dégrafer... Dans la marine, on a coutume de porter un toast à son épouse ou à sa petite amie à minuit, le soir du réveillon. Sache, ma chérie, que, où que je sois, je boirai à ta santé...*

Avec tout mon amour.

Kit

Le jour de l'An, je marchai le long des falaises jusqu'aux grottes de Tilly Whim. J'avais aidé Mrs. Ellsworth à préparer un bœuf Wellington (un dernier festin avant que ne commence le rationnement), pelé une montagne de pommes de terre, filtré un litre de liqueur de prunelle, et après ces heures passées dans la chaleur de la cuisine, j'avais envie d'air frais. Un ciel gris fer s'étendait au-dessus d'une mer sombre et houleuse dont les vagues se couronnaient d'écume avant d'atteindre le rivage. De la neige fondue se mit à cribler les pierres et à s'infiltrer dans mon imperméable. Cela ne me dérangeait pas : j'avais appris à aimer le vent et le froid qui me fouettaient les joues, leur donnant la couleur des baies de houx. Longeant le sentier, je passai au-dessus de la bande de sable de Brandy Bay et me dirigeai vers la saillie rocheuse de Tilly Whim. Je distinguai au loin les ombres noires des navires de guerre ancrés à Portland et me demandai s'ils ressemblaient à celui de Kit. Je portais une écharpe rubis en cachemire, cadeau de Noël de Mr. Rivers. J'appréciai son éclat somptueux qui contrastait avec le paysage hivernal. C'était le genre d'accessoire luxueux qu'affectionnaient Anna et Margot. Moi, j'avais peine à croire qu'il m'appartenait. Je ne m'étais pas attendue à recevoir un présent. J'offris donc à Mr. Rivers le livre de poèmes de Goethe que j'avais acheté chez un bouquiniste de Dorchester à l'intention de Kit. En fait, il convenait mieux à Mr. Rivers qu'à Kit qui n'aimait que les poèmes grivois ou comiques, de préférence les deux.

Le rebord rocheux menant à Tilly Whim brillait, sa pierre à chaux recouverte d'une pellicule de pluie glacée. Au-dessus des ouvertures béantes des grottes, une mouette solitaire tournoyait, ses cris noyés dans le bruit du ressac. Du coin de l'œil, je vis quelque chose bouger, puis un éclair rouge aussi vif qu'une queue de renard. Ce n'était pas un renard, mais Poppy. Je courus vers elle, mais m'apercevant qu'elle n'était pas seule, je m'arrêtai. Tapie à l'ombre d'un rocher, je repérai des hommes en pardessus kaki occupés à coltiner des caisses et des bâches à l'abri des cavernes. Ils semblaient pressés et furtifs tels les écureuils qui, chaque mois de septembre, enterrent leurs noisettes dans la pelouse. Au bout d'une demi-heure, ils repartirent lentement le long de la falaise en direction de la tour de Lovell. Poppy s'attarda encore une minute ou deux, puis serrant son manteau autour d'elle, s'apprêta à courir après ses compagnons. À ce moment, je sortis de ma cachette en criant son nom. Elle pivota sur ses talons et porta ses mains à sa gorge, effrayée.

« Ah, c'est toi, Elise. Tu m'as fait une de ces peurs ! »

Elle se précipita vers moi et m'étreignit. Je la serrai contre moi, hésitant à la lâcher.

« Tu es venu voir Will ? demandai-je. Il s'est engagé dans les Dorsets.

— Je sais. Je l'ai vu un après-midi à Salisbury. Il était sur le point d'embarquer. Nous avons flâné dans la ville et pris le thé ensemble. Le café était plein de couples en uniforme. Tous avaient l'air aussi malheureux que nous. C'est bizarre, tu regardes ton petit ami dans les yeux et tu penses : "Quand nous reverrons-nous ?" Puis tu continues à manger tes crêpes.

— Tu aurais dû me prévenir de ton retour », dis-je en ôtant un morceau de mousse de ses cheveux.

Poppy enfonça ses mains gantées de moufles dans les poches de son manteau. « Eh bien, je ne suis pas vraiment de retour, vois-tu, mais en mission secrète. » Elle lança un regard par-dessus son épaule, mais, à cinq cents mètres d'elle, ses compagnons montaient déjà vers la petite tour. Elle avait les joues rouges de froid et d'excitation. « En fait, il n'y a pas de raison que je ne te mette pas au courant. » Elle inspira profondément, puis expliqua d'une voix précipitée : « Nous déposons des armes et des munitions le long de la côte, au cas où les Allemands nous envahiraient. L'idée, c'est que si cela se produisait, les habitants les découvriraient et les prendraient pour combattre l'ennemi. Évidemment, ça ne sert à rien si personne ne sait où elles sont. »

Je haussai les épaules. « Moi, je le sais maintenant.

— Oui, mais garde-le pour toi, sinon on saura que c'est moi qui ai vendu la mèche et j'aurai de gros ennuis. » Poppy toussa. « Sauf si les Boches débarquaient. Dans ce cas, tu devras le dire à tout le monde. »

Je regardai la mer où des traînées de brume dérivaient au-dessus de l'eau tels les fils d'une toile d'araignée géante. Le ciel d'un noir d'encre annonçait de la neige. À l'horizon, les arbres nus frissonnaient, les entrées sombres des grottes semblaient avaler les dernières lueurs du jour. Rivalisant de violence avec le vent, les vagues se fracassaient contre le rivage. Dans l'étrange lumière crépusculaire, j'imaginai une armada de navires noirs voguant vers l'Angleterre, leurs mâts fendant le brouillard. Je vis des hommes fourmiller sur la plage et escalader les falaises, s'agrippant à la roche, les yeux fiévreux.

« Je m'en souviendrai », dis-je.

En février, je cueillis des perce-neige. Elles ne duraient jamais plus d'un jour dans la maison. Avant le déjeuner, j'en posai un vase sur le buffet. Je venais de recevoir une lettre de Margot adressée à « Mrs. Julian Landau, Tyneford House », envoyée lorsqu'elle croyait encore qu'Anna et Julian viendraient ici. Le cachet de la poste indiquait qu'elle avait été expédiée en septembre. Assoiffée de nouvelles, je l'ouvris aussitôt.

> *Maman chérie,*
>
> *Je suis si heureuse que vous ayez enfin reçu votre visa ! Comment s'est passé le voyage ? Non, parle-moi plutôt de votre vie au bord de la mer. Papa s'est-il déjà baigné ? Je parie qu'il*

nage d'un air très sérieux et veille à ne pas se mouiller la tête. Que penses-tu de l'Angleterre ? Ce pays est-il aussi vert que sur les photos et y mange-t-on aussi mal qu'on le dit ?

Et que penses-tu de Kit ? Aime-t-il Elise suffisamment ? J'ai commencé par me dire que peut-être – enfin... peu importe. Écris-moi vite et raconte-moi TOUT. J'ai proposé à Robert de prendre un bateau pour l'Angleterre, mais ce serait peut-être dangereux si la guerre éclatait alors que nous sommes en mer. Nous devrions attendre la fin des hostilités qui sera sûrement déclarée bientôt, car cette guerre ne durera pas bien longtemps. Oh, comme vous me manquez tous ! Robert parle de partir au Canada pour qu'il puisse s'engager. Bien entendu, l'Université ne veut pas le lâcher. Moi non plus d'ailleurs, même si je me rends compte que c'est très égoïste, qu'il devrait se battre pour que vous retrouviez la sécurité et que nous puissions rentrer chez nous. Embrasse Elise et papa.

Ta fille.

Margot

P.S. Nous sommes allés à l'Opéra voir Le Mariage de Figaro. La soprano qui interprétait Chérubin était grosse et chantait faux. Robert n'a pas voulu me laisser partir, l'animal.

P.P.S. Toujours aucun signe d'un enfant. J'espérais tomber enceinte dès notre lune de miel, comme toi. Ton horrible thé n'a pas agi. Je l'ai préparé exactement selon ta recette (et tu *ne peux imaginer combien il est difficile de trouver des soucis séchés par ici), mais cette décoction était infecte. Elle m'a donné mal au cœur. J'ai d'abord cru que c'était un symptôme de grossesse, mais il ne s'agissait que de l'effet de ces fichus soucis.*

Je posai la lettre, vexée. Pourquoi Margot ne m'avait-elle pas dit qu'elle désirait un enfant ? Exclue de ses confidences, je la sentais plus loin que jamais. Même adolescente, elle ne partageait pas ses secrets avec moi. Elle gardait ses petites histoires sentimentales en réserve pour les chuchoter à Anna derrière la porte close de la salle de bains. L'oreille pressée contre la serrure, j'écoutais mais n'entendais que le bruissement de l'eau ou, parfois, des rires. Quoique de l'autre côté de la mer, Margot continuait à faire de moi la petite fille qui écoute aux portes. Je commençais à m'habituer à ce que mes parents me manquent. C'était une sorte de douleur constante, semblable à celle d'une vieille blessure qui ne guérit jamais tout à fait et à laquelle on finit par s'accoutumer. La prose de Margot raviva cette souffrance et je fus prise d'un léger vertige. Anna me manquait plus que jamais. Toutes les lettres de ma sœur me paraissaient vides et superficielles. Contrairement à elle, je ne rêvais plus de retourner en Autriche. Vienne en tant que chez-nous n'avait existé qu'avant la guerre, à une époque révolue.

Ce matin, je me sentais minée par le chagrin et l'inquiétude. L'absence de Kit était plus immédiate que celle de ma famille. J'étais habituée à le voir tous les jours, à l'embrasser, à me promener avec lui. Cela faisait plusieurs semaines que je n'avais pas reçu de lettre de lui. Il devait être dans un lieu lointain où le service postal de l'armée ne fonctionnait pas. Je me demandai si son silence m'inquiétait ou s'il ne faisait que m'irriter. Je posai le vase de fleurs si brusquement sur le buffet que l'eau se répandit sur le bois de cerisier ciré. Je l'épongeai en vitesse avec ma manche pour éviter les taches. Mrs. Ellsworth ne me gronderait pas, mais elle frotterait la marque avec un chiffon, son dos courbé exprimant le reproche. J'espérais manquer à Kit autant qu'il me manquait. L'eau des fleurs avait trempé ma manche. Souhaitais-je vraiment que Kit fût malheureux ? Il était tout de même plus important qu'il ne souffrît pas trop de notre séparation pendant qu'il servait son pays. Je relevai une perce-neige qui penchait déjà comme la tête chenue d'un vieillard somnolent. Oui, c'était peut-être méchant de ma part, mais je voulais que Kit fût triste. Juste un peu. Qu'il versât quelques larmes la nuit – pas trop pour que les autres officiers ne s'en aperçoivent pas et ne le taquinent pas à ce sujet, mais assez pour montrer que son cœur était blessé. Trois ou quatre larmes par jour. Oui. Ça suffirait.

« Elise ? Qu'est-ce que vous fabriquez ? » s'écria Mr. Rivers.

Baissant les yeux, je m'aperçus que je faisais goutter l'eau d'une tige sur toute la surface du buffet. Mr. Rivers sortit un mouchoir de sa poche de poitrine et répara les dégâts.

« Vous prendriez un café avec moi ? » demanda-t-il.

Je m'assis et il me passa une tasse. Un instant plus tard, Mr. Wrexham apparut avec un porte-toasts plein de jolis triangles de pain grillé, du beurre et de la confiture. Je pris une tranche de pain et la grignotai telle quelle, puis la posai, dégoûtée, sur mon assiette. Après m'avoir observée en silence, Mr. Rivers fit remarquer : « Je vous trouve bien nerveuse. »

Je m'abstins de lui parler de la lettre de Margot. Il était déjà assez ennuyé comme ça. Je l'avais entendu se blâmer à haute voix quand il se croyait seul. « Si seulement j'avais insisté pour qu'ils partent plus tôt, ne fût-ce qu'un seul jour ! »

Il me sourit. « Vous aurez bientôt des nouvelles de Kit, j'en suis sûr.

— Oui, répondis-je en jouant avec les miettes dans mon assiette.

— Ce matin, j'ai prévu de m'occuper de la réparation de deux vieux chalutiers. Comme le poisson ne sera pas rationné, il me paraît important de remettre tous les bateaux en état. J'en veux le plus grand nombre possible dans la baie. Vous pouvez me donner un coup de main, si vous voulez.

— Oui, merci. » Je me forçai à sourire. « Avec plaisir. »

Une heure plus tard, nous descendîmes sur la plage où Art, Burt, une douzaine de pêcheurs et deux garçons du village trop jeunes pour être mobilisés étaient réunis dans la cour délabrée de Burt. Deux bateaux de la dimension du *Lugger* étaient juchés sur des piles de briques couvertes de vieux morceaux de tapis destinés à en protéger la coque. Les hommes entouraient les embarcations, inspectant quilles et gouvernails. Ils semblaient attendre Mr. Rivers pour commencer à travailler. Sur l'un des bateaux, à

bâbord, de pâles caractères peints au pochoir indiquaient qu'il s'agissait du *Margaret*. Sur l'autre, le
nom avait été effacé.

« Ils m'ont l'air en assez bon état, déclara
Mr. Rivers après un minutieux examen. Celui-ci a
besoin d'une barre neuve, il faut réparer la quille de
la *Margaret* et remplacer les deux gréements. Je crois
que nous y parviendrons sans trop de mal. »

Les hommes grognèrent leur approbation en
hochant la tête, puis ils se mirent au travail. Burt me
fourra une salopette entre les mains.

« Allez mettre ça. Pouvez pas faire ce genre de
boulot avec votre petite jupette. Ça serait plus qu'un
chiffon sale à la fin. »

Je partis derrière la chaumière, enfilai la combinaison et rejoignis de nouveau les autres. Burt me
regarda en souriant. « Ma foi, ce vêtement vous va
comme un gant. Vous manque plus qu'une pipe à la
bouche. »

Riant très fort de sa plaisanterie, il me tendit du
papier de verre et une gratte.

« Attaquez-vous avec ça aux barnaches et aux
algues. Avant qu'on la remette à la flotte, la carène
doit être aussi lisse qu'un poisson. Z'avez qu'à imiter
le jeune Miller. » Il désigna un des garçons qui raclait
énergiquement les saletés avec un couteau.

Pendant une heure, je restai accroupie sous le
bateau à frotter et à gratter les algues, vertes comme
des feuilles de laitue mouillées de pluie, soudées à la
peinture. Pareilles à des verrues endurcies, les barnaches devaient être détachées avec la pointe de la
gratte. Autour de moi, les hommes décapaient la
coque ou sciaient de petites planches pour remplacer

les éléments de bois pourris. Art et Burt grimpèrent à bord de la *Margaret*, dévissèrent les ferrures rouillées du mât et de la lisse à tribord et les remplacèrent par des pièces récupérées sur d'autres embarcations. Les bras ankylosés, je me levai pour m'étirer et faire quelques pas. Le soleil hivernal, bas sur l'horizon, sortit de derrière un nuage et fit étinceler la mer. Je plissai les yeux et mis ma main en visière pour me protéger de son éclat. Dans le coin opposé de la cour, Mr. Rivers se penchait sur un morceau de bois qu'il lissait avec un rabot. Il avait enlevé sa chemise et travaillait en tricot de corps. Le rabot allait et venait, de fins copeaux tombaient à terre. Je détournai les yeux.

« Tenez, buvez un coup », dit Burt en me tendant une gourde.

Je m'empressai de la prendre et avalai plusieurs grosses gorgées d'eau. Me servant d'un casier à homards comme tabouret, je me réinstallai sous la coque tachée du bateau et recommençai à poncer. Au bout d'un moment, Burt me rejoignit et nous travaillâmes ensemble dans un silence convivial. De temps à autre, il me tendait sa gourde, mais une fois, lorsque je bus, j'eus la bouche pleine de rhum. De surprise, je faillis le recracher. Burt rit.

« Ça fait pas de mal, un petit remontant. Ça vous fouette le sang. »

Debout sur le pont de la *Margaret*, Mr. Rivers et Art commencèrent à passer des cordages neufs dans les taquets afin de hisser la voile qui gisait sous le mât, pareille à un nuage marron. Plaçant un manche de bois dans les mâchoires du treuil, Mr. Rivers actionna celui-ci tandis qu'Art montait la drisse. La voile se mit à voltiger furieusement tel un oiseau entravé, le bateau se balançant sur sa plateforme de fortune. Le bruit était assourdissant. On aurait dit des coups de tonnerre au théâtre. Je baissai mon papier de verre et regardai les deux hommes lutter contre le vent. Mr. Rivers abandonna le treuil pour aider Art. Étreignant la voile, il tendit les bras pour la décoincer. Soudain elle se déploya le long du gui. Une aile brune, une moitié d'aigle.

« Mr. Rivers est un marin de première, murmura Burt d'un ton admiratif. Jeune homme, y participait à des régates. »

Surprise, je le regardai. Le vieil homme sourit.

« Moi, j'comprends pas grand-chose au yachting. Quand je vais en mer, je m'dis que je ferais aussi bien de pêcher un peu. Naviguer sans rapporter mon souper me semble beaucoup de boulot pour rien. » Il haussa légèrement les épaules. « Mais Mr. Rivers, lui, c'est le meilleur yachtman et le meilleur marin que je connaisse. Meilleur que Kit. Ce garçon est trop impatient. Courageux et casse-cou. Et ça, c'est dangereux. La mer est à l'affût des imprudents. »

Je posai mon grattoir et m'éloignai. Je ne voulais pas entendre dire du mal de Kit. Pas maintenant, alors qu'il était en mer. Derrière moi, dans les rochers, des pitpits avaient fait leurs nids, mais ils avaient abandonné Tyneford pour des cieux plus cléments. Leurs abris désertés ressemblaient à des chaumières aux fenêtres non éclairées à l'heure du crépuscule.

« Burt ne pensait pas à mal, Elise, assura Mr. Rivers. Comme il aime beaucoup Kit, il s'inquiète pour lui, c'est tout. »

Debout à côté de moi, il observait tranquillement le reflux : la marée commençait à s'inverser.

« Le silence de Kit ne me dit rien qui vaille, avouai-je. Il a l'habitude de m'écrire.

— Je sais. Mais je suis sûr qu'il va bien. En cas de problème, la marine prévient tout de suite la famille. Son navire est peut-être en mission secrète.

— Avez-vous eu des nouvelles de votre ami de Paris ? »

Mr. Rivers secoua la tête. « Non, aucune. Désolé. » Il passa son bras autour de mes épaules et je m'appuyai contre lui. Sa peau humide sentait la transpiration. Soudain nous prîmes tous deux conscience de sa nudité. Il laissa retomber son bras et recula.

« Venez. Il est temps de peindre maintenant », dit-il en souriant.

Tous entreprirent de recouvrir les carènes des deux chalutiers de plusieurs couches d'un enduit destiné à les protéger des barnaches et des algues, à les garder bien lisses et aptes à fendre l'eau. Le soleil déclinant ressembla bientôt à un pion rond et rouge, en suspension au-dessus de l'horizon. Les nuages flamboyèrent, pareils à des charbons ardents, et l'eau se teinta de rose, phénomène miraculeux d'une incandescence liquide.

« Faut qu'on le baptise, dit Burt. Un beau bateau comme ça a besoin d'un joli nom nouveau. Vous voulez lui en trouver un ? demanda-t-il en se tournant vers moi.

— Vous êtes sérieux ? » Je promenai mon regard sur le groupe de vieux pêcheurs. Le soleil couchant rougissait leurs barbes.

« Faut que ce soit un nom de femme, précisa Art en grattant une tache de peinture qu'il avait au front. C'est la tradition. »

Je réfléchis un moment. Il n'y avait qu'un seul nom possible.

« L'*Anna*, annonçai-je.

— Bravo ! » s'écria Burt en me passant la gourde de rhum.

J'aspergeai la proue de quelques gouttes. « L'*Anna* ! » criai-je. Les hommes approuvèrent d'un grognement. J'avalai une gorgée de rhum, puis tendis la gourde à Mr. Rivers. Il but, la tête rejetée en arrière. Le soleil tomba derrière l'horizon et le ciel rose vira au gris. Les fenêtres de la chaumière restèrent sombres : on y avait fixé des stores pour le black-out. Je pensai à Anna et à Julian. Ils seraient ravis d'apprendre qu'un bateau avait reçu le nom de ma mère. J'aurais aimé pousser tout de suite l'*Anna* à l'eau pour aller les chercher. Je repris la gourde des mains de Mr. Rivers et bus une autre gorgée d'alcool brûlant.

« Venez, on rentre », dit Mr. Rivers en se tournant vers la maison. Je le rattrapai en courant. Dans la pénombre du crépuscule, nous remontâmes ensemble le sentier caillouteux. Je trébuchai. Mr. Rivers me saisit le coude pour m'empêcher de tomber. Derrière nous, le bruit du ressac et les voix des pêcheurs s'affaiblirent.

Un matin de mars, je me réveillai de bonne heure et, à pas feutrés, descendis l'escalier pieds nus et en pyjama. Il était peu après six heures et la femme de ménage n'avait pas encore commencé à nettoyer le vestibule. Je détachai les stores pour le black-out et la lumière de l'aube filtra à travers les fenêtres à meneaux. Le petit salon était encombré de morceaux de tissu, des brins d'ouate flottaient dans le courant d'air. Sous la houlette des tantes de Poppy, les femmes du village avaient entrepris de confectionner des liseuses pour les blessés de guerre. Le salon jaune fut déclaré idéal pour cette louable occupation. Ces dames nous tombaient dessus deux fois par semaine. Elles s'asseyaient autour du feu, et, parfaitement contentes, cousaient, bavardaient, buvaient la liqueur de prunes de Mrs. Ellsworth, se plaignaient de la tristesse de la guerre et des affreux inconvénients du black-out. Elles critiquaient sans cesse mon travail, le défaisaient pour le refaire. À mon avis, l'irrégularité de mes points serait le dernier des soucis du caporal, du capitaine ou du simple troufion assis dans son lit vêtu de ma liseuse mauve à fleurs (de vieux rideaux recyclés – l'économie protège du besoin). Coudre ces vêtements pour des soldats qui n'étaient pas encore blessés avait quelque chose de bizarre. En ce moment même, les bénéficiaires de ces horribles vestes se préparaient à embarquer pour la France, crapahutaient dans un champ détrempé du Wiltshire ou naviguaient sur l'Atlantique Nord en parfaite santé. Nous travaillions en prévision de futures blessures, prêtes à envelopper nos soldats dans des rideaux de chambre à coucher magnifiquement cousus, alors que ces jeunes gens en étaient encore à s'entraîner avec des baïonnettes et des fusils, et à apprendre à saluer. J'avais presque l'impression qu'en fabriquant ces foutus vêtements, nous les condamnions à passer des mois à l'hôpital, faisant les mots croisés du *Times* de leur seule main valide.

De la cuisine me parvenait la voix de May : jurant comme un charretier, elle essayait d'allumer la cuisinière afin que Mr. Rivers eût de l'eau chaude pour son bain. Le fourneau était vieux et aussi fantasque qu'une tante restée vieille fille. J'avais passé des heures à me soumettre à ses caprices, à l'alimenter en charbon, coke, petit bois ou à simplement le supplier de bien vouloir fonctionner.

« Je peux vous aider ? » demandai-je.

May était agenouillée par terre, devant le fourneau. Elle haussa les épaules. « Si vous voulez. De toute façon, c'est ma dernière semaine ici. Ensuite, Mrs. Ellsworth elle n'aura qu'à allumer son foutu truc elle-même.

— Ne parlez pas comme ça de Mrs. Ellsworth. Ce n'est pas respectueux. »

May renifla dédaigneusement. « Qu'est-ce que ça peut faire ? Je viens de vous dire que je quittais la maison. »

Je m'accroupis à côté d'elle, froissai un vieux journal et le fourrai dans le foyer. « Je croyais que vous vous plaisiez ici. Mrs. Ellsworth a beaucoup d'affection pour vous. »

May eut la bonne grâce de prendre un air coupable.

« Ben, y faut que je travaille pour la patrie. Je suis embauchée dans une usine, à Portsmouth. Je toucherai ma paie chaque semaine. Et là-bas, y aura pas de vieux grincheux pour me critiquer », ajouta-t-elle en lançant un coup d'œil à la porte close du majordome. « Avant, papa y voulait pas entendre parler d'un boulot à l'usine. Y disait que c'était pas convenable. Dans la famille, les filles ont toujours travaillé comme employées de maison. Mais maintenant que je fais mon devoir de patriote, il aura plus qu'à la boucler, pas vrai ? »

Le fourneau enfin allumé, je me levai et me brossai de la main.

« Me regardez pas comme ça, miss. Vous savez comment c'est. Y a pas de raison de rester ici quand on a le choix. »

Connaissant l'existence misérable de la fille de cuisine, je ne pouvais que l'approuver. « Je vous souhaite bonne chance, May. »

Alors que je descendais le couloir, j'entendis Mrs. Ellsworth déplacer des bocaux dans le garde-manger et grommeler entre ses dents que la réserve de confitures diminuait très vite. La porte de service s'ouvrit brusquement. La femme de ménage entra, accompagnée d'un courant d'air froid.

« 'jour », grogna-t-elle. Elle passa en hâte devant moi, pressée de commencer à nettoyer la maison.

Elle paraissait de plus en plus fatiguée, vu qu'elle essayait d'accomplir les tâches de trois bonnes et d'un valet de pied. Je soupirai. Comment allions-nous nous débrouiller sans May ? Afin de réduire la corvée de polissage, j'avais supplié Mr. Wrexham de ranger l'argenterie du dîner et d'utiliser les couverts plus simples du déjeuner pour les deux repas. Il ne voulut pas en entendre parler. « La classe d'une maison se mesure à son argenterie, déclara-t-il. Que diraient les ladies Hamilton ? » Comme elles vivaient à présent dans l'annexe de leur château et que des soldats grouillaient dans leur propriété, ces dames toléreraient sans doute du métal argenté. De toute façon, je m'en fichais. Ce qui m'inquiétait davantage, c'était que notre dernière femme de ménage nous quitte, épuisée par un surcroît de travail. J'essayais d'aider les domestiques en douce : j'époussetais les bibelots lorsque Mr. Wrexham était occupé à la cave, j'étendais au rouleau la pâte à tarte de Mrs. Ellsworth et la mettait à cuire dans le four, je cirais la table de la salle à manger. Mr. Wrexham se félicitait de l'étonnante efficacité de May et de la femme de ménage tandis que celles-ci pensaient que c'était le majordome qui avait entrepris ce travail. Je savais toutefois que mon subterfuge serait vite éventé.

La porte du bureau de Mr. Wrexham était ouverte. Pendant un moment, je regardai en silence le vieux majordome agenouillé près de la cheminée, son habit impeccable protégé par un tablier blanc, faire briller les chaussures de son maître. Mise à part une photo sépia le représentant avec un jeune Mr. Rivers et son épouse, la pièce était dépourvue de tout ornement. Aucune photo de sa famille. Sur une table basse, à côté d'un lampadaire, était posé un calendrier dont chaque jour écoulé avait été soigneusement barré à l'encre bleue. J'y jetai un coup d'œil. 6 mars.

« Oh ! » m'exclamai-je.

Mr. Wrexham se tourna. Une expression de mécontentement plissa un instant son visage, puis ses traits redevinrent lisses. Je n'étais pas sans savoir qu'il considérait ma présence à l'office comme une violation de la frontière que représentait la porte matelassée.

« Si vous avez besoin de quelque chose, miss, vous pouvez sonner depuis votre chambre », dit-il sur un ton de léger reproche.

Ne faisant aucun cas de sa réprimande, je continuai à regarder le calendrier.

« Nous sommes le 6 mars, mister Wrexham ! C'est mon anniversaire. J'ai vingt et un ans. »

« Ne discutez pas, je vous emmène déjeuner », dit Mr. Rivers en me poussant dans l'allée, puis dans la voiture.

« Mais avons-nous assez d'essence ?

— Nous n'avons pas utilisé nos rations depuis des mois. Et ceci est une journée importante. Je vous emmène fêter votre anniversaire.

— Très bien, dis-je en me glissant sur le siège en cuir. Je vous remercie, mais ce n'était pas nécessaire. »

Mr. Rivers roula les yeux. « Bonté divine ! Je ne m'étais pas encore rendu compte à quel point vous pouviez être pénible. »

Je ne répondis pas. Je me revis dansant avec Kit, les cheveux plaqués sur la tête comme un garçon. Kit en train de me renverser dans ses bras, de m'embrasser. Je croyais que Mr. Rivers savait à quel point je pouvais l'être, pénible.

Art nous conduisit à Dorchester. Pendant le trajet, Mr. Rivers et moi n'échangeâmes que peu de paroles. Il semblait plongé dans ses pensées et soucieux de ne pas tomber sur moi lorsque Art virait au coin des étroits chemins (celui-ci était beaucoup plus à son affaire quand il guidait Mr. Bobbin qu'au volant de la belle Wolseley). Je regardai, émerveillée, défiler les champs verts. Près de Lulcombe, ils étaient parsemés de camions militaires couleur de sauge et de tentes kaki qui avaient surgi dans le parc telles des taupinières. Aux abords de Dorchester, nous fûmes pris dans un embouteillage provoqué par de gros véhicules militaires. Ils rampaient vers nous comme des dragons, égratignés par les haies. Le grondement de leurs moteurs Diesel avait quelque chose de sinistre. Pour passer, Art fut presque obligé de conduire la voiture dans un fossé. Un quart d'heure plus tard, il se garait devant le *Royal Hotel* et faisait en grommelant le tour de la Wolseley pour m'ouvrir la portière. Mr. Rivers m'offrit le bras. « On y va ? » demanda-t-il, tout sourire.

Nous bûmes du champagne. Un serveur d'un certain âge remplit mon verre, je regardai les bulles monter à la surface. Ce vin me faisait toujours penser à Anna. Je portais les perles qu'elle avait dissimulées dans ma valise, me racontant que c'était mon cadeau d'anniversaire. Le collier me serrait le cou.

« Vous n'aimez pas le champagne ? s'enquit Mr. Rivers en voyant que je ne buvais pas. Je peux commander autre chose si vous voulez.

— Oh, non, merci. C'est parfait. »

Je saisis le verre et le vidai en quelques gorgées. Ma tête se mit à bourdonner d'agréable façon. En guise de nappe, la table était recouverte d'une toile cirée légèrement poisseuse au toucher. Mr. Rivers commanda des œufs de caille, du saumon poché et des concombres chauds. Au dessert, on nous servit une sorte de diplomate avec de la crème anglaise sans œufs, au goût bien trop prononcé de cognac. Mon bourdonnement d'oreilles s'intensifia. Le restaurant était presque vide. Un militaire à l'air fatigué déjeunait en face d'une femme aux cheveux teints d'une étonnante couleur jaune et, dans un coin, deux vieilles dames portant d'épais bas beiges buvaient du thé et bavardaient devant la cheminée éteinte. Je ne pus m'empêcher de penser au *Café Sperl*, au *Demel* et aux autres cafés viennois tapissés de miroirs dans lesquels des montagnes de pâtisseries et de chocolats se reflétaient à l'infini et où d'accortes serveuses, habillées de blanc et de noir, se faufilaient entre les tables et vous versaient du chocolat chaud crémeux contenu dans des pots en argent.

À la fin du repas, Mr. Rivers commanda un cigare et un verre de porto. Se calant contre le dossier de sa chaise, il rit doucement.

« Cet endroit est plutôt affreux, n'est-ce pas ? demanda-t-il. Nous aurions mieux fait de rester chez nous, d'ouvrir une bouteille de 1923 et de laisser Mrs. Ellsworth nous mijoter un bon petit plat. »

Je souris. Il ignorait qu'à présent c'était presque toujours moi qui préparais son bœuf bourguignon ou son gâteau à la rhubarbe.

« Mais non, protestai-je, on est très bien. C'est la guerre, voilà tout. Les temps sont difficiles.

— D'accord, mais si le propriétaire de cet établissement veut rester ouvert, il ferait bien de faire un effort pour le rendre plus agréable. »

Mr. Rivers tira sur son cigare. « Lorsque Kit sera à la maison, nous irons à Londres. Je vous emmènerai tous deux au *Savoy* pour y fêter votre anniversaire et son retour dans les règles. »

Au nom de Kit, nous nous tûmes. Je n'avais aucune envie de retourner à la maison vide. C'était mon anniversaire et je voulais oublier mes soucis pendant une heure.

« Mr. Rivers, serait-il possible de ne pas rentrer tout de suite ? »

Il me regarda, surpris, puis il eut l'air content.

« Bon, d'accord. Nous pourrions aller au cinéma. »

Le Dorchester Picture Palace jouait *Rebecca*. Mr. Rivers acheta deux billets pour des sièges tout au fond. Nous entrâmes sur la pointe des pieds, le film ayant commencé. Une épaisse fumée remplissait la salle. Je voyais l'écran à travers un brouillard jaune. Nous nous frayâmes un chemin jusqu'à nos fauteuils, trébuchant sur des amoureux enlacés qui protestèrent contre notre intrusion. Les sièges de derrière étaient étroits. Comme l'aviateur, endormi à côté de moi, se couchait presque sur mes genoux, je fus obligée de me rapprocher de Mr. Rivers. Je regardai, captivée, la jeune Mrs. de Winter papillonner à travers sa nouvelle maison. Puis apparut l'image d'une mer agitée sur laquelle dansait un petit bateau, pareil à un jouet. Je frissonnai, soulagée de savoir Kit à bord d'un navire solide. C'était la première fois que j'allais au cinéma en Angleterre. J'en aimai l'atmosphère populaire. Les spectateurs encourageaient et applaudissaient les acteurs comme s'ils étaient au théâtre. Nous tous – propriétaire terrien, ex-femme de chambre/réfugiée, officiers, vendeuses et membres de la WAAF[1] – composions une audience unie par

---

1. WAAF : *Women's Auxiliary Air Force*.

l'histoire qui se déroulait sur l'écran. J'oubliai le monde extérieur. J'étais heureuse.

Pendant le trajet de retour, nous restâmes silencieux. Il commença à pleuvoir, des gouttes tambourinaient contre les vitres, la voiture fonçait à travers les flaques, soulevant des gerbes d'eau de la couleur du thé au lait. Je devais m'être endormie car, l'instant d'après, nous étions arrivés. Mrs. Ellsworth nous attendait sur le perron, tenant des deux mains un parapluie qui menaçait de s'envoler tel un oiseau paniqué. Prise d'inquiétude, j'ouvris la portière avant que la voiture se fût immobilisée. Je bondis dehors, indifférente à l'averse, traversai l'allée en courant et montai les marches deux à deux.

« Kit est… commença la gouvernante.

— Oh, mon Dieu ! Oh, mon Dieu ! » m'exclamai-je.

Par-delà Mrs. Ellsworth, je jetai un coup d'œil dans la pénombre du vestibule. Kit était assis dans un superbe fauteuil roulant, la jambe étendue devant lui, vêtu d'une de mes horribles liseuses mauves. « *Hullo*, dit-il. Joyeux anniversaire. »

19

Les pierres de sorcières

Kit resta six semaines dans le plâtre. La cause de sa blessure le vexait profondément. Son navire avait subi quelques brèves escarmouches en tant qu'escorte chargée de protéger contre les sous-marins allemands des convois de marchandises dans l'Atlantique Nord. Deux officiers avaient été blessés et un aspirant tué par une mine lors d'un exercice, mais Kit s'était cassé la cheville en des circonstances moins glorieuses : il avait glissé sur le pont gelé une nuit qu'il était de quart au large des côtes de Norvège. Le médecin du bord avait plâtré sa jambe et à leur retour à la base de Scapa Flow, Kit avait été transféré à terre et renvoyé chez lui en convalescence. Sur sa corvette, on n'avait pas de place pour un marin invalide.

Chose curieuse, lui qui d'habitude était parfaitement content de se prélasser sur le canapé en fumant des cigarettes et en lisant le *Racing Post* se montra odieux en tant que patient. Il n'arrêtait pas de remuer et de dire qu'il s'ennuyait. Je remarquai qu'il fumait encore plus, si c'était possible, et qu'il paraissait plus vieux. Prisonnier de son fauteuil, il avait un peu grossi et perdu cette agilité nerveuse de jeune garçon qui le caractérisait. Il souffrait beaucoup. Les cigarettes et le whisky devaient l'aider à oublier sa douleur. Nous passions des heures dans la touffeur du salon où Mr. Wrexham avait allumé un feu d'enfer, malgré nos protestations. Pour distraire Kit, je lui faisais la lecture, toujours le dernier paru des romans à sensation. Plus le langage amoureux y était absurde, plus cela lui plaisait. Quand ma voix s'enrouait et que je m'interrompais, il avait un geste d'impatience, cigarette aux doigts. « Eh bien, continue. »

Je me moquais de lui. « Tu es insupportable. Tu n'as qu'à lire toi-même. »

Kit secouait la tête. « Non, je préfère t'écouter. Surtout pour les passages coquins. Ils te font rougir, tu sais. »

Dans un sens, il était bon que sa blessure imposât une certaine distance entre nous. Dans ses lettres, il avait évoqué des désirs et des gestes d'amour ardents. Au début, il ne s'agissait que de fantasmes enflammés de collégien exprimés dans le langage d'un gentleman follement amoureux qui a fréquenté le Sidney Sussex College, à Cambridge. Mais au bout d'un mois à bord de son navire, ses propos se firent plus scabreux, plus excitants. Ils auraient dû me choquer ou me fâcher et me dégoûter. Il n'en fut rien. Ces mots nouveaux que mon fidèle dictionnaire anglais-allemand ne pouvait expliquer restaient aussi mystérieux que les actes obscurs qu'ils ne parvenaient pas à décrire. Intriguée, je devais imaginer les scènes que ces sons gutturaux évoquaient. Ne comprenant pas leur sens, mon esprit battait la campagne. Le soir, dans la chaleur de mon lit, incapable de dormir, j'avais lu et relu les descriptions des caresses que Kit me prodiguait. Tous deux, nous avions donc l'impression de partager une certaine intimité. Pareils à des adolescents le lendemain du jour où ils se sont embrassés au bal de l'école, nous nous montrions à la fois timides et passionnés.

« Allez, lis-moi encore quelques pages, supplia Kit en câlinant ma joue.

— Tout à l'heure. J'ai perdu la voix.

— Tiens, tu portes un collier ? dit Kit, remarquant celui d'Anna sous le col de mon chemisier.

— Tu aimes ces perles ? Elles appartenaient à ma mère. »

Posant une main sur ma nuque, il m'attira vers lui et m'embrassa. Il me relâcha, défit un autre bouton de mon corsage et passa un doigt sur les perles, effleurant la peau de ma gorge.

« Elles sont très jolies. »

Je le laissai faire. Qu'il concentrât toute son attention sur moi n'était pas pour me déplaire. Dès son retour à Tyneford, je m'étais rendu compte qu'à présent j'avais une rivale. Une rivale plus dangereuse que Diana ou Juno avec laquelle je devais apprendre à vivre pendant la durée de la guerre. Kit m'aimait, mais il était déchiré entre l'*Angelica* et moi. Bien que content d'être chez lui, de bavarder avec moi au coin du feu, il avait changé : une part de lui désirait ardemment se trouver en mer. Il s'en voulait d'être ici tandis que son navire parcourait l'Atlantique à la recherche de sous-marins et de destroyers ennemis. Pendant que ses camarades risquaient leur vie, il paressait sur le canapé en buvant du chocolat et en grignotant des biscuits au gingembre.

« Alors, comment c'était en mer ? » demandai-je.

Kit garda le silence. Il ne parlait pas de sa vie à bord de la corvette. Il prétendait que c'était au nom de la confidentialité, mais, à mon avis, ce n'était pas la vraie raison. Sur son bateau, il fallait qu'il soit quelqu'un d'autre : le sous-lieutenant temporaire Rivers. Chez lui, il voulait redevenir Kit. Il ne voulait pas être l'un et parler de l'autre. Je n'insistai pas. Plus tard, je le regrettai.

Quand nous ne lisions pas dans le salon ou ne prenions pas nos repas dans la salle à manger du matin, Kit aimait s'installer dehors. Il propulsait son fauteuil sur la terrasse, se débarrassant des plaids dont Mrs. Ellsworth s'obstinait à le couvrir et, muni d'une flasque de cognac, restait à regarder la mer à travers le vieux télescope de la chambre d'enfant. Au grand dam du jardinier, il traversait la pelouse, y creusant deux sillons bien nets avec les roues de son fauteuil. Assis au fond du jardin où la bande de gazon d'un vert éclatant rejoignait l'horizon bleu, il scrutait la mer à la recherche de bateaux. Mr. Wrexham le rejoignait parfois. Côte à côte – une tête aussi blanche qu'un mouchoir amidonné, l'autre blonde comme les blés –, les deux hommes se passaient le télescope. Le majordome apporta une table basse sur laquelle il posa une radio portative. Kit l'écoutait presque tout le temps. Chaque fois qu'elle diffusait des informations sur la marine, il se penchait en avant comme si cela pouvait le rapprocher de l'action.

Lorsqu'on parlait des corvettes « Flower class », il serrait les poings et retenait son souffle, mais on ne mentionnait jamais l'*Angelica*.

Le jour où on le déplâtra, Poppy revint chez elle pour quelques jours de permission. Elle vint directement au manoir et nous rejoignit sur la terrasse où Kit allait et venait en boitillant, appuyé sur une canne. On était fin avril. La matinée humide se transformait en un chaud après-midi. Le lichen sur les tuiles brillait, jaune comme le soleil. Je marchais à côté de Kit, aussi anxieuse qu'une mère hirondelle regardant un oisillon prendre son premier envol. Frustré, Kit se mit à jurer.

« Merde ! » Il frappa la gouttière avec sa canne. « J'ai l'impression d'être un putain de vieillard. »

C'était la première fois que je l'entendais dire des gros mots et je m'arrêtai une seconde avant de l'aider à s'asseoir sur le banc. Adossée contre le mur, Poppy ferma les yeux au soleil printanier. « Depuis quand les marins jurent-ils comme des charretiers ? » fit-elle.

Kit sourit. Il m'assit sur le genou de sa jambe valide et m'embrassa sur le nez. « Excuse-moi, chérie. Que veux-tu, je n'ai pas l'habitude de traîner la patte.

— Tu n'es pas infirme. En un rien de temps, tu seras de nouveau sur tes deux pieds », dis-je avec un sourire forcé, sachant qu'une fois guéri il rejoindrait aussitôt son *Angelica*.

Kit se tourna vers Poppy. « Comment va Will ? demanda-t-il, changeant de sujet.

— Je n'en sais rien. Son bateau est parti en France juste avant ton arrivée. Il m'a écrit pour me demander quelques mots français et pour s'assurer que quelqu'un arrosait ses plantes et nourrissait son horrible chat. Je crois que les gars, là-bas, ne font pas grand-chose à part s'entraîner et attendre. Jusqu'à présent, Will n'a tiré que sur un lapin.

— Un lapin nazi, j'espère », dit Kit.

Poppy sourit. « Pas le moindre nazi à l'horizon. Je me demande qui souffre le plus de cette attente. Eux ou nous ? De plus, la poste fonctionne très mal depuis quelques semaines. »

Elle parlait d'un ton léger, avec une insouciance qui me paraissait feinte.

« Si on buvait quelque chose ? fit-elle en s'affalant dans un fauteuil. Je sais qu'il est un peu tôt, mais j'aimerais une boisson un peu plus corsée que le thé. »

Je demandai du vin à Mr. Wrexham. Quand je revins avec une bouteille, Kit et Poppy étaient assis en silence, collés à la radio.

« Le Danemark vient de se rendre, annonça Kit en versant à boire. Dieu sait ce qui se passe en Norvège. La moitié de notre flotte doit être là-bas.

— Quelles en seront les conséquences pour la France ? demanda Poppy.

— Je ne sais pas, répondit Kit en lui tendant un verre. Il faudra bien que le front de l'Ouest entre en activité un jour ou l'autre. Nos gars sont prêts à en découdre. »

Les jours suivants s'écoulèrent tous de la même façon. Baignés par un doux soleil, nous paressions au jardin, écoutions la radio et buvions souvent trop de vin. Les coucous lançaient leur cri depuis Rookery Wood et les chalutiers dansaient dans la baie. Dans mon souvenir, toutes ces journées sont également chaudes et le ciel d'un bleu limpide. On avait l'impression de vivre les dernières semaines de vacances d'été lorsque se profile le retour en classe, mais que l'école appartient à un monde si différent qu'on a peine à croire que cette période de liberté ensoleillée puisse jamais se terminer. Allongée sur une couverture, j'essayais de compter les taches de rousseur apparues sur le nez de Kit. Je me disais qu'il me serait impossible de l'aimer davantage que je ne l'aimais à ce moment. Je l'aidais à faire ses exercices et il marchait déjà avec plus d'assurance quand nous vîmes pour la première fois un gobe-mouches se poser sur le prunier en fleur. Il rangea sa canne le jour où deux argus bleus voletèrent parmi les iris. Quand la saxifrage ombreuse s'épanouit dans la rocaille, il était capable de se déplacer normalement sans douleur. J'essayais de ne pas souhaiter que Poppy reparte, mais ces journées-là étaient du temps volé et je voulais avoir Kit pour moi toute seule.

J'aidai volontiers Mrs. Ellsworth à la cuisine. La gouvernante refusait d'écouter les incessants bulletins d'information du Home Service sous prétexte qu'ils étaient « trop affreux ». Elle leur préférait la musique diffusée par la radio de l'armée. Elle adorait les chants pleins d'entrain de ces temps de guerre. La cuisine résonnait des accents de *Bye Bye Blackbird*, *I Left My Heart at the Stage Door Canteen* et *This is the Army*, *Mr. Jones*. Elle en fredonnait les airs tout en accommodant des panais au curry ou en mettant du cordial de fleurs de sureau en bouteille. Elle ne s'interrompait que pour se plaindre : « Pourquoi n'émettent-ils pas d'aussi bonnes chansons en temps de paix ? »

À mon retour au jardin, je trouvai Poppy et Kit assis en silence, les coudes sur la table. Ils écoutaient le Home Service comme s'il s'agissait d'un oracle. Je sentis un pincement de jalousie et souhaitai pour la énième fois que Poppy disparaisse.

Kit m'adressa un sourire sardonique. « Eh bien, j'ai l'impression que Will aura l'occasion de tirer autre chose que des lapins : on a commencé à se battre en France.

— Il s'en sortira, Poppy, j'en suis sûre », déclarai-je, me servant de ces mêmes platitudes qui avaient le don de m'irriter et pleine de remords d'avoir désiré son départ.

Mon vilain souhait se réalisa pourtant dès le lendemain. Un télégramme rappela Poppy à son travail – toutes les permissions étaient annulées – et, le même jour, Mr. Rivers annonça qu'il partait à Londres pour une semaine. Après avoir fait nos adieux au père de Kit, nous traînâmes main dans la main sur la terrasse, ne sachant soudain comment profiter de cette aubaine. Nous nous sentions pareils à des enfants dont les parents sont sortis, leur offrant une délicieuse liberté. De la radio, allumée dans la salle à manger, nous parvenaient des informations concernant la formation de « comités de défense » et les « ruses de la Cinquième Colonne » aux Pays-Bas, mais à ce moment la guerre nous semblait très loin. Le vieux jardinier ratissait les fleurs d'azalées fanées sur la pelouse et une mésange bleue attrapa un ver dans le parterre de lavande.

« Si on ne s'habillait pas pour le dîner ? dit Kit.

— Ton père est absent et tout ce que tu trouves comme acte de rébellion, c'est de ne pas changer de chemise ? »

Kit cueillit une marguerite et la lança sur moi. « Qu'est-ce que tu proposes, alors ?

— Qu'on se mette sur notre trente et un et qu'on se saoule au champagne et au cognac. » Puis je me rappelai un détail et secouai la tête. « Non, ce n'est pas possible.

— Pourquoi ? C'est un excellent programme.

— Je n'ai rien à me mettre. Diana a abîmé ma seule belle robe.

— J'ai une idée. »

Kit me conduisit à une chambre inoccupée du premier étage. À l'époque où j'étais femme de chambre, j'y avais fait le ménage tous les jours, mais depuis le début de la guerre et la pénurie de personnel à Tyneford, on l'avait simplement fermée. Hormis une grande armoire en acajou, on avait traîné tous les meubles au centre de la pièce avant de les recouvrir de housses. Les rideaux étaient tirés. Lorsque Kit les ouvrit, une colonie de mites voleta autour de sa tête. Les chassant de la main, il ouvrit l'armoire et en sortit une brassée de robes.

« Elles appartenaient à ma mère, dit-il. Je suis sûr que l'une d'entre elles t'ira. »

Je reculai. « Non, Kit, c'est impossible.

— Pourquoi ? Elles ne servent à rien, rangées là-dedans. Et ça, ça l'aurait ennuyée.

340

— Comment le sais-tu ? Tu ne te souviens pas d'elle. »

Kit haussa les épaules. « Quelle femme peut supporter l'idée qu'un vêtement de haute couture soit mis au rebut ?

— De haute couture ? »

La curiosité l'emporta sur mes scrupules.

Debout devant la glace, je me mirais de côté. Dénudant mon épaule gauche, la soie bleu foncé ondula jusqu'au sol. Une ceinture dorée s'entortillait au-dessous de ma taille et des boucles en forme de feuille pendaient à mes oreilles. Je pensai à la mère de Kit. Je l'imaginai enfilant cette robe et vérifiant son apparence avant de descendre l'escalier à la rencontre de ses invités. Je me demandai ce qu'Anna dirait si elle me voyait. J'avais l'impression de rêver.

Même Mr. Wrexham se fit complice. Il nous servit le dîner dans le plus beau service de la maison. Il nous versait du champagne et se retirait discrètement dans l'ombre pour ne pas entendre ce que nous nous murmurions en pouffant parfois de rire. Je n'avais pas l'impression d'être la future maîtresse de Tyneford. Je me sentais pareille à une enfant qui joue à la dînette et à laquelle on a permis de remplir la théière miniature avec du vrai thé et de garnir ses assiettes de poupée avec de minuscules sandwichs.

Après le repas, nous sortîmes sur la terrasse. Les rideaux du black-out étaient tirés, la seule lueur visible dans le jardin était celle de nos cigarettes. J'enlevai mes chaussures et montai sur le banc, regrettant que mes orteils ne fussent pas couverts d'un vernis écarlate. Nous nous passions la bouteille de champagne et buvions à même le goulot. J'étais tout émoustillée par notre inconduite. Je glissai dans les bras de Kit et nous commençâmes à nous embrasser, d'abord doucement, puis avec plus de passion. Soudain, Kit s'arrêta. Déconcertée, j'essayai de l'attirer à nouveau contre moi, mais je sentis son haleine sur mon épaule nue puis sa bouche humide sur ma peau. Il glissa ses doigts sous la bretelle de ma robe et, alors que sa main effleurait mon sein, je me demandai combien des règles de convenance fixées par Anna j'étais en train d'enfreindre. Il m'embrassa de nouveau et je lui rendis son baiser. J'étais ivre de champagne et de lui. D'une poussée, il me renversa sur le banc et sa main attrapa l'ourlet de ma robe. Je savais que je devais l'arrêter. C'est ce que les jeunes filles doivent faire quand les garçons deviennent trop audacieux, trop amoureux, trop séduisants. Je ne voulais pas qu'il s'arrête. Je ne voulais pas décevoir Anna. Je ne voulais pas ressembler à l'une de ces choristes à la cuisse légère qui la faisaient soupirer. J'aimerais pouvoir dire que je considérai les conséquences de ma conduite, m'imaginant en héroïne déflorée – Tosca ou Tess D'Urberville –, mais penser exigeait de trop grands efforts. À cet instant, mon corps se moquait bien des règles qu'une fille comme moi était censée respecter. Du genou, Kit écarta mes cuisses et j'entendis ma belle robe se déchirer. Cet incident me fit reprendre mes esprits. J'essayai de me libérer, mais Kit me maintenait dans la cage que formaient ses bras.

« Ne fais pas ça », dis-je, mais il n'eut pas l'air de m'entendre. De la sueur brillait sur sa lèvre supérieure et il s'efforçait à présent d'atteindre l'élastique de ma culotte. « Ne fais pas ça, répétai-je en le repoussant.

— Je t'aime », murmura-t-il. Au lieu de m'encourager, ces paroles me mirent en colère et je lui donnai un grand coup de coude. Il recula, se redressa et me regarda avec une expression peinée.

« Qu'y a-t-il ? demanda-t-il. Je croyais que tu voulais profiter de ce que nous soyons seuls.

— Oui, mais je ne veux pas faire ça. Du moins, pas encore. »

Soudain, je me sentis très puérile et consciente que mes beaux atours étaient simplement empruntés.

« Je porte la robe de ta mère et nous l'avons abîmée. »

Kit haussa les épaules. « Eh bien, tu n'as qu'à l'enlever.

— Pas question. » J'entendis Anna parler par ma bouche. Mes doigts montèrent au collier de perles qui pesait à mon cou. Je sentis la désapprobation dédaigneuse des deux mères absentes. Me rajustant, je ramassai mes chaussures et m'enfuis dans la maison, des larmes brûlantes aux yeux.

Au retour de son père, Kit commença à s'agiter. Il savait que d'autres se battaient quelque part alors qu'il en était réduit à planter des choux ou à pêcher le haddock avec Burt. Sa jambe était presque guérie. De toute façon, il n'aurait pas admis qu'il avait mal, impatient qu'il était de reprendre du service. Il errait dans le jardin en fumant ou disparaissait en bas, sur la plage. Il ne recherchait plus ma compagnie. Quelque part, une bataille faisait rage ; l'*Angelica*, aussi petite fût-elle, y participait et Kit était malheureux. Je ne pouvais m'empêcher de me poser une question : si son séjour s'était passé différemment et si je lui avais permis de me faire l'amour, se serait-il confié davantage à moi ? Depuis cette époque, j'ai eu largement le temps de réfléchir à ces choses et parfois je continue à m'interroger. Si la robe ne s'était pas déchirée, si je n'avais pas été assaillie de scrupules, notre histoire aurait-elle eu une autre fin ? Mais pour remédier à ce genre de tourments les Anglais ont inventé les jardins. Lorsque je me surprends à pleurnicher à propos de ces souvenirs, je taille mes rosiers ou j'arrache les aegopodes avec un regain d'énergie.

Je reçus une lettre de Margot, la première depuis des mois. Les sous-marins allemands empêchaient la circulation du courrier. J'imaginai les lettres manquantes sombrant dans les vagues tout en essayant de ne pas penser aux bateaux qui les transportaient. Je lus son message au soleil, m'efforçant d'en savourer chaque mot.

> *Tu ne peux pas savoir combien je me sens inutile, coincée ici, aux États-Unis. Avez-vous déjà été bombardés ? As-tu peur ? Je suis allée au cinéma et, aux actualités, j'ai entendu le bruit que font ces fichues sirènes : c'est terrifiant, même dans un cinéma. Je me demande ce que ça peut être quand ce hurlement est accompagné d'avions et de bombes. Bois du cognac pour te calmer.*

J'aurais aimé lui dire que je me sentais tout aussi inutile dans cette partie tranquille de la côte anglaise.

> *Le printemps, ici, est magnifique. À présent, nous avons une très belle maison avec vue sur le port et le Golden Gate. Je travaille mon violon dans une pièce qui donne sur l'eau et, tandis que je joue, je t'imagine en train de regarder la même mer, mais de l'autre côté. Je me suis sentie un peu déprimée ces derniers temps. Votre absence crée un vide en moi. Je voudrais avoir ma propre famille et je sais que je ne devrais pas me tourmenter à cause des difficultés que j'ai à réaliser ce souhait. Me ronger les sangs à ce sujet ne fait qu'aggraver le problème, Robert et le médecin (qui est très gentil) disent d'ailleurs la même chose, mais c'est très dur, je t'assure, Elise. Robert m'a acheté un chien, un superbe retriever, pour que je le promène et le couvre de caresses. Je l'ai baptisé Wolfgang, diminutif Wolfie. Tu l'adorerais. Je me rappelle que tu suppliais les parents de te laisser en avoir un.*

Comme j'aurais voulu que ma sœur fût à Tyneford ! Alors j'aurais pu la consoler. Elle avait toujours eu l'intention d'avoir un fils prénommé Wolfgang. Je nous imaginais toutes les deux, marchant au sommet de la colline, lançant des bâtons à Wolfie, riant de voir le chien nager dans la baie, puis nous arroser quand il s'ébrouait. Détail intéressant : dans aucune de mes rêveries, je ne parlais à Margot du roman dans l'alto. Bien que ma sœur attendît avec impatience un mot ou un signe de nos parents, je gardai pour moi le secret du manuscrit caché. À présent, il est trop tard pour avoir des regrets. Aujourd'hui, je passerai la journée dans le jardin. Je planterai des crocus en prévision du prochain printemps et essaierai de penser à autre chose.

Un soir de la fin du mois de mai, après le dîner, je m'attardais dans le salon avec Kit et Mr. Rivers. Il était onze heures passé et les rideaux étaient tirés par-dessus les stores pour le black-out. Il faisait trop chaud et je mourais d'envie d'ouvrir une fenêtre. Perché sur le bras d'un fauteuil, près de la cheminée, Kit regardait dans le vague. Mr. Rivers feignait de lire. Moi, j'étudiais des conseils aux ménagères publiés dans *The Lady's Magazine* avec l'impression d'être très vertueuse, mais je m'ennuyais ferme. Le téléphone sonna soudain dans le vestibule. Nous nous redressâmes sur nos sièges pour écouter les pas feutrés du majordome, puis son murmure. Quelques instants plus tard, la porte s'ouvrit devant Mr. Wrexham.

« Mister Kit, un appel pour vous. Le capitaine Graham Parsons. »

Kit se leva d'un bond et traversa la pièce en deux enjambées. Mr. Rivers et moi abandonnâmes nos journaux et retînmes notre souffle pour mieux entendre la conversation. Penchée en avant, j'écoutai la voix de Kit : « Oui, sir... certainement, sir... il y a... vingt-quatre heures... oui, tout de suite, sir... marée haute... tout à fait remis, merci, sir... au revoir... » puis le bruit de ses pas sur le parquet. Il rentra dans le salon, rouge d'excitation, les yeux brillants. Le regard fixé sur son père et sur moi, il s'adossa contre le mur d'un air nonchalant, mais ses lèvres réprimaient mal un sourire.

« J'ai reçu l'ordre de réquisitionner un bateau et de l'emmener dans le Kent pour rejoindre un convoi qui part en France.

— Oh, mon Dieu ! s'exclama Mr. Rivers. C'est donc vrai. Notre armée bat en retraite.

— Oui, je suppose. Le capitaine ne m'a rien dit. Je recevrai d'autres instructions à mon arrivée à Ramsgate. »

Kit se posa sur le canapé, puis, incapable de rester tranquille, il se leva et se mit à tourner en rond dans la pièce. Je l'attrapai par la main et l'obligeai à s'arrêter.

« Quand pars-tu ?

— À marée haute. Je dois préparer le bateau et prendre la mer dès que je pourrai. »

Pleine d'appréhension, je serrai si fort sa main que mes articulations blanchirent. Kit poussa une de mes boucles derrière mon oreille. « Ne t'inquiète pas, ma chérie. Je suis soulagé de pouvoir me jeter à nouveau dans l'action. Je reviendrai très vite, tu verras. »

J'essayai de lui rendre son sourire, mais je ne le lâchai pas. Malgré tout ce qui était arrivé à ma famille, Kit ne se rendait pas compte que, parfois, les gens étaient séparés très longtemps malgré eux.

« Va te changer alors, dit Mr. Rivers. Ensuite, nous descendrons sur la plage, parler à Burt. Je suppose que tu veux prendre le *Lugger* ?

— Oui. De tous les bateaux de pêche, c'est le plus facile à manœuvrer. Il est petit mais rapide, et je connais les caprices de son moteur. Ce foutu hors-bord a explosé je ne sais combien de fois et j'ai toujours été capable de le réparer. »

Dix minutes plus tard nous descendions en hâte vers la crique. Kit avait mis son uniforme et il portait un imperméable sur le bras. Avec son long manteau et ses yeux ombragés par la visière de sa casquette, il était beau et paraissait plus âgé. J'enfonçai mes ongles dans la partie charnue de mes paumes. Si seulement j'avais pu croire en Dieu ! Alors j'aurais pu prier pour que mon bien-aimé revienne sain et sauf. Mr. Rivers s'était changé lui aussi. Il avait passé ses vêtements de travail et coincé un ciré sous son bras. La nuit était claire, étoilée. Un hibou hulula dans l'obscurité, puis survola la plage à basse altitude. Le vent faisait bruisser les oyats. Je dus courir pour rester à la hauteur des deux hommes et, lorsque nous atteignîmes la grève, mes tennis dérapèrent sur les galets. La maison de Burt n'était pas éclairée, mais à la lueur des étoiles on voyait un mince panache de fumée s'élever de la cheminée. Kit frappa. L'instant d'après, la porte s'ouvrit. À la vue de Kit dans son trench-coat militaire et sa casquette de lieutenant, le pêcheur cligna des yeux.

« Burt, je dois réquisitionner le *Lugger* pour l'emmener en France. Nos soldats sont en plan sur les plages, là-bas. »

Le viel homme acquiesça lentement de la tête, puis fit un demi-salut. « Entendu, mon lieutenant. Vous m'aviez prévenu que le *Lugger* appartenait à présent à la marine de Sa Majesté. Si l'amirauté en a besoin, il doit y aller. Mon seul regret, c'est de ne pas être assez jeune et agile pour vous accompagner. »

Kit traversa la cour sombre et descendit sur la plage où le bateau reposait sous une bâche, sur les galets. Son père l'aida à enlever la toile. Burt les rejoignit. Il fit le tour de la coque, examinant la peinture à la flamme vacillante d'une allumette. Kit monta à bord et commença à nous tendre des rouleaux de filet de pêche et des casiers à homards.

« Je dois vider le bateau de tout ce qui n'est pas essentiel », expliqua-t-il.

J'attrapai les filets et les portai dans un coin de la cour.

« Y a-t-il des couvertures ? s'enquit Mr. Rivers. Il fera froid durant la traversée. Et de la nourriture ? Il nous faut des conserves et au moins treize litres d'eau potable.

— Je vais aller en demander à Mrs. Ellsworth, dis-je, et je me tournai pour remonter à toute allure le chemin menant à la maison.

— Nous avons tout notre temps, me cria Mr. Rivers. Il faut que nous attendions le changement de marée. Nous sommes au point le plus bas. Le *Lugger* ne pourra pas partir avant au moins six heures. »

Peu m'importait qu'il n'y eût pas d'urgence. Je courus sur la sente aussi vite que je pus, désireuse de passer chacune de ces dernières minutes avec Kit. La lune projetait une lueur froide sur le chemin crayeux, aussi blanc que de l'os. L'air nocturne embaumait les églantines entrelacées aux haies. À présent perché sur un pieu de clôture, le hibou tourna la tête pour m'observer de ses yeux jaunes. J'atteignis la porte de service, hors d'haleine.

« Mrs. Ellsworth ! J'ai besoin de couvertures, de conserves de fruits, de viande, de crème anglaise et d'un bidon d'eau… de pansements et de bandages… et de cognac si vous en avez. »

La gouvernante apparut aussitôt dans le couloir, son front hâlé aussi plissé qu'un champ labouré.

« Oui, oui, d'accord. Entrez et fermez la porte. Vous laissez sortir la lumière. »

Dans ma hâte, j'avais oublié les règles du black-out et de la lumière se répandait dehors, sur les pavés de la cour. Je claquai la porte et suivis la gouvernante dans le garde-manger. Elle me fourra un grand sac entre les mains.

« Remplissez ça avec les conserves rangées sur l'étagère inférieure. Prenez une douzaine de boîtes de lait concentré. Et de fruits. Des rillettes. Ajoutez-y deux ouvre-boîtes et des cuillers. »

Une fois les vivres emballés, je tirai le sac vers la porte de service. Alors que je me demandais comment diable j'allais le descendre à la plage, j'aperçus la brouette d'Art. Mrs. Ellsworth me rejoignit dans la cour. Elle apportait une pile de couvertures et un panier de pique-nique qu'elle posa sur la brouette. Je me mis à pousser celle-ci dans l'allée, puis sur le chemin menant à la baie. Elle grinçait horriblement. Je devais réveiller tous les habitants du village. Comment faisaient les contrebandiers d'autrefois ? Sans doute n'utilisaient-ils pas de brouette. Elle était lourde et butait contre chaque caillou, mais nous fûmes de retour sur la grève moins d'une heure plus tard. Les hommes inspectaient le gréement du *Lugger* et discutaient de la nécessité d'emporter ou non une voile de rechange.

« Je ne vais tout de même pas me rendre sur un champ de bataille à la voile, déclara Kit, les bras croisés sur la poitrine. Dès que nous approcherons de la côte française, nous nous servirons du hors-bord.

— Et si le moteur tombait en panne ? s'inquiéta Mr. Rivers.

— Nous avancerons à la rame.

— Le *Lugger* n'est pas facile à mouvoir, objecta Burt en secouant la tête.

— Le bateau sera plein d'hommes, s'obstina Kit. Certains d'entre eux devront nous donner un coup de main.

— Vous avez raison, admit Burt. Prenez une paire d'avirons supplémentaire alors.

— Y a-t-il des fusées éclairantes ? demanda Mr. Rivers.

— Elles sont sous le banc, à l'arrière », précisa Burt.

Kit sauta à terre et vint à côté de moi. Il entoura mes épaules de son bras. « Il ne nous reste qu'à attendre la marée, dit-il.

— Vous pouvez rentrer à la maison et dormir quelques heures, monsieur », suggéra Mrs. Ellsworth.

Kit rit. « Je serais bien incapable de fermer l'œil. Je vais m'allonger un moment sur le pont, ajouta-t-il pour apaiser la gouvernante. Viens avec moi », me dit-il. Il me prit par la main et s'empara d'une couverture. « Tu me demandes toujours quel effet ça fait de dormir sur un bateau. Voilà une bonne occasion de le découvrir par toi-même. »

Je lui permis de m'aider à grimper sur le pont. Il étendit la couverture sur l'un des bancs étroits, s'allongea et tapota l'espace à côté de lui. Je n'hésitai pas une seconde avant de me blottir contre lui. Il m'entoura de ses bras, je sentis son souffle sur ma nuque. Je frissonnais de froid. Kit se redressa.

« Excuse mon manque de galanterie, dit-il. Tiens. » Il ôta son trench-coat et nous en recouvrit. Très loin dans la baie, la mer battait contre les rochers.

« Ce n'est pas aussi confortable que le hamac d'un *snottie*, dit Kit.

— C'est quoi, un *snottie* ?

— C'est ainsi qu'on appelle un midshipman. Nous, les officiers, nous jouissons du luxueux inconfort d'avoir une couchette dans un placard et d'être fichus par terre chaque fois que le vent se lève. Mais deux ou trois fois, j'ai pendu un hamac. C'est une merveilleuse invention. Tu te balances au rythme du bateau comme un bébé dans son berceau.

— On essaiera à ton retour, chuchotai-je. Près de Durdle Door, comme tu me l'as écrit. »

Nous nous tûmes, conscients de l'intimité exprimée dans les lettres de Kit et des semaines gaspillées à Tyneford. Kit avait passé la plus grande partie de ce temps à attendre de repartir en mer et, maintenant qu'il était sur le départ, il débordait de regrets.

« Je suis désolé, ma chérie. Tout sera différent quand je viendrai en permission. C'est à cause de mon inaction que je me suis conduit comme un goujat. »

Je me tournai dans ses bras pour pouvoir l'embrasser. Il pressa sa bouche tiède contre la mienne.

« Elise, dit-il lorsque nous nous séparâmes enfin, je veux t'épouser tout de suite. Je ne veux plus attendre. »

352

Je sentis comme une grosse boule dans ma gorge. « D'accord. »

Il me caressa la joue du bout des doigts. « C'est vrai ? »

J'imaginai la lettre que j'écrirais à Anna… *Anna chérie, aujourd'hui je me suis mariée avec Kit. Je portais tes perles.*

Mes lèvres effleurèrent la mâchoire de Kit. « Mais même si nous ne nous marions pas, dis-je, les yeux baissés, n'osant pas le regarder, ces choses dont tu parles dans tes lettres… Nous pourrions les essayer. La prochaine fois, je ne t'arrêterai pas. Si ça te fait plaisir.

— Oui, ça me ferait plaisir, murmura-t-il. À mon retour. »

Il me serra contre lui. Je me tortillai un peu pour trouver une position confortable et, fermant les yeux, j'écoutai le bruit du ressac. La marée s'inversait. Chaque vague rapprochait le moment du départ. Je rouvris les yeux, luttant contre l'envie de dormir dans les bras tièdes de Kit. Au-dessus de l'ombre des arbres nichés dans la vallée, je distinguai le contour de l'église et de sa tour muette. Les cloches n'avaient pas sonné depuis le début de la guerre, ni pour annoncer l'office du dimanche ni l'enterrement de la veuve Pike. Et elles ne marquaient plus les heures. J'aurais voulu que son silence indique un arrêt du temps, que, jusqu'à la reprise de son carillon, Kit reste allongé près de moi sur le banc de bois, attendant la marée haute, différant sans cesse son départ. Si les cloches se taisaient, alors nous pourrions vivre pour toujours ce moment précédant notre séparation et ne jamais nous séparer.

L'aurore nous enveloppait de ses feux. Je m'étais endormie, nous trahissant tous deux. Mr. Rivers était assis sur le banc opposé au nôtre. Il nous observait, et une seconde avant que je ne me rende compte que j'étais réveillée, je vis qu'il était triste. Il cligna des paupières, sourit et son visage se rasséréna.

« Bonjour, dit-il. Mrs. Ellsworth est en train de préparer notre petit déjeuner. »

Kit s'assit, s'étira et bâilla voluptueusement. « Quelle heure est-il ?

— Environ quatre heures. La marée sera assez haute dans moins d'une heure.

— Parfait », dit Kit. Alors que je me redressais, Kit me serra contre son genou. Il pressa son menton sur ma nuque, sa barbe me gratta la peau. La mer clapotait à quelques mètres du *Lugger*, bientôt le bateau serait à flot. S'étant soigneusement placée hors d'atteinte des vagues, Mrs. Ellsworth faisait frire du bacon sur un feu doux. Des pêcheurs se pressaient dans la cour de Burt. Ils buvaient du thé dans des mugs émaillés et discutaient du temps à voix basse. Au loin, une silhouette mince en habit noir descendait d'un pas ferme le chemin de la plage. À son approche, je me rendis compte que c'était Mr. Wrexham tenant devant lui une cuvette remplie d'eau fumante, une serviette immaculée pendue à chacun de ses poignets, un tablier blanc autour de la taille. Il salua Kit et Mr. Rivers d'un signe de tête.

« Bonjour, mister Rivers, sir. Mister Kit, sir. J'espère que vous avez bien dormi.

— À merveille, merci, Wrexham », répondit Kit.

Lorsque le majordome m'aperçut juchée sur le genou de Kit, je crus voir son œil droit clignoter.

« Vous permettez ? » demanda-t-il en levant sa cuvette.

Mr. Rivers l'en débarrassa et la posa sur le pont. L'instant d'après, le majordome grimpait avec agilité sur le pont. Assis sur le banc, Mr. Rivers resta parfaitement immobile tandis que Mr. Wrexham lui nouait une serviette autour du cou et, tel un prestidigitateur, sortait de la poche de son tablier des accessoires de rasage qu'il disposa sur une serviette plus petite. Fascinée, je le regardai tremper un gant de toilette dans la cuvette et l'appliquer sur le visage de son maître. Mr. Wrexham s'empara ensuite d'un cuir et d'un redoutable rasoir qu'il repassa sur la lanière jusqu'à ce que le fil de la lame étincelle. Il fit mousser le savon avec un blaireau et l'étendit sur le menton et les lèvres de Mr. Rivers. Il s'agissait là d'une alchimie purement masculine. Avec un pincement au cœur, je pensai à Julian. Son valet le rasait tous les matins et, malgré mes supplications, mon père ne m'avait jamais autorisée à assister à ce rituel. En termes très clairs, il m'avait expliqué que, pour un homme, c'était là un moment d'intimité, un plaisir que ne devait pas gâcher la présence de petites filles. Qui le rasait à présent ? En quarante-six ans, Julian ne s'était jamais rasé lui-même.

Mr. Wrexham trempa la serviette dans les vagues, puis la pressa contre la mâchoire de son maître. Lorsque le sel toucha sa peau, Mr. Rivers tressaillit et inspira avec bruit.

« L'eau de mer est meilleure que l'eau de Cologne, sir », assura le majordome.

Il prodigua ensuite ses soins à Kit, répétant le même processus avec des serviettes et un blaireau propres. Aucun de ces messieurs ne semblait s'étonner que leur serviteur se soit donné le mal de descendre sur la plage pour s'occuper d'eux. Un officier britannique ne pouvait prendre la mer sans être rasé de près.

« Dois-je vous emballer ces accessoires de rasage, sir ?

— Oui, s'il vous plaît, Wrexham », répondirent en chœur les deux hommes.

Le bateau ne devait emporter que l'essentiel. De toute évidence, un rasoir en faisait partie. Fascinée par la scène, un détail m'avait échappé. Mais Kit, lui, se tourna vers son père, l'air surpris.

« Ton rasoir à toi ? Pourquoi ? Tu as l'intention de partir pour le Kent ?

— Oui, si tu acceptes un vieux troufion comme moi à bord. Je sais que tu es capable de manœuvrer le *Lugger* tout seul, mais tu seras sacrément fatigué avant même d'atteindre Ramsgate. La traversée dure quinze heures.

— Je sais, répondit Kit comme si son père doutait de son jugement. J'ai consulté la carte.

— Oui, bien sûr, dit Mr. Rivers d'un ton calme. N'empêche que j'aimerais beaucoup t'accompagner. » Il regarda Kit comme s'il lui en demandait l'autorisation, mais je savais qu'il ne s'agissait pas d'une question. Il voulait simplement donner à son fils l'illusion qu'il avait le choix.

Les hommes se dévisagèrent en carrant leurs épaules. Après un signe d'assentiment de Kit, tous deux se détendirent.

« D'accord, un coup de main ne sera pas de refus, mais je suis censé embarquer un camarade à Ramsgate.

— Très bien, mais si tu es à court de marins, je viendrai avec toi en France. »

À l'expression déterminée de sa bouche, je compris, même si Kit ne s'en était pas rendu compte, qu'il le ferait de toute façon. Mrs. Ellsworth, qui nous appelait pour le petit déjeuner, mit fin à cette discussion. Un soleil d'or jaune comme une montre de gousset s'éleva au-dessus de la colline et fit briller les œillets maritimes qui tapissaient le bord de la falaise. L'air s'emplit de la plainte des mouettes, les pouillots véloces voletaient en gazouillant parmi les buissons autour de la chaumière. Une odeur appétissante flotta dans la brise quand Mrs. Ellsworth distribua des assiettes de pain et d'œufs au bacon. Dans un coin de la cour, Burt et Mr. Wrexham enfilaient des pierres d'une forme bizarre sur une corde fine. C'étaient de gros galets percés d'un trou creusé par des millénaires de marées. Les frères portèrent leur insolite collier jusqu'au *Lugger* et le nouèrent soigneusement à la base de deux épontilles, à l'avant. Me surprenant à le regarder, Burt me fit un clin d'œil.

« Des pierres de sorcières, cria-t-il. Pour empêcher ces créatures d'embarquer clandestinement. »

Je gardai le silence, me disant que les stukas allemands représenteraient un bien plus grand danger. Comme s'il avait lu dans mes pensées, Burt sourit. « Mieux vaut être trop prudent. Pas moyen d'éviter les Boches, mais au moins les sorcières ne viendront pas les embêter. »

Je n'aurais su dire s'il plaisantait. Je regardai Burt, puis Mr. Wrexham. L'un portait son éternel pantalon de grosse toile marron, un pull raccommodé et une barbe de huit jours, de la couleur du sel, lui couvrait le menton. Dans son habit noir et sa chemise amidonnée, l'autre était impeccable, mais il avait les mêmes yeux bleus que le premier. Alors qu'ils attachaient les pierres de sorcières à la proue du *Lugger*, ils bougeaient à l'unisson avec les gestes assurés d'hommes habitués à lancer des filets et à passer leur vie au milieu de bateaux. Le majordome restait un pêcheur.

« C'est l'heure, cria Mr. Rivers. Aidez-nous à appareiller. »

Même si les vagues clapotaient autour de lui, le *Lugger* devait être porté plus loin dans la mer. Les pêcheurs l'entourèrent sans se soucier de l'eau qui trempait leurs souliers. L'attrapant par les flancs, ils soulevèrent le bateau et, courbés, le hissèrent par-delà la plage, la carène raclant les galets. Je pataugeai derrière eux, mouillant mes tennis et mes bas. Mr. Rivers apparut près de moi. Il m'embrassa légèrement sur la joue et referma ses deux mains sur la mienne.

« Je vous le ramène, c'est promis. Nous nous reverrons dans quelques jours, une semaine au plus tard. J'essaierai de vous envoyer un télégramme. De toute façon, vous ne devez pas vous inquiéter. »

Je me surpris en train de pleurer et m'aspergeai d'eau de mer pour déguiser mes larmes. Mr. Rivers me lança un coup d'œil, puis m'attira vers lui.

« Je suis navré de n'avoir pas pu faire venir vos parents à Tyneford. Profondément attristé. Mais Kit, je vous le ramènerai sain et sauf. »

À travers mon chemisier, je sentis les battements de son cœur pareils au déferlement des vagues. Je croyais qu'il allait poursuivre, mais il me lâcha, avança dans l'eau et se hissa à l'arrière du bateau. Je l'observai. Occupé à consulter la carte, il ne s'en rendit pas compte. Je m'essuyai les yeux. Anna. Julian. Et maintenant Kit et Mr. Rivers.

L'amarre en main, Kit se démenait à l'avant. Il tourna le *Lugger* vers le large. Après que Burt l'eut débarrassé de la corde, il sauta de nouveau à terre pour faire ses adieux.

« Je t'aime, ma chérie, dit-il. Et je te reverrai très bientôt. Tu comprends pourquoi je suis obligé de partir, n'est-ce pas ? C'est comme si Will était coincé là-bas, sur une plage. »

Incapable de parler, j'acquiesçai de la tête. Il m'embrassa, me faisant ployer en arrière, vers l'eau, comme si nous étions un couple de cinéma. Sur la plage, les pêcheurs applaudirent. Je sentis monter en moi une brusque colère : Kit jouait au héros de film d'aventures pour épater la galerie.

« Kit, sois prudent, je t'en supplie. Will, je l'aime bien, mais pas autant que toi. Je suis égoïste. Je ne veux pas que tu meures pour sauver le petit ami d'une autre fille. C'est sans doute très mal de ma part, mais tu ne sais pas ce que c'est que d'être séparé de tous ceux qu'on aime. J'étais seule, puis je t'ai trouvé. Je ne veux pas te perdre. »

Kit m'embrassa encore une fois, mais je sentais qu'il avait hâte de partir.

« Ne dis pas de bêtises. Personne ne va mourir, ma chérie.

— Mais si, Kit. Il y en a beaucoup qui vont mourir. Et j'aimerais autant que ce ne soit pas toi. »

J'avais conscience que mon comportement était très peu *british*. Une Anglaise aurait embrassé son petit ami sur les lèvres et dit : « Je tiens beaucoup à toi, tu sais, chéri. Essaie d'éviter les ennuis. » Ensuite, elle aurait agité poliment la main, cachant stoïquement deux ou trois larmes dans son mouchoir, se serait préparé une bonne tasse de thé et remise à repriser des chaussettes. Mais voilà : je n'étais pas britannique. J'étais viennoise et les continentales expriment leurs sentiments. Je respirai à fond et m'efforçai de ne pas remarquer que Kit se tortillait d'embarras.

« Tous ceux que j'aime en Angleterre s'apprêtent à monter dans ce bateau et à disparaître de l'autre côté de la mer. Navigue avec précaution car tu emportes ce que j'ai de plus cher ici, dans cette île bizarre. »

(Je suis à peu près sûre d'avoir prononcé ces paroles. J'y ai souvent repensé. Si je ne l'ai pas fait en réalité, c'est néanmoins ce que je voulais dire.)

Mr. Rivers me fit un signe d'adieu depuis le pont. Kit prit mon visage entre ses mains et m'embrassa doucement.

« Au revoir, ma chérie. »

Debout dans l'eau, je regardai le bateau longer la côte, puis tirer une bordée vers l'entrée de la baie et prendre le large. L'arrière étincelait au soleil. Les voiles brunes se déployaient au-dessus de la mer, faucon pèlerin fonçant sur sa proie. Une minute plus tard, le bateau, réduit à la taille d'un jouet, disparaissait. Je me tournai et revins en pataugeant vers la plage avant de me percher sur l'un des rochers plats, sous la falaise. J'aurais dû me sentir fière, exaltée par le courage de ces deux hommes, mais il n'en était rien. Ils se rendaient en France aussi vite qu'ils le pouvaient pour sauver des hommes perdus sur des plages, mais leur vaillance n'était pas pure. Le côté aventure, l'audace, le danger excitaient Kit, même s'il prétendait n'entreprendre cette expédition que pour Will. J'adorais Kit, mais Burt avait eu raison de le qualifier de casse-cou. Conscient lui aussi de ce trait de caractère, Mr. Rivers était parti en France pour s'assurer que son fils reviendrait sain et sauf.

20

Une mouette à l'horizon

J'essayai de cuisiner avec Mrs. Ellsworth, mais ce fut un désastre : je brûlai la pâte à tarte, gaspillant ainsi la moitié de notre ration hebdomadaire de matière grasse et me coupai le doigt en dépiautant un lapin. J'écoutais la radio. Les informations, cependant, demeuraient vagues et prudentes afin de ne pas compromettre l'opération de sauvetage en cours. Un jour, je me retirai dans la petite chambre sous les toits (que je continuais à considérer comme la mienne même si j'avais maintenant droit à la chambre bleue) et tirai l'alto de sa cachette. J'ouvris la fenêtre mansardée pour laisser l'air marin emplir la pièce et chasser l'odeur d'humidité et de poussière. De l'étui, je sortis l'archet et un petit morceau de colophane que je réchauffai dans ma main avant d'en enduire la mèche. Je glissai l'instrument sous mon menton et promenai l'archet sur les cordes. Je jouai tout l'après-midi – Vivaldi, Donizetti, Bing Crosby – sans m'arrêter pour déjeuner ou écouter les nouvelles.

Je passai les jours suivants à jouer de l'alto ou à biner le potager avec le vieux Billy. Je désherbai les rangées de plants de laitue bien alignés, pilant des coquillages pour décourager les escargots ; je creusai des sillons pour y semer des betteraves et des blettes. De la sueur coulait de mon front et tombait sur la terre. Tout en travaillant, j'entendais l'étrange son de l'alto dans ma tête. Il emplissait mon esprit comme le bruit de la mer dans un rêve ; je bougeais, taillais, piochais, plantais à son rythme. Au crépuscule, je descendais à la plage et m'asseyais avec Burt sur des casiers à homards, devant sa hutte. Le vieux pêcheur bourrait sa pipe et nous regardions la mer monter dans un silence convivial. L'eau envahissait la grève avec une implacable constance. À marée haute, elle battait les grands rochers plats au-delà de la chaumière, transformant la pierre gris pâle en une surface d'un noir luisant et la vase craquelée en velours vert. À marée basse, l'eau se retirait jusqu'à l'extrémité de la baie, les galets secs prenaient des teintes or, jaune et rouille à la lumière du couchant. Je savais que quelque part, au loin, des plages résonnaient de coups de feu, de tirs d'obus, de hurlements d'hommes et de sirènes, mais ici, à Worbarrow, les vagues léchaient le rivage et les seuls cris qu'on entendait étaient ceux des mouettes.

Le soleil glissa derrière l'horizon. La pipe de Burt rougeoyait dans l'obscurité telle une deuxième lune de couleur écarlate. Des pas crissèrent sur les galets : un renard traversait la plage en courant, laissant dans son sillage une odeur nauséabonde.

« Vous inquiétez pas, mamzelle. Le maître protégera le jeune Mr. Kit du danger. »

Je ramassai un caillou bien lisse et le lançai au-delà de la grève.

« J'espère que tous deux seront protégés du danger », murmurai-je.

Juin arriva. Je parcourais la maison comme une somnambule avec l'impression de porter un collier de pierres de sorcières autour du cou : deux pour Anna et Julian et, maintenant, deux pour Kit et Mr. Rivers. Déprimée, abrutie, je n'avais qu'une envie : dormir. Cependant, lorsque je m'abandonnais au sommeil, je rêvais de voiles déchirées et de mers en furie, rougies de sang. Les journaux publiaient les photos d'hommes sales et dépenaillés qui débarquaient d'innombrables bateaux et se répandaient sur les quais de Douvres et de Portsmouth. La radio et le *Times* assuraient qu'ils étaient « fatigués mais inébranlables », triomphants dans la défaite. Des villages de la côte avaient servi vingt mille sandwichs et trente mille tasses de thé. Ce sauvetage intrépide et le moral d'acier de ces jeunes soldats enflammaient la nation. Je regardais ces photos, je cherchais le *Lugger* ou un instantané de Kit ou de Mr. Rivers, mais bien entendu, je n'en trouvais pas. J'entendais le cliquetis du penny que les rescapés introduisaient dans le téléphone. J'entendais les cris de joie que poussaient leurs mères, leurs fiancées et leurs grands-parents. L'un des garçons de ferme revint tout droit de Portsmouth à Tyneford dans la charrette du laitier. Je chargeai Mrs. Ellsworth d'envoyer une bouteille de porto et un cigare au père de cet heureux soldat en m'efforçant de ne pas souhaiter que Kit et Mr. Rivers fussent rentrés sains et saufs à la place de ce garçon inconnu aimé par des étrangers.

Vu le brouillard dans lequel je vivais, je mis deux jours à me rendre compte qu'en l'absence de leur maître, les domestiques venaient me demander des ordres. Le jardinier voulait savoir si, cette année, il devait continuer à planter des pois de senteur ou seulement des petits pois (j'insistai pour garder les deux, on avait bien besoin de jolies fleurs en temps de guerre). Chaque matin, Mr. Wrexham déposait à mon intention un *Times* repassé dans la salle du petit déjeuner. Lorsque Mrs. Ellsworth me consulta au sujet du menu du déjeuner, je lui annonçai que je prendrais le même repas que celui du personnel.

« Mrs. Ellsworth, nous avons déjà assez de travail à la cuisine pour que vous ne prépariez pas des plats juste pour moi. Le maître étant absent, cela ne constitue pas une atteinte à l'étiquette, ajoutai-je en la voyant blêmir. Jusqu'au retour de Mr. Rivers, je mangerai avec vous. C'est idiot de me faire servir par Mr. Wrexham dans le salon du matin. »

La gouvernante fronça les sourcils et essuya la table de la cuisine pourtant immaculée. « Mr. Wrexham ne sera pas d'accord. »

Elle se trompait. Le vieux majordome était fatigué : il accomplissait les tâches d'un valet de pied tout en dirigeant le reste du personnel et même pour un homme de sa valeur, c'était trop. Durant la semaine qui précéda le départ de Kit et de Mr. Rivers, j'avais remarqué que les chenets n'avaient pas été nettoyés depuis un bon moment, que la belle argenterie du dîner avait disparu, remplacée par des couverts argentés plus simples. Pour rassurer le vieil homme, je déclarai le premier jour : « Voilà qui est raisonnable, Mr. Wrexham. Nous ressortirons la belle argenterie après la guerre. » Il ne répondit rien sur le moment, mais le soir suivant, la bonne argenterie réapparut, parfaitement astiquée. Le lendemain soir, j'essuyai furtivement sur ma serviette une trace de produit à polir restée sur mon couteau. Au bout d'une semaine, ces couverts disparurent à nouveau et, cette fois, je m'abstins de tout commentaire.

Cela me fit tout drôle de prendre de nouveau mes repas avec les domestiques. Mr. Wrexham et Mrs. Ellsworth tenaient à me servir la première au lieu de se servir d'abord comme ils l'avaient fait à l'époque où je n'étais qu'une femme de chambre. Être assise à la cuisine, devant le grand fourneau noir, était à la fois confortable et un peu étouffant.

« Puis-je vous servir un verre de vin, miss Landau ? demanda le majordome.

— Non, merci. J'aime bien l'orgeat. »

Nous mangions en silence. Ce calme m'arrangeait, mais je me sentais coupable d'infliger une gêne au reste de la compagnie. Après le dîner, Mrs. Ellsworth refusait que je l'aide à faire la vaisselle. Je me retirais donc dans le silence de la bibliothèque. Je ne m'installais jamais dans cette pièce quand Mr. Rivers était à Tyneford – c'était son domaine. Peut-être était-ce justement pour cette raison qu'elle m'apportait du réconfort à présent. Il y régnait une atmosphère masculine. Les vapeurs d'alcool du carafon de whisky se mêlaient à l'odeur des vieux livres. Mr. Rivers avait imprégné l'air de sa présence et je pouvais presque le sentir assis dans son fauteuil, en train de me regarder du coin de l'œil. Le soleil se couchait une heure plus

tard et je demeurais là, portes et fenêtres grandes
ouvertes. Ce jour-là, je me juchai sur le bureau de
Mr. Rivers, jouant nonchalamment avec ses jumelles
– celles qu'il emportait en promenade ou à la chasse
pour observer faucons et buses. Je les braquai sur la
mer et regardai une mouette voler à l'horizon. Je clignai des yeux. Cela ne pouvait être une mouette.
C'était bien trop loin pour qu'il puisse s'agir d'un
oiseau. Je regardai de nouveau.

C'était un bateau.

Laissant là les jumelles, je me précipitai sur la terrasse, appelant Mr. Wrexham et Mrs. Ellsworth.

« Un bateau ! Un bateau qui approche de la
côte ! »

Sans attendre une réaction de leur part, je dévalai
le sentier rocailleux vers la mer. Le crépuscule tombait. Autour de moi, les ombres s'allongeaient et un
mince croissant de lune pendait au-dessus de l'eau,
pareil à un découpage pour décor de théâtre. Des
grillons stridulaient dans la salicorne tel le tic-tac
d'un millier d'horloges. À mi-chemin de la pente, je
m'arrêtai et balayai la baie du regard. Oui. Le bateau
était bien là, mal gréé, sa voile sombre claquait dans
la brise. Je n'aurais su dire le nombre de passagers.
L'embarcation glissa le long de l'entrée de la crique,
rasant les rochers noirs. Je descendis tant bien que
mal, dérapant sur les cailloux. Parvenue sur la grève,
je vis qu'un groupe de pêcheurs, dont Burt et Art,
attendaient déjà en silence. Le bateau, un chalutier,
se dirigeait droit sur nous. J'entendais craquer la
voile de misaine déchirée, puis je compris qu'il s'agissait des battements de mon cœur.

« Ils sont deux ! » cria Burt.

Dans l'obscurité, je constatai qu'il avait raison. Deux silhouettes étaient blotties sur le pont, l'une à côté de la barre, l'autre affalée sur l'écoute de la grand-voile. La voix de Burt réveilla ses compagnons. Soudain, tous entrèrent dans l'eau, ceux qui savaient nager fendirent les vagues en direction du chalutier.

« Le moteur semble avoir calé, dit Burt, l'air sombre. Ils ont dû naviguer à la voile pendant des heures. »

Je m'avançai dans les bas-fonds et vis deux, trois, puis quatre hommes parvenir au bateau, se hisser à bord et le piloter jusqu'à la plage. Il échoua en grinçant sur les galets, le mât penché, en équilibre instable. Kit était assis au gouvernail, son pardessus imbibé d'eau et ses cheveux plaqués sur le visage. Il me sourit et j'eus l'impression de respirer pour la première fois en cinq jours. Alors que Burt l'aidait à débarquer, je cherchai Mr. Rivers des yeux. Couché sur le pont, il agrippait un cordage. Il avait le teint gris, une tache noire s'étendait sous son bras et son ciré était déchiré. Grimpant à bord, je m'approchai de lui, m'agenouillai et passai le bras autour de ses épaules. En frôlant sa joue, je sentis que sa peau était froide et humide.

« Montez à la maison et dites à Wrexham d'appeler le médecin », criai-je. Les pêcheurs me regardèrent, pétrifiés. « Vite ! »

Ils bougèrent. Art bondit vers le rivage.

« Du cognac ! » réclamai-je.

On me tendit une bouteille que je pressai contre les lèvres blanches de Mr. Rivers. Il but une gorgée et ouvrit un œil.

« Bonjour, vous, dit-il. Voilà qui est bien agréable.

« — Kit, appelai-je. Que s'est-il passé ? Il est blessé ? »

Kit était assis sur la plage, au milieu des vagues, trop fatigué pour bouger.

« Il est épuisé. Et il a reçu un éclat de shrapnel. »

Je levai le bras de Mr. Rivers et examinai la tache sur son manteau, incapable de dire si le sang était le sien. Tout le pont était couvert de sang et les flancs du bateau criblés de balles. À bâbord, les étançons, arrachés de leurs fixations, pendouillaient comme des dents branlantes sur des bouts de peau. Imaginant les hommes désespérés qui avaient nagé le long du *Lugger* et s'étaient agrippés à sa coque pour tenter de grimper à bord, je fermai les yeux. Le foc avait été déchiré en lanières pour faire des bandages. Rassemblés en tas humides, ils formaient des ruisselets rouges sur le pont. Seul le collier de pierres de sorcières accroché à l'avant avait l'air intact, mais, dans l'obscurité, même lui semblait teinté de rouge.

« Portez Mr. Rivers à la maison, ordonnai-je. Burt, emmenez Kit chez vous. Donnez-lui quelque chose de chaud à manger et des vêtements secs. Qu'il dorme auprès du feu. »

Deux grands gaillards de pêcheurs glissèrent leurs bras sous Mr. Rivers. Ils le soulevèrent comme s'il ne pesait pas plus qu'un poisson et le passèrent respectueusement à une autre paire de mains tendues. Je pataugeai à côté d'eux jusqu'à la plage.

« Montez-le aussi doucement que possible », recommandai-je. Je pris la main de Mr. Rivers alors que les hommes le portaient vers le chemin de la falaise. À cause du black-out, il faisait plus sombre qu'au fond des grottes de Tilly Whim. Des nuages voilaient la lune et les étoiles, mais nos yeux s'adaptèrent à l'obscurité. Nous gravîmes le sentier d'un pas aussi assuré que celui des lièvres qui bondissaient par-dessus les fossés. Les portes de la maison étaient grandes ouvertes et j'entendis Mr. Wrexham et Mrs. Ellsworth parler d'un ton anxieux. Le faisceau d'une lampe de poche vacillait devant le porche.

« Mr. Wrexham ! Par ici ! » criai-je.

Le majordome courut vers nous et braqua la lumière de sa torche sur Mr. Rivers. À la vue du teint gris de son maître, il renifla avec bruit tel un cheval effrayé par le vent. Je dus lui parler d'un ton ferme.

« Mr. Wrexham, il faut monter Mr. Rivers dans sa chambre et le mettre dans un lit chauffé. »

Le vieil homme continuait à regarder son maître, immobile, la bouche entrouverte d'effroi.

« Wrexham ! » aboyai-je.

Le majordome se redressa. Sortant de sa torpeur, il commença à organiser pêcheurs et domestiques. Il les emmena dans la maison.

« Il nous faut tout de suite une bouillotte, Mrs. Ellsworth, dit-il. À monter dans la chambre principale. Ne vous inquiétez pas pour vos chaussures, ajouta-t-il à l'adresse des pêcheurs qui s'étaient arrêtés dans le vestibule pour enlever leurs souliers encroûtés de sable. « Du lait caillé chaud, Art. Courez au pavillon et demandez-en aux demoiselles Barton. Et rapportez-le le plus vite possible. »

Je gravis derrière eux le grand escalier jusqu'à la chambre de Mr. Rivers. Je restai un moment sur le seuil : je n'avais pas pénétré dans cette pièce depuis l'époque où je travaillais comme bonne. Les épais rideaux rouges avaient été tirés, la chambre sentait le cuir et des épices que je ne connaissais pas. Pour un mois de juin, la soirée était fraîche. Mr. Wrexham alluma le petit bois disposé dans la cheminée, puis il partit attendre le médecin. Mrs. Ellsworth entra, l'air affairé, et envoya les pêcheurs sur le palier.

« Un grand merci à vous tous. À présent, descendez à la cuisine. Il y a une bouilloire sur le feu. »

On entendit un piétinement, puis le bruit de quatre paires de souliers cloutés dévalant l'escalier. Mr. Rivers était allongé sur son lit, aussi blanc que les draps. Mrs. Ellsworth s'approcha pour lui enlever son ciré trempé.

« Allez donc attendre le médecin dehors, miss Landau. »

Secouant la tête, je la rejoignis. « Non. Cela lui fera moins mal si nous le déshabillons ensemble. »

Contrariée, la gouvernante fit claquer sa langue contre son palais, mais elle m'autorisa à l'aider. Armée de ses ciseaux de couture, elle fendit le pull et la chemise mouillés du maître de maison. À la lumière de la lampe de chevet, je vis que le sang sous son bras était bien le sien : il suintait d'une entaille entre les côtes. Le pourtour de la plaie était enflammé.

« Pouvez-vous aller chercher des bandages dans ma chambre, miss ? » demanda Mrs. Ellsworth.

Je la regardai, hésitant à partir.

« Je vous en prie. Il faut que je lui mette son pyjama. Il n'aimerait pas que ce soit en votre présence », conclut-elle d'une voix douce.

J'acquiesçai d'un signe de tête, sortis de la pièce et descendis à toute allure dans l'appartement de la gouvernante. À mon retour, quelques minutes plus tard, Mr. Rivers était couché sous les couvertures et un feu flambait dans la cheminée. J'approchai une chaise de son chevet et lui pris la main. À ma grande joie, je constatai qu'elle s'était réchauffée. Je sentis qu'il me serrait les doigts.

« Elise, murmura-t-il.

— Oui, Mr. Rivers, dis-je en me penchant vers lui. Ne parlez pas. Vous êtes en sécurité maintenant. Et Kit l'est aussi.

— Oui, dit-il, Kit est en sécurité. Je vous l'ai ramené. »

Je me penchai davantage et l'embrassai.

« Merci. »

Il serra si fort mes doigts que mes os craquèrent. Puis il me lâcha et ferma les yeux. Je m'approchai de la porte, impatiente de courir jusque chez Burt pour voir Kit. Ma main reposait déjà sur la poignée quand je me retournai et lançai un coup d'œil au blessé. Des halètements soulevaient sa poitrine et ses doigts agrippaient l'édredon. Je ne pouvais pas le quitter dans cet état, le visage déformé par la souffrance. Je ne pouvais pas l'abandonner aux soins des seuls domestiques. Je revins sur mes pas, et après avoir jeté une couverture sur mes épaules, m'installai dans un fauteuil. Kit comprendrait.

« Mrs. Ellsworth, dis-je, il faut que je reste ici, auprès de Mr. Rivers. Auriez-vous la gentillesse d'aller chez Burt voir Mr. Kit ? Assurez-vous qu'il se repose. Dites-lui que je l'aime, mais que je suis obligée de veiller sur son père.

— Entendu, miss. »

Lorsque la porte se referma sur la gouvernante, Mr. Rivers ouvrit les yeux et me lança un regard furieux.

« Allez rejoindre Kit, ordonna-t-il.

— Non. Kit va très bien. Burt et Mrs. Ellsworth s'occuperont de lui. »

Les sourcils froncés, Mr. Rivers soupira. « Vous ne devriez pas être ici. Allez rejoindre Kit », répéta-t-il, cette fois avec moins de conviction.

Je ne fis aucun cas de sa demande et remuai dans mon fauteuil. La chaleur du feu me donnait sommeil. D'en bas me parvenaient les bruits étouffés d'activités domestiques, mais ils paraissaient loin. C'était comme écouter des sons quand on est sous l'eau. Mr. Rivers et moi étions calfeutrés dans sa chambre, séparés du reste de la maisonnée.

Durant ma maladie, Kit et lui, telles deux tantes inquiètes, avaient été aux petits soins pour moi. Cependant, la personne dont j'aurais voulu la présence, c'était Anna. Chez nous, à Vienne, elle me faisait boire de l'eau au miel et fredonnait l'ouverture de *La Traviata*. À la différence de la plupart des mères, elle ne pouvait pas chanter pour moi quand j'étais malade : sa voix était simplement trop puissante, même quand elle chantait *pianissimo*. Fredonner cet opéra qui parle d'une courtisane à l'article de la mort donnait à ma chambre une certaine classe. Margot nous accusait d'être morbides. Elle avait tort. M'identifier à cette jeune beauté atteinte de consomption était ma seule consolation alors que j'étais au lit, fiévreuse et mal fichue. J'ignorais si ce petit jeu pouvait réconforter Mr. Rivers, mais je lui pris la main et fredonnai.

Un peu plus tard, on frappa à la porte et le médecin entra. Le regardant par-dessus ses lunettes, il sourit à Mr. Rivers. « Ça vous apprendra à courir l'aventure à votre âge, lui dit-il.

— Si vous aviez eu un bateau, John, vous y seriez allé, vous aussi.

— C'est possible. Bon, voyons ce qui ne va pas. » Le médecin se tourna vers moi. « Cela vous ennuierait de sortir pendant que j'examine le patient ?

— Je préférerais rester ici.

— Christopher, vous êtes d'accord ? demanda le médecin.

— Oui, oui, qu'elle reste. »

Le docteur me jeta un regard bizarre, mi-curieux mi-inquiet. J'attendis près de la cheminée, le dos tourné aux deux hommes pour ne pas troubler leur intimité. J'aurais pourtant voulu voir l'expression du médecin pendant qu'il examinait le blessé. J'aurais voulu lire le diagnostic sur son visage sans attendre qu'il me débite des platitudes, mais je résistai à la tentation de me tourner. Je fermai les yeux, me mordis la lèvre, entendis le froissement des draps, puis le petit cri que poussa Mr. Rivers lorsque le médecin toucha sa plaie.

« Elle n'est pas profonde, mais un peu infectée. Je suppose qu'avec toute cette adrénaline en vous, vous n'avez rien senti au début.

— En effet. Il y avait un tel vacarme et tant d'hommes grièvement blessés que je ne me suis même pas rendu compte que j'avais été touché. En tout cas, pas avant notre départ de Portsmouth.

— Votre blessure a dû s'infecter au bout de quelques heures. Pourquoi êtes-vous revenu à Tyneford au lieu de rester à Portsmouth ? demanda le docteur pour essayer de distraire son patient.

374

— À cause de Kit. Mon fils voulait revenir ici. Après avoir débarqué nos soldats sur le sol anglais, il voulait faire un autre voyage, mais le moteur du *Lugger* est tombé en panne. Il aurait fallu remplacer un élément. Or ces salauds de Boches avaient bombardé l'entrepôt des pièces détachées, à Portsmouth. Kit s'est dit que Burt serait capable de réparer le bateau. »

Je pivotai sur mes talons et braquai mon regard sur Mr. Rivers. « Kit ne peut pas repartir. Il est épuisé. »

Mr. Rivers sourit. « Évidemment. Croyez-vous que Burt réparerait le moteur même si c'était possible ? »

Je scrutai le visage las du maître de Tyneford, les aimables ridules autour de ses yeux et essayai de me calmer. « Oui. Vous avez raison. »

Je me rassis près de lui et repris sa main dans la mienne. J'étais contente d'avoir envoyé Mrs. Ellsworth vérifier ce que fabriquait Kit. Elle l'empêcherait de faire des bêtises. Mr. Rivers se détendit, ferma les yeux. L'instant d'après, il dormait. Debout derrière moi, le médecin s'empara du poignet de son patient et lui tâta le pouls.

« Encore un peu rapide, annonça-t-il. Son corps combat l'infection. Il n'a pas trop de fièvre, ce qui est bien, mais nous devons nous montrer prudents. »

J'acquiesçai, puis examinai la forme immobile dans le lit.

« Il sera plus tranquille en votre compagnie, reprit le docteur. J'aimerais que vous restiez auprès de lui, ajouta-t-il avec un autre de ses regards bizarres.

— C'est d'accord.

— Christopher semble avoir beaucoup d'affection pour vous.

— Et moi, j'en ai beaucoup pour lui », répondis-je d'un ton froid. Le médecin n'aurait jamais osé se montrer aussi impertinent si Mr. Rivers avait été éveillé. Il rit et fouilla dans sa trousse de cuir noir.

« Je vais appliquer un cataplasme sur sa blessure. Christopher a besoin de repos et il doit boire beaucoup. Si jamais vous constatez un changement dans son état, appelez-moi.

— Je préférerais que vous passiez la nuit ici, dis-je. Mrs. Ellsworth vous préparera une chambre. »

Le médecin partit d'un autre rire qui fit tressauter ses épaules. « Vous avez commencé ici comme femme de chambre et à présent vous donnez des ordres, n'est-ce pas ? »

Je me sentis rougir. « Je suis sûre que Mr. Rivers vous en serait reconnaissant. »

Le praticien continuait à rire. « D'accord. Puisque vous me le demandez, miss Landau – il s'inclina légèrement – je resterai. J'irai trouver Wrexham. Peut-être a-t-il encore une de ses bonnes bouteilles de porto ouverte. »

Là-dessus, il partit à la recherche du majordome. Je resserrai la couverture autour de moi et m'agitai dans mon fauteuil, essayant de trouver une position confortable. Ma main, que Mr. Rivers continuait à serrer, s'engourdissait. Je posai la tête sur le bord de l'édredon et fermai les yeux sans prêter attention aux fourmis que j'avais dans les doigts. La porte s'ouvrit derrière moi.

« Miss ? chuchota Mrs. Ellsworth.

— Oui ? fis-je en me redressant, soudain éveillée. Comment va Kit ?

« — Il dort à poings fermés. Je l'ai bordé comme lorsqu'il était enfant. Vous pouvez vous reposer tranquillement à présent.

— Oh, merci. »

Je lui permis de me glisser un oreiller sous la tête et d'enlever mes chaussures. Elle plaça une clochette à portée de ma main.

« Il vous suffit de sonner et je viendrai aussitôt.

— Merci, Mrs. Ellsworth. »

L'instant d'après, je dormais.

J'ouvris les yeux lorsque Mrs. Ellsworth enleva les stores pour le black-out. Elle laissa les rideaux fermés, mais la lumière du matin filtrait par les interstices et tombait sur le visage de Mr. Rivers. Au lieu du teint maladif de la veille, il avait à présent un léger hâle sans doute dû aux journées passées en mer.

« Oh, il a bien meilleure mine ! m'écriai-je en bâillant et en m'étirant.

— Oui. Le docteur est déjà venu le voir. Il lui a pris le pouls et déclaré qu'il allait beaucoup mieux. L'infection a été stoppée. »

Soulagée, je souris. « Que je suis contente ! Le médecin est-il toujours ici ?

— Oui, miss. Il ne voulait pas partir avant de vous avoir parlé. Il a dit : "La demoiselle ne m'a pas encore donné la permission de me retirer." »

Mr. Rivers bougea dans son lit. Il ouvrit les yeux, cligna des paupières.

« Elise.

— Je suis là, Mr. Rivers. Comment vous sentez-vous ?

— Pas trop mal. Un peu endolori, c'est tout. »

Mrs. Ellsworth sourit. « Vous nous avez fait une drôle de peur, sir. Je vais demander à Mr. Wrexham de vous monter le petit déjeuner. »

Elle sortit, nous laissant en tête à tête.

« Pourquoi êtes-vous restée ? demanda Mr. Rivers. Je vous avais dit de partir.

— Eh bien, je ne vous ai pas écouté. Je n'ai plus à vous obéir, vous savez. Je ne suis pas votre femme de chambre. »

Le blessé réussit à sourire. « Et Kit ?

— Il va bien. Il dort.

— Vous avez envie d'aller le voir. »

Comme ce n'était pas une question, je ne répondis pas. Je me levai.

« Je suis si heureuse que vous alliez mieux.

— Ramenez Kit avec vous s'il est en état de monter jusqu'à la maison.

— Bien sûr. »

Je me tournai et quittai la pièce. La lumière entrait à flots par les espaces entre les rideaux et je sentis que Mr. Rivers me regardait m'éloigner.

Détrempé par la rosée, le sol mouilla aussitôt mes tennis. Des lapins bondissaient dans les hautes herbes, leur queue blanche brillait dans la lumière matinale. J'entendais le grondement lointain de la mer, le va-et-vient des vagues sur les galets. Le fond de l'air était frais. Même si le soleil se glissait parfois entre les nuages, le ciel était sombre et une brume noire bordait l'horizon. L'odeur métallique du vent annonçait la pluie. Je serrai autour de moi le mince gilet de laine que j'avais jeté sur mes épaules. Je savais désormais reconnaître les signes avant-coureurs d'un orage. Les nuages couleur de fumée qui couraient au-dessus de l'eau et les vagues couronnées d'écume de la baie avaient une beauté presque surnaturelle. Des cormorans noirs rasaient les hauts-fonds telles des ombres. Dans la faible lumière, les boutons d'or éparpillés sur les bas-côtés herbeux ressemblaient à des étoiles. Le sourire aux lèvres, je me hâtai vers la plage et vers Kit. Me rappelant la promesse que je lui avais faite la veille de son départ, j'éprouvais une sensation bizarre dans le ventre. Je pensai à ses lettres et mon sang bouillonna dans mes veines.

À présent, je vois la scène comme s'il s'agissait d'un film. Kit m'attend près d'une barque. « Allez, dépêche-toi ! » crie-t-il, désireux d'échapper à l'averse qui menace. Nous poussons l'embarcation dans l'eau en ahanant et l'éloignons du rivage à l'aide d'un aviron. Kit vacille un instant sur la houle, puis il hisse la voile. Assise à la barre, je pilote le bateau, la main de Kit sur la mienne. La marée nous emporte à la sortie de la baie et nous longeons la côte. Les rochers noirs de Kimmeridge se dressent devant nous. Je voudrais demander à Kit s'il a eu peur à Dunkerque, mais je m'en abstiens. Je remarque qu'il a une égratignure au-dessus de l'œil et sur sa joue. Le ciel s'assombrit, il commence à bruiner. Dans ma robe légère, je frissonne. Kit entoure mes épaules de son bras pour me tenir chaud. Il me tire vers le fond du bateau qui est humide et sent le poisson. Il se met à m'embrasser et je pleure. La voile claque au vent, la barque se balance comme un berceau. Je dégrafe ma robe d'une main ferme et m'allonge sur les cordages enroulés sur le plancher. Tout ce que je vois, c'est Kit ; tout ce que j'entends, c'est le craquement de la voile desserrée. « Je t'aime », lui dis-je, et je le fais tomber sur moi. Les cordages s'enfoncent dans mon dos. Cette fois, je ne lui demande pas de s'arrêter.

J'ai si souvent imaginé cette scène que je dois parfois me rappeler que rien de tout cela n'est vrai. Que tout cela est arrivé à une autre Elise, dans une autre version de cette histoire. Dans ma mémoire, il y a des myriades de Kit tournant au soleil tels les espaces entre les feuilles. Qui peut dire si l'un d'eux n'est pas parvenu à enlever mes bas ? Je voulais voir cette scène traduite en mots. Tandis que j'écris, elle devient aussi réelle que n'importe quoi d'autre.

Ce qui s'est vraiment passé, c'est que je me suis retrouvée seule sur la plage. Un mince panache de fumée s'élevait de la cheminée de la maison de Burt. Le vieux pêcheur était assis sur son casier à homards habituel, occupé à fileter des maquereaux pour les fumer dans le feu et les manger au petit déjeuner. Il parut surpris de me voir, mais m'adressa un signe de tête amical.

« Je ne vous donne pas la main, miss, dit-il. Je suis couvert de boyaux de poisson et ça sent pas très bon.

— Est-ce que Kit dort encore ? » demandai-je.

Burt fronça les sourcils. « Non. À mon réveil, il avait disparu. Je croyais qu'il était monté à la grande maison pour vous voir, le patron et vous. »

Je secouai la tête. « Non. Il n'est pas au manoir. Cela fait combien de temps qu'il est parti ? m'enquis-je, me rendant compte que ma voix devenait bizarrement pâteuse.

— Depuis l'aube. Malgré le black-out, je me réveille avec le soleil. » Burt se leva. Des poissons éviscérés, dégoulinant d'un sang brunâtre, glissèrent sur le sol.

« Mais il n'a pas pu partir ! m'écriai-je. Le *Lugger* avait une avarie. Je l'ai vu. Ce bateau ne pouvait pas reprendre la mer. Vous n'avez pas réparé le moteur ?

— Bien sûr que non. » Burt me lança un regard furieux. « J'avais même fermé à clé la cabane à outils. Pour plus de sûreté. Mais peu importe. Comme vous dites, le *Lugger* n'aurait pas pu atteindre Swanage et encore moins la France. »

Des gouttes de pluie commencèrent à cribler le sable et à tacher les galets. La mer grondait et se jetait contre le rivage. Burt contourna sa maison et se dirigea vers une rangée de petites cabanes à moitié cachées sous la falaise. Je le talonnai tandis qu'il se hâtait vers la plus éloignée, une remise à bateau rudimentaire. Une des portes manquait, l'autre, poussée en arrière, pendouillait hors de ses gonds. Burt s'avança vers elle et émit un petit cri. Je jetai un coup d'œil à l'intérieur du hangar. Il était vide. Des traces bien nettes descendaient vers l'eau.

« L'*Anna* ! s'exclama Burt. Il a pris l'*Anna*. »

21

Je m'appelle Alice

« Courageux et casse-cou », avait dit Burt. Oui, Kit était ainsi et je l'aimais. Je me précipitai dans l'eau, le froid mordit mes chevilles, puis mes cuisses. Pourquoi était-il parti ? Pour sauver Will et d'autres soldats comme lui ? Par esprit d'aventure ? J'avais besoin qu'il revienne. J'avais perdu tous mes proches. Je regrettais de ne pas être restée avec lui, de ne pas l'avoir surveillé toute la nuit. Je l'aurais empêché de partir. L'eau glacée atteignit mon ventre, je poussai un petit cri. Je ne voyais rien dans la baie. Ni l'*Anna* ni un autre bateau. La pluie fouettait la mer, trempait mes cheveux. Depuis la plage, Burt me criait de revenir. Pourquoi ? Kit était revenu, puis reparti. Sans même me prévenir. Mais qu'aurait-il bien pu dire ? Je l'aurais supplié de rester. Je me plongeai dans l'eau, le sel me piqua les yeux et le nez, mes cheveux frôlèrent mes joues telles des algues. Je ramassai une poignée de galets et, me dressant hors de l'eau, les rejetai violemment à la mer. Je criai son nom – « Kit ! Kit !

Kit ! » – comme si quelque force surnaturelle lui transmettrait ma voix et qu'alors, poussant un soupir, il virerait de bord. Avant que ce nuage noir n'atteigne la tour de Lovell – non, avant que cette mouette ne se pose sur ce rocher –, je verrais le petit bateau fendre les flots dans ma direction. J'avais mal à la gorge à force de crier, mais aucun navire n'apparut à l'horizon. Le nuage dépassa la folie de Lovell, la mouette s'évanouit. Luttant contre les vagues, j'avançai vers l'extrémité de la baie. La falaise jaune de Worbarrow Tout terminait la plage tel un serre-livres. Le bout de sa crête, qui s'élevait à une trentaine de mètres, émergeait de l'eau tel le museau d'un monstre marin, offrant un excellent observatoire. Dégoulinante, je grimpai sur des rochers verts lissés par les vagues et par la pluie. Des barnaches m'entaillaient les doigts et les jambes, du sang striait ma peau. Hors d'haleine, je gravis le sentier qui menait en haut du Tout. Debout au bord du promontoire, je regardai la mer déferler sur trois côtés. L'eau était aussi noire que le ciel et les rochers. Je scrutai l'horizon, il était vide.

Je tournai les yeux vers la crique de Lulcombe avec sa route bien pavée et son groupe de chaumières, puis, plus loin à l'ouest, vers la langue de terre qui reliait Portland à la côte du Dorset. De gros et lugubres navires parsemaient la Manche, de la fumée noire s'élevait de leurs cheminées qui, à cette distance, avaient la dimension de cigares. Au-delà de la courbe de Worbarrow Bay s'étendait le monde extérieur. À sa façon, Tyneford était aussi séparé du reste de l'Angleterre que la presqu'île de Portland. La vallée, la combe, les collines et les sombres forêts d'ici appartenaient à un monde plus ancien. La guerre se déroulait ailleurs. Je percevais son horreur dans le silence de mes parents et la disparition progressive des jeunes gens dans les forces armées. Pour ceux qui restaient, la vie continuait à peu près comme avant. Les domestiques se plaignaient du dérangement occasionné par le conflit – nous devions baratter nous-mêmes notre beurre à partir du lait de la ferme et, dépourvus d'élastiques, nos bas nous glissaient aux genoux –, mais ces changements-là n'étaient pas encore catastrophiques. La nuit, nous sentions tous la guerre dans les ténèbres totales et le silence des cloches d'église, mais les informations concernaient un autre monde. Tyneford semblait à peine appartenir à l'Europe. En restant ici, cachés dans ces collines, nous serions en sécurité. Je regardai le front de l'orage avancer lentement le long de l'horizon, la pluie fouetter les brisants et je vis Kit disparaître dans le monde extérieur. Il se livrait à l'inconnu, à cet autre lieu, bruyant et enfumé.

Le visage ruisselant de pluie, je me tournai et descendis le chemin vers la plage où Burt m'attendait. De grosses gouttes tombaient du ciel, mais à travers l'ondée, je vis que Burt serrait quelque chose, qui ressemblait à un collier de dents géantes. Clignant des yeux, je reconnus les pierres de sorcières ; dans l'étrange lumière de cet orage d'été, on aurait dit qu'elles étaient couvertes de sang. La salicorne bruissait au vent et je sentis un frisson d'effroi, aussi frais et léger que le frôlement d'une plume, parcourir mon échine.

« Comment diable a-t-il pu la prendre ? répétait Mr. Rivers. Je ne comprends pas. Il faut deux hommes pour manœuvrer l'*Anna*. »

Encore en pyjama, Mr. Rivers était assis dans le fauteuil en cuir de sa chambre. Feignant le calme, Mrs. Ellsworth et moi attendions près de la fenêtre.

« Bon Dieu, Wrexham, aidez-moi à m'habiller. »

Le vieux majordome s'approcha de son maître. « Excusez mon impertinence, sir, mais je crois avoir compris que le médecin vous prescrivait du repos.

— Enfin, Wrexham, comment voulez-vous que je reste dans ce foutu pyjama Simpson alors que je viens d'apprendre que mon fils est retourné au combat ? Je tiens à m'habiller.

— Très bien, sir. »

Le majordome partit dans le vestiaire où il se mit à ouvrir et fermer des tiroirs. Mr. Rivers avait de nouveau un teint plombé.

« Eh bien, quelqu'un va-t-il m'expliquer comment Kit s'est débrouillé pour s'emparer de l'*Anna* ?

— Jack Miller a disparu, dis-je en m'appuyant sur le rebord de fenêtre. Ses parents ont remarqué son absence ce matin. Kit et lui ont dû traîner le bateau jusqu'à l'eau.

— Bonté divine ! Enfin… je suppose que nous en apprendrons davantage au retour de Jack Miller, dans un jour ou deux. » Mr. Rivers ferma les yeux. Lorsqu'il les rouvrit, il s'aperçut que nous le regardions. « Oui, Kit renverra ce garçon chez lui. Il n'a que dix-sept ans. Kit ne l'emmènera pas en France. »

Mr. Rivers avait raison. Deux jours plus tard, Jack Miller rentra à Tyneford dans la charrette du laitier. Juchée sur un tas de coussins dans mon ancienne chambre, au grenier, je regardais l'horizon par la fenêtre. L'aurore embrasait la surface de la mer ; au loin, à la ferme, des coqs chantaient à l'unisson. Soudain, des cris montèrent du rez-de-chaussée.

« Elise ! Miss Landau ! Le jeune Miller est de retour. »

Je dévalai les marches du grenier, puis le grand escalier. Mrs. Ellsworth et la femme de ménage se tenaient dans le vestibule. Mr. Wrexham désigna la bibliothèque.

« Le maître est en train d'interroger le garçon, miss. »

J'ouvris la porte. Appuyé sur son bureau, Mr. Rivers écoutait le jeune homme debout devant lui, sa casquette à la main, la tête baissée. Tous deux me regardèrent.

« Je n'ai fait que donner un coup de main à Mr. Kit, déclara le garçon en tapant du pied pour débarrasser son soulier d'une croûte de boue.

— Ne t'inquiète pas. Personne ne te le reproche. Nous voulions juste savoir ce qui s'était passé. »

Jack Miller me regarda de ses yeux aussi verts que la marée de printemps.

« Y a pas grand-chose à raconter. On est partis à Portsmouth faire le plein, puis on a continué sur Douvres. Y avait là des milliers de bateaux. Des gros qui crachaient de la fumée et des bateaux à aubes comme ceux qui transportent des touristes à Swanage. Des corvettes, des destroyers et même un cuirassier. Tous bourrés de soldats. Les quais étaient noirs de monde. Des milliers et des milliers d'hommes. Jamais j'en avais vu autant. »

Mr. Rivers opina de la tête. « Oui, j'ai vu la même scène à Portsmouth. Et que s'est-il passé à votre arrivée à Douvres ?

— Eh ben, Mr. Kit, il savait où il voulait aller. Il a trouvé une vedette où qu'il y avait un homme aux épaules galonnées et il lui a dit qu'il avait besoin d'un gars pour repartir avec lui en France. Mr. Kit lui a dit aussi que moi j'étais trop jeune. J'ai protesté, mais il ne m'a pas écouté. Une demi-heure plus tard, deux types sont montés à bord de l'*Anna* et m'ont remplacé à la barre. Ils m'ont mis dans leur canot et renvoyé à terre. Un autre gars m'a filé un ticket de train, je suis rentré à Wareham et me voilà.

— Merci, Jack », dit Mr. Rivers. Il s'approcha de la fenêtre et regarda la pelouse. « À présent, il ne nous reste plus qu'à attendre. Et à espérer. »

Je gardai le silence. Pour ma part, je passais ma vie à attendre et à espérer. Anna. Julian. Et maintenant, je devais ajouter le nom de Kit à cet écho que j'avais en moi.

« Miss Landau ? » fit le garçon.

Perdue dans ma rêverie, je sursautai.

« Oui ?

— Mr. Kit, il n'a pas arrêté de parler de vous. Ce n'était pas des paroles en l'air, hein. Il a dit que vous étiez une fille formidable et qu'il allait vous épouser dès son retour. Même qu'il m'a invité à son mariage. Ce qui l'embêtait, c'était le chagrin que son départ allait vous causer. Il vous a écrit une lettre et m'a fait promettre de vous la remettre tout de suite. »

Une lettre de Kit ? Ça changeait tout. Soudain son départ semblait moins irrévocable. Il envoyait un message. Notre relation pouvait continuer. Un sourire frémit au coin de mes lèvres. Le garçon enfonça la main dans la poche de son pantalon et en sortit des bouts de papier. Avec un sourire gêné, il fouilla l'intérieur de sa veste.

« Une petite minute, miss. Je sais que je l'ai sur moi. »

Mr. Rivers se retourna et regarda le jeune homme poser le contenu de ses poches sur le bureau.

« Prends ton temps, Jack. Et ne t'inquiète pas pour le désordre. Mets tout sur le buvard.

— Merci, monsieur, dit le garçon en rougissant. Ah, la voilà. »

Il me tendit un billet. Les mains tremblantes, je le dépliai.

« Oh ! m'exclamai-je d'une voix chevrotante, c'est juste un reçu pour du carburant.

— Non, non, retournez le papier, dit Jack. Le message est au dos. »

Je fis ce qu'il me dit, mais le recto était blanc.

« Merde, merde, grommela le jeune homme. Le mot doit être tombé de ma poche. Ou je l'ai jeté par erreur. Y faudra que Mr. Kit vous dise en personne ce qu'il avait à vous dire.

— Oui, il faudra qu'il me le dise en personne », répétai-je.

Je ne me souviens pas de la manière dont j'ai quitté la pièce. J'ai dû parler à Mr. Rivers et échanger avec lui quelques platitudes destinées à nous rassurer mutuellement. En revanche, je me rappelle être montée dans la mansarde et avoir glissé le reçu dans l'étui de l'alto où se trouvaient déjà les lettres que j'avais écrites à Anna. Il y en avait tellement que lorsque j'ouvrais la boîte, elles se coinçaient dans la charnière ou tombaient par terre. Quelle ironie du sort ! Un méli-mélo de lettres adressées aux êtres qui m'étaient chers et, maintenant, comme seule réponse, un papier blanc.

Des jours s'écoulèrent. Des heures. Des semaines. Des minutes. Des lambeaux de temps. Le soleil se leva et se coucha. Des ombres bordèrent les ondulations de la colline, s'allongèrent, rétrécirent. Des fraises mûrirent dans les champs. Les rosiers grimpants poussèrent sur la façade de la maison. Des pétales jaunes tombèrent à terre, brunirent, pourrirent. Will revint. Mr. Churchill déclara que l'opération de sauvetage à Dunkerque avait été un triomphe. Les Britanniques n'avaient perdu que vingt-cinq petits bâtiments. Leurs noms ne furent pas publiés. Des pois de senteur et de la menthe fleurirent dans le potager. Des rossignols chantèrent dans la lande. Poppy, elle aussi, revint à Tyneford et passa ses journées à se promener sur la plage avec Will. Leur parler m'était insupportable. Leur bonheur m'étouffait. Mr. Rivers buvait enfermé, seul, dans la bibliothèque. Je repérai une loutre dans un ruisseau qui descendait vers la mer. Une nuit, un engoulevent cria dans le jasmin, sous ma fenêtre. Je marchais pieds nus sur la plage, sentant les galets crisser sous mes orteils et entrais dans l'eau. Elle écumait autour de mes chevilles, toujours assez froide pour me couper le souffle.

« Kit ! criais-je. Anna, Julian. AnnaJulianKit ! »

Leurs noms se fondaient en un son incompréhensible, détaché de tout sens. Je me creusais les méninges, à la recherche de grossièretés. J'avais besoin de jurer, de prononcer des mots qui m'écorcheraient la langue.

« Merde. Haine. Queue. »

Aucun d'eux n'était assez fort. Je me souvenais de cette première fois où j'étais descendue sur la plage pour insulter la mer. Je fermais les yeux, attendant que Kit intervienne. Tout cela n'était qu'une blague stupide, dans un instant j'entendrais sa voix : « S'agit-il d'un jeu personnel ? »

« *Testes ! Cockles !* » hurlais-je, mais pour toute réponse, je ne percevais que le déferlement des vagues.

Si seulement il y avait eu une trace ! Un corps ou une épave. Mais on ne trouva rien. Kit avait été avalé par la mer comme Jonas par la baleine. Une nuit, un mois après sa disparition, j'entendis de la musique dehors. Je ne dormais pas. M'agitant sous mes couvertures, je voyais le visage de Kit dans le noir. Comme il faisait une chaleur suffocante, j'avais ôté le camouflage des vitres. Portés par le vent, le son d'un violon et celui de voix d'hommes me parvenaient par la croisée ouverte. Je me glissai hors du lit et me penchai à la fenêtre. À moitié dissimulés dans l'obscurité, une dizaine de pêcheurs chantaient une complainte.

Notre gars, il est parti en mer
Il vogue sur les flots verts ohé.
Il était jeune et beau.
Il n'a ni tombe ni talus herbeux
Juste les flots verts ohé.
Nous entendrons sa voix dans le cri des mouettes
Et dans le grondement des vagues
Mais nous ne le reverrons plus.
Car notre gars, il est parti en mer.
Il vogue sur les flots verts ohé.

J'entendis claquer des persiennes. Mr. Rivers ouvrait les portes-fenêtres du salon et sortait sur la terrasse. Il ne s'était pas couché. Il resta là, contre le mur de pierre, pareil à un fantôme dans sa chemise blanche. Je descendis, traversai le vestibule et le salon pour le rejoindre. La chaude nuit d'été sentait les fleurs : jasmin, chèvrefeuille, rose. Mr. Rivers ne bougeait pas. Sa peau ressemblait à du marbre. J'écoutai la complainte en léchant mes larmes.

« Ils chantent cette chanson quand un pêcheur est perdu en mer, dit Mr. Rivers. Ils savent que Kit est mort. »

Jusque-là, personne n'avait prononcé ce mot à haute voix. Je le murmurais dans le noir pendant mes insomnies. Je l'avais déjà tourné et retourné dans ma tête, dans toutes les langues que je connaissais, mais lorsque Mr. Rivers le proféra, je sus dans les tréfonds de mon être que c'était vrai.

Kit est mort. Kit est mort. Kit est mort.

J'essayai de le dire.

« Kit est mort, articulai-je.

— Oui, répondit Mr. Rivers, Kit est mort. »

Nous écoutâmes les pêcheurs répéter leur cantilène. Ils s'enfoncèrent dans l'ombre, à l'autre bout de la pelouse, puis descendirent lentement vers la plage, leurs voix se mêlant au ressac lointain. J'ignore combien de temps nous restâmes là, côte à côte, sans nous toucher. Nous avions besoin de réconfort, mais le seul homme qui aurait pu nous en apporter étant dans l'incapacité de le faire, nous n'en voulions aucun. Anna, Julian et Margot me manquaient et je pleurais mon Kit. Je ne l'épouserais pas, nous ne

391

ferions jamais l'amour. Contrairement à moi, il ne vieillirait pas, sa peau demeurerait lisse, sans taches brunes sur le visage et sur les mains, ses cheveux ne blanchiraient pas, il ne marmonnerait pas comme les personnes âgées. Il resterait à jamais le jeune homme aux yeux bleus, à l'allure de petit garçon, que j'avais connu. Je m'étonnai de ne pas me briser en mille morceaux ou de ne pas me disperser au vent telle une aigrette de pissenlit. Je me voyais parcourir la maison comme une furie, casser des vases, de la vaisselle, des pendules. Au lieu de cela, je demeurai immobile et silencieuse dans l'obscurité.

Même si je l'ignorais à l'époque, la mort de Kit annonça celle de Tyneford. À partir de ce jour, on ne fit plus consciencieusement la poussière, les pétales brunis qui tombaient des vases de roses restaient sur le guéridon du vestibule. Mr. Wrexham cessa de se tourmenter au sujet du vin que la guerre lui interdisait de commander. Il avait assez de bouteilles pour une vingtaine d'années – alors, quelle importance ? Les cloches de l'église ne pouvaient sonner le glas pour le fils, héritier et successeur du châtelain, mais nous les entendions quand même. Nous repensions à la fructueuse pêche au maquereau dans la baie – aurions-nous été aussi heureux et détendus ce jour-là si nous avions su qu'il ne reviendrait pas ?

Mr. Rivers rompit le silence. « J'ai lu dans le journal que les autorités font interner les femmes allemandes et autrichiennes. J'ai fait tout ce que j'ai pu pour vous protéger, mais je veux que vous changiez de nom. Prenez-en un qui soit anglais. »

Je le regardai. Il était pâle et ses yeux bleus paraissaient noirs dans l'obscurité. Sa chemise était froissée, le bouton du haut défait. Malgré les soins que Mr. Wrexham lui avait prodigués le matin, une ombre bordait sa mâchoire. Un muscle tressaillait au-dessus de sa lèvre, lui donnant un air cruel. Son haleine sentait le cigare et le whisky.

« J'aime le mien », déclarai-je.

Mon nom me reliait à Anna et à Julian. Mon père avait pleuré quand ma sœur en avait changé, le jour de son mariage. Il avait prétendu que c'était à cause d'un excès de bonheur et de champagne, mais je n'avais pas été dupe.

Mr. Rivers fit une grimace. « Je me fiche que vous l'aimiez ou non, me lança-t-il, les yeux étincelants. Je vous demande d'en changer. »

Il me saisit par le poignet et voulut m'attirer vers lui. Effrayée, je me dégageai et reculai le long du mur. Il ferma les yeux pour se ressaisir. « Changez votre foutu nom », répéta-t-il d'une voix sourde, mais ferme.

Je sentis un vide grandir en moi, engloutir ma chair et mon sang. Je m'imaginai entièrement creuse. Jamais je ne serais Mrs. Kit Rivers. Qu'importait mon nom à présent ? Je n'avais pas remarqué que Mr. Rivers était rentré dans la maison. Il en ressortit, portant le carafon de whisky et deux verres qu'il posa sur la table. Il me fit signe de m'asseoir. D'un geste maladroit, il remplit les verres, m'en passa un et leva l'autre.

« À lui, dit-il.

— À lui », répondis-je.

Nous bûmes. L'alcool me brûla la gorge, des larmes me piquèrent les yeux. Je clignai des paupières pour les refouler.

« Tyneford appartient à ma famille depuis 1610, dit Mr. Rivers d'un ton neutre. Mais tout a une fin.

Kit n'a pas de cousins. La succession se terminera avec moi. Le monde change. C'est comme ça. »

Il parlait d'une voix calme, mais sa main tremblait comme une branche au vent. Il avait terminé son deuxième verre et je me rendis compte qu'il ne lui en fallait guère plus pour être complètement ivre.

« Eh bien, dit-il en se tournant vers moi, comment allons-nous vous appeler ? »

Je haussai les épaules. « Mon second prénom est Rosa.

— Non. » Mr. Rivers frappa du poing sur la table. « Il nous faut quelque chose d'anglais. Pour qu'ils ne vous déportent pas. »

Il avala les dernières gouttes de son whisky et s'en versa un autre.

« Buvez, ordonna-t-il en désignant mon verre à moitié plein. Pourquoi pas Elsie ? Ça ressemble à Elise. Bien qu'un peu démodé, c'est un bon vieux prénom anglais. »

Je fis la grimace et secouai la tête. « Il n'en est pas question. Ma sœur m'appelait ainsi et j'avais horreur de ça. »

Mr. Rivers eut un petit rire curieux. « Vous pourriez adopter celui de vos parents. Anna sonne bien en anglais. Ou Julia. C'est joli aussi.

— Non. Chez nous, on ne nomme les enfants que d'après des personnes décédées. Pour perpétuer leur souvenir. Nommer un enfant d'après quelqu'un de vivant porte malheur et peut même provoquer sa mort. »

Mr. Rivers se tut et je fus saisie de remords : sans doute était-il en train de se dire qu'il avait donné son nom à son fils.

Je promenai mon regard sur le jardin noyé dans l'ombre. Le figuier qui surplombait la terrasse bruissait dans la brise et je crus entendre monter de la terre le grattement de vers qui creusaient leur chemin sous la surface. Des étoiles éparses trouaient la couverture des nuages et je distinguais les touffes blanches des moutons disséminés sur le coteau. Je léchai mes lèvres, elles étaient salées. Rien n'avait changé et pourtant tout avait changé. Aussitôt, je sus quel nom je porterais.

« Alice », décidai-je.

Comme Alice à travers le miroir, j'étais tombée dans un monde à l'envers où tout paraissait pareil, mais était sens dessus dessous. Je mourais d'envie d'aller patauger dans l'eau où le grondement des vagues couvrirait le vacarme dans ma tête. Rester immobile me donnait la nausée. J'avais l'impression que les calmes prairies et le sol de pierre ondulaient et s'agitaient comme la mer.

« Alice. Alice Land, répéta Mr. Rivers, goûtant mon nouveau nom comme s'il se fût agi d'un plat inconnu. Bon, d'accord. Ça sonne bien. Sans doute nous faudra-t-il un peu de temps pour nous y habituer. »

Je fermai les yeux, me demandant s'il pouvait voir se détacher un pan de ma personne. Je me sentais coupée en deux : il y avait Alice et Elise. Je souris. C'était mourir en quelque sorte. Une partie de moi était morte avec Kit, celle qui rêvait d'épouser son bien-aimé et de pique-niquer sur la pelouse ; d'avoir un mariage où Anna porterait sa robe en soie noire et Julian son habit de soirée ; de sortir le roman de mon père de l'alto et de me balancer dans un hamac à Durdle Door ; de permettre à Kit d'enlever mes bas l'un après l'autre et de caresser mes cuisses lisses et potelées ; de faire un tour en bateau avec lui, au crépuscule – nus tous les deux, moi trempant mes orteils dans l'eau –, et de le laisser embrasser mon ventre, ma gorge, mes seins ; de profiter des longues et languides journées d'été. C'était moins douloureux si je cessais d'être Elise. Une autre fille, celle que j'avais été autrefois, en avait rêvé. À présent, je m'appelais Alice.

22

Sauve-toi, petit lapin, sauve-toi

Le soleil d'août tapait dur, les vaches robustes du Dorset se réfugiaient à l'ombre des grands arbres. Dépouillés de leur toison par des tondeurs ambulants, les moutons, ridiculement chauves, supportaient mieux la chaleur. Des touffes de nouveaux poils apparaissaient ci et là sur leur dos. Les haies montraient leur lustre de plein été, les ronces étaient piquetées de fleurs blanches et de petites baies vertes aux grains serrés. La campagne continuait à prospérer sans Kit. La nature ne se souciait pas de sa disparition : ni les alouettes rieuses qui se posaient en bande sur les mûriers, ni les couleuvres à la langue fourchue qui se prélassaient sur le sable de la lande. Pourtant, malgré son indifférence, Mr. Rivers et moi y cherchions une consolation.

Ma peau brunit, je devins aussi mince et robuste qu'un des chevreuils qui galopaient au sommet de la colline. Avec mon nouveau nom et mes cheveux courts, mes parents ne m'auraient pas reconnue. Je parcourais les prés en surveillant les moutons. J'avais remplacé le fils du berger, le dernier garçon de Tyneford à être mobilisé. Eddie Stickland, son père, était vieux et aussi résistant que les noisetiers fouettés par les embruns de la falaise. Lorsqu'il gravissait les prairies en pente, il se pliait de côté sous l'effet du vent.

En gardant le troupeau, j'avais l'impression que rien n'avait changé : le rythme des saisons était aussi régulier que le grincement de dents des moutons mâchant l'herbe dure du coteau. Mais en ce mois d'août 1940, la guerre arriva à Tyneford. Nous cessâmes d'être à la périphérie du conflit, préoccupés par des batailles qui se livraient au loin, à l'étranger. Je passai plusieurs soirs assise sur les marches de la hutte du berger à regarder les avions. Cet abri était en fait une petite roulotte peinte perchée sur la crête tel un chapeau melon. Pour toute lumière, je n'avais qu'une torche dont l'ampoule était dûment camouflée. Consciente de la rareté des piles, je répugnais à l'allumer. J'entendais gronder les aéroplanes qui survolaient la Manche à basse altitude. Je n'avais pas encore appris à distinguer les « nôtres » des « leurs ». La brume marine étouffait le fracas des explosions et le crépitement des mitrailleuses. Sans doute bombardait-on la ville toute proche de Portland, à moins qu'un combat naval ne fît rage derrière le brouillard. Les moutons broutaient paisiblement. Ils se cachaient pendant un orage, mais ce bruit-là, inconnu dans la nature, demeurait au-delà de leur compréhension. Tandis que le soleil disparaissait sous l'horizon, des étoiles apparurent l'une après l'autre comme si une Mrs. Ellsworth céleste s'affairait là-haut avec ses allumettes et ses bougies. Sur le coteau, on ne percevait que le souffle des moutons et le froissement d'herbes provoqué par un blaireau ou un hérisson. Assise dans l'obscurité croissante, j'écoutais.

Un soir, j'entendis des coups de feu. Non pas le pilonnage d'une artillerie lointaine, mais des détonations toutes proches. Un membre de la Cinquième Colonne sortait-il à découvert ou bien les territoriaux avaient-ils attrapé un espion ? Ma curiosité l'emporta sur ma peur. Je courus le long de l'arête de la colline vers le sentier abrupt qui menait du haut de la falaise à la plage. La nuit était fraîche, la grève si calme que je la crus d'abord déserte. Peut-être m'étais-je trompée. J'avais sans doute pris le bruit de la mer pour des coups de feu, à moins qu'un fermier ne fût en train d'éloigner un renard de son poulailler. J'avançai doucement sur les rochers, essayant d'avoir une vue panoramique de la baie. Soudain, je l'aperçus. Un homme serrant un revolver se tenait au bord de l'eau. Il l'arma et tira sur les vagues.

« Je vous tuerai, je vous tuerai tous autant que vous êtes ! » hurlait-il en braquant son pistolet sur un ennemi invisible.

Je reconnus la voix. C'était Mr. Rivers. Je balayai de nouveau la crique du regard, mais il n'y avait rien, ni homme ni bateau. Il leva de nouveau son revolver et appuya sur la détente. Le chargeur était vide. Il tâta ses poches à la recherche de cartouches, mais je courus vers lui et lui attrapai le bras pour l'empêcher de recharger. Il pivota sur lui-même, son arme levée. M'apercevant, il l'abaissa. « Alice, dit-il, ils arrivent. Je les ai entendus. Je ne les laisserai pas me le

prendre. » Puis, se mettant en colère, il me lança :
« J'aurais pu vous faire mal, espèce d'idiote ! »

Il vacilla et braqua de nouveau son arme vide sur la mer. Je tirai sur sa manche. Il se dégagea, me faisant tomber dans l'eau, et essaya maladroitement de recharger son arme. Craignant qu'il ne blesse l'un de nous, je le poussai aussi fort que je pus. Il s'écroula à côté de moi et resta affalé là, dans l'eau. Assise près de lui, je sentis son haleine chargée d'alcool. Il me laissa le désarmer sans résister.

« Je suis un peu saoul, Alice », avoua-t-il. Il se coucha dans les vagues, trempant son costume.

« Complètement saoul, rectifiai-je. D'où sortez-vous cette arme ?

— Elle est à moi. Je suis le chef des auxiliaires du coin. Je suis chargé d'organiser la résistance et de repousser les envahisseurs. C'est ultra-secret.

— À en juger par votre conduite, ce n'est pas évident.

— Vous avez raison. Dommage. Jusqu'ici vous ne vous doutiez de rien. Je suis allé m'entraîner une semaine dans le Wiltshire. À vous et à Kit, j'avais dit que je me rendais à Londres.

— Comment ? Vous n'étiez pas dans la capitale ? »

Mr. Rivers secoua la tête. « Aucun de vous ne m'a demandé la raison de mon départ. Vous étiez si contents d'être débarrassés de moi ! » Il sourit. « Ça ne fait rien. Ne prenez pas cet air coupable. Je sais encore ce que c'est que d'avoir vingt et un ans et d'être amoureux.

— Sur quoi tiriez-vous à l'instant ? demandai-je, désireuse de changer de sujet.

« — Je ne m'en souviens pas. J'ai entendu des avions. Je pensais… Je ne sais pas. »

Un bateau flambait à l'horizon. Des flocons de cendre grise flottèrent jusqu'au rivage et tombèrent sur nous telle une averse de neige sale. Ne voulant pas offrir à Mr. Rivers des mots creux de réconfort, je me contentai de rester assise auprès de lui et de regarder brûler le navire.

« Ça vous a fait du bien de canarder la mer ? finis-je par demander.

— Non. Cela n'a pas ressuscité ma famille. »

Cette déclaration était dénuée de tout apitoiement sur soi. Chose curieuse, pour moi Mrs. Rivers était plutôt la mère de Kit que l'épouse de Mr. Rivers.

« Votre femme vous manque-t-elle autant que Kit ? »

Mr. Rivers s'assit, l'eau lui léchait les pieds. « Non. Il y a si longtemps de ça… Sa mort fut bien triste, mais rien de comparable à celle de Kit. »

Je regardai le bateau embrasé. J'aurais voulu que les flammes brûlent aussi en moi et cautérisent ma blessure. J'étais aussi seule que durant mes premiers jours à Tyneford. Non. Ce n'était pas vrai. Ma famille me manquait. Je maudissais le silence provoqué par la guerre et j'étais tout endolorie par l'absence de Kit. Dans les histoires que je me racontais, c'était toujours moi l'héroïne, la soprano mourante à la taille de guêpe, adorée et pleurée par ses admirateurs éplorés, mais le destin m'avait épargnée : j'étais vivante et en parfaite santé. C'était le héros qui avait disparu. Cependant, ma solitude, je la partageais avec quelqu'un. La douleur de Mr. Rivers était sans doute pire que la mienne. Un père ne devrait jamais être obligé d'enterrer son fils ; le cœur humain ne peut supporter pareil chagrin. Je jouissais de l'amitié de Mr. Rivers et, pour l'amour de Kit, je devais contribuer à consoler son père, à soulager sa souffrance.

J'effectuai des petits changements dans l'organisation de notre vie domestique. Rien ne serait plus comme avant, il était inutile de prétendre le contraire. Je voulais éviter que la chambre de Kit ne devînt une sorte d'affreux mausolée. À Vienne, lorsque les grands-tantes perdirent leur mère, elles enveloppèrent ses affaires dans du papier de soie, s'abstinrent même d'enlever les cheveux de sa brosse ou de vider le thé contenu dans sa tasse. Elles n'utilisaient jamais sa chambre bien que la dame fût morte dix ans avant ma naissance. Pourtant mes tantes – serrées l'une contre l'autre sur le canapé tels des livres sur une étroite étagère – auraient bien eu besoin de cet espace. Margot et moi avions peur d'aller dans la chambre de notre arrière-arrière-grand-mère, croyant que son fantôme y habitait, parfaitement conservé dans les couches de papier froufroutant. J'empêcherais la chambre de Kit de subir le même sort. Les enfants ne craindraient pas de la visiter comme si elle était occupée par quelque fragile revenant aux dents jaunes. Mon manque apparent de sentimentalité hérissait Mrs. Ellsworth.

« Il est à peine refroidi dans sa tombe et déjà vous vous débarrassez de ses affaires. Qu'en penserait-il, miss ? »

Je lui lançai un regard que j'espérais sévère.

« Mrs. Ellsworth, Kit n'a pas de tombe. Et, comme il est mort, il ne pense pas. Il n'a certainement pas besoin de trois jolis pulls de Guernesey. En revanche, ceux-ci peuvent servir à Burt. »

La gouvernante sortit en grommelant quelque chose à propos de « cette fille sans cœur » dont les « tendances boches » avaient fini par ressortir.

Je m'assis sur le lit de Kit. La chambre était imprégnée de la senteur de ses éternelles cigarettes, un mélange unique de tabacs turcs. Il avait laissé son étui à la maison. Je me servis. Une boîte d'allumettes était posée près de deux photos : une de sa mère et une de lui le jour de ses vingt et un ans. Exposés ainsi côte à côte sur la coiffeuse, ils avaient plutôt l'air d'être frère et sœur. Au moins je me souvenais de Kit. Il n'avait pas disparu aussi complètement du monde que Mrs. Rivers. J'allumai la cigarette et inhalai l'odeur de Kit. Si jamais nous avions des invités, je demanderais à Mrs. Ellsworth de préparer cette chambre. Il le fallait. Nous ne pouvions pas enfermer Kit dans une pièce condamnée.

Je descendis l'escalier. Pendant ces derniers mois, j'avais recommencé à marcher lentement. La hâte de la femme de chambre appartenait au passé et j'avais appris de Diana et de Juno que l'aristocratie anglaise considérait une démarche indolente comme une importante marque de rang. Seules les classes moyennes trottaient. Peu m'importaient les distinctions sociales, mais j'avais désormais du mal à me dépêcher. J'avais les jambes lourdes et j'étais toujours fatiguée. Je ne retrouvais mon énergie que lorsque je parcourais les collines, les champs et les bois.

Mr. Rivers buvait du café dans le salon du matin. Debout devant la baie vitrée, il regardait, par-delà la pelouse, les nuages duveteux qui passaient au-dessus de Tyneford Barrow. D'habitude, il prenait son petit déjeuner plus tôt, si tôt que je me demandais s'il s'était couché.

« Bonjour, Mr. Rivers. »

Il se tourna vers moi en évitant mon regard. « Désolé pour hier soir. Je vous serais reconnaissant si...

— Je n'en parlerai à personne, vous savez bien. »

Il inclina la tête, puis changea brusquement de sujet. « Nous continuons la fenaison aujourd'hui. »

Depuis mon perchoir sur le cap de Tyneford, je l'avais regardé toute la semaine conduire les chevaux de ferme à travers champs, en contrebas. L'épaule pressée contre leur encolure, il cajolait les animaux ou leur donnait des ordres. Ou bien il avançait derrière le grand râteau qui rassemblait l'herbe en larges bandes vertes. À présent, dans l'élégant salon du matin tapissé d'un lumineux papier jaune, il se prélassait devant le beau service du petit déjeuner en vêtements de travail : il avait échangé son costume de Savile Row contre un pantalon de grosse toile, des souliers cloutés et une simple chemise blanche. Le soleil qui tombait sur son visage révélait une barbe de deux jours. Pourquoi Mr. Wrexham ne l'avait-il pas rasé ? Le majordome-valet de chambre avait certainement rechigné à préparer une tenue aussi ordinaire pour son maître.

« Je file », dit Mr. Rivers.

Il posa sa tasse sur la table et quitta la pièce. Je savais qu'il évitait la maison à l'heure des repas. Ni lui ni moi ne pouvions nous empêcher de regarder la chaise vide. À présent, il emportait son déjeuner dans les champs – du pain, du fromage et une flasque de bière – comme un des ouvriers agricoles de son domaine. Les fermiers répugnaient à manger avec lui – après tout, il était le patron. Préférant la solitude, il n'essayait pas de les faire changer d'avis. Le soir, il restait dehors si tard que j'avais fini de dîner avant son retour. De toute évidence, il ne supportait plus le formalisme de la salle à manger. Elle appartenait à une autre époque. Je décidai donc d'en parler à Mrs. Ellsworth.

« En quarante ans de service, je n'ai jamais entendu une chose pareille », bougonna la gouvernante. Elle fit claquer son rouleau à pâtisserie sur la table et retourna prestement sa pâte à tarte. Il s'en éleva des particules de farine qui s'amoncelèrent près du beurrier.

« Mrs. Ellsworth, intervint Mr. Wrexham d'une voix calme, son fils est mort. » Il tira une chaise et s'assit à côté du fourneau. « Notre profession a pour but d'assurer le confort de nos maîtres. Si, comme le dit miss Landau, dîner à la cuisine répond aux besoins de Mr. Rivers, nous devons nous exécuter. »

Je lui lançai un regard reconnaissant. « Merci, Wrexham.

— Je vous en prie, miss. Je suppose que vous préférez informer personnellement Mr. Rivers du changement effectué dans les dispositions actuelles ?

— Oui. Et je lui dirai, ajoutai-je en hésitant, que c'est à la demande de Mrs. Ellsworth. J'expliquerai qu'avec la pénurie de personnel cet arrangement nous facilitera la vie.

— Entendu, miss », dit Mr. Wrexham en inclinant légèrement la tête.

La gouvernante toussa, l'air contrarié. Le major-dome se raidit, il plissa les yeux. « Ma chère Mrs. Ellsworth, pour une fois, nous vous demandons de feindre une incapacité. Comme nous le savons, c'est déformer grossièrement vos remarquables qualités. Mais notre devoir envers le maître de cette maison nous y oblige. »

Il fixa, au-delà de nous, un point indéfinissable dans le lointain.

« Son fils et héritier est mort. Servons le dernier maître de Tyneford de tout notre cœur jusqu'à la fin. »

Je longeai la vallée avec le déjeuner de Mr. Rivers. Le matin il était parti dans une telle hâte qu'il l'avait oublié. Malgré son irritation, Mrs. Ellsworth me le remit soigneusement emballé dans du papier paraffiné et me demanda de le lui apporter. Par cette chaude journée d'août, je portais un chapeau de paille à large bord et une robe légère à manches courtes. J'appréciais la sensation du soleil sur mes bras nus. Autour de moi, la campagne verdoyait dans la luxuriance de l'été, l'herbe était parsemée d'épilobes roses et de vilaines protubérances de scrofulaires. Des roitelets patrouillaient à côté du sentier en battant des ailes, deux papillons jaunes atterrirent sur le mur de pierre sèche. Traverser la vallée au soleil de midi était pénible et je fus soulagée lorsque je repérai

Mr. Rivers. Juché sur une grande charrette attelée à des chevaux de trait, il rassemblait du foin avec sa fourche, formant des tas de plus en plus hauts. Deux garçons à peine sortis de l'adolescence envoyaient sur le véhicule davantage d'herbe que Mr. Rivers attrapait sur les dents de son outil. Je m'arrêtai au bord du champ et, m'adossant contre le mur de silex, les observai. Je me rappelai la fenaison lors de ma première année à Tyneford. À cette époque, on utilisait le tracteur neuf. À présent, avec la restriction de l'essence, on en était revenu aux chevaux. Les faneurs se mouvaient à une cadence régulière tel un mécanisme d'horlogerie : les garçons lançaient vers le haut des brassées de foin, Mr. Rivers les recevait avec l'inévitabilité d'un pendule. J'en retirai un sentiment de paix, de conformité temporelle, tels le bourgeonnement et la chute des feuilles d'un chêne. Des hommes avaient fait les foins ici, de la même façon, pendant plus de mille ans. Naissance et mort, soleil et pluie faisaient simplement partie de ce rythme. L'un des garçons leva les yeux et me vit. Il murmura quelque chose à Mr. Rivers qui s'arrêta et me fit signe d'approcher.

« J'ai apporté votre déjeuner, dis-je.

— Posez-le là-bas, à l'ombre, sur le muret, à l'abri des rats. »

D'entendre parler de ces bêtes me fit frissonner. Les garçons éclatèrent de rire.

« Et on vient de nous dire que vous étiez devenue une vraie campagnarde… »

Je me raidis. « Personne n'aime les rats, que je sache, rétorquai-je.

— À part Stanton », dit l'un des garçons dont les cheveux ras avaient la couleur des aigrettes duveteuses de pissenlit. Il désigna un petit épagneul qui se roulait dans l'herbe coupée avec la volupté d'un chiot.

« Remettons-nous au travail, ordonna Mr. Rivers.

— Il nous faudrait quelques-unes de ces volontaires agricoles », marmonna l'un des jeunes en se penchant sur sa fourche.

J'allai déposer le pique-nique de Mr. Rivers et revins vers la charrette. « Je peux vous donner un coup de main. »

Les hommes me toisèrent d'un air dubitatif.

« Je suis aussi forte que n'importe laquelle de ces filles, assurai-je. D'ailleurs ce sont toutes des mauviettes de la ville.

— Très bien. » Mr. Rivers me lança un râteau. « Rassemblez l'herbe restante et formez des andains bien réguliers. »

Je pris l'outil et commençai à râteler le foin que le grand râteau tiré par les chevaux avait manqué. Très vite, de la sueur se mit à me couler dans les yeux. Ma robe de coton me collait au dos. Je sentis les muscles de mes épaules et de mon estomac se contracter, mais je poursuivis obstinément ma tâche. Ici et là, le foin était mêlé de fleurs sauvages séchées – camomille, boutons d'or et orties – qui piquaient mes jambes nues. Je parvins à trouver un certain rythme, une sorte de danse ondoyante. Je songeai aux paysages de Brueghel exposés dans les musées viennois. J'étais l'une de ces paysannes représentées dans ces tableaux et je fredonnai quelques mesures de la *Symphonie pastorale* de Beethoven. Les bras me brûlaient, mais je me perdais dans la cadence de mon travail. De dessous le bord de mon chapeau, je voyais Mr. Rivers entasser le foin, en saisir une autre fourchée, l'entasser de nouveau. Je savais que cet effort physique l'aidait lui aussi. Un aboiement et un cri aigu percèrent le calme de la matinée : l'épagneul avait attrapé un gros rat noir qu'il secouait entre ses crocs. Le malheureux prisonnier couinait, un son affreusement humain, sa queue pareille à une corde battant de droite à gauche dans la gueule du chien. Puis le silence. Stanton abandonna sa victime sous une haie. Le petit corps tressauta, puis s'immobilisa. Les garçons rirent et je devins toute rouge, me rendant compte que, d'horreur, j'avais lâché mon râteau.

« Bon, ça suffit, dit Mr. Rivers d'un ton sec. Pause déjeuner. »

Les garçons laissèrent choir leurs outils et partirent à l'autre bout du pré, vers l'ombre d'un grand chêne. Hésitante, je regardai Mr. Rivers.

« Venez avec moi. Nous pouvons partager mon déjeuner. Mrs. Ellsworth en prépare assez pour la moitié du village. »

Je m'assis à côté de lui sur le muret et pris le pain et le fromage qu'il me tendait. Nous mangeâmes en silence. De la sueur poissait mon visage, des bouts d'herbe collaient à mes joues et j'avais des ampoules aux mains. Je jetai un coup d'œil à celles de Mr. Rivers. Il avait les ongles noirs, sa douce peau de gentleman s'était durcie et ne produisait plus de cloques. Hormis ses yeux creux et vides, il avait l'air en parfaite santé – un homme dans la vigueur de l'âge. Il lança des morceaux de pain à l'épagneul qui bondissait joyeusement à leur recherche. Après m'être éclairci la voix, j'arborai un air décontracté et lui expliquai les nouvelles dispositions pour le dîner. Il acquiesça distraitement, sans faire de commentaire. Je m'agitai, les pierres irrégulières du mur m'entrèrent dans la chair.

« Vous rentrerez avant le dîner, alors ? demandai-je.

— Oui », répondit-il, et il se tourna pour me regarder.

Je pris soudain conscience de mon aspect peu soigné.

« Alice, reprit-il, et je me raidis, encore inaccoutumée à mon nouveau nom, pourquoi ne vous laissez-vous pas repousser les cheveux ? »

Je haussai les épaules, incapable d'affronter son regard inquisiteur. « Ce n'est plus possible maintenant. »

C'était Elise qui avait une longue tresse noire pareille à un python. Les cheveux d'Alice, eux, étaient coupés au-dessous des oreilles, des mèches lui chatouillaient la base de la nuque. Frais et soyeux, ils bougeaient doucement quand elle râtelait le foin ou se promenait dans les collines en observant les moutons dans la chaleur de l'après-midi.

« Les cheveux longs, c'était avant, dis-je en guise d'explication.

— Ils sont très bien comme ça aussi, mais ça vous vieillit. »

Je souris. « J'ai vieilli, mister Rivers. »

Nous travaillâmes pendant des heures, jusqu'à ce que le jour se fonde dans le soir, que le gazouillis des oiseaux fasse place au bourdonnement des moucherons et au grésillement des grillons dans l'herbe non coupée. À cause du pollen, mes yeux me brûlaient et me démangeaient. Je m'essuyai subrepticement le nez du revers de la main. Les hommes avaient avancé pas à pas dans le pré, la charrette avait avalé les andains l'un après l'autre, mais la longueur des ombres m'indiquait qu'il se faisait tard.

« Mister Rivers, criai-je. Je rentre aider Mrs. Ellsworth à préparer le dîner. Reviendrez-vous avant huit heures ? »

Du haut de sa meule de foin, il me fit un signe et reprit son travail. Je le regardai une seconde, puis me mis en route. Je remontai lentement le fond de la vallée, le long du cours d'eau souterrain où poussaient des herbes du marais d'un vert foncé. La mer étincelait comme un millier de miroirs, deux bateaux dansaient à l'entrée de la baie. J'entendis gronder un aéroplane dans le lointain. Bizarre. D'habitude, les bombardiers venaient la nuit, mais depuis deux semaines les attaques s'étaient multipliées. Swanage, Portland, Weymouth et même Dorchester avaient été pilonnées. Sans doute des raids diurnes allaient-ils bientôt commencer. Les journaux avaient cessé de parler des bombardements : ils étaient trop nombreux et cela risquait de confirmer à l'ennemi qu'il avait atteint son objectif. Assise sur le dernier échelon de l'abri du berger, je voyais parfois les avions descendre en piqué sur la vallée. Leur moteur hurlait et le bout de leurs ailes semblait frôler les champs situés sur les versants, de chaque côté. J'avais même assisté à un ou deux combats aériens.

Le bruit devenait assourdissant, je me bouchai les oreilles. Levant les yeux, j'aperçus non un, mais deux

Messerschmitt surgir du soleil. Leur mufle était couleur moutarde, des croix noires ornaient le dessous de leurs ailes. Une violente colère me prit à la gorge. Comment osaient-ils survoler ce territoire ? Ici, des hommes et des chevaux ratissaient les prairies, rassemblaient du foin pour l'hiver. Ce ciel anglais appartenait aux éperviers et aux oies cendrées, non à ces sales machines au rugissement saccadé. Les Messerschmitt approchaient, ils volaient si bas que leur ventre jaune semblait toucher les prunelliers. Je n'avais pas peur, j'étais furieuse. La haine bouillonnait dans mon estomac comme si j'avais une indigestion. Je serrai les poings, pleine de rage, et me baissai pour ramasser un morceau de silex. Je tirai mon bras en arrière et le lançai contre le premier avion alors qu'il rasait la vallée.

« Foutez le camp ! hurlai-je. Foutez le camp ! »

La pierre décrivit un arc. J'éprouvai une soudaine allégresse, un sentiment de triomphe : j'allais le toucher ! J'allais l'avoir, ce salaud ! L'instant d'après, mon projectile retombait à terre, impuissant. Je lâchai un juron et cherchai un autre caillou. Dans ma colère, je n'avais pas remarqué que le son du moteur avait changé. L'un des avions avait exécuté un looping et piquait à présent vers la vallée. Plus curieuse qu'effrayée, je regardai le nez noir et le mufle jaune se précipiter sur moi. Soudain, le sol explosa sous des rafales de mitrailleuse. Bouche bée, je restai un moment comme paralysée. Puis je me mis à courir. Jamais encore je n'avais couru aussi vite. L'avion arrosait la vallée de giclées de balles. Les collines résonnaient des détonations et du rugissement *staccato* des moteurs. C'était un jeu. Juste un jeu. *Sauve-*

412

toi, petit lapin, sauve-toi. Je ne sentais pas mes jambes, je n'étais plus qu'une tache floue, une chose qui courait et transpirait. Je n'étais rien. Je filais comme un bolide, la peur au ventre. J'entendais dans ma tête cette stupide rengaine de l'été précédent : *Sauve-toi, petit lapin, sauve-toi. V'là le fermier avec son fusil.* Des balles. Je courais. La fleur mauve d'un chardon s'envola, décapitée. Je voyais tout et je ne voyais rien. Je courais. Le disque tournait et tournait dans ma tête comme sur une platine de gramophone. *Tous les jeudis, à la ferme, on mange du pâté de lapin. Alors sauve-toi, petit lapin, sauve-toi !* Je perdis une de mes tennis, mais ne ralentis pas pour autant. Je fonçais, consciente que ma peau se déchirait sur les cailloux pointus et les orties, mais, anesthésiée par l'adrénaline, je ne sentais aucune douleur.

La forêt. Cours vers la forêt de Tyneford. Abrite-toi sous les arbres. Je suis Kit et je cours, je cours dans les collines, aussi rapide qu'un chevreuil. L'ombre des arbres. J'approche. Des balles claquent contre le silex, frappent l'enclos des brebis. *Bang ! Bang ! Bang ! fait le fusil du fermier.* Une clôture s'effondre. Des moutons galopent. Je ne peux pas m'arrêter pour voir si certains d'entre eux sont morts. Quelque chose de rouge. Du sang sur de la laine. Je suis presque à la lisière. Si j'atteins ce noisetier, ce poteau, je serai en sécurité. Je vivrai. *Sauve-toi, petit lapin, sauve-toi ! Que le fermier ne t'attrape pas !* Je m'engouffre dans le bois. Le grondement de l'avion au-dessus des cimes. Il est furieux. Il a forcé le lapin à se cacher. Je m'affale sur un lit de feuilles. Il est chaud, humide, il sent la terre et la moisissure. L'appareil tire sur le dôme de verdure. Des balles, des rameaux et des feuilles pleuvent sur le sol. Je suis à quatre pattes. Je me relève et recommence à courir. La grêle de projectiles fait voler boue et détritus, parfois si près de moi que je dois prendre une profonde inspiration pour m'assurer que je suis encore en vie. Le grand arbre. Je vois le grand chêne. Dans la pénombre verte, ses bras blancs me font signe. Je me précipite vers lui, il m'étreint et me fait tomber dans des ténèbres fraîches et tranquilles.

« Tu es en sécurité maintenant », me rassura Poppy.

Allongée dans un lieu obscur, j'écoutai le silence. Rien ne bougeait. Les scarabées, les fourmis et les piverts retenaient leur souffle. Les frênes et les mélèzes bruissaient au vent. Puis une tourterelle roucoula, une corneille croassa. La forêt se ranimait.

« Comment sais-tu qu'il ne reviendra pas ? demandai-je.

— D'abord je pense qu'il est à court de munitions. Et ensuite, il ne doit plus lui rester beaucoup de carburant. »

Je m'assis, ôtai des feuilles et de la mousse de mes cheveux et un perce-oreille entreprenant de mon soutien-gorge.

« Il s'est bien amusé, le Boche.

— Tiens, bois ça, dit Poppy. Ça te remontera. »

Je saisis la bouteille qu'elle me tendait et avalai une grosse gorgée de ce qui se révéla être du scotch.

« Tu n'as pas l'air d'être trop secouée, dit Poppy d'un ton légèrement déçu alors que j'enlevais un caillou de ma tennis restante. Et moi qui me serais

414

fait un plaisir de te donner des gifles ! C'est comme ça qu'on traite les personnes en proie à une crise de nerfs. Tu es sûre de ne pas te sentir un peu mal fichue ?

— Je vais très bien, merci. »

Je bus une autre gorgée de whisky et regardai autour de moi. Nous nous trouvions dans une grotte, des racines s'entrecroisaient au-dessus de nous. Un trou de lumière ouvrait sur la forêt et une torche pendait d'une ficelle à un angle qui permettait d'éclairer les recoins de la cavité. Des fusils noirs luisaient dans la pénombre.

« Tu ferais mieux de ne pas regarder, dit Poppy. C'est ultra-secret.

— Trop tard maintenant. »

Je me rappelai les armes que je l'avais vue dissimuler dans les grottes de Tilly Whim et le revolver de Mr. Rivers. Je me demandai si elle et lui appartenaient au même groupe de résistants, mais fidèle à la promesse faite au père de Kit, je m'abstins de m'en informer. Au lieu de cela, je dis :

« Vous avez donc des caches tout le long de la côte ?

— Oui. Au cas où.

— Je voudrais vous aider. Quoi que vous fassiez, j'aimerais y participer. »

Poppy s'agita à côté de moi. « Je crains que ce ne soit impossible, répondit-elle en fuyant mon regard. On n'accepte que les citoyens britanniques. Nous sommes vraiment secret-défense, tu sais. Je n'étais pas censée t'amener ici, d'autant plus que tu es ressortissante d'un pays ennemi. Mais j'ai pensé que

415

c'était ce que j'avais de mieux à faire, sinon cet avion t'aurait tuée. »

Je rampai vers le disque de lumière et me frayai un chemin dehors, dans la forêt. Époussetant ma robe du mieux que je pus, je me relevai et jetai à Poppy un regard furieux.

« D'un pays qui me considère *moi* comme une ennemie ! »

Poppy rougit. « Désolée. Je sais que c'est odieux. Mais ce n'est pas moi, c'est ce fichu gouvernement.

— Oh, tais-toi », aboyai-je. Je donnai un coup de pied à un arbre et serrai les poings. J'étais si furieuse que j'en aurais craché par terre. Sans dire au revoir ni merci, je m'éloignai. C'était injuste. Je voulais me joindre aux combattants.

Je boitillai le long du sentier, cherchant ma tennis perdue. Soufflant de la mer, une brise se répandait dans la vallée. Des moutons broutaient, des courlis flottaient dans le ciel. Je retrouvai ma chaussure et l'enfilai. Une colonie de vulcains voletait dans les trèfles et les derniers andains s'incurvaient au bout de la vallée. Le paysage avait repris son aspect idyllique. Quelque chose brilla dans l'herbe. Je me penchai et ramassai une balle aussi grosse et luisante qu'une limace. Sur le coteau, à une certaine distance du reste du troupeau, gisait un mouton. Je frappai dans mes mains et criai. L'animal ne bougea pas. Sans doute était-il mort. Je devais envoyer un message au berger. La brebis était fraîchement abattue, il ne fallait pas gaspiller une bonne viande. À l'extrémité du champ, j'aperçus une rangée de drapeaux rouges pareille à une égratignure sur la peau de la prairie. Je me demandai ce qu'ils signifiaient. Poppy devait le savoir, mais elle refuserait probablement de me le dire.

À mon retour à la maison, j'aperçus Mr. Rivers qui arpentait la terrasse.

« Bonté divine ! s'exclama-t-il en courant vers moi. Êtes-vous blessée ? »

J'étais trop fatiguée pour répondre aimablement à sa question pleine de sollicitude. « Non. J'ai juste besoin d'un bain. »

Lorsque je passai près de lui, il essaya de m'attraper par le bras. « Alice, j'ai entendu une mitrailleuse. »

Je me dégageai. « Laissez-moi, je vous prie. Je vais bien. Prévenez Mr. Stickland qu'un de ses moutons est mort. »

Je me précipitai dans la maison et montai l'escalier quatre à quatre avant que quelqu'un pût m'aborder. Ma peur avait disparu. Je me sentais furieuse, épuisée, impuissante. On m'avait tiré dessus et je n'avais aucun moyen de riposter. Dans quelques heures les avions seraient de retour, les ténèbres grouilleraient de sinistres ennemis métalliques. Peu après, l'horizon rougeoierait : Swanage, Portland ou Dorchester serait en flammes. Je déboutonnai ma robe et arpentai ma chambre en sous-vêtements. J'attendais que le silence soit déchiré par le rugissement d'un aéroplane. Depuis la mort de Kit, je n'arrivais plus à me reposer convenablement. Je le voyais en rêve : il était comme avant, mais, même dans mon sommeil, je savais qu'il était mort. Le matin, à mon réveil, je suffoquais de chagrin. Dans mon enfance, je m'imaginais que si mes parents ou Margot mouraient, je mourrais moi aussi. Que je me fendrais de douleur tel un orme frappé par la foudre. Mais je n'étais pas morte. J'étais vidée, récurée. Je me voyais semblable à une poupée russe, remplie d'un néant noir. Parfois, quand je me promenais sur la plage, je me demandais si je devais me glisser dans les flots. Je n'aurais qu'à remplir mes poches de galets et avancer vers le large, au-delà des rochers sombres, au-delà de la falaise de Worbarrow Tout, jusqu'à ce que l'eau coule dans ma gorge. J'avais l'impression que ce serait une mort douce, tranquille. Kit m'attendait peut-être sous les vagues comme il m'attendait dans mes rêves. C'était une idée vaine provoquée par la douleur et l'appel mélancolique de la mer. Mais cet après-midi, quand le Messerschmitt m'avait attaquée, je voulais vivre à tout prix. Pas une seconde je n'avais songé à embrasser la mort pour rejoindre Kit. Tandis que je courais, suant à grosses gouttes et emplie d'une terreur primitive, j'avais découvert que j'avais soif de vivre. Mon instinct de conservation était aussi fort que celui du rat ensanglanté prisonnier des mâchoires du chien.

Mr. Rivers et moi dînâmes à la cuisine, servis par un Mr. Wrexham resplendissant, en habit impeccable et gants blancs. Derrière nous, le vieux fourneau fumait et grommelait. J'aimais cette pièce. Sa chaleur, son odeur de graisse cuite et de savon noir, l'affairement de Mrs. Ellsworth me rappelaient mon ancien chez-moi. Je bus mon vin à petites gorgées et jouai avec ma purée de pommes de terre. Mr. Rivers fronça les sourcils.

« Alice, que s'est-il passé cet après-midi ? Ça va ? »

Je repensai à Mr. Rivers, fou de rage, tirant des coups de pistolet. Ne voulant pas le remettre en colère, je dis avec un calme étudié : « Un Messerschmitt est passé par ici. Il a lâché quelques balles dans la vallée.

— Est-ce qu'il vous visait ? »

Il parlait doucement, mais sa voix était d'une effrayante froideur. Je tendis le bras pour lui toucher la main.

« Regardez, je suis saine et sauve. Je vous en prie, ne vous fâchez pas. Cela me bouleverse. »

Un muscle tressaillait dans sa mâchoire, mais il changea de sujet.

Après le dîner, nous restâmes par un accord tacite dans la cuisine, répugnant à retourner dans le silence étouffant du salon. Au fil des ans, la maison s'était délabrée, mais avec la présence solaire de Kit nous ne l'avions pas remarqué. Nous avions joui de sa splendeur fanée tels des enfants prenant plaisir au caractère romantique d'un de ces vieux châteaux aux meubles recouverts de housses qu'on trouve dans les contes. À présent, avec notre deuil, nous nous rendions compte, Mr. Rivers et moi, que le manoir était miteux, tel le mari qui s'aperçoit que sa femme a grossi. J'imaginais que la maison avait honte de son état et essayait de restaurer sa beauté. Cependant, nous manquions de domestiques et, malgré mon aide, les plinthes et les lambris étaient gris de poussière, les parquets rayés et mal cirés.

Après avoir placé des bougies sur la table en chêne nettoyée à la brosse et fixé les stores du black-out, Mrs. Ellsworth disparut dans ses appartements. Mr. Wrexham versa à son maître un verre de porto, puis se retira, nous laissant écouter seuls les gar-gouillis du fourneau. Mr. Rivers ne s'était pas changé pour le dîner, chose normale puisque nous mangions désormais dans l'intimité de la cuisine. Cela marquait toutefois un tournant définitif dans les coutumes de Tyneford House. Mr. Rivers avait enlevé ses bottes, mais c'était là sa seule concession à l'étiquette. Il se cala sur sa chaise, étendit les jambes. Sa chemise de travail était ouverte au cou, ses vêtements tachés de boue, et il sentait le foin et la sueur. Plongeant la main dans sa poche, il en retira une boîte d'allu-mettes et alluma un cigare. L'incongruité de la scène me fit rire.

« Mister Rivers, en ce moment, on s'attend plutôt à vous voir vous bourrer une pipe avec du tabac à un demi-penny que fumer un cigare de Jermyn Street. »

Sans réagir à ma taquinerie, il exhala une volute de fumée qui monta vers les poutres. « Pourquoi m'appelez-vous mister Rivers ?

— Comment devrais-je vous appeler ? demandai-je en souriant. Vous voulez changer de nom vous aussi ?

— Non. Le mien est un très vieux nom. L'un des meilleurs d'Angleterre », dit Mr. Rivers avec une pointe de fierté comme autrefois. Il prit une sou-coupe, y secoua la cendre de son cigare. « Pourquoi ne m'appelez-vous pas par mon prénom ? Pourquoi ne m'appelez-vous pas Christopher ? »

Je contemplai la table. « Cela m'est impossible, répondis-je, incapable de le regarder. Kit s'appelait Christopher. Je ne peux pas vous appeler par son nom. »

Mr. Rivers aspira l'air avec bruit. « Je lui ai donné mon prénom, mais j'étais le premier Christopher », dit-il, agacé.

Je l'avais blessé, mais je n'y pouvais rien. « Pas pour moi. » Je le regardai droit dans les yeux. « Je ne veux pas penser à lui quand je prononce votre nom. »

Mr. Rivers leva les yeux vers la haute fenêtre où une branche de chèvrefeuille tapait contre le carreau. Il soupira.

« Mon deuxième prénom est Daniel. Pourriez-vous m'appeler Daniel ? »

Il s'approcha du fourneau, ouvrit le foyer, tisonna les charbons. Des étincelles s'envolèrent dans la pièce. Il ne s'était pas rasé depuis plusieurs jours et, à la lueur du feu, je distinguais une épaisse couche de poils sur ses mâchoires.

« Daniel, avez-vous décidé de vous laisser pousser la barbe ? » demandai-je.

Mr. Rivers se tourna, surpris, et se passa la main sur le menton.

« Non. Mais Wrexham ne m'a pas rasé depuis un ou deux jours.

— Eh bien, il devrait le faire demain. »

Mr. Rivers se retourna et fourgonna de nouveau le feu avec une telle vivacité qu'un boulet tomba de la grille et atterrit sur le dallage. Il regarda le charbon incandescent, marmonnant quelque chose au sujet de « ces sacrées bonnes femmes ».

« Vous devriez m'être reconnaissant, dis-je. Grâce à moi, vous restez un être civilisé. »

Mr. Rivers sourit et se rassit. « Voulez-vous un cigare ? Kit m'a dit un jour que vous fumiez. Ça l'avait beaucoup impressionné. »

Je ris. « Tant mieux. C'était le but recherché. »

Mr. Rivers ôta le cigare de sa bouche et me le passa. Je tirai dessus en m'efforçant de ne pas tousser. Mon compagnon m'observait. Je remarquai qu'un de ses yeux, d'un bleu intense, était plus foncé que l'autre. Personne d'autre ne le savait. C'était le genre d'information que seules les mères ou les amantes apprécient. Sa mère était morte, sa femme et son fils aussi. Ce petit détail n'appartenait donc qu'à moi.

« Vous pensez à Kit », dit Mr. Rivers, interrompant ma rêverie.

Je rougis. « Oui », mentis-je.

23

Des drapeaux rouges

Le lendemain matin, je reçus une lettre de Margot,
la première depuis la mort de Kit.

*Je ne sais que dire. Toutes les paroles qui
me viennent à l'esprit me semblent inutiles
et maladroites... J'aimerais te trouver une*
Sachertorte *comme celles du* Sacher Hotel.
*Lorsque tu étais toute petite et que tu pleurais,
je t'en achetais une part. Cela ne pourrait guère
t'aider à présent, mais j'aimerais t'en offrir un
morceau quand même...*

*Ils en vendent ici, dans ce qu'ils appellent
des « pâtisseries continentales », mais elles ne
ressemblent en rien à la tarte originale. Nous
n'en mangerons jamais plus, je suppose, à moins
qu'ils ne bannissent le maître pâtissier avec sa
recette secrète. Tu te rappelles que, gamine, tu
croyais que l'hôtel avait été nommé d'après le
gâteau et non l'inverse ? Hôtel Gâteau au Chocolat... Parfois j'imagine que nous y sommes*

encore, aussi jeunes qu'autrefois, en train de déguster une Sachertorte-*chantilly après un opéra ou un concert. Nous discutons de la soprano qui chantait faux et du ténor qui transpirait à grosses gouttes et arborait une drôle de petite pochette.*

J'enverrai une lettre à « Margot et Elise, aux bons soins de l'Hôtel du Gâteau au Chocolat, Vienne ». Elle parviendra à cette Elise et à une autre Margot, et aucun de ces affreux événements ne se sera produit. Un jour, après la guerre, nous retournerons là-bas. Nous parlerons des seconds violons qui ont joué le scherzo *plus vite que le reste de l'orchestre et nous ne penserons qu'à la musique.*

Il y a un an, Anna m'a envoyé la recette d'un thé horrible, une potion que les tantes lui avaient préparée quand elle voulait avoir un enfant (je m'étonne qu'elle ait demandé ce genre de service à trois vieilles filles). Malgré son goût épouvantable, j'en bois tous les matins – non pas parce que je le crois efficace, mais parce que c'est le dernier conseil que maman m'a donné. Je me surprends à amasser tous mes souvenirs d'Anna et de Julian. Je les évoque souvent de peur de les oublier.

La lettre de ma sœur reflétait mes propres craintes. Nos parents avaient disparu. Vivaient-ils incognito dans la campagne française, Anna déguisée en paysanne aux joues roses, ou se cachaient-ils chez des amis, à Amsterdam ? Je préférais imaginer pour eux de joyeuses aventures plutôt que d'envisager l'autre possibilité plus funeste.

424

Pour me changer les idées, je descendis vers la baie, à la recherche de Poppy. En approchant de la plage, je vis qu'elle grouillait de monde. Trois inconnus en salopette d'ouvrier haranguaient des pêcheurs rassemblés près des bateaux, devant la chaumière de Burt. Des caisses jonchaient la grève. Adossés, bras croisés, contre les embarcations, les pêcheurs écoutaient les discours d'un air méfiant. L'un d'eux cracha et s'éloigna, renvoyant d'un geste l'un des étrangers qui s'était lancé à sa poursuite. Poppy était assise sur un casier à homards, derrière les pêcheurs. Je me frayai un chemin à travers la foule et m'accroupis à côté d'elle.

« Ce sont des territoriaux, m'expliqua-t-elle en désignant les trois orateurs. Mr. Rivers leur a demandé de persuader les pêcheurs de miner la baie. À mon avis, c'est une idée stupide. De quoi tuer un tas de beaux maquereaux. Viens avec moi. »

Elle se leva et, m'attrapant par le bras, m'entraîna loin du groupe.

« Qu'ils se débrouillent, dit-elle. De toute façon, ils n'apprécieraient pas qu'on intervienne. »

Je courais pour rester à sa hauteur. Le soleil chauffait les falaises. Elles luisaient d'un joli brun doré, aussi appétissantes que des biscuits sortis du four. Des coquelicots parsemaient les touffes de salicorne qui poussaient le long de la crête, des hirondelles entraient dans de minuscules trous creusés dans le grès, en ressortaient. Nous marchâmes jusqu'à l'extrémité de la plage où Flower's Barrow se dressait au-dessus de la vallée et de la baie. Un sentier abrupt menait en haut du promontoire. Sans ralentir, Poppy commença à le gravir. Parvenue au sommet, elle m'aida à me hisser sur la corniche herbeuse. Je m'affalai par terre, fermai les yeux et repris mon souffle.

« Allez, viens, on n'a pas le temps de faire la sieste », dit Poppy.

Je me brossai en grommelant et courus derrière elle.

« Où allons-nous ?

— Will », dit-elle en guise de réponse.

Nous longeâmes le faîte. Au-dessous de nous, les champs s'étendaient en un patchwork irrégulier, comme des carrés de tissu cousus ensemble par une couturière négligente. Au fond de la combe, à l'endroit où le coteau faisait place aux prairies, Mr. Rivers et les garçons terminaient les foins. L'école avait fermé pour l'occasion. Des gamins en pantalon court, des fillettes en bottes de caoutchouc et robes d'été délavées parcouraient les champs et ramassaient des brassées d'herbe sèche dont ils faisaient des tas irréguliers. Portés par le vent, leurs cris, mêlés aux aboiements de l'épagneul, montaient vers nous. Mr. Rivers jeta un bâton au chien. L'animal bondit à sa recherche, ses oreilles battant joyeusement autour de sa tête. Sous le vaste ciel, Mr. Rivers paraissait détendu. Soudain, comme s'il sentait mon regard, il interrompit son travail et, la main en visière, leva les yeux. Embarrassée, je me hâtai de poursuivre mon chemin en espérant qu'il ne m'ait pas vue.

Poppy m'attendait à l'échalier suivant. Assise, toute contente, sur la barrière, elle balançait les jambes, tapant le bois de ses sandales.

« Il ne sera pas le seul, déclara-t-elle. À la fin de la guerre, il y en aura beaucoup comme lui.

— Ça ne diminuera pas sa peine.

— Non, reconnut Poppy, l'air pensif. Ce que je voulais dire, c'est qu'il survivra à son malheur.

— Et alors ? Qu'est-ce que ça signifie ? la rembarrai-je. Qu'il continuera à respirer, à beurrer ses toasts et à parler au téléphone ? Survivre ne suffit pas. Je veux qu'il puisse être heureux. Et je ne pense pas à de petits plaisirs tels que manger un carré de chocolat ou prendre un bain chaud. Je pense au bonheur. »

Je me tus, me demandant si je parlais de Mr. Rivers ou de moi-même.

« Vous le connaîtrez. Tous les deux. La douleur s'atténue, puis elle s'aggrave de nouveau lorsque tu te rends compte qu'elle s'atténue. Parce que tu te sens coupable. » Me voyant perplexe, Poppy sourit. « Mes parents, tu comprends. Quand j'avais dix ans. Pourquoi ai-je vécu avec mes tantes, à ton avis ? Mon père et ma mère sont morts dans l'incendie d'un hôtel, à Blackpool. Ils étaient partis en vacances là-bas, pour voir les illuminations. Mes tantes pensent que les vacances sont très dangereuses. Elles ne m'ont jamais permis d'en prendre, surtout pas dans une station balnéaire du Nord.

— Je suis désolée, dis-je. Je n'en savais rien. »

Poppy haussa les épaules. « T'en fais pas. Il y a longtemps de ça. Allons retrouver Will. Il n'a plus que deux jours de permission et il va les passer à installer des clôtures. »

Armé d'une hache et d'un coin, Will fendait du bois dont les morceaux, éparpillés dans l'herbe, luisaient au soleil. Derrière lui, un grillage neuf serpentait vers le sommet de la colline. De pâles traverses s'emboîtaient dans des pieux ronds telles les pièces d'un puzzle géant. Deux garçonnets couchés à plat ventre clouaient du treillis métallique à la base d'un montant. Ils semblaient à peine en âge de sortir seuls et encore moins d'élever des clôtures, mais ils travaillaient consciencieusement, sans même lever les yeux vers nous, les filles. Will laissa tomber sa hache par terre. Il passa un de ses bras musclés autour de la taille de Poppy, l'attira vers lui et l'embrassa. Gênée, je me détournai en essayant de ne pas penser à Kit.

« Où en es-tu ? » demanda Poppy en repoussant son ami d'un geste affectueux.

Will haussa les épaules. « Je n'en ai plus pour longtemps. Pour le reste de l'après-midi, sans doute. » Il enfonça les mains dans ses poches et fronça les sourcils. « J'aime pas ces foutues clôtures. On les monte trop vite. Rien ne vaut un bon mur de pierre. Y a des choses qu'on doit faire lentement. Si on veut diviser le versant de la colline, faut le faire correctement, et ça, ça prend du temps. »

Je regardai le coteau. Les murs de silex le quadrillaient tels des ruisseaux de pierre. Au soleil matinal, ils étaient aussi blancs que de l'os, mouchetés de jais. Ils faisaient partie intégrante du paysage tout comme l'herbe ondoyante ou les noisetiers battus par le vent.

« Le vieux mur ne suffisait plus ? demandai-je.

— L'armée envahit tout, répondit Will en désignant une rangée de drapeaux rouges plantés entre le mur et l'enceinte en treillis. Elle occupe de plus en plus de terre cultivable qu'elle convertit en terrain d'entraînement. Y nous reste à peine sept cents acres. Si ça se trouve, y vont clôturer la plage. »

Poppy donna un coup de pied à une marguerite et renifla avec colère. « Clôturer ? Tu parles ! Ils vont la miner. Bientôt les plages et les collines seront pleines de fil de fer barbelé et de nids de mitrailleuse. »

Will ramassa sa hache. « Assez bavardé. De toute façon, je peux rien y changer. Z'allez m'aider, vous deux ? »

Poppy me lança un gros maillet et, suivant son exemple, je me mis à enfoncer un pieu dans la terre. Les vaches et les moutons se promenaient autour de nous, indifférents à la nouvelle clôture, aux drapeaux rouges et à cette sensation d'un changement prochain qui me picotait les bras à chaque coup de maillet. Du camp militaire établi dans les terres de Lulcombe, juste derrière le sommet de la colline, nous parvenaient un crépitement de mitrailleuse et le sifflement d'obus. Les bêtes ne prêtaient aucune attention à ces bruits. Les gros agneaux d'été agitaient leurs queues et dansaient parmi les pissenlits. Les vaches ruminaient et clignaient des paupières pour chasser les mouches.

À mon retour à la maison ce soir-là, j'entendis des éclats de voix sur la terrasse. Il était presque sept heures et je m'attendais à trouver Mr. Rivers seul, en train de boire son whisky aux dernières lueurs du jour. Pendant ma promenade, j'avais rempli mon chapeau de mûres pour en faire une tourte. Je déposai ma cueillette près du portail avant de m'aventurer sur la pelouse. Debout sur la terrasse, Mr. Rivers parlait avec lady Vernon et Diana Hamilton assises, mal à l'aise, sur les chaises de jardin. Aucun d'eux ne me vit approcher.

« Je suis désolée, disait lady Vernon. Je voulais simplement vous faire part de ma profonde tristesse. »

Mr. Rivers pivota vers elle. « Tout le monde est triste. Ça me fait une belle jambe. »

Lady Vernon tressaillit, mais garda un sourire poli. Diana contemplait ses jolies petites mains croisées sur ses genoux. Mr. Rivers se mit à arpenter la terrasse. Dissimulée dans l'ombre du noyer, au bord de la pelouse, j'attendis.

« Il reviendra peut-être, reprit lady Vernon. Il se peut qu'il ait été fait prisonnier comme tant d'autres.

— Non. Il est mort. »

Mr. Rivers s'arrêta près de la chaise de sa visiteuse. Il la regarda fixement, l'obligeant à lever les yeux vers lui. Pendant une seconde, les traits figés de lady Vernon s'animèrent. Une expression de pitié passa sur son visage de bouledogue et, l'espace d'un instant, je cessai de la haïr.

« Avez-vous l'intention de commémorer sa disparition ? demanda-t-elle d'une voix douce en tripotant l'alliance qui ornait son doigt boudiné.

— Non. Je me souviens très bien de lui. Alice aussi. Ça nous suffit. »

Mr. Rivers se détourna et regarda la baie d'un air absent.

« C'est la coutume dans ce genre de cas, reprit lady Vernon.

— Au diable la coutume, s'écria Mr. Rivers. Et quel est ce monde dans lequel tuer les fils des gens est devenu une coutume ? »

Sa visiteuse adoucit cet éclat avec un habile sourire de femme du monde. « Je suis toute disposée à organiser cette cérémonie », déclara-t-elle.

En deux enjambées, Mr. Rivers s'approcha de son fauteuil. Une main sur chacun des accoudoirs, il la domina de toute sa hauteur, les yeux pleins d'une colère froide. Je dois dire à l'honneur de lady Vernon qu'elle ne sourcilla pas. Elle resta assise aussi droite qu'on avait dû le lui apprendre à son école de jeunes filles.

« Ne vous mêlez pas de mes affaires ! siffla son hôte. Si vous vous ennuyez, tricotez des chaussettes pour nos soldats ou retapissez votre foutu salon. » Il se redressa, les poings tremblants, avec un effort visible pour maîtriser sa colère. « Je vais aller me changer. Si vous désirez des rafraîchissements, sonnez Wrexham. Je vous souhaite bien le bonsoir. »

Sur ce, il disparut dans la maison. Aussitôt, je sortis de l'ombre et montai les marches de la terrasse.

« Ça alors ! s'exclama lady Vernon, aussi perturbée qu'une poule qu'on a dérangée au moment de pondre. Ça alors !

— Je vous avais prévenue, dit Diana. Nous n'aurions pas dû venir. »

En m'apercevant, ses narines frémirent de contrariété.

« Bonsoir, lady Vernon, bonsoir lady Diana, dis-je avec un sourire contraint. Désolée pour la conduite de Mr. Rivers. Il n'est pas lui-même ces jours-ci. »

Ce n'était pas vrai. Il était tout à fait lui-même. Simplement, il avait changé. Comme moi. Si ce n'était qu'il avait même changé d'aspect : cheveux en bataille, menton mal rasé et vêtements d'ouvrier. Son regard vide, sauvage, indiquait qu'il avait dépassé les règles de la politesse. Je m'étonnai qu'aucune des deux femmes ne l'eût remarqué. Un enfant aurait pu leur dire que cet homme avait cessé d'être un gentleman. Elles n'avaient donc qu'à s'en prendre à elles-mêmes pour cette scène désagréable. L'une et l'autre me dévisagèrent avec un déplaisir non dissimulé. Diana eut une moue méprisante. Qu'il m'incombât de présenter des excuses aggravait l'offense – le fait même que ce fût nécessaire portait atteinte à l'étiquette ; que ces excuses vinssent de moi, une Boche juive, une ex-femme de chambre et, qui plus est, une usurpatrice était insupportable. Lady Vernon se leva et m'adressa un bref signe de tête.

« Bonsoir, miss Land ou quel que soit votre nom aujourd'hui. Je vais profiter de ce temps superbe pour faire un tour dans le parc. Vous venez, Diana ? »

Sa nièce secoua ses boucles blondes.

« Non, merci, ma tante. Je vous rejoins tout de suite. »

Lady Vernon haussa les sourcils. Comment Diana pouvait-elle préférer ma compagnie à la sienne ? Mais s'abstenant de tout commentaire, elle descendit l'escalier qui menait au jardin d'un pas majestueux. Je me tournai vers Diana, attendant qu'elle parle. Elle me regarda fixement comme si elle voulait voir si je serais la première à rompre le silence. Je soupirai. Je n'avais qu'une envie : qu'elle disparaisse.

« Aimeriez-vous une tasse de thé, lady Diana ?

— Me l'offrez-vous en tant qu'hôtesse ou en tant que femme de chambre, s'enquit-elle, scrutant mon visage de ses grands yeux violets.

— Que me voulez-vous, Diana ? »

Mon interlocutrice se laissa aller dans son fauteuil et lissa sa robe d'été jaune, sans doute choisie pour faire ressortir son teint d'un rose crémeux. Elle me sourit à travers le voile de ses cils épais.

« On commence à jaser, vous savez. »

Je gardai le silence et, du bout de ma tennis, grattai la mousse qui poussait entre les dalles.

« Pourquoi restez-vous ici ? » reprit-elle.

Surprise, je reniflai. Je n'avais jamais envisagé de partir.

« Parce que c'est mon devoir.

— Votre devoir ? fit Diana avec un sourire hypocrite. Vous n'êtes plus une domestique. Vous n'êtes pas la fiancée de Kit. Désolée, ma chère, mais vous n'êtes jamais parvenue au "jusqu'à ce que la mort nous sépare". Vous n'avez aucune raison de vous incruster.

— Je reste pour Mr. Rivers, répondis-je, les joues enflammées de colère. Pour Daniel. Je ne peux pas l'abandonner.

— Daniel ? Qui est-ce ? minauda Diana, l'air triomphant. Christopher Rivers ? Un petit nom affectueux ? Comme c'est mignon !

— Votre tante doit vous attendre », dis-je, mon accent autrichien accru par la rage.

Diana écarta ma feinte sollicitude d'un geste de la main. « Ne vous inquiétez pas pour elle. Elle sera fascinée. Comme je vous l'ai dit, les gens *adorent* cancaner – surtout au sujet de liaisons. Plus elles sont scandaleuses, plus ils aiment ça.

— Fichez le camp ! » dis-je, renonçant à tout effort pour me montrer polie.

Frappant dans ses mains de plaisir et riant aux éclats, Diana se leva. « Quelle histoire savoureuse ! Obscène, mais savoureuse. »

Ne tenant aucun compte de ma réticence, elle me planta un baiser sur la joue. « Au revoir. Et merci pour ce charmant après-midi. »

Après son départ, je m'assis sur les marches, le menton appuyé sur les mains. Que m'importaient les ragots ? Ma présence au manoir était peut-être obscène. Ce genre de choses continuaient-elles à déranger ? J'avais dit la vérité. Je devais rester. Mr. Rivers avait besoin de moi.

Cette nuit-là, incapable de dormir, j'écoutai la mer déferler dans l'obscurité. Je ne pensais pas à Kit, mais à Mr. Rivers. Diana avait-elle raison ? Je me levai et fouillai dans le tiroir de la commode. Je finis par trouver un papier Liberty que Mr. Rivers m'avait acheté lors de son dernier voyage à Londres. Une jambe repliée au-dessous de moi, j'écrivis à ma sœur.

> *Cela te choque que je reste ici, au manoir ? Ce serait très injuste de ta part. Tu n'arrêtais pas d'embrasser Robert en public, même après l'avoir épousé (or personne n'aime voir des couples mariés se bécoter). Tu es donc mal placée pour me faire des remontrances.*
>
> *Je ne peux m'empêcher de me demander ce que penseraient Anna et Julian. Les grands-tantes désapprouveraient certainement que je reste dans cette maison sans chaperon, mais il est vrai qu'elles sont très sévères. L'un de leurs*

plus grands plaisirs dans la vie, à part manger des carrés de massepain grillé et subodorer un scandale, c'est de pouvoir blâmer leur prochain. Anna a sans doute son opinion sur ce genre de situation – elle en a une sur la plupart des sujets. Par exemple : elle critique les femmes qui défont et secouent leur chevelure devant un homme dont elles n'ont pas l'intention de tomber amoureuses et recommande d'asperger ses sous-vêtements avec de l'eau de rose. Tu sais que j'obéis à Anna à la lettre, mais ici, il s'agit d'autre chose.

Tu te rappelles Herr Aldermann ? À la mort de sa femme, il a commencé à se ratatiner. Lui dont la chair tremblotait de rire quand il essuyait la graisse de poulet de ses bajoues est devenu l'ombre de lui-même. Il entrait chez nous en traînant les pieds, buvait son schnaps et retournait du même pas dans son appartement vide. Je ne veux pas que Mr. Rivers se mette à traîner les pieds. Actuellement, il est en colère contre le monde entier, mais un jour sa fureur se changera en désespoir, et je dois être auprès de lui à ce moment-là. Je ne veux pas qu'il devienne un vieillard qui ne prend pas la peine de lever les pieds en marchant ou laisse de la graisse sur son menton.

Quoi que les gens puissent dire, je ne peux pas partir. Tu me comprends, n'est-ce pas, Margot ?

Le vent soufflait à travers les branches devant ma fenêtre, les faisant tambouriner contre le carreau telles des gouttes d'eau. Agitée, mal à l'aise, j'écoutais les grincements du parquet dans la bibliothèque, au-dessous de moi : Mr. Rivers arpentait la pièce. Lorsque je finis par m'endormir, je l'entendis marcher de long en large, ses pas résonnant dans la nuit.

La permission de Will toucha à sa fin, et c'est à Poppy et à moi qu'il incomba de terminer la clôture. Les jeunes aides avaient été sommés de retourner à l'école pour y pratiquer la lecture et l'arithmétique. Poppy et moi étions seules sur le coteau. Septembre était venu et nous ressentions cette mélancolie qui accompagne les derniers jours de l'été. Le soleil avait perdu de sa férocité, mais j'aurais bien voulu en garder quelques poignées jusqu'à l'année suivante. Dégarnis par la fenaison, les prés paraissaient jaunes et nus. Seules quelques touffes de fleurs de coucou et des orchis demeuraient sur leurs bords. Nous travaillions en chemise. Je portais un vieux short découvert au fond de l'armoire de Kit. J'avais pris l'habitude de mettre ses vêtements. Cela contrariait Mrs. Ellsworth qui craignait que ma tenue ne donne à Mr. Rivers un coup au cœur. « Son cœur est déjà brisé, rétorquai-je. Que je tache ma seule robe convenable en réparant des clôtures ou que je porte les vêtements de son fils n'y changera rien. » La vérité, c'était que j'aimais endosser les affaires de Kit : elles avaient gardé son odeur. Tout ce qui sortait de sa penderie sentait le bois de santal et le tabac. J'avais fumé presque toutes ses cigarettes turques. J'avais décidé d'en commander d'autres à son magasin de Jermyn Street lorsque je m'aperçus qu'on avait réapprovisionné le stock de sa chambre et regarni son mince étui d'argent. Bien entendu, ça ne pouvait être que Wrexham. Le majordome avait deviné qu'elles m'aidaient à faire mon deuil et veillé discrètement à ce que je n'en manque pas.

Couchée sur le ventre dans l'herbe rugueuse, j'ôtais des morceaux de silex du sol desséché. Poppy me passa une truelle. Je creusai la terre, formant un trou pour le pieu suivant. Les moutons se pressaient autour de nous, bêlant d'une façon aimable, indifférents à notre travail ou aux sinistres drapeaux envahisseurs qui flottaient dans le vent. Des clous entre les dents, Poppy mettait en place des traverses à grands coups de marteau. Un cerf-volant monta dans le ciel, ses ailes rouges brillèrent au soleil de l'après-midi. Une mouette appela du haut des falaises, son cri aigu perça le mugissement des vagues. Le camp de Lulcombe était silencieux, mais nous pouvions voir des camions militaires verts ramper par-dessus la colline tels des scarabées cuirassés et des soldats, de la dimension de jouets de plomb, traverser en rang les champs dénudés. Pareil à une maquette disproportionnée, le vieux château surplombait le terrain de manœuvres. J'imaginai qu'il souriait, content de voir des batailles se dérouler de nouveau à son ombre.

Poppy se redressa. Elle s'étira, révélant, à la hauteur de l'estomac, un triangle de peau couvert de taches de rousseur. Elle avait usé le dernier des élastiques avec lesquels elle retenait ses cheveux. Comme on ne pouvait plus s'en procurer, elle avait relevé sa crinière à l'aide d'une petite baguette en guise d'épingle, produisant un effet saisissant. Nul doute que si elle s'asseyait au soleil sur les rochers, les pêcheurs la prendraient pour une blanche sirène. Elle plongea la main dans sa poche, en sortit deux bonbons au chocolat et m'en lança un. Je le suçai, contente de pouvoir fermer un instant mes yeux au soleil en dégustant du sucre. C'était ainsi que je vivais à présent : je savourais le plaisir du moment, m'efforçant toujours de ne pas penser. Je mis donc quelques secondes à enregistrer le staccato du moteur du Messerschmitt. Je me redressai, me heurtant presque la tête contre le barreau inférieur de la clôture. Aussi alerte qu'un lièvre, Poppy était accroupie, tout son être aux aguets. Je sentis de la bile me brûler la gorge, de la sueur picoter l'arrière de mes genoux. Je m'exhortai au calme. Je n'avais pas survécu à sa première attaque pour mourir dans cette prairie quelques jours plus tard.

« T'inquiète pas, dit Poppy. Regarde. »

Elle désigna un nuage allongé d'où émergeait un Spitfire. Un crépitement de mitrailleuse troubla le calme après-midi. Faisant hurler son moteur, le Messerschmitt décrivit un arc de cercle. Le Spitfire le prit en chasse. J'éclatai de rire.

« Descends-le, ce salaud ! criai-je avec allégresse. Descends-le. »

Le combat avait une grâce irréelle. J'avais passé des heures, voire des jours, au sommet de cette colline à observer les oiseaux de proie. J'avais vu une bande de corneilles attaquer un faucon. Elles le cernaient d'un furieux battement d'ailes alors qu'il tentait désespérément de s'enfuir. J'avais aussi vu un pèlerin fondre sur des alouettes en plein ciel et les réduire à jamais au silence. Ce duel aérien ne me paraissait pas plus réel que les batailles sanglantes que se livraient les oiseaux. Je regardai les avions évoluer parmi les nuages avec un curieux détachement. J'avais du mal à imaginer qu'à l'intérieur de chaque cockpit se trouvait un jeune homme qui transpirait de peur et luttait avec l'acharnement d'une buse ou d'un faucon. La colline résonnait de détonations, des balles traçantes rayaient l'azur. Je m'étonnai vaguement qu'elles ne percent pas les nuages, provoquant une tempête de grêle ou de pluie.

« Il ne doit plus lui rester beaucoup de carburant », fit remarquer Poppy, les yeux rivés sur le Messerschmitt.

L'avion au nez jaune fonçait vers la baie, mais, attaqué par le Spitfire, il fut obligé de faire un looping et de revenir au-dessus des terres. J'essayai d'éprouver de la pitié pour le pilote allemand qui n'avait plus qu'une alternative : s'écraser et brûler, s'enfuir et se noyer. Je restai de marbre. Pareil à un animal acculé, le Messerschmitt était prêt à tout. Les oiseaux piégés se cassaient une aile pour se libérer, même si cela représentait la mort. S'échapper. Rien d'autre ne comptait. Le Spitfire n'était pas pressé. Il disposait d'assez d'essence et il était sur son territoire. Il montait et tirait, esquivant les balles de l'Allemand avec une calme aisance, se cachait parfois derrière un nuage, dansait dans le ciel avec la grâce d'une ballerine. Aligné derrière l'ennemi, très haut, mais assez près pour nous permettre de distinguer le mitraillage, il cracha un flot de projectiles pareil aux flammes sortant de la gueule d'un dragon. Tel un phénix en feu, le Messerschmitt tomba du ciel, son moteur hoqueta, puis se tut. Le Spitfire s'attarda un moment avant de s'évanouir dans le couchant. Poppy et moi grimpâmes sur notre clôture inachevée pour regarder la chute de l'avion touché. Soudain, un parachute blanc jaillit de l'épave et flotta, aussi léger et lent qu'une aigrette de pissenlit. Se balançant dans la brise, il dériva vers le sommet de la colline de Tyneford. Poppy sauta de son perchoir et m'attrapa par la main.

« Vite ! cria-t-elle. Courons. »

Me tirant à ses côtés, elle s'élança le long du versant. Mes poumons brûlaient, mes yeux larmoyaient dans le vent, mais je maintins mon allure. Nous devions trouver le pilote. Je l'imaginai débarrassé de son parachute, brandissant son revolver et nous canardant en hurlant. J'accélérai le mouvement et, pour une fois, Poppy resta à la traîne. Je progressais par bonds, me rappelant la façon dont Kit courait dans les collines et me rendant compte combien c'était aisé. Le disque incandescent du soleil plongeait derrière l'horizon. Je scrutai le sommet du coteau à la recherche du parachute. Soudain, un éclair blanc.

« Là-bas ! » m'écriai-je en désignant un pré venteux.

Nous reprîmes notre course. En atteignant l'échalier qui fermait le champ, nous ralentîmes avec prudence. L'épave de l'avion flambait, l'air empestait le carburant brûlé. Comme s'ils provenaient d'un millier de cheminées, d'épais panaches de fumée s'élevaient dans l'air. Une pellicule grise commença à recouvrir ma peau. Par un tacite accord, Poppy et moi nous tenions par la main et parlions à voix basse.

« Tu le vois ? demanda mon amie.

— Non. Approchons-nous. »

Je me glissai vers la barrière, la main de Poppy toujours dans la mienne. À mon grand regret, nous n'avions pas pensé à apporter le maillet ou le marteau pour nous défendre. J'espérais que l'aviateur était inconscient ou mort.

« Pour le cas où ils s'écraseraient, ils portent des uniformes britanniques, chuchota Poppy. Et ils parlent couramment l'anglais. Il faut leur écraser le pied pour voir dans quelle langue ils vont jurer.

— Nous savons que celui-ci est un nazi, n'est-ce pas ? Alors inutile de lui marcher dessus, à moins que nous en ayons envie. »

Un cri plein de fureur et de haine déchira l'air. Une rage et une peur animales se mirent à bouillonner en moi. Nous grimpâmes par-dessus l'échalier et fendîmes l'herbe haute, rassurées par l'écran de fumée qui nous cachait. Une forme en émergea. Armée d'une fourche, elle se penchait au-dessus du parachute. On aurait dit le diable en personne. Un cri monta dans ma gorge et je faillis m'enfuir. La silhouette se tourna vers nous.

« *Hullo*. J'ai attrapé un nazi, dit Burt. Ça me change des morues. »

Le prisonnier était assis dans la salle à manger de Tyneford House. Il tamponnait une coupure qu'il avait au front et vomissait dans un seau que Mrs. Ellsworth avait placé à ses pieds. Il avait le visage noir de suie, ses yeux injectés de sang étaient emplis de colère. Avec son blouson en peau de mouton orné d'un petit insigne nazi sur la manche, il détonnait dans cette pièce ensoleillée. Les bergers et les bergères en

Wedgewood le regardaient d'un air désapprobateur depuis la cheminée et je m'étonnai que le faucon et la vipère emmêlés sur les armoiries poussiéreuses n'arrêtent pas leur combat pour venir l'attaquer. Sa fourche toujours à la main, Burt restait planté sur le seuil. Poppy se pressait contre le mur, les mains croisées derrière le dos. Mr. Rivers ne paraissait pas plus ému que s'il avait affaire à un invité difficile. Assis en face du pilote sur une des chaises à haut dossier, il vidait d'une main experte le pistolet d'ordonnance de l'Allemand.

« On sera plus tranquilles comme ça, vous ne croyez pas ? » dit-il d'un ton aimable.

L'aviateur le regarda avec une expression haineuse, puis se pencha et vomit dans le seau. Mr. Rivers tira l'étui de Kit de sa poche et lui offrit une cigarette. L'homme la prit et, sans un mot de remerciement, laissa son geôlier la lui allumer.

« Je crains que vous n'ayez à rester ici une ou deux heures jusqu'à ce qu'un militaire vienne vous chercher, dit Mr. Rivers. Vous serez à votre aise. Personne ne vous fera de mal. Quand vous vous sentirez mieux, on vous donnera quelque chose à manger. »

L'aviateur ne répondit pas, il se contenta de tirer sur sa cigarette.

« Alice ? fit Mr. Rivers sans se tourner. Voulez-vous traduire ? Peut-être cet homme est-il ignorant plutôt que mal élevé. »

Je m'avançai et posai une main sur le dossier de la chaise du maître de maison.

« *Herr pilote, un militaire va venir vous chercher. Jusque-là vous devrez rester ici. Vous serez bien traité.* »

L'Allemand cracha et me regarda, bouche bée.

« *Vous êtes autrichienne.*

— *Oui. Je suis née en Autriche.* »

L'homme continua à me fixer comme s'il n'en croyait pas ses oreilles. Il toucha sa blessure au front. Se demandait-il si elle lui donnait des hallucinations ? Il déglutit et se passa la langue sur les lèvres. Ses yeux firent le tour de la pièce, croisant un instant le regard calme de Mr. Rivers. S'étant apparemment assuré qu'il ne rêvait pas, il reporta son attention sur moi.

« *Dans quelle partie de l'Autriche, Fraülein ? Moi, je suis du Tyrol.* »

Je ne pus m'empêcher de sourire. Dans tous les fantasmes que j'avais eus au sujet de rencontres avec des prisonniers nazis, je n'avais jamais imaginé que nous échangerions ce genre de banalités. Allais-je lui répondre ? Je poussai un petit soupir.

« *De Vienne. Je suis née à Vienne.* »

Le pilote jeta un regard machinal par la fenêtre. « *Ah, Vienne ! La plus belle ville du monde. Un vrai paradis.*

— *Oui* », acquiesçai-je. Cet homme tombé du ciel était un nazi, mais il parlait ma langue maternelle. Il comprenait Vienne. Je le haïssais, pourtant nous partagions quelque chose. Pendant un instant, je fus malade de nostalgie. J'aurais voulu que les gars de l'armée tardent à venir le chercher, de sorte que nous pourrions passer l'après-midi à parler du *Café Sperl*, des concerts de la fanfare dans le parc de Belvedere Palace et à comparer les qualités du gâteau au chocolat du *Sacher* et de la *Linzertorte* du *Bristol*. Dans un sens, il était davantage mon compatriote que Mr. Rivers, Mrs. Ellsworth, Poppy ou Burt ne le seraient jamais. Cependant, il brûlerait les livres de mon père dans la rue, me ferait ramasser des crottes sur le trottoir, obligerait Anna et Julian à quitter leur bel appartement de la Dorotheegasse, à vendre leur piano à queue et… Je clignai des yeux.

Mr. Rivers nous dévisagea tour à tour, le pilote et moi, mais il ne dit rien. Son allemand était passable, mais nous parlions trop vite pour qu'il comprenne tout.

« *Ah, les montagnes du Tyrol,* dit l'aviateur. *La neige en hiver. Les edelweiss en été.* » Il laissa tomber la cendre de sa cigarette sur le tapis. « *Je suppose que je ne les verrai pas pendant un bout de temps.*

— C'est fort probable. »

J'avais répondu en anglais, me demandant s'il sollicitait ma compassion, mais son visage dénué d'expression me fit comprendre qu'il pensait simplement à haute voix. Il avait des cheveux blond roux, un nez retroussé et des yeux bleu-vert. Du sang se coagulait sur son front et, à la lumière du soleil, je crus entrevoir un morceau d'os blanc. Prise de nausée, je déglutis. Avec sa compresse tachée de rouge et de brun, le pilote continuait à tamponner négligemment sa blessure. Inconsciente de mes actes, je m'approchai de lui et tendis le bras pour lui arracher son bout de gaze. Puis m'arrêtant net, j'enfonçai les mains dans mes poches. Pour rien au monde je n'aurais touché cet homme. Je reculai, horrifiée à l'idée de sa proximité, et me réfugiai de nouveau derrière la chaise de Mr. Rivers.

Le pilote me regarda, intrigué par ma réaction. À présent qu'il sortait de son état de choc, il devait se demander pourquoi une Autrichienne vivait dans une maison de campagne anglaise. Dans un instant, il comprendrait. En homme logique, il éliminerait d'abord les autres possibilités. Des yeux, il chercha une alliance sur ma main gauche.

« *Fraülein ?* »

N'ayant nulle intention de l'aider, je ne répondis pas.

« *C'est votre mari ?* » demanda-t-il en désignant Mr. Rivers du menton.

Je secouai la tête en rougissant.

L'Allemand prit une expression satisfaite. Il n'y avait donc qu'une seule raison à ma présence en ce lieu. Je l'entendis dire le mot dans son esprit. *Juive.* Je l'entendis aussi fort que s'il l'avait crié. « *Elle vit ici en exil parce qu'elle est juive.* » J'aurais préféré qu'il prononçât cette phrase. Sa condamnation muette me mit en colère. Comment osait-il ? C'était lui, le traître. Lui qui m'avait pourchassée à travers champs comme un vulgaire lapin et mitraillée, lui qui avait criblé de balles le sol de la forêt et ensanglanté le ventre de la brebis. Il avait interrompu le chant et les lettres de ma mère, retenu ma sœur au loin, de l'autre côté des mers, et piégé mon père dans l'alto. D'Autriche, il m'avait poursuivie jusque dans les vertes collines anglaises et à présent il était assis ici, dans cette pièce ensoleillée, en train de me railler. Son silence était rempli de haine. Comme il ne disait rien, j'entendais tout. Je traversai de nouveau la pièce, mais cette fois je n'hésitai pas à le toucher. Je tirai mon bras en arrière et le frappai au visage. Je sentis sa mâchoire craquer. La paume me brûlait, mais j'étais satisfaite. L'Allemand porta la main à sa joue, le bout de ses doigts se teinta de rouge : l'ongle de mon pouce avait entaillé sa peau. Personne ne pipa mot. Ni Mr. Rivers ni Poppy ni Burt. Le pilote me regarda, l'air surpris.

« *Vous m'avez tiré dessus*, criai-je. *Oui, vous.* »

Il secoua la tête. « *Non, Fraülein. Ce n'est pas vrai.*

— *Je sais que c'était vous.* »

Je tremblais. J'ignorais si c'était de rage ou d'une peur rétrospective, d'ailleurs cela m'était égal. Mr. Rivers saisit mon poignet pour me calmer, mais je me dégageai. J'avais droit à un moment de folie furieuse. Les autres aussi, je les haïssais. J'avais un peu de sang sous mon ongle. Du sang nazi. J'avais imaginé qu'il était noir comme celui des sorcières. Je sentais de la violence couler dans mes veines, les poils sur mes bras me picotaient. Je pensai au renard qui se hérissait la nuit et je compris qu'une part sauvage de mon être voulait tuer cet homme. Voulait le mordre, le griffer, le mettre en pièces, le saigner. Une petite égratignure ne suffisait pas. Je quittai la pièce en claquant la porte, puis m'adossai une seconde contre le battant pour écouter le martèlement de mon cœur et le murmure des voix à l'intérieur.

Allongée dans la pénombre de ma mansarde, les bras autour de l'étui d'alto, je restai immobile jusqu'à ce que j'entende un bruit de pneus en bas, sur le gravier. Je guettai ensuite un claquement de bottes sur les dalles et le ronronnement d'un camion militaire qui s'éloigne. Enfin je sus que mon ennemi était parti.

24

Prière de ne pas fumer dans les chambres

Les WAAF, les Auxiliaires féminines de la Royal Air Force, arrivèrent en mars, avec le dégel. Les jonquilles s'épanouissaient en nuages dorés dans les plates-bandes, le vent froid sentait la verdure. Depuis la fenêtre de ma chambre, je les regardais avancer le long de l'allée dans un tourbillon de valises, de bas de laine et de lèvres fardées au rouge de chez Woolworth. Jacassant et fumant, elles remplirent le vestibule d'éclats de rire et de murmures confidentiels. Quand je descendis les accueillir, je perçus une senteur de *Cendres de roses* mêlée à un fort parfum de violette bon marché. Je souris. Nous avions vécu trop longtemps abrutis de chagrin, engourdis par le froid de l'hiver. La maison avait besoin de ces filles avec leurs histoires d'amour, leurs sourcils tracés au crayon et leur joyeux vacarme. M'apercevant, elles se turent. « Bonjour, dis-je, je suis Alice Land. Si vous avez besoin de quoi que ce soit, vous n'aurez qu'à le demander, à moi ou à Mrs. Ellsworth. »

La gouvernante s'était retirée dans la cuisine, furieuse contre la guerre qui nous imposait plus d'hôtes que nous ne pouvions en loger. Je savais toutefois que le gai bavardage des filles aurait tôt fait de l'amadouer. Il y en avait quinze et je devais en mettre quatre par chambre d'amis. Pour la première fois depuis mon arrivée à Tyneford, toutes les chambres de bonne étaient occupées. Hormis ma petite mansarde. En montant l'aérer et y changer les draps, je m'étais rendu compte que je ne supporterais pas que quelqu'un d'autre y dorme. Les WAAF se débrouilleraient sans elle ; de toute façon, elles devaient préférer partager des chambres dans la maison.

Le printemps arrivait toujours tard à Tyneford. Malgré les fleurs qui saupoudraient les haies, le vent soufflait à travers les fentes dans la maçonnerie. Sans charbon pour les entretenir, les feux de bois n'étaient plus que cendres à la nuit tombée. Presque tous les matins, une couche de glace couvrait l'intérieur des fenêtres. Je conduisis les filles au premier, appréciant leur bavardage et le bruit de leurs pas. Après avoir introduit les dernières dans l'ancienne chambre de Kit, je les entendis chuchoter et rire derrière moi. Une fille nommée Maureen avait pris la photo posée sur la coiffeuse.

« Quel beau garçon ! s'écria-t-elle en regardant le portrait de Kit. Quand vient-il en permission ?

— Je parie qu'il est encore plus beau en uniforme », dit Sandra, une grosse brune aux cheveux ternes et permanentés.

Je résistai à l'envie de leur arracher la photo. « Il ne reviendra pas. Si Mr. Rivers se montre un peu abrupt avec vous, c'est pour cette raison-là. »

Maureen remit la photo en place et il y eut un moment de silence.

« Quel dommage ! soupira Sandra, pensant sans doute au gaspillage que représentait la perte d'un si beau jeune homme et déçue d'être ainsi privée d'une éventuelle idylle.

— Oui, toutes les femmes tombaient amoureuses de Kit, dis-je, constatant avec un sourire que c'était toujours le cas. Vous serez un peu serrées ici, mais je suis sûre que vous vous arrangerez. Le dîner est servi à sept heures à la cuisine. Soyez ponctuelles, s'il vous plaît. Et si vous voulez bien me donner vos carnets de rationnement, Mrs. Ellsworth en prendra soin. »

Les filles me remirent leurs tickets avec une obéissance toute militaire. Celles qui n'avaient pas à se préparer pour prendre leur service se vautrèrent sur le lit double et les lits de camp installés dans la pièce.

« Et prière de ne pas fumer dans les chambres. »

Elles me promirent poliment que cela ne leur viendrait pas à l'idée. Sur le point de me retirer, je les regardai se maquiller et feuilleter avec des cris de plaisir de vieux exemplaires de *Vogue* laissés par Diana et le *Woman's Own* du mois. Je nous revis Margot et moi en train de nous apprêter en riant pour une soirée. Sous mes yeux envieux, elle enfilait ses superbes dessous en soie ou des chaussures à hauts talons confectionnées sur mesure pour Anna. De toute façon, rien de cela n'aurait été à ma taille. Je fermai la porte et descendis l'escalier. Pendant que je boutonnais mon manteau pour me rendre à la ferme, Mr. Wrexham apparut dans le vestibule avec un grand paquet brun.

449

« C'est arrivé ce matin par la poste. Des États-Unis, je crois, miss Land », m'annonça-t-il, aussi fier que s'il était allé le chercher en personne en Californie.

Je défis l'emballage et découvris une grande boîte en carton bourrée de cadeaux soigneusement enveloppés de papier journal. J'en sortis une grosse tablette de chocolat au lait Hershey. Une lettre était collée au papier d'aluminium. Je l'ouvris aussitôt.

Mon petit chou,

J'espère que ce paquet te parviendra. Nos journaux regorgent d'horribles histoires sur l'Angleterre. Il paraît que vous mourez de faim dans la rue, que vous allez jambes nues faute de bas et sans rien à manger à part des radis et des pommes de terre et – le pire – sans musique ! J'espère que ces disques (s'ils arrivent entiers) te plairont. Tu m'as dit que Mr. Rivers avait un gramophone. Cette musique fait fureur ici. Tous les jeunes dansent en l'écoutant (les vieux aussi – peuvent pas s'en empêcher). Ça s'appelle « jitterbug ». D'accord, ce n'est pas du Dvorak, du Mozart ou du Strauss, mais c'est très chouette. Tu te souviens du petit Jan Tibor ? Il est ici, aux États-Unis, où il est devenu chef d'orchestre. Il commence à être célèbre. Je t'envoie son premier enregistrement. Comme il a toujours eu le béguin pour toi, il serait ravi de savoir que tu écoutes son concert.

Je me demandais si je devais te l'envoyer, mais j'ai trouvé dans un magasin de disques

d'occasion un des enregistrements d'Anna : La
Traviata, *avec l'Orchestre philarmonique de
Vienne.*

Je plongeai la main dans le carton et en retirai plusieurs disques. Dans une simple pochette en carton,
je découvris celui d'Anna. Je n'aurais pas pu l'écouter, pas plus que je ne pouvais lire le roman dans
l'alto. J'étais toutefois contente que Margot me l'eût
envoyé. Un jour, je l'écouterais. Ma fouille fut inter-
rompue par des voix excitées. Levant les yeux, j'aperçus une douzaine d'auxiliaires en uniforme, prêtes à
aller prendre leur service.

« Oh, des disques ! Des disques américains !
s'écria Sandra, sautant littéralement d'un pied sur
l'autre quand elle vit le paquet posé sur la table.

— Vous permettez ? demanda Maureen en tendant le bras.

— Bien sûr. » Je la laissai sortir un disque.

« Glen Miller, Billie Holiday. Oh, quel dommage !
Celui-ci est cassé. »

Je le lui pris des mains et, assemblant les deux
morceaux, lus sur l'étiquette : « *Ma sœur et moi* ».

« Peu importe, dit Sandra. Moi, celui que je voudrais entendre, c'est le Tommy Dorsey Orchestra
avec Frank Sinatra.

— Est-ce qu'on pourrait avoir une soirée dansante
ici ? demanda l'une des filles.

— Oh oui ! Ça serait formidable ! » s'écrièrent
Maureen et Sandra, le visage plein d'espoir.

Sans répondre, j'échangeai un regard avec
Mr. Wrexham. Nous nous demandions tous deux ce
que Mr. Rivers penserait d'une idée pareille. On

451

entendit un cri de plaisir, puis un silence religieux s'établit : Sandra sortait de la boîte un petit tube en carton.

« Elizabeth Arden, murmura-t-elle d'un ton respectueux. Rouge cerise.

— Cela fait bien deux ans qu'on n'en trouve plus en Angleterre, dit Maureen, et pendant un affreux moment, je crus qu'elle allait fondre en larmes.

— Allez, dit Sandra, me fixant d'un regard impérieux, avec tous ces disques, il va falloir que vous donniez une fête. »

Les filles avaient raison : nous devions organiser un bal au manoir. En une seule matinée, elles avaient rempli la maison de plus de rires et de gaieté que nous n'en avions connus de tout l'hiver. Mr. Rivers protesterait peut-être, mais une petite fête lui ferait du bien. Et tous ces cadeaux appelaient des réjouissances. Margot m'avait même envoyé quatre paires de bas Nylon et une parure de lingerie, le tout enveloppé d'un papier de soie crème. Celui-ci était presque aussi précieux que leur luxueux contenu. Il était proscrit, même dans les magasins chics. Le mois précédent, Mrs. Ellsworth était rentrée en bus de Wareham en tenant deux harengs fumés par la queue : elle avait oublié d'apporter son papier journal pour les envelopper.

Je finis de lire la lettre de Margot et la mémorisai de mon mieux avant de partir nettoyer le poulailler. Tout en répandant de la paille fraîche autour des poules naines, je me la récitai :

Jouer du violon me fait un peu oublier mon inquiétude au sujet d'Anna et de Julian. J'imagine que je joue pour eux. Que vous êtes tous au premier rang dans une salle de concert, ici, en Californie, ou bien de nouveau chez Frau Finkelstein, pressés comme des sardines sur l'un de ses canapés roses. Les grands-tantes sont là aussi. Elles désapprouvent mes apparitions en public, mais quand je termine le Schubert, je vois Greta essuyer subrepticement une larme sur son long nez. Chaque fois que je joue, c'est pour nos parents. Je sais que c'est idiot, mais j'ai l'impression qu'ils m'entendent, même si c'est seulement dans leurs rêves. Lorsque les Britanniques auront gagné la guerre et que nous serons de retour en Autriche, je me produirai à l'Opéra. Vous serez tous dans une loge. Anna, jolie comme toujours, portera son renard arctique, le beau Julian aura des cheveux blancs. Toi, Elise, tu donneras le signal des ovations ! Le concert sera magnifique, ensuite nous irons dîner au Sacher et ni toi ni Anna ne me ferez des remarques sur les passages que j'ai mal joués. Pour le moment, Wolfie, mon chien, est mon seul auditeur. Il reste assis près de moi pendant que je m'exerce. Si j'ai le malheur de le laisser dehors une minute, il gémit et tape son museau contre la porte jusqu'à ce que je lui ouvre. C'est certainement à cause du prénom que je lui ai donné. Je ne crois pas que les golden retrievers en général soient mélomanes.

Je fredonnai au coq quelques bribes de *La Flûte enchantée* et essayai d'imaginer un retour à Vienne.

Heureusement que Margot avait son violon. Moi, je portais mon angoisse comme un vieux pull de laine : il m'irritait la peau, mais je l'enfilais quand même tous les matins, sa familiarité m'apportant un certain réconfort.

C'étaient toutefois les dernières lignes de la lettre de ma sœur qui me revenaient sans cesse à l'esprit. J'avais beau m'efforcer de penser à autre chose, elles passaient en boucle dans ma tête telle une voix lointaine à la radio.

« *Écris-moi vite, ma chérie, et embrasse ton Mr. Rivers de ma part.* »

Embrasse ton Mr. Rivers… ton Mr. Rivers. Margot se trompait. Il ne m'appartenait pas, ni à moi ni à personne. Je ne transmettrais pas les baisers de ma sœur à Mr. Rivers comme je l'aurais fait pour un père. Margot ne pensait pas à lui en ces termes.

Après avoir nourri les poules, je traversai le terrain boueux qui menait à la prairie où paissaient les brebis. Les béliers les avaient servies cet hiver et j'attendais les premiers agneaux pour le début du mois d'avril. Sur les hauteurs, des plaques de gel subsistaient à l'ombre, un tapis de primevères était à moitié enfoui sous la glace. Je gravis la pente en hâte, heureuse de porter mon nouveau pantalon. Mrs. Ellsworth l'avait cousu en prévision de mes travaux à l'extérieur. Il était tellement plus pratique qu'une robe ou qu'une jupe. Le tissu, qui provenait d'un vieux pantalon de marin de Kit, avait été doublé avec la soie d'une de ses chemises. La gouvernante avait cessé de se plaindre de ce qu'elle considérait comme un manque de cœur de ma part. Finalement, elle avait embrassé le principe « économiser et faire durer » avec une ferveur quasi religieuse. Tous les matins sans exception, elle écoutait l'émission « Kitchen Front », le Front des cuisinières, à la radio, et pendant une quinzaine de jours elle tint à moudre les coquilles d'œuf dans l'idée de les réutiliser comme gravier pour les poules. Je finis par la persuader qu'elles en trouvaient bien assez dans la nature.

Lorsque je parvins au sommet de la colline, Mr. Rivers avait déjà commencé à fourrer du foin dans les mangeoires. Les moutons se pressaient autour de lui, bêlant et grattant la terre gelée de leurs sabots. L'effort de se mouvoir faisait gémir les brebis pleines, elles étaient contentes de pouvoir simplement tirer des bouchées de foin des auges. Mr. Rivers les examinait avec soin.

« Ça ne devrait plus être bien long maintenant, conclut-il.

— Non. Un mois environ. Peut-être moins pour les dorsets de pure race. »

Mr. Rivers hocha la tête, puis il désigna une forme affaissée sur la crête. « Nous en avons perdu une cette nuit. Satanés chiens. Je suppose qu'ils sont venus du camp militaire. Ils ont dû être dérangés, sinon ils auraient tué tout le troupeau. Une sacrée veine. Les autres femelles sont indemnes. Celle qui est morte attendait des triplés. Quel gaspillage ! C'est criminel. »

Une brebis mâchonna le bout de mes doigts, léchant le sel. Je l'écartai et commençai à remplir la saunière, détournant mon regard de la carcasse mutilée qui gisait à une vingtaine de mètres de moi.

« Votre sœur vous a envoyé un paquet ?

— Oui, et une lettre.

— Des nouvelles ?

— Pas vraiment. Elle me parle de ceci et de cela. Et elle vous envoie… » Je m'interrompis, cherchant le mot approprié. *Bien des choses ?* Beaucoup trop froid. *Son bon souvenir ?* J'ignorais si cela se disait en anglais. Devais-je l'embrasser de la part de Margot ? Je sentis que je rougissais. Mr. Rivers me regarda avec une expression curieuse.

« Ça va ?

— Oui, oui. Margot vous envoie ses… meilleurs…

— Quand vous lui répondrez, faites-lui mes amitiés. »

Mes amitiés. Bien sûr. C'était la bonne formule.

« Je n'y manquerai pas », répondis-je, mais en mon for intérieur je me dis que si jamais je l'embrassais, ce serait de ma part et non de celle de ma sœur. Je continuai à verser le sel, me détournant pour cacher mon visage.

« Art a trouvé de la peinture, dit Mr. Rivers. Je vais peindre la grange ce matin.

— Dès que j'aurai vérifié la clôture pour voir par où le chien a pu entrer, je viendrai vous aider. Je descendrai peut-être au camp militaire, leur parler de l'incident. »

Mr. Rivers inclina la tête, puis il enfonça dans mon manteau le foulard qui en était sorti et, de la main, ôta des cristaux de sel de mes manches et de mes joues. Il avait le bout des doigts rugueux.

« Voilà qui est mieux », dit-il avec un sourire satisfait.

Au cours des derniers mois, nous avions travaillé côte à côte, tranquilles et détendus. Nous ne bavardions pas comme les auxiliaires, nous ne parlions pas non plus comme nous en avions eu l'habitude, Kit et moi. Le plus souvent nous nous taisions, mais j'aimais sa compagnie. Je la préférais à la mienne. Il commença à descendre la colline.

« Ne tardez pas trop, me cria-t-il. J'apprécierais votre aide. Et ne laissez pas ces couillons de militaires vous raconter des salades. »

Je ris. « Ne vous inquiétez pas. À propos, Daniel, je crois que nous devrions organiser une soirée dansante à la maison. Pour les filles. Elles s'ennuient horriblement. Je pensais inviter quelques-uns de ces "couillons de militaires". »

Mr. Rivers sourit. « À votre guise, Alice. »

J'étais assez contente de moi, cet après-midi-là. Les officiers du camp de Lulcombe avaient accepté avec empressement mon invitation pour la semaine suivante. Ils m'avaient également promis de découvrir le chien coupable et de l'abattre. Je ne plaignais pas l'animal condamné, pas après avoir vu la brebis à moitié dévorée – la viande était trop rare pour qu'on la gaspille ainsi. Je retournai en hâte à la maison chercher notre pique-nique habituel, le mien et celui de Mr. Rivers. Le vent s'était levé, les jonquilles tremblaient dans l'allée de tilleuls, la clôture en fil de fer barbelé chantonnait un air mélancolique. Mon visage était rouge de froid et je me réjouissais à l'idée de pouvoir me réchauffer quelques minutes près du fourneau avant de repartir sur la colline venteuse, à la recherche de Mr. Rivers. M'arrêtant dans le vestibule pour enlever mes gants, je remarquai la présence d'une des WAAF. Debout sur la première marche de l'escalier, elle m'observait. Elle n'était pas parmi les autres ce matin. Je me tournai vers elle avec un sourire amical et lui tendis la main.

« *Hullo*, dis-je. Je suis Alice Land.

— Oui, je vous connais. »

Je laissai retomber ma main. « Juno !

— Je savais que vous ne seriez pas ravie de me revoir. »

Je ne répondis pas. Avec son uniforme vert, ses boucles blondes sagement rangées sous sa casquette, elle avait beaucoup d'allure. Je la méprisais : elle était trop élégante, trop à l'aise, trop sûre d'elle. Soudain, elle descendit délibérément de la marche et, comme elle mesurait quelques centimètres de moins que moi, fut obligée de lever la tête pour me parler.

« Je suis désolée, dit-elle, tellement désolée pour Kit. C'est vraiment affreux. Je ne sais pas comment vous arrivez à supporter ce malheur.

— Merci. »

Elle leva vers moi ses yeux violets, plus doux que ceux de sa sœur. Je m'aperçus qu'ils étaient humides.

« Je n'ai pas besoin de vos larmes, dis-je.

— Oh, je ne pleure pas pour vous, déclara Juno. Ce n'est pas parce que vous avez fini par l'avoir que les autres filles ne tenaient pas à lui. »

Ce reproche acerbe me la rendit plus sympathique.

« Oui, vous avez raison, dis-je. Je vous demande pardon.

— Ne vous excusez pas. » Juno s'assit sur la marche. « Je me suis engagée dans les WAAF après la mort de Kit. J'en avais assez de rester chez moi à écouter Diana se plaindre du manque de sucre dans son thé. »

Je reniflai avec dédain. « Oui, je comprends. Il valait certainement mieux vous porter volontaire. »

Juno éclata de rire. « Je ne ressemble pas à ma sœur, vous savez. Je me rends compte que c'est l'impression que je vous ai donnée. Diana est rosse avec tout le monde. »

Avant que je ne puisse répondre, un petit groupe d'auxiliaires entra en trombe dans le vestibule et entraîna Juno.

« Viens visiter cette vieille maison ! C'est une merveille. »

Je les regardai emmener mon interlocutrice. Faisant semblant de ne pas connaître Tyneford, celle-ci laissa à ses compagnes le plaisir de lui montrer les lieux.

« J'ai bien peur que les lits ne soient tous pris, lui avoua une brunette. Il faudra que tu te contentes d'un lit de camp. »

À ma surprise, Juno ne se plaignit pas.

Au bout d'une semaine, j'avais presque oublié que Juno était une vieille connaissance. La guerre avait inversé nos rôles. La sœur de Diana s'adapta sans difficulté apparente à notre nouveau mode de vie. Mr. Rivers mit deux jours à la reconnaître, et il le fit sans marquer de plaisir ni se montrer aimable.

« Ah, c'est vous ! » s'écria-t-il en entrant un soir, en tenue de travail, dans la cuisine où les filles mangeaient un hachis de jambon de conserve, assises autour de la grande table. Une batterie de fourchettes s'abaissa et quinze paires d'yeux se tournèrent vers lui. Il ne sembla pas s'en apercevoir. Il continua à regarder Juno, les sourcils froncés. « Surtout ne m'amenez pas votre tante. Je risque à nouveau de l'engueuler. »

Juno secoua ses boucles. « Ma tante ne sait même pas que je suis ici. »

Je la crus. J'avais l'impression que les autres auxiliaires ignoraient que c'était ladite tante qui possédait le magnifique château de l'autre côté de la colline. Pas plus tard que la veille, j'avais entendu Juno dire à Sandra qu'elle devait aller aux « cabinets » et non aux « toilettes ». De temps à autre, je doutais de l'issue de la guerre, mais j'étais sûre d'une chose : le nom donné aux water-closets marquait la plus importante distinction sociale parmi les Anglaises. Je compris que Juno désirait rejeter son héritage aristocratique et se faire passer pour une plébéienne.

Le samedi, Poppy et elle nous aidèrent, Mrs. Ellsworth et moi, à préparer la maison pour la soirée dansante. Nous poussâmes les meubles contre les murs et empilâmes les chaises fragiles dans le salon du matin. Juno enveloppa les *netsuke* et les clochettes de porcelaine dans des chiffons. Poppy posa un disque sur le gramophone, histoire de nous « mettre dans l'ambiance ». En fait, c'était pour nous éviter de parler. Nous nous rappelions toutes la dernière fête donnée dans ces pièces et aucune de nous ne voulait l'évoquer. Nous écoutâmes donc les airs sirupeux de Cole Porter. Poppy mâchonnait le bout de ses tresses et Juno reniflait. L'une de nous n'allait pas tarder à craquer et à fondre en larmes. Je roulai les yeux.

« Défense de pleurnicher, déclarai-je. Allez, on va se saouler. »

Je me dirigeai vers Juno d'un pas décidé, lui ôtai la clochette en argent des mains et l'agitai avec énergie. Quelques instants plus tard, le vieux majordome apparut, l'air un peu décontenancé. Nous ne le sonnions presque plus et, de toute évidence, il avait été pris au dépourvu : une tache de produit à polir maculait le bout de son nez.

« Wrexham, pourriez-vous nous apporter une bouteille de... je ne sais pas. Que voulez-vous boire, les filles ?

— Du gin-orange ? suggéra Juno.

— Non, répondis-je d'un ton ferme. Vous essayez peut-être de vous adapter ou vous êtes devenue socialiste, mais cette maison n'est pas un pub. De toute façon, nous n'avons pas d'oranges. Même pas en extrait.

— Du gin rose, dit Poppy.

— Bonne idée. Trois verres à cocktail, s'il vous plaît, Wrexham.

— Nous n'avons pas de glace, miss.

— Je sais. Aucune importance. C'est pour nous saouler.

— Très bien, miss. »

Le majordome se retira. Une demi-heure plus tard, nous gloussions comme de vieilles copines et, en couple, dansions autour des chaises. Je frappais dans mes mains et me tortillais en cadence pendant que Juno et Poppy dansaient sur le tapis persan élimé. Juno tenait le rôle de cavalier, Poppy faisait claquer ses talons. Sous mes applaudissements, Juno renversa Poppy dans ses bras, le visage aussi grave que celui d'un rabbin à un enterrement. Le disque toucha à sa fin. Les filles se tournèrent vers moi. « Vite, un autre ! cria Juno.

— Une musique romantique », précisa Poppy.

Je vidai mon verre et passai en revue les autres enregistrements.

« Celui-là sera parfait ! » annonçai-je. Je posai le vinyle sur la platine et descendis le bras du gramophone. *Amapola, my pretty little poppy*.

On entendit grésiller, puis l'orchestre de Jimmy Dorsey attaqua un morceau bien cadencé. Après avoir échangé un coup d'œil, Juno et Poppy traversèrent le salon au pas de tango. Je me collai contre le mur pour leur laisser de la place. Juno ne tarda pas à fredonner à sa partenaire les paroles de la chanson.

Le rythme changea et les filles durent faire une pause. Je ris et les encourageai en battant la mesure.

« À moi de conduire ! » décida Poppy. Les danseuses inversèrent leur rôle, Juno devenant la cavalière. Elles se lancèrent dans un swing frénétique.

Les regardant se trémousser, je ne pus m'empêcher de penser au scandale que Kit et moi avions causé en valsant ensemble dans cette même pièce. L'habit que j'avais porté ce soir-là pendait, intact, dans l'ancienne armoire de Kit. C'était le seul vêtement que je n'aurais jamais transformé au nom de l'économie. Juno embrassa Poppy sur la joue et avec une feinte solennité enroula ses longs cheveux autour de son poignet. Aucune femme du monde n'aurait pu reprocher à ces deux filles de danser ensemble : toutes les écolières en faisaient autant. À Vienne, j'avais pris mes premières leçons de valse avec Margot. Les grands-tantes nous enseignaient les pas. Assise au piano, Anna roulait les yeux et se mordait les lèvres pour s'empêcher de rire chaque fois que je marchais sur les pieds de Margot.

« Vous me paraissez bien loin », fit une voix masculine.

Me tournant, j'aperçus Mr. Rivers.

« Elles ont l'air de s'amuser, dit-il en souriant. Me ferez-vous l'honneur ? Ou bien ne dansez-vous qu'avec des filles, vous aussi ?

— Je pourrais faire une exception pour vous. »

Je le laissai me guider jusqu'au tapis placé au centre de la « piste ». Il plaça mes bras autour de son cou et nous nous mîmes en mouvement. Je n'avais encore jamais dansé avec lui et, ayant enlevé mes chaussures une demi-heure plus tôt, je fus de nouveau frappée par sa haute taille.

« Si un jour nous remettons ça, il faudra qu'on vous trouve des talons », plaisanta-t-il en appuyant son menton sur le sommet de ma tête.

Nous évoluâmes, silencieux et détendus. Mr. Rivers était bon cavalier. Il me conduisait avec fermeté, sa main au creux de mes reins. Un peu ivre, je me pris le pied dans le bord du tapis et tombai contre mon partenaire.

« Et moi qui croyais que les Viennoises avaient la danse dans le sang… » me taquina-t-il.

Je fronçai les sourcils. « Oui, c'est vrai, mais j'ai bu trop de gin et je manque d'entraînement. »

Le disque s'arrêta, nous immobilisant au milieu du salon. J'allais m'éloigner de mon cavalier, mais il m'en empêcha en retenant mes bras autour de lui. Sans la musique, ce n'était plus une danse, mais une étreinte. Appuyée contre lui, je sentais la chaleur de son corps et les mouvements de sa poitrine. Sa mâchoire était juste couverte d'une ombre. Je constatai avec soulagement qu'il avait de nouveau permis à Mr. Wrexham de le raser. Jetant un coup d'œil aux filles, je vis que, debout près du gramophone, elles examinaient les enregistrements en évitant de nous regarder.

« Si on essayait une valse ? dit Mr. Rivers. Je suis vieux jeu, vous savez.

— Non », répondis-je trop vite et en rougissant.

Pendant un instant, personne n'ouvrit la bouche. Mr. Rivers me regarda, mais je n'aurais su dire s'il était fâché ou triste.

« Mettons un autre de ces disques américains, proposa Poppy. J'ai envie de *jitterbugger*. Il faut qu'on s'entraîne avant l'arrivée des autres. »

Mr. Rivers parut contrarié. Cette fois, il n'essaya pas de me retenir lorsque je me détachai de lui.

« Je n'ai aucune idée de ce que peut être cette danse, se plaignit-il.

— Une sorte de swing en plus improvisé, expliqua Juno. C'est très moderne.

— Et vous devez vous joindre à nous, déclara Poppy. Juno ne peut pas danser avec deux filles à la fois. » Les mains sur les hanches, elle jeta à Mr. Rivers un regard de hibou, exactement comme Mrs. Ellsworth.

L'expression de Mr. Rivers fit place à un sourire. « Oui, bien sûr. Eh bien, allons-y. »

Poppy versa une bonne dose de gin et un peu de bitter dans mon verre vide et le tendit à Mr. Rivers.

« Feriez bien d'avaler ça d'abord, dit-elle. Ça facilitera sûrement les choses. »

Je crus que Mr. Rivers allait refuser, mais il haussa les épaules et but la mixture d'un trait, sans sourciller. J'avais oublié qu'il avait une si bonne descente. Poppy lui remplit de nouveau le verre. Il le vida aussi.

« À présent, si Elise se trompe et vous marche sur le pied, vous ne vous en rendrez même pas compte, déclara la rouquine d'un ton satisfait.

— Oui, mais si c'est moi qui lui écrase les orteils, elle risque de s'en apercevoir. » Il se tourna vers moi. « Vous n'auriez pas des chaussures quelque part ?

— Pourquoi n'enlevez-vous pas aussi les vôtres ? Vous ne seriez plus aussi horriblement grand. »

Mr. Rivers hésita comme s'il se demandait si ma requête était convenable, puis il s'assit au bord du canapé et enleva ses souliers, révélant une paire de chaussettes raccommodées. Juno remonta le gramophone qui se mit à rugir : *A Chicken Ain't Nothing But a Bird*. Mr. Rivers me regarda une seconde, puis il m'entraîna dans un swing endiablé, me faisant tourner et virevolter. Riant aux éclats, je m'efforçais de ne pas heurter Poppy et Juno. Pendant ce temps, Cab Calloway chantait dans un coin : *a chicken's a popular bird… you can boil it roast it boil it cook it in a pan or a pot, eat it with potatoes, rice or tomatoes but a chicken is still what you got*[1]…

« Oh, mon Dieu ! s'exclama Poppy tout essoufflée. Si seulement j'en avais un, de poulet. Peu m'importe la façon dont il est cuit.

---

1. « Le poulet est un oiseau très apprécié. On peut le bouillir, le rôtir, le frire dans une poêle ou une casserole, le manger avec des pommes de terre, du riz ou des tomates mais c'est toujours un poulet que tu as. »

— Oui, ça me donne faim, soupira Juno. Je ne peux pas me concentrer sur le jitterbug tant je suis obsédée par l'idée d'un rôti. »

Je massai mon point de côté. « Margot n'aurait pas dû nous envoyer ce disque à moins d'y joindre la bestiole en question. Mais un de nos coquelets n'a pas l'air en forme. Si son état empirait, nous pourrions… »

Mr. Rivers me saisit par la main et me fit tourner de nouveau. L'alcool et l'exercice rosissaient son visage, et il avait l'air heureux. J'aurais voulu que la musique ne s'arrête jamais. J'aurais voulu que le gramophone continue à débiter ses airs, aussi stupides fussent-ils, et Mr. Rivers à sourire. Je ne l'avais pas vu aussi gai depuis la mort de Kit. Je m'approchai en dansant de l'appareil, entraînant mon cavalier avec moi. « Qui conduit qui ? » se plaignit celui-ci. Il essaya de me ramener vers l'autre bout du salon tout en me faisant virevolter. Prise de vertige, je ne voyais plus que des couleurs floues, clignotantes.

« Je vais remettre le disque », criai-je, une pointe de panique dans la voix. Je posai la main sur le bras du gramophone.

Je savais que si la musique se taisait, le charme serait rompu et nous retrouverions nos personnalités mornes de tous les jours. Tant que la platine tournerait, Mr. Rivers serait heureux, nous ne penserions à rien sinon à boire, à rire et à danser.

Couchée dans mon lit, je fredonnais du Cole Porter, du Very Lynn et du Tommy Dorsey. La soirée avait été très réussie. Même Wrexham avait commencé à taper du pied en mesure tandis que, debout dans le vestibule, il défendait le buffet contre les doigts avides de danseurs rouges et affamés. Comme il n'y avait pas assez de cavalières pour le nombre d'hommes, je dansai toute la nuit. J'avais eu l'intention de me montrer très adulte et de me conduire en chaperon des WAAF, mais le gin et le rire me firent oublier mes bonnes résolutions. Refuser le flot d'invitations à danser de ces sympathiques jeunes gens semblait fort impoli. Il y avait si peu de filles que, souvent, le disque n'arrivait même pas à sa fin que déjà j'avais changé de partenaire. Personne ne semblait s'en soucier. Le salon et le vestibule résonnaient de musique, d'aimables « Puis-je vous enlever votre danseuse ? » et du martèlement des bottes sur le parquet. Bien entendu, nous ignorions tous que ce serait la dernière fête à Tyneford House. L'aurions-nous su, cela aurait gâché notre *jitterbugging* et diminué nos rires. Comme ce n'était pas le cas, la maison retentissait d'un joyeux vacarme et des lumières brillaient derrière les stores du black-out.

Je ne dansai qu'une fois avec Mr. Rivers ce soir-là, mais je savais qu'il me regardait, et cela me faisait plaisir. Il refusa par générosité de danser de nouveau pour ne pas priver les soldats d'une partenaire. Déambulant sur la piste, il offrait des verres de bourgogne ou de porto, boissons que la plupart de ces militaires n'avaient pas goûtées depuis des années. Où qu'il se trouvât – en train de parler de Churchill avec le commandant ou de la pénurie de godillots avec le sous-lieutenant, ou bien simplement appuyé à la cheminée –, je savais qu'il me cherchait des yeux dans la foule. J'étais facile à repérer : les hommes étaient tous en kaki et presque toutes les filles avaient choisi de porter leur élégant uniforme vert. Avec mon nouveau pull en cachemire rose et mes lèvres rouge écarlate, je me détachais donc du lot. À présent plié, le chandail occupait un des fauteuils en rotin de ma chambre. Pour la première fois depuis le début de la guerre et la mort de Kit, j'avais presque été heureuse. C'était un sentiment fugace. Même pendant que je riais, je savais que ma gaieté ne durerait pas. Cependant, ces dernières heures j'avais connu des moments de plaisir. Pareils à un rang de perles, ils formaient quelque chose qui ressemblait à du bonheur. Il ne s'agissait ni de satisfaction ni de bien-être, simplement d'une sensation agréable qui me remplissait de gratitude.

Après que les derniers invités furent repartis à Lulcombe, j'avais fini par gravir l'escalier pour aller me coucher. Je m'étais arrêtée sur le palier et avais écouté le carillon grave de l'horloge sonner minuit dans le vestibule déserté. Cela m'avait rappelé cette autre horloge, celle qui résonnait dans notre appartement de Vienne, il y avait des années. Mr. Rivers me rejoignit et nous attendîmes en silence la fin des douze coups. Je voulus prendre sa main, mais il saisit la mienne, la leva et l'effleura brièvement de ses lèvres. Il se rapprocha de moi et ouvrit la bouche. Le cœur battant, j'attendis qu'il parle. Pour finir, il ne dit rien. Il se pencha en avant, repoussa une de mes boucles derrière mon oreille et m'embrassa sur la joue. Comme je me tournais, le baiser atterrit au coin de ma bouche. Lorsque Mr. Rivers se redressa, un peu de rouge tachait la sienne. Mon rouge à lèvres. Rouge cerise. Le cadeau de Margot. J'avais embrassé

Mr. Rivers après tout, mais pas de la part de ma sœur.

Cette nuit-là, je ne vis pas de visages blafards dans le noir. Je ne rêvai ni d'Anna ni de Kit. Je ne fis que dormir.

Des voix devant ma chambre. Je me réveillai soudain et me redressai, désorientée. Les stores du black-out m'empêchaient de dire si c'était la nuit ou le jour. Des cris flottèrent au bas de l'escalier, des pas précipités martelèrent le plancher. Je bondis du lit et me ruai dehors en pyjama. Me frottant les yeux, je vis des filles de la WAAF en chemise de nuit, robe de chambre et bigoudis grouiller sur le palier. J'étais abrutie, le gin m'avait donné mal à la tête. Je clignai un bon moment des paupières avant de me rendre compte que si je voyais trouble, c'était parce que de la fumée tournoyait dans la cage d'escalier. Je traversai le palier en deux enjambées et tapai sur la porte de Mr. Rivers à coups redoublés.

« Mister Rivers ! Daniel ! Réveillez-vous. La maison brûle. »

Sans attendre qu'il m'ouvre, je me précipitai dans la chambre. Il était déjà en train de se lever. Il passa à côté de moi et sortit.

« Toutes en bas ! cria-t-il aux filles. Dans le jardin. »

Elles se tournèrent vers lui, les yeux écarquillés.

« Tout de suite ! Dehors ! »

Les filles ne se le firent pas dire deux fois. Dans un tourbillon de robes de chambre et un piétinement de pantoufles, elles dévalèrent l'escalier et franchirent le porche à la queue leu leu. Un bruit de bavardage excité s'engouffra par la vaste porte d'entrée. Au lieu de les rejoindre, je me dirigeai vers l'étroit escalier qui menait au grenier. Une épaisse fumée en descendait jusqu'au vestibule qu'elle remplissait de nuages aussi sombres que ceux d'un orage. Malgré les cris et le brouillard, je pris vaguement conscience que Mr. Wrexham était apparu dans le hall et appelait Mr. Rivers. Je ne pensais qu'à une chose : l'alto. Il se trouvait dans la mansarde, assiégé par les flammes. Il ne fallait pas qu'il brûle. J'avais perdu Kit. Le silence avait englouti Anna et Julian. Le roman caché dans l'instrument était tout ce qui me restait. Les mots ne devaient pas disparaître avant d'avoir été lus.

Alors que les deux hommes discutaient des mesures à prendre, je montai subrepticement les marches du grenier. La fumée était plus dense qu'une brume marine, des larmes ruisselaient sur mes joues. Fouillant dans ma poche, j'en sortis un mouchoir et en couvrit ma bouche et mon nez. Je respirai avec bruit, essayant de ne pas suffoquer. Complètement désorientée, je tâtonnai dans les ténèbres comme une aveugle. Il fallait que je trouve l'alto. Dans ma tête, je l'entendais m'appeler. Je reconnus le jeu si caractéristique de Margot, mais l'air était celui d'Anna : *Für Elise*. La musique dégoulinait sur le palier, mêlée si intimement à la fumée que je crus la voir flotter dans le noir. *Elise*. Mon père m'appelait aussi. Il avait toujours peur de perdre un manuscrit. Nous le taquinions à cause de l'habitude qu'il avait de faire des copies sur du papier pelure jaune et d'enfermer ces pages à clé dans le tiroir de son bureau. Il avait bien raison et moi j'avais failli à ma mission. *Elise !* Sa voix devenait plus audible. J'approchais. La porte du grenier apparut à travers la fumée. J'allais tourner la poignée quand quelqu'un me tira en arrière. Des bras solides m'attrapèrent, me soulevèrent, me jetèrent en travers de larges épaules. Je donnai des coups de pied, criai, sanglotai, mais on m'éloignait de plus en plus de la petite porte de bois et de l'alto. *Elise. Elise.* La voix enflait. J'avais beau me débattre, la fumée m'aveuglait. Je voulais voir. On me coucha par terre. La fumée s'éclaircit un peu. M'asseyant, je me retrouvai dans les bras de Mr. Rivers.

« Alice, dit-il, criant presque, que diable fabriquiez-vous là-haut ? »

Il avait le visage rouge de colère et de terreur. Je le repoussai de toutes mes forces et m'enfuis de nouveau vers l'escalier du grenier. Il me rattrapa et me saisit par le bras.

« Alice ! Que faites-vous ?

— L'alto. »

Je toussai, m'étranglai et crachai de la salive noire par terre.

« Mon père. Son dernier roman. Dans l'alto. » J'essayai de me dégager, scrutant le visage fermé penché vers moi. « Je dois le sauver. »

Mr. Rivers me regarda une seconde, puis il hocha la tête et disparut. Je voulus le suivre, mais Mr. Wrexham me barra le chemin.

« Miss Land, je vous en prie. Si c'est possible, il le trouvera. »

Pendant un instant, je fus tentée de pousser le vieil homme sur le côté, mais je m'adossai contre le mur et me laissai glisser sur le sol. J'entendis les cloches de l'église sonner dans le lointain. « Invasion ! Incendie ! Incendie ! » J'imaginai les villageois sautant de leur lit et se précipitant sur le rivage avec leurs balais-baïonnettes pour s'apercevoir que le manoir brûlait. Je fermai les yeux.

« J'ai tellement peur pour lui, murmurai-je en me couvrant le visage de mes mains. J'aurais dû y aller moi-même.

— Le maître sera prudent, m'assura le majordome en essayant de me relever. Nous devrions attendre dehors. Nous ne sommes pas en sécurité ici. »

Je me dégageai brutalement. « Je ne sortirai pas sans lui. Allez-y, si vous voulez. »

Le majordome toussa, non pas à cause de la fumée, mais de contrariété. Il s'installa à côté de moi. Nous attendîmes des journées entières. Des années. Des siècles. Puis un bruit de pas. Toussant, suffoquant, Mr. Rivers dégringolait l'escalier, l'étui d'alto à la main.

L'incendie s'éteignit avant l'arrivée des pompiers de Dorchester. Tout excitées, les auxiliaires formèrent sur la pelouse des petits groupes qui buvaient du thé en bavardant avec les hommes casqués. Leur service n'étant plus nécessaire, ceux-ci s'employèrent à calmer les nerfs de ces demoiselles.

Mr. Rivers et moi restâmes seuls dans la maison. Je lui racontai l'histoire du roman dans l'alto. Il m'écouta en silence, l'air concentré. Assise, l'étui sur les genoux, je caressai le vieux cuir éraflé. Lorsque je me tus, Mr. Rivers tendit la main pour le prendre, après m'en avoir demandé la permission d'un coup d'œil. J'acquiesçai d'un signe de tête. Il ouvrit la boîte semblable à un cercueil, révélant l'alto en bois de rose. Il le sortit avec autant de précaution que s'il s'agissait d'un poussin et le soupesa.

« Le roman est donc à l'intérieur ? demanda-t-il.

— Oui.

— Et vous n'avez jamais essayé de l'en extraire ?

— J'y ai pensé, mais j'aurais dû casser l'instrument. »

Enveloppés dans des couvertures en crin de cheval, nous nous installâmes dans le salon et à travers un trou illicite dans les stores regardâmes l'aube envahir les collines. Mr. Rivers se pencha vers moi et passa ses doigts sur mon visage.

« Vos cils ont brûlé, observa-t-il avec une pointe de reproche à peine perceptible dans la voix.

— Ils repousseront. » Je haussai les épaules et me rapprochai de lui.

« De quoi parle ce roman ? » demanda mon compagnon en désignant l'alto.

Je souris. « Je n'en sais rien. J'aime me dire qu'il s'agit d'une histoire qui finit bien. »

25

Je ne vis pas là où vit mon amour

Le lendemain matin, les auxiliaires qui n'étaient pas de service s'affairèrent sous les ordres de Mrs. Ellsworth. Elles avaient écouté, tête baissée, les reproches sans fin de la gouvernante. Aucune n'admit avoir jeté une cigarette dans la corbeille à papier, désobéissant ainsi aux écriteaux qui indiquaient clairement qu'il était interdit de fumer dans les chambres. Des coups de marteau résonnaient au-dehors : se balançant sur une échelle, Art essayait de boucher le nouveau trou dans la toiture. Les filles se déplaçaient en salopette crasseuse, des seaux d'eau brunâtre à la main, et se risquaient à fredonner tout bas les airs de la veille au soir. Une mince couche de cendre et de suie recouvrait telle de la neige noire le vestibule et le palier, striant les lambris et tachetant les plinthes. Les portraits du hall vous regardaient à travers un glacis sombre qui semblait les avoir vieillis d'un siècle. Sans offrir de participer au nettoyage, je fermai la porte de ma chambre et m'assis à mon secrétaire.

Après l'incendie, j'avais décidé de parler à Margot du manuscrit de notre père. L'idée que j'avais failli perdre l'alto me terrifiait. Si l'instrument avait été détruit, ma sœur ne me l'aurait jamais pardonné.

Tout ce que je peux te dire, c'est « excuse-moi ». Je sais que j'ai été égoïste, mais, si tu es honnête, tu reconnaîtras que tu en aurais fait autant.

Lors de mon dernier soir à Vienne, Julian m'a confié la copie carbone de son dernier roman, caché à l'intérieur de ton vieil alto. J'en ai pris bien soin. Je ne l'ai pas lu, je te le jure. J'ai toujours pensé qu'un jour, Julian le sortirait de l'instrument et nous le lirait comme autrefois. Anna rirait aux bons moments, toi et moi nous nous esclafferions à contretemps. Papa ronchonnerait et tout serait comme avant.

Mais hier soir, nous avons eu ici un début d'incendie. Mr. Rivers a sauvé l'alto et le roman est toujours à l'intérieur. S'il avait brûlé sans que toi ni moi ne l'ayons lu, sans même que tu sois au courant de son existence, eh bien, je sais que tu ne me l'aurais jamais pardonné.

Je t'en parle donc maintenant en espérant que tu ne m'en voudras pas trop. Je voulais avoir quelque chose qui m'appartienne en propre. Toi tu as Robert et, quoi que tu en penses, le maître de Tyneford House n'est pas « mon » Mr. Rivers. Je t'en prie, ne me réponds pas tout de suite. Prends le temps de réfléchir et de me comprendre.

Je collai l'enveloppe et la plaçai sur le plateau du vestibule. Dans combien de temps parviendrait-elle à destination ? Des semaines ? Des mois ? Peut-être me faudrait-il attendre une demi-année la réponse de ma sœur. J'appréhendais sa colère. Margot n'exprimait pas sa rage, mais elle vous gardait rancune. Dans notre enfance, elle avait une poupée dotée de vrais cheveux et je les avais coupés, persuadée qu'ils repousseraient. Ma sœur avait refusé pendant deux semaines entières de m'adresser la parole. Avec l'adolescence, ses silences se prolongèrent. Lorsque j'avais osé décrire Robert comme un « agréable jeune homme » (notre façon à nous, sœurs, de dire qu'il était ennuyeux), elle avait mis six semaines à me le pardonner. Anna avait dû intervenir pour qu'elle m'accepte comme demoiselle d'honneur. Je me demandai avec effroi combien de temps durerait son silence cette fois-ci.

Malgré l'incendie, d'autres auxiliaires arrivèrent au manoir. Il ne servait à rien d'objecter que nous n'avions plus de place pour les loger. Formuler la moindre plainte pouvait entraîner la réquisition de la maison et Juno nous avait raconté d'horribles histoires sur ce qui se passait chez sa tante, à Lulcombe : statues barbouillées de graffitis obscènes, plafonds en stuc atteints de pourriture sèche et criblés d'impacts de balles. Durant ce mois de janvier glacial, les militaires avaient abattu et brûlé dans les cheminées les vieux hêtres de l'allée, malgré les supplications de lady Vernon. Il était même question que celle-ci leur livre l'annexe du château. Nous nous gardâmes donc de présenter des doléances. Au lieu de cela, nous vidâmes la salle à manger de ses meubles que nous entreposâmes dans la cave à vin de plus en plus vide et transformâmes la pièce en une sorte de dortoir. En fait, les filles qui l'occupèrent s'estimèrent heureuses car, à la différence des chambres, la salle à manger disposait d'un radiateur.

Au début de l'été, le manoir grouillait d'auxiliaires. Mrs. Ellsworth fut obligée de céder une partie de sa cuisine à un cuistot de l'armée et l'ancien office fut transformé en cafétéria. Pendant plusieurs jours, la gouvernante se promena dans la maison en gémissant : « Je ne sais pas si je vis dans un pensionnat de jeunes filles ou dans une caserne. » Mais, en général, les filles étaient si gaies et si gentilles qu'elles ne tardèrent pas à l'amadouer. Elles lui donnèrent des recettes de grand-mère pour soigner ses cors ou allumaient le fourneau à quatre heures du matin avant de prendre leur service, de sorte que Mrs. Ellsworth pouvait paresser jusqu'à l'aube. Elles lui prêtèrent même un casque qui se révéla être un bonnet de bain très efficace. Trois fois par jour, on les voyait descendre en bande vers le camp de Lulcombe. Burt laissait à la cuisine des paniers de maquereaux luisants destinés à leurs vingt-quatre petits déjeuners et Mr. Wrexham leur filait des tuyaux sur la meilleure façon de cirer leurs souliers noirs. Bientôt, nous fûmes si habitués à leur présence que nous n'aurions pu imaginer une vie différente.

Des semaines, puis des mois passèrent sans que je reçoive une réponse de Margot. Tous les matins et tous les après-midi, j'allais regarder le plateau du vestibule. Il débordait de lettres pour les WAAF, mais il n'y en avait jamais pour moi. Mon malaise croissait de jour en jour. Ma sœur était-elle trop fâchée pour écrire ? Me punissait-elle par son silence ? Au début du mois de juin, à l'époque où les boutons d'or commencent à envahir les prés, une lettre arriva enfin de Californie. Assise au soleil, sur la terrasse, je déchirai le rabat de l'enveloppe et, pendant un moment, mon moral remonta en flèche – Margot n'était pas en colère contre moi – mais ensuite, je vis la date : 6 mars 1941. Ma sœur ne pouvait avoir reçu ma lettre avant d'avoir écrit la sienne. Fermant les yeux, j'imaginai deux navires se croisant sur l'Atlantique, chacun portant un message de l'autre côté de la mer.

J'attends un bébé. Écris-moi pour me proposer quelques noms. Si c'est un garçon, je ne sais comment l'appeler. J'avais toujours eu l'intention d'appeler mon fils Wolfgang, mais comme j'avais perdu l'espoir d'en avoir un, c'est à mon chien que j'ai donné ce nom. Wolfie.

Je souffre d'être si loin de vous tous. Ça te plaît de devenir tante ? Ça ne changera sans doute pas grand-chose pour toi étant donné que tu ne verras peut-être pas cet enfant avant des années. Pardonne-moi : j'ai le cafard. Ou plutôt, pardonne-moi de t'en parler, surtout maintenant que j'attends un « heureux événement », mais j'avoue que j'ai un peu peur. Je n'aurais jamais cru qu'Anna ne serait pas avec moi en ces circonstances...

Oh, Elise, peux-tu l'imaginer en grand-mère ? Elle est beaucoup trop jeune pour ça. Julian pourrait grogner comme un vrai grand-père,

*mais elle, elle ressemblerait davantage à une
marraine-fée. Parfois je crains qu'elle ne voie
jamais ce bébé et que si je n'arrive pas à me la
figurer en vieille dame, c'est parce que... Suffit.
Robert m'interdit de dire des choses pareilles :
c'est mauvais pour le bébé. Mais comment
puis-je m'en empêcher alors que les années pas-
sent et que nous sommes sans nouvelles d'eux ?*

Je sentais le soleil sur mon visage. Ainsi j'allais
avoir un neveu ? Un frisson d'excitation me parcourut. Je pourrais peut-être tricoter un vêtement pour
le bébé – j'en avais assez de confectionner des chaussettes pour les soldats. Je me souvins d'une scène qui
eut lieu peu après le mariage de Margot. Anna et moi
nous attardions à la table du petit déjeuner, sur le
balcon. J'en revis les détails : la nappe blanche couverte de miettes, les pots de géraniums rouges. « Fille
ou garçon, peu importe, disait Anna, pourvu que cet
enfant soit musicien. » Blessée, je fronçai les sourcils.
Anna me prit la main. « Oh, je me fiche pas mal que
tu ne sois pas douée pour ça, mais la musique est tout
ce que Margot comprend vraiment. Avec une mère
pareille, il vaut mieux que son bébé soit doué lui
aussi. » Elle m'adressa un sourire malicieux. « Pour
ce qui est de la mauvaise conduite, il pourra toujours
prendre exemple sur sa tante. » Je ne répondis pas.
Je sirotai mon café, me disant que cet enfant appartiendrait à la coterie musicale d'Anna et de Margot
et qu'il partagerait ce langage dont j'étais inévitablement exclue.

Alors que, des années plus tard, je lisais cette lettre de
Margot, je me rendis compte que tout était différent

de ce que nous avions imaginé. Un chardonneret, sa houppe brillant au soleil, se posa sur le mur du jardin et se mit à gazouiller. Je me demandai si mon neveu ou ma nièce saurait chanter ou s'il me ressemblerait. Cela n'avait pas d'importance. Anna se trompait. Margot serait contente même si son enfant n'était pas mélomane. Cela ne l'empêcherait sans doute pas de l'appeler Amadeus si c'était un garçon, Constanze si c'était une fille.

Par un frais après-midi d'octobre, je décidai d'aller me promener sur les falaises. Moisson et fenaison étaient terminées et je jouissais d'un bref répit avant le début des labours. C'était une de ces journées où les hurlements du vent sur le chemin du promontoire couvraient le grondement des vagues frappant les rochers. J'avais les oreilles frigorifiées. Poussée par les rafales, titubant comme une ivrogne, j'approchai du précipice. Par mesure de précaution, je m'accroupis et agrippai des branches d'aubépine et des chardons. La terre sentait l'humus et la bruyère. Depuis mon perchoir, la courbe de la baie semblait découpée dans le rivage, la falaise couleur miel aussi lisse que l'intérieur d'une tasse sur le tour d'un potier. La mer lavait la plage, recouvrant les galets de couches successives d'écume blanche. La tempête battait son plein sur les hauteurs et, lorsque le jour baissa, je commençai à avoir peur. Jetant un coup d'œil en bas, sur la grève, j'aperçus Mr. Rivers debout dans l'eau.

Je dévalai le sentier abrupt qui menait à la plage et regardai un moment sa silhouette avant d'oser crier : « Mr. Rivers ! Daniel ! »

Il se tourna et agita la main. Je courus vers lui, les galets crissant sous mes pas. En approchant, je m'aperçus, surprise, qu'il ne portait pas ses vêtements de travail, mais un de ses costumes d'avant-guerre. Ses souliers trempaient dans les vagues et je ne pus m'empêcher de regretter la perte d'un si bon cuir.

« Qu'est-ce qui vous arrive ? » demandai-je. Je l'attrapai par le coude et le tirai vers la plage.

« C'est fini, dit-il.

— Qu'est-ce qui est fini ?

— Tyneford. »

Pâle, des cernes autour des yeux, il serrait nerveusement une lettre. « Ils réquisitionnent le manoir. Le village. Tout. Nous devons être partis à Noël. »

Il recula et monta de quelques pas sur la plage. Je le rattrapai et lui ôtai la lettre des mains.

> *Monsieur,*
>
> *Soucieuse de donner à ses troupes la possibilité de perfectionner leur entraînement dans l'emploi d'armes modernes, l'armée a besoin d'un espace affecté exclusivement à cet usage et dans lequel nous pourrons utiliser des obus. Vous comprendrez donc que la zone choisie devra être évacuée.*
>
> *Nous regrettons qu'il soit nécessaire, dans l'intérêt national, de vous déplacer. Nous compenserons de notre mieux ce désagrément en vous versant une indemnité ou en vous aidant à vous reloger si vous n'y parvenez pas.*
>
> *L'armée prendra possession de ce secteur le 19 décembre. Tous les civils devront l'avoir quitté à cette date.*

Le gouvernement reconnaît l'importance du sacrifice qu'il exige de vous, mais il sait que vous nous accorderez de bon cœur cette aide supplémentaire en vue de la victoire.

C.H. MILLER, général de division
Responsable de la Région Sud

Après avoir lu cette lettre, je la rendis d'une main tremblante à Mr. Rivers.

« Ils me l'ont remise en premier, dit celui-ci d'une voix blanche. Avec un jour d'avance. Les autres villageois recevront la leur demain. »

Je commençai à dire quelque chose, mais il secoua la tête.

« Nous n'y pouvons plus rien. Je suis allé voir le général. C'est définitif. Tous les civils doivent quitter la région qui s'étend d'East Lulcombe à Kimmeridge. »

Je fus prise de vertige. J'eus l'impression que les vagues déferlaient en moi, m'ôtant le souffle quand elles refluaient.

« C'est impossible ! » murmurai-je.

J'adorais cet endroit. J'aimais son côté sauvage, la mer battant les rochers noirs, le cri des oies cendrées dans le ciel, les œillets maritimes au sommet des falaises, les couleuvres lovées dans la lande, le chant des pêcheurs, le ventre couleur d'arc-en-ciel des maquereaux, l'église silencieuse, la vue de Portland à travers le brouillard et les variations du temps aussi changeant qu'un opéra de Mozart – ensoleillé et chaud, avec des mouettes riant dans la baie, suivi l'instant d'après par une pluie qui criblait les vagues. J'aimais les bateaux de pêche et le ressac dans la nuit.

C'était ici que j'avais aimé Kit. Je l'avais aimé en train de nager parmi ces rochers, ramassant des coques dans cette flaque et courant le long de Flower's Barrow. C'était ici que nous nous étions rencontrés et que nous étions tombés amoureux l'un de l'autre. Kit restait à Tyneford dans le son de la mer et…

« Nous ne pouvons abandonner Kit », plaidai-je.

Mr. Rivers soupira. « Il est déjà parti. Il est parti avant nous. »

Je secouai la tête. « Non, Kit est à Tyneford. C'est le seul endroit que nous ayons connu ensemble. Nous avons partagé ces galets et cette mer. »

Mr. Rivers me prit la main et me fit asseoir près de lui. « Dans ce cas, il est bon que vous partiez. Il est bon que nous partions tous les deux. Nous avons besoin de commencer quelque chose de nouveau. De revivre. Kit est mort. Nous sommes vivants. »

Il passa son bras autour de mes épaules et m'attira contre lui.

« Vous êtes jeune, Alice. Vous devriez avoir un petit ami. Ces fichues auxiliaires en ont des flopées. »

Je me mis à sangloter, il me berça doucement.

« La vie de Kit fut tragique. Il n'y a aucune raison que la vôtre le soit.

— Mais je ne veux pas quitter cette vallée, cette baie. » Je m'essuyai le nez sur ma manche. « J'étais perdue, puis ici j'ai trouvé un chez-moi.

— Je sais. Tyneford vous ensorcelle en quelque sorte. Je suis né ici, après mon père et mon grand-père. Je pensais que mes petits-enfants joueraient dans ces bois. » Il soupira de nouveau. « Hélas, la guerre a tout bouleversé. Le changement aurait eu lieu de toute façon, mais il est venu trop vite. Nous ne sommes pas prêts. »

Mr. Rivers eut un rire amer. « Nous avions tellement peur d'être envahis par ces damnés nazis. Et nous voilà envahis quand même, mais par d'autres.

— Même avec votre revolver vous n'auriez pas pu les arrêter. »

Nous rappelant ce soir, sur cette plage, où Mr. Rivers avait tiré dans le vide, nous nous tûmes. Il ramassa un galet doré et l'envoya ricocher sur les vagues. La pierre rebondit plusieurs fois avant de s'enfoncer dans l'eau grise. Lorsqu'elle disparut, je fus envahie par une immense tristesse, froide comme la mer d'octobre.

« C'est peut-être mieux ainsi. Cette... vous et moi... n'est pas bien », dit-il alors que je posais ma tête sur son épaule. Je frissonnai, me demandant s'il parlait des convenances ou de notre deuil commun. « J'ai parfois l'impression que partir d'ici sera un soulagement, poursuivit-il. Quitter cette maison qui s'écroule littéralement sur nous et tous ces souvenirs. Il y en a tellement partout qu'ils m'étouffent. »

À présent, je pleurais en silence. Mr. Rivers essuya mes larmes avec son pouce.

« Ne pleurez pas, Alice, je vous en prie. Ils disent que nous pourrons revenir ici après la guerre. Alors nous reprendrons notre vie d'avant, si vous le souhaitez. »

Je souris et lui caressai la main, mais nous savions tous deux qu'il s'agissait de la fin de Tyneford.

Cinq siècles étaient entassés dans des caisses. Mrs. Ellsworth apprit la nouvelle avec calme, ne mouillant qu'un seul mouchoir de ses larmes. Mr. Rivers refusait de renvoyer son personnel : il lui offrait un toit et un emploi. Art s'occuperait du jardin, quant à Mrs. Ellsworth, elle était bien décidée à continuer de tenir la maison de l'hobereau expulsé – l'idée qu'il en soit réduit à se faire cuire tout seul un œuf à la coque lui était insupportable. Cependant, à la surprise et au regret de Mr. Rivers, Mr. Wrexham déclina sa proposition. Mis au courant dans la bibliothèque, il refusa de s'asseoir ou de prendre un cognac. Il garda un moment le silence.

« Je vous remercie de votre offre généreuse, sir, finit-il par répondre, mais je ne suis plus de la première jeunesse et peut-être est-ce là une occasion d'envisager ma retraite. Je pense que j'irai vivre avec mon frère dans un coin tranquille près de la mer. »

Il alla à la fenêtre et rajusta l'embrasse du rideau qui s'était coincée et froissée. L'opération terminée, il se retourna vers Mr. Rivers. « Est-ce que ce sera tout, sir ? »

À part moi, je me demandai ce qui avait incité le majordome à quitter le service de la famille Rivers. Aller à la pêche avec Burt ne devait pas présenter pour lui un si grand attrait. Peut-être ne supportait-il pas de voir Mr. Rivers dans la gêne et considérait-il qu'une fois hors de sa maison, Mr. Rivers ne serait plus le maître de Tyneford. Ou bien encore jugeait-il que cette expulsion confirmait la fin de ce vieux monde qu'il prédisait depuis des années. Au lieu de s'y accrocher, il choisissait de se retirer avec sa dignité coutumière. Il glisserait hors de nos vies aussi discrètement que lorsqu'il laissait ces messieurs boire seuls leur porto, après un bon dîner.

La maison elle-même paraissait déjà abandonnée. Chaque craquement de meuble ressemblait à un reproche et, la nuit, le vent soupirait dans l'avant-toit. Mrs. Ellsworth cessa de cirer le plancher et la poussière s'accumula derrière les portes sans que Mr. Wrexham n'émît la moindre critique. Finalement, mieux valait quitter le manoir – après de brefs adieux – plutôt que d'assister à sa lente dégradation : gouttières tombant du pignon ouest et qu'on ne remplaçait pas, effondrement du toit du grenier, lambris envahis de pourriture sèche, vestibule altéré par l'humidité de la cave. Nous pourrions nous rappeler cette demeure telle qu'elle avait été : noble et claire, des lumières à chaque fenêtre, les flammes de lampes tempête dansant sur le gazon. Dans notre souvenir, elle resterait une splendide maison de campagne anglaise, toujours prête à recevoir des invités. Ils arrivaient dans leurs automobiles, les chauffeurs ouvraient les portières, des dames en vison gravissaient le perron. Pour nous, ce serait dans un éternel été que nous prenions le thé sur la terrasse et que le parfum des jacinthes de Rookery Wood flottait telle une fumée au-dessus des pelouses.

Mon avenir était incertain. Tous les soirs après le dîner, je me retirais dans la bibliothèque avec Mr. Rivers. Le calendrier posé sur le bureau me jetait un regard mauvais. Un autre jour avait passé. Puis un autre. Je fus tentée de le coucher à l'envers comme si cela avait pu arrêter le temps. Anna et Julian ne verraient jamais cet endroit. Ni Margot. Mr. Rivers se perdait dans l'organisation de son départ. Il avait une maison de l'autre côté de Kimmeridge Bay et il surveillait le déménagement de ses biens les plus précieux : portraits d'ancêtres, photos et petits meubles. Le reste serait entreposé à la cave.

« Alice, dit-il, assis à son bureau, qu'allez-vous faire ? » Il s'interrompit pour déglutir. « Vous savez que vous ne pouvez pas venir avec moi. Les autres villages ne sont pas comme Tyneford. Les gens jaseraient. En ce qui me concerne, cela m'est égal. Qu'ils disent de moi ce qu'ils veulent, mais je ne veux pas qu'ils parlent de vous. »

Je m'abstins de lui révéler que les gens jasaient déjà.

« Ne vous inquiétez pas, dis-je avec une feinte gaieté. Je me débrouillerai. Je deviendrai volontaire agricole. Une ferme de Worth Matravers cherche de la main-d'œuvre.

— Oui, je sais. C'est l'exploitation de Nigel Lodder, un homme bien. » Mr. Rivers me lança un regard sévère. « De toute façon, tenez-moi au courant. Je ne veux pas que vous alliez n'importe où. »

Je haussai les épaules. Je quittais Tyneford, peu m'importait l'endroit où j'échouerais. « D'accord. Mais il faudra que vous veniez me voir le dimanche et que vous m'emmeniez prendre le thé quelque part. »

Mr. Rivers essaya de sourire. « Oui, bien sûr. Je vous inviterai au *Royal Hotel* à Dorchester. Nous nous y régalerons de petits pains rassis tartinés de margarine. »

Je me mordis la lèvre et détournai les yeux. J'imaginai ce que serait ma vie quand je ne verrais plus Mr. Rivers tous les jours. Nous ne travaillerions plus côte à côte, nous n'attraperions plus de brebis boiteuses, nous ne réparerions plus les trous dans la clôture. Mon estomac se serra quand je me rendis compte que c'était pour lui que j'appliquais une touche de rouge à lèvres chaque soir, avant le dîner. Je me demandai ce qui me faisait le plus souffrir : quitter Tyneford ou quitter Mr. Rivers.

Incapable de supporter le chagrin que me causait mon prochain départ, j'acceptai d'aller pique-niquer avec Poppy. Je n'en avais guère envie. J'aurais préféré traîner à la ferme en broyant du noir ou flâner sur la colline, parmi les moutons, en m'apitoyant sur mon sort, mais Poppy insista. Pourquoi diable ne me laissait-elle pas tranquille ? Grommelant entre mes dents, je descendis vers Worbarrow Bay. Il faisait beau, le soleil automnal brillait sur la mer, des feuilles mortes se posaient sur la grève où elles se déguisaient en coquillages. Une escadrille de cormorans traversa le ciel pâle, une sterne solitaire se percha sur la falaise et remplit l'air de ses glapissements. Un des cormorans quitta ses compagnons de vol pour plonger dans les vagues et attraper un poisson. Je reniflai de dédain : un simple décret du ministère de la Défense ne réussirait pas à bannir tous les résidents de Tyneford. Je progressai sur la plage avec précaution, évitant les dunes parsemées de rouleaux de fil de fer barbelé. Dans le blockhaus niché dans le promontoire, je vis briller une paire de jumelles. Je fis signe aux auxiliaires qui y étaient cachées. Balayant la crique du regard, j'aperçus Poppy juste au-delà de la chaumière de Burt. J'enfonçai mes mains dans mes poches et me hâtai de la rejoindre. Elle avait étendu sur les galets un tapis tout déchiré et posé dessus un panier à pique-nique.

« Salut, dit-elle. J'espère que tu as faim et soif. »

Elle souleva la serviette qui recouvrait le déjeuner, révélant un assortiment de gâteaux et de nombreuses bouteilles de bière. J'en restai bouche bée. Cela faisait plus d'un an que l'Angleterre connaissait une pénurie de bière.

« D'où sors-tu ça ?

— Wrexham, répondit Poppy avec un sourire satisfait. Il en a découvert une réserve dans la cave quand il y faisait de la place pour les meubles. C'est le dernier brassin de Kit. » Elle plissa les yeux. « Allons, pas de sentiments. Moi, je la boirai. Kit n'aurait jamais gaspillé une bonne bière ! »

Je sortis une bouteille du panier et la débouchai. « Ça c'est bien vrai », confirmai-je.

À ma surprise, j'aperçus Will. Il venait vers nous en longeant le rivage, les bras chargés de bois flotté. Il était en uniforme, les jambes de son pantalon retroussées et les pieds nus. Il m'adressa un grand sourire et, après s'être débarrassé du bois, il s'affala à côté de nous, sur le tapis.

« Salut, Alice. Tu seras la première à nous féliciter. On vient juste de se marier. Et voici notre repas de noces. »

Poppy eut un sourire timide. « J'attends un bébé. C'est pour ça qu'on a "convolé". Will estimait que ce serait plus correct. Puisqu'on doit quitter Tyneford, c'est sans doute ce qu'on avait de mieux à faire », expliqua-t-elle à la hâte.

Je l'embrassai, l'étreignis et ne la relâchai que pour serrer la main de Will. Tous deux respiraient le bonheur.

« Comme je m'en réjouis pour vous ! dis-je. Et pour moi du même coup. Je pourrai jouer les tantes auprès d'un bébé qui vit près de chez moi. Je le pourrirai, je vous préviens. »

Levant ma bière, je leur portai un toast. Poppy arracha à Will sa bouteille et but une grosse gorgée. « Oui, nous commençons une nouvelle vie », déclarat-elle.

Je levai un sourcil. « On te permet de boire dans ton état ?

— Bah ! La bière est bonne pour les bébés. On se baigne avant de déjeuner ?

— L'eau doit être glaciale.

— Oui, mais c'est revigorant. »

Déjà en train de se déshabiller, Poppy jeta son pull par terre et se tortilla pour ôter son pantalon vert. Allongé sur le tapis, Will la regardait d'un air satisfait. J'hésitai un moment, puis me débarrassai de mon manteau et commençai à déboutonner mon chemisier. En sous-vêtements gris, Poppy barbotait dans l'eau en piaillant. Sa peau bleuissait, ses cheveux rouges tombaient en cascade jusqu'à sa taille. Ses longues jambes avaient gardé la maigreur et la gaucherie de l'adolescence, mais son ventre criblé de taches de son était légèrement bombé. Je me demandai si son bébé serait roux.

« Amène-toi ! » cria-t-elle.

Je la rejoignis en courant. L'eau glacée engourdit mon cerveau et picota ma peau. Je hurlai. Je plongeai, je suffoquai de froid, mes yeux et ma bouche s'emplirent d'eau. Je frissonnai et hoquetai. Les vagues semblaient me traverser, emportant toute pensée, me libérant un instant de moi-même. Haletante, je remontai à la surface. Sur la plage, Will frictionnait Poppy qui gloussait. Il me fit signe de sortir. Je m'empressai de lui obéir, attrapai la serviette qu'il me lançait et commençai à me sécher en claquant des dents.

Burt apparut à ce moment-là. Il s'accroupit à côté du tas de bois et souffla doucement sur des journaux froissés qui brûlaient.

« S'baigner par ce froid, c'est pas malin, me lança-t-il.

— Oui, mais revigorant », rétorquai-je.

Le vieux pêcheur rit. Quand les bûches commencèrent à crépiter, il s'agenouilla, cracha dans ses mains et les essuya sur son pantalon, y laissant une traînée noire. Après m'être rhabillée, je m'assis auprès de lui et me chauffai les mains au-dessus du brasier. Poppy, qui avait repris des couleurs, se serra contre moi et me tendit une part de tourte au lapin. Je la mangeai, les yeux fixés sur le feu, hypnotisée par les flammes. Burt et Will se mirent à fredonner une vieille chanson. « *Chantons pour passer le temps... car mon cœur habite en elle, mais je ne vis pas là où vit mon amour.* »

Je joignis ma voix aux leurs, puis m'arrêtai pour attiser le feu. « Eh bien, voilà : je viens de me baigner pour la dernière fois à Worbarrow Bay, déclarai-je.

— Ne dites pas de bêtises, grommela Burt en frappant dans ses mains. Mangez de la tourte au lapin en gémissant et votre ventre y sera pas content. »

Poppy le regarda d'un air méfiant. « C'est bien la première fois que j'entends ce dicton.

— M'étonne pas. Je viens de l'inventer, mais y me paraît assez juste.

« — Nous ne serons pas tellement loin d'ici, dit Will. La même mer baigne toute cette côte. Si vous y réfléchissez, on aura partout un petit bout de Tyneford. »

Poppy lui planta un baiser sur le bout du nez, puis se prélassa de nouveau sur le tapis.

« J'savais que ça arriverait, dit Burt. Qu'on serait foutus dehors. » Il eut un sourire penaud. « À vrai dire, c'est de ma faute. »

Nous le regardâmes, stupéfaits.

« Tout le monde parlait d'invasion. Invasion par-ci, invasion par-là. J'voulais pas de ces salauds de nazis hitlériens dans notre vallée. Alors j'ai fait mon devoir. J'suis monté sur la colline de Tyneford et je me suis saoulé à mort. Ensuite, je me suis mis à poil. Les fesses nues, je m'suis baladé sur j'sais pas combien de tertres et j'ai crié à ces vieux rois anglais qui sont enterrés dessous qu'ils feraient bien de se remuer s'ils voulaient pas que des bottes nazies leur piétinent le crâne. Ne laissez pas entrer ces foutus Boches, que je leur ai dit. Que Tyneford reste libre. »

Burt s'interrompit et attisa le feu avec un bâton. Des étincelles vermillon s'envolèrent des flammes bleues. La lueur du brasier teintait de rose sa barbe blanche.

« Mais voilà : mon intervention a été un peu trop efficace, reprit-il. Mes cris et mes prières ont eu plus d'effet que je pensais. Les rois des tertres ont bien barré la route à Hitler, mais ils se sont débrouillés pour se débarrasser aussi de nous. »

Burt piétina rageusement une braise tombée du feu.

« J'aurais dû m'en tenir aux pierres de sorcières. Les suspendre sur une ficelle d'ici à Douvres. Ça aurait marché sans entraîner toutes ces conséquences imprévues. »

Nous le regardâmes en silence. Pour une fois, même Poppy en restait muette.

« Enfin… Les gars de l'armée y disent qu'on peut revenir ici à la fin de la guerre. Et j'ai pas l'impression que ce salaud de Hitler tiendra encore longtemps. Alors, avec quelques supplications et peut-être un petit sacrifice…

— Un sacrifice ? finit par l'interrompre Poppy. Pourquoi vous me regardez comme ça ?

— Vous vous croyez à quelle époque ? Nous sommes en 1941 et pas au Moyen Âge. D'ailleurs, vu votre état, madame, vous serviriez à rien comme victime. »

Poppy fronça les sourcils et Burt éclata de rire. Il s'étira voluptueusement, ses os craquèrent aussi fort que le bois enflammé. « Avec un peu de chance, conclut-il, l'armée, les vieux rois et je ne sais qui encore nous permettrons de revenir à Tyneford.

— Oui, avec un peu de chance », dis-je en détournant le regard.

La lettre de Margot arriva le 1er novembre. C'était une journée hivernale et, alors que je revenais de l'enclos des brebis, je sentis une odeur de feu de bois. Sortant par bouffées des hautes cheminées du manoir, la fumée s'élevait en volutes vers le ciel. Les freux emplissaient l'air de leurs cris. La lumière vira du gris au noir ; dans l'obscurité, j'entendis des moutons bêler et bouger sur le coteau.

La maison était silencieuse. Les auxiliaires qui n'étaient pas de service s'étaient rendues à un bal donné au camp militaire. On se serait cru au bon vieux temps. Je m'attardai dans le vestibule, écoutant

493

les horloges-de-la-mort ronger les poutres. J'avais enlevé mes gants et mon écharpe et me trouvais déjà au milieu de la pièce quand j'aperçus l'enveloppe posée sur la table. J'aimerais pouvoir dire que j'eus une prémonition, que le papier brûla mes doigts et tomba par terre, que le vent hurla et qu'un oiseau se jeta contre la vitre, mais il n'y eut rien de tout cela. Ce genre de choses n'arrivent qu'aux héroïnes de romans gothiques ou d'opéras. J'éprouvai simplement du plaisir en reconnaissant l'écriture. J'examinai le cachet de la poste : San Francisco, septembre 1941. Tout excitée, je me demandai si Margot avait eu un garçon ou une fille. J'espérais que mon paquet était arrivé à temps. Ces pensées agréables firent bientôt place à une certaine appréhension : et si ma sœur m'en voulait toujours ?

Je me précipitai dans… Non, je marchai le long du couloir de service qui sentait l'humidité. Ma bouche était sèche. J'appelai Wrexham, mais ma voix semblait appartenir à une étrangère.

« Du champagne, Wrexham. Du champagne. »

Il apparut sur le seuil de son bureau et me regarda bouche bée. Il tenait une paire de bottines toutes crottées de Mr. Rivers qu'il laissa pendre au bout de son bras en apercevant la lettre que je balançais entre mes doigts. Je tapai du pied.

« Du champagne ! Il me faut du foutu champagne ! »

Le majordome tressaillit. « Oui, miss.

— Montez-le dans ma chambre, s'il vous plaît. Je vais me faire couler un bain. »

L'eau mugissait dans la tuyauterie avec autant de bruit qu'un train à vapeur. Merde pour le rationnement de l'eau. J'allais remplir la baignoire à ras bord. Je me perdrais dans l'eau bouillante et boirais du champagne comme lorsque j'étais à Vienne. La voix d'Anna montait du rez-de-chaussée. Je devais avoir mis son disque, mais je ne m'en souvenais pas. Je pouvais toujours me raconter que c'était Anna en personne qui chantait en bas. Anna. Anna. Accroupie sur le tapis de bain, j'écoutais. La voix de ma mère emplissait l'air tel l'arôme du chocolat chaud. Mes doigts serraient la lettre de Margot.

> *Très chère Elise,*
>
> *J'ai reçu une lettre de Hildegard. Oh, Elise ! Anna est morte le jour de l'An… Elle a attrapé la typhoïde dans le ghetto… Robert m'a caché cette lettre jusqu'à mon accouchement… Le 5 septembre, j'ai eu une petite fille. Elle pesait deux kilos et demi et elle a des cheveux noirs comme toi. Je l'ai appelée Juliana en souvenir de nos parents.*

L'eau atteignit le haut de la baignoire, clapota contre les bords. La lumière vacilla. J'attrapai la bouteille de champagne, enlevai le papier alu et poussai le bouchon du bout des doigts – il sauta telle une balle anti-aérienne et ricocha sur le miroir où il laissa une marque dans la buée. J'avalai une gorgée de vin et fermai les yeux. *Anna… La typhoïde. Juliana. En souvenir de nos parents.* Margot savait que Julian était mort. Même s'il respirait encore, il était mort. Il ne pouvait pas vivre sans Anna. Il nous aimait, Margot et moi, mais il aimait encore plus Anna. Si mon père était encore de ce monde, il devait attendre la mort quelque part. Je fermai les robinets et on n'entendit plus que les borborygmes de la tuyauterie.

Très chère Elise... Anna est morte le jour de l'An.

Qu'avais-je fait ce jour-là, pendant que ma mère mourait ? Je ne m'en souvenais même plus. Un premier de l'An sans rien de particulier. Je m'adossai contre la baignoire et pensai à ma dernière nuit à Vienne : Anna, Margot et moi réunies dans la salle de bains et buvant du champagne. Des sels de bain à la rose parfumaient la vapeur. Allongée dans la baignoire, Anna riait et chantait, Margot, en combinaison de soie, fumait, et, aperçu de moi seule, Julian, debout sur le seuil, pleurait.

J'avalai une gorgée de champagne, les bulles me chatouillèrent la gorge. Je repris ma lecture.

Oui, l'histoire du roman dans l'alto m'a irritée. Tu aurais dû m'en parler. Si quelque chose lui était arrivé avant que je ne le lise... Tu as raison : je ne te l'aurais pas pardonné. Mais tout cela n'a plus d'importance. Sors le manuscrit de sa cachette, copie-le mot à mot et envoie-le-moi. Envoie-moi les premières pages dès demain. Il nous reste une dernière conversation avec papa, Elise.

Margot savait que nous ne reverrions pas notre père. Après une autre gorgée de champagne, je m'adressai à ma sœur :

« D'accord, Margot. Je sortirai le roman. Mais il y a une chose que tu ne comprends pas : tant que le manuscrit reste dans l'alto, non lu, l'histoire n'est pas terminée. Elle ne peut pas se terminer. C'est impossible. »

Je jetai un coup d'œil au vieil étui appuyé contre le rebord de la fenêtre. Oui, je devais l'ouvrir. Je l'avais apporté dans la salle de bains dans ce but, mais je restais adossée sans rien faire contre la baignoire. Encore une goulée de vin. Je rampai vers la boîte et la tirai sur mes genoux. Je regrettais de ne pas me souvenir d'une prière. Le kaddish aurait été de circonstance, mais n'importe laquelle aurait fait l'affaire. Les accents de l'air de Violetta dans *La Traviata* interprété par Anna traversaient le plancher comme si ma mère chantait son propre requiem. J'ouvris l'étui, en sortis l'alto. Les lettres que j'avais écrites à Anna et jamais envoyées encombraient la boîte. Furieuse, je les lançai à travers la pièce. Elles voltigèrent telles des colombes couvertes de gribouillage, atterrirent sur le sol, dans le lavabo et dans la baignoire. Des ruisselets d'encre noire dégoulinèrent dans l'eau du bain.

Je respirai à fond et ordonnai à mon cœur de se calmer. J'avais trouvé un couteau, je glissai la lame sous la table d'harmonie. Toutefois, elle était solidement collée aux côtés et je ne trouvais pas de prise. Poussant un juron, je plongeai le couteau dans les ouïes et abattis mon poing sur le manche. La table se brisa en éclats. Le chevalet se cassa avec un bruit sec, les cordes pendillèrent tels des doigts disloqués. Horrifiée, je contemplai un moment l'instrument saccagé, puis j'attrapai la première page, la tirai vers l'ouïe et essayai de la sortir de l'alto sans la déchirer sur le bois fendu. Aussi concentrée qu'un chirurgien en salle d'opération, je parvins à l'extraire. Pendant une seconde, je tins la mince feuille sur mes genoux, puis la regardai.

Elle était blanche.

Je la retournai, la levai vers la lumière. Rien. Je soupirai. Julian avait sans doute posé une page vierge sur le dessus pour protéger son manuscrit. Je plongeai de nouveau mes doigts dans l'alto, en saisit une autre, la fit glisser par les ouïes. Mon cœur battant dans mes oreilles, j'examinai la page : blanche elle aussi.

Sans me préoccuper davantage de les conserver intactes, j'en arrachai tout un paquet. Sur chacune d'elles, je cherchai un mot restant, une faible trace d'encre. Blanche. Blanche. Je les jetai de côté. Les feuillets se dispersèrent dans la salle de bains, se mêlèrent à mes lettres à Anna. La pièce se remplit de papier, mais seuls existaient mes mots à moi.

Écartant rageusement l'âme de l'instrument, j'extirpai de plus en plus de pages. Toutes étaient vierges. Était-ce l'effet de l'air marin ? Julian avait-il introduit un exemplaire blanc dans l'alto ? Avais-je attendu trop longtemps et laissé l'encre pâlir ? Non. Je fermai les yeux. Julian était déjà mort. Ses mots avaient disparu avec lui. J'imaginai qu'au moment où il poussait son dernier soupir, les pages dans l'alto avaient blanchi, tout s'était effacé.

Margot ne comprendrait jamais. Elle croirait que c'était ma faute. Je lui avais volé la dernière conversation avec notre père.

Je n'avais pas accroché les stores pour le black-out. Assise dans la baignoire, je buvais et contemplais la lune. Une lune croissante. Une lune de théâtre. Une lune que j'avais vue à l'Opéra quand Anna chantait Chérubin, Violetta ou Lucia, me faisant pleurer à chaudes larmes d'émotion et de fierté et applaudir jusqu'à ce que mes paumes rougissent. L'eau du bain me brûlait la peau. Soulagée, je souris : j'avais besoin de cette douleur. À travers le brouillard de mon ivresse, j'entendis quelqu'un frapper à la porte, puis la voix de Mrs. Ellsworth.

« Miss Land ? Miss ? »

Fermant les yeux, je plongeai ma tête sous l'eau. Je regrettai qu'elle ne fût pas froide : comme cette dernière baignade dans la mer, elle aurait alors pu tout effacer dans mon esprit, le laissant aussi vide que le manuscrit de Julian.

L'eau n'était plus très chaude. Je regardais le papier peint qui se décollait et une traînée de pâte à dentifrice à côté du lavabo. De la condensation coulait sur la vitre.

L'eau tiède se refroidit complètement.

« Miss Land, veuillez avoir l'obligeance d'ouvrir la porte, dit Mr. Wrexham.

— Alice, appela Mrs. Ellsworth, laissez-moi entrer s'il vous plaît. »

Je ne bougeai pas. Je vidai la bouteille de champagne et replongeai encore une fois sous l'eau.

Les genoux repliés sous le menton, je frissonnais dans le bain glacé. Si seulement j'avais pu pleurer ! Cela m'aurait soulagée. Des coups sur la porte. La voix de Mr. Rivers.

« Alice, ouvrez cette porte immédiatement ou j'entre. »

Je ne réagis pas. Une clé tourna dans la serrure. La porte s'ouvrit, se referma.

« Alice, qu'y a-t-il, mon petit ? demanda Mr. Rivers. Que s'est-il passé ? »

Assise dans la baignoire, je levai les yeux vers lui. Des feuilles de copies carbone, jaunes comme un vieil os, parsemaient le sol, collaient aux vitres humides, flottaient dans l'eau avec mes lettres trempées. L'alto cassé gisait dans un coin. Je désignai la lettre de Margot posée sur le porte-savon. « Ils sont morts. Tous les deux. »

Mr. Rivers s'agenouilla à côté de la baignoire, je vis que ses yeux débordaient de larmes.

« Ne pleurez pas, dis-je. Comme j'en suis incapable, vous n'en avez pas le droit. »

Il déglutit. « D'accord. Je ne pleurerai pas. »

Il plongea la main dans l'eau et sursauta. « Mais elle est glacée. Sortez vite ou vous allez attraper froid. »

Je demeurai immobile, comme paralysée. Mr. Rivers m'observa une seconde, puis il se pencha, passa ses bras sous les miens, me souleva et me posa par terre. Je me tenais devant lui complètement nue sans essayer de me couvrir. Je tremblais de froid, le bout de mes seins arrondis comme des perles. Des pages froissées bruissèrent sous mes pieds. Je regardai Mr. Rivers dans les yeux, sa respiration s'accéléra. Il se baissa pour ramasser une serviette et me la tendit. Voyant que je ne la prenais pas, il se mit à me frictionner avec.

« Je suis profondément désolé », dit-il.

Je reculai de quelques pas.

« Non, arrêtez. Ne comprenez-vous pas, Daniel ? Ils sont tous morts. Tous ceux qui m'aimaient. Qui m'aimaient comme Anna. Ou comme… »

Le nom de Kit flotta, sans être prononcé, entre nous. Je dévisageai Mr. Rivers, le mettant au défi. Au défi de me regarder, de dire les mots espérés et de nous sauver tous deux. Il s'approcha de moi.

« Non, vous vous trompez. Il en reste un. »

Les cheveux humides, j'étais allongée sur son lit. C'était là que Daniel m'avait portée. La chambre était imprégnée de son odeur. Une carafe de vin rouge à moitié pleine était posée sur la coiffeuse à côté d'une photo de Kit qui le montrait enfant, en train de rire. Sa veste pendait au dos d'une chaise, le vent sifflait dans la cheminée vide. Il était couché tout habillé près de moi, à quelques centimètres de distance. Il s'inclina au-dessus de moi en marmonnant : « Je suis beaucoup, beaucoup trop vieux pour vous.

— Certainement, acquiesçai-je. C'est obscène. Quel âge avez-vous ? Soixante-quinze ans ? Cent ans ? »

Il rit d'un rire qui montait du fond de sa gorge. « Assez vieux pour savoir ce que je fais. » Il se pencha pour m'embrasser. « Alice. Elise. »

Secouant la tête, je l'en empêchai. « Non, dis-je, Elise n'existe plus. Pour vous, je suis Alice.

— D'accord, Alice, mais je vais vous embrasser quand même. »

Daniel était le deuxième homme que j'embrassais dans ma vie. Ses lèvres avaient le goût du sel et soudain je me rendis compte que je pleurais. Mes larmes poissaient son visage, me piquaient la bouche. Je me rappelai cette fête de Pâques d'il y avait longtemps et j'entendis Julian dire : « *L'homme qui a subi de dures épreuves et en connaît la fin se réveille tous les matins heureux de voir le soleil se lever.* » Mais les épreuves n'étaient pas terminées. Chagrin et plaisir m'envahirent à la fois. J'étouffais. Je savais que si Daniel cessait de m'embrasser, je n'existerais plus, tout comme le roman dans l'alto, mais il continua. Ses doigts descendirent de mes joues à mes seins et à la douce peau de mon ventre. Je déboutonnai sa chemise d'une main ferme et pressai mes lèvres contre sa toison grise. Je sentis ses lèvres sur ma cuisse, puis sa langue, aussi délicate que celle d'un serpent. Lorsqu'il écarta mes genoux, je haletai comme si j'avais couru. Il s'immergea dans mon corps. Nos membres, nos amours et nos vies s'enchevêtrèrent. Alors qu'il bougeait en moi, un sanglot se forma dans ma poitrine et je criai. Je m'effondrai et il me serra contre lui. J'étais comme neuve, tiède et nue. Blottie dans ses bras, je compris : je suis deux femmes et j'aime deux hommes. Elise aimera toujours Kit et Alice aime Daniel. Ce n'étaient ni la vie ni l'amour que j'avais attendus, mais c'était quand même de l'amour. Nous devions quitter Tyneford, toutefois nous ne partirions pas seuls.

26

Le roman dans l'alto

Je suis devenue Mrs. Rivers après tout. Alice Rivers. Notre photo de mariage trône sur ma coiffeuse à côté d'une photo de Kit et de moi prise l'été de nos fiançailles. Sur les deux, je parais heureuse.

J'ai peu de souvenirs de ce mariage. Il eut lieu avant notre départ de Tyneford. Comme je ne voulais pas de cérémonie religieuse, nous nous mariâmes à la mairie de Dorchester par une belle journée de décembre. Du givre aussi épais que de la neige tapissait le sol, des glaçons étincelaient aux branches des arbres. Je portais les perles d'Anna et Mrs. Ellsworth m'avait confectionné un bouquet avec des fleurs du jardin. Daniel et moi attendîmes dans un couloir au parquet recouvert de linoléum, en compagnie d'une multitude de soldats et de leurs fiancées. Nous n'avions invité personne. Un jeune lieutenant et sa future épouse nous servirent de témoins. J'ai oublié leurs noms. Nous prîmes notre repas de noces dans la cuisine de Tyneford. Wrexham tint à nous servir en gants blancs une omelette aux asperges en conserve et Mrs. Ellsworth se tamponna les yeux. Nous offrîmes du champagne aux auxiliaires. Je n'en bus pas : il me faisait penser à Anna.

Seul point noir : Margot. Elle n'avait pas réagi à mon télégramme. Elle devait m'en vouloir pour le manuscrit effacé. Les trois années suivantes, je lui envoyai de longues lettres et des cadeaux pour le bébé, la suppliant de comprendre. Pas de réponse. Après la guerre, mes lettres me furent renvoyées avec la mention « Inconnue à cette adresse » et je n'écrivis plus.

Au fil des ans, j'ai eu tout le loisir de réfléchir au fossé qui s'était creusé entre nous. Je crus d'abord qu'elle était fâchée et incapable de me pardonner. Quand nous cessâmes de correspondre, chacune sortit de la vie de l'autre. Notre conversation s'était tue et, au bout d'un certain temps, nous ne savions plus comment la reprendre. Mais ce silence n'avait-il pas une autre raison encore ? Nous avions presque entièrement abandonné nos anciennes vies. J'étais devenue Alice et je suppose que Margot avait opéré un changement similaire. Nous étions l'une pour l'autre le seul lien que nous avions avec notre famille perdue, et il était plus facile d'oublier, d'envelopper le passé de silence et de nous occuper du présent. Je pensais souvent à elle, surtout quand je mangeais une de ses crèmes préférées ou écoutais le concerto pour alto de Berlioz. Puis, en vieillissant, je pensai de plus en plus à ma nièce Juliana.

J'avais toujours espéré qu'on nous permettrait de retourner à Tyneford. On nous en donna l'autorisation une seule et unique fois. Le ministre de la

Défense décida que l'armée avait absolument besoin du secteur pour l'entraînement des troupes et nous informa que nous étions dans l'obligation de leur vendre la totalité du domaine. Tyneford n'appartiendrait plus à la famille Rivers, il n'en porterait même plus le nom. Nous y allâmes un après-midi, au début du mois de mars 1963. Il soufflait un léger vent d'est et la bruine nous cachait la baie. J'étais contente qu'il pleuve. Je ne sais si j'aurais supporté de voir le manoir sous un soleil éclatant. Nous nous garâmes au bas de la route, à présent gravillonnée, et parcourûmes le dernier kilomètre jusqu'au village à pied.

D'abord, je ne vis pas les maisons : gagnant du terrain, les arbres les avaient enserrées dans une verdure printanière comme pour les entraîner au cœur de la forêt. Tout était vert – la mousse accrochée aux arbres, les taches claires de lichen sur les troncs, l'ombre du feuillage sur la pierre. En nous approchant, nous constatâmes que les toits s'étaient effondrés, le bois des premiers étages avait pourri, de sorte que les cheminées saillaient à mi-hauteur des murs sur lesquels rampait du lierre. Des myosotis tremblaient entre les dalles. Les murs étaient criblés de balles dont certaines avaient rouillé et, sous l'effet de la pluie, laissé des traînées brunâtres.

Du village, nous marchâmes jusqu'à la maison. Les militaires avaient démoli l'aile Tudor quelques années plus tôt. Elle se dressait, à moitié nue, ses poutres exposées au jour semblables à des côtes. Nous pénétrâmes avec précaution dans le bâtiment. Les portes avaient été enlevées depuis longtemps. Dans le vestibule à ciel ouvert, le sol de pierre était trempé de pluie : des GI's avaient arraché le parquet et l'avaient expédié aux

États-Unis. Le salon empestait le renard. L'un d'eux avait élu domicile dans la grande cheminée. Il ne nous avait pas remarqués et continuait à dormir, sa queue écarlate dépassant des chenets abandonnés.

Main dans la main, Daniel et moi sortîmes sur la terrasse et regardâmes l'espace où se trouvait le jardin autrefois. Il n'en restait que les marches qui menaient en bas, sur la pelouse redevenue prairie. Des mauvaises herbes envahissaient les plates-bandes de lavande et de thym. Le soleil apparut de derrière un nuage et jeta une lumière aqueuse sur la vallée, révélant un trésor de jonquilles dorées et l'éclair rouge de l'aile d'un milan. Le chant d'une fauvette rompit le silence. Dans un pâle rayon de soleil, j'entrevis des touffes de primevères crémeuses dispersées sur le sentier de Flower's Barrow.

Nous descendîmes à Worbarrow Bay sans parler, cherchant des yeux la chaumière de Burt. Elle s'était effondrée, ses pierres avaient été emportées par les vagues. Il n'en restait plus qu'un tas de cailloux blancs et bruns. Pas un bateau dans la baie, mais des mouettes criaient et un cormoran noir, posé sur l'eau, pêchait. Alors que le soleil plongeait dans la mer et que le crépuscule tombait sur les collines, nous quittâmes la plage, conscients d'avoir troublé sa quiétude. Les êtres humains n'avaient plus leur place ici.

Je ne retournai chez moi que plus tard, à l'automne 1984. Debout dans l'agitation d'une gare de Vienne, la Westbahnof, nous nous faisions bousculer par des valises et des gens qui se disaient adieu. Daniel prit ma main. « Ça va, chérie ? Veux-tu que j'aille te chercher de l'eau ? »

Je secouai la tête et m'accrochai à son bras. Je regardai l'horloge. Onze heures cinquante-neuf. Le train arriverait dans une minute – au moins en Autriche, ils étaient à l'heure. Je n'aurais pas supporté une minute de retard. Mon cœur battait à mes tempes, je m'efforçai de respirer normalement. Je resserrai mon étreinte sur la poignée de l'étui d'alto. Midi. Le train s'arrêta en grinçant le long du quai. Des portières s'ouvrirent, des voyageurs chargés de bagages affluèrent. Me haussant sur la pointe des pieds, je scrutai la foule à la recherche d'une fille mince et blonde, certainement vêtue avec élégance. Je me tournais de tous les côtés, mais je ne la voyais pas. Quand le flot s'éclaircit, je refoulai un sanglot. Comment pouvait-elle avoir raté son train ? Comment pouvait-elle me faire ça ?

« Elise. »

Je pivotai sur mes talons. Devant moi se tenait non pas une fille de vingt ans, mais une femme aux cheveux blancs. Elle avait toutefois les mêmes yeux verts qu'autrefois. Elle sourit, je me jetai dans ses bras, l'étui d'alto en sandwich entre nous.

« Margot, Margot », fut tout ce que je parvins à dire pendant une ou deux minutes. « J'avais oublié. Il y a si longtemps. Je cherchais une jeune fille. »

Margot eut un rire bref. « Tu vas me faire regretter de ne pas m'être teint les cheveux. » Elle m'examina comme autrefois, la tête penchée sur le côté. « Tu n'as pas changé. »

Je rougis comme si j'avais encore dix-neuf ans. « Il m'est arrivé d'être plus mince entre-temps. »

Margot rit. « Je ne parlais pas de ça. »

Il y avait tant de choses à dire, tant de choses qui n'avaient pas été dites depuis si longtemps que nous eûmes recours à un échange de futilités. J'admirai sa broche, elle déclara aimer ma bague. Nous parlions anglais et je m'étonnais des fascinantes voyelles de son accent américain. Nos maris avaient fait connaissance. Ils s'entretenaient du temps et des inconvénients des voyages à l'étranger.

« C'est l'alto ? » demanda Margot au bout d'un moment.

Je hochai la tête, la bouche sèche. « Oui, je l'ai fait réparer et remonter. »

Je le lui tendis et elle le prit sans rien dire. Un silence tomba soudain sur la gare comme si on en avait étouffé le vacarme et que Margot et moi étions seules sur le quai douze.

De l'extérieur, l'Opéra n'avait pas l'air d'avoir beaucoup changé, un îlot de lumière au milieu de la Ringstrasse. Des hommes en smoking et des femmes en robe longue gravissaient les marches vers la colonnade. Une rangée de lanternes brillait au-dessus des statues de bronze de la loggia du premier étage, les entourant d'un nimbe. Au-dessus de nous, deux chevaux ailés ruaient, leurs têtes rejetées en arrière, leur crinière métallique flottant au vent. Daniel et moi nous frayâmes un chemin dans la foule. Autour de moi bourdonnait le bavardage autrefois si familier. L'air vibrait de l'excitation des soirs de premières. J'étais venue si souvent ici avec Julian, Margot et les trois tantes. Greta se demandait avec anxiété si elle avait oublié ses jumelles, ce qui l'empêcherait d'espionner ses amis (elle aimait faire à Anna un rapport détaillé de la réaction du public ; elle notait et divulguait le moindre bâillement au balcon). Gerda nous pressait et se prenait les pieds dans la traîne de sa jupe démodée. N'imaginant que trop bien la nervosité de sa mère, la pauvre Margot était silencieuse et un peu pâle. N'étant pas musiciens et n'ayant jamais connu le trac, Julian et moi rayonnions de fierté. Anna allait chanter ! Notre Anna. Mais tout cela remontait à des années. Anna n'avait pas chanté ici depuis longtemps. Je regardai les têtes grises ou blanches dans la foule, me demandant si l'une de ces personnes se souvenait d'elle.

Daniel et moi attendîmes au frais dans la loggia. Pendant qu'il admirait les merveilleuses fresques de *La Flûte enchantée*, j'écoutais le concert de klaxons qui s'élevait de la rue. Nous étions ici deux étrangers. Mon chez-moi, c'était la Vienne de 1938, et non cette bruyante ville moderne. Heureusement, je parlais anglais, ce qui m'évitait d'avoir recours à mon allemand de musée et d'ainsi subir le dédain des garçons de café et des maîtres d'hôtel. Daniel perçut mes hésitations et c'est lui qui donna l'adresse de l'hôtel au chauffeur de taxi et commanda nos *Linzertortes* et nos cafés. Je pouvais jouer à la touriste britannique, une Anglaise tout juste capable de bredouiller et de sourire, aussi ignare que ses compatriotes.

J'observai la foule et finis par repérer Margot et Robert. Ils s'approchèrent de nous. Les hommes échangèrent des politesses tandis que j'observais Margot et remarquais qu'elle était silencieuse et un peu pâle. Son regard croisa le mien et elle sourit. La sonnerie retentit et nous nous retrouvâmes tous les quatre à nos places. Je tremblais, Daniel me pressa la main. Ce n'était pas un Opéra, mais un palais, une cathédrale dédiée à la musique – des pourpres, des ors, un ruissellement de lumières. Le public applaudit, puis se tut. Je m'agitai dans mon fauteuil et m'éventai avec mon programme. Je crus presque entendre Greta émettre des petits bruits désapprobateurs. Les lumières baissèrent et la salle se remplit de visages familiers. Là, dans une première loge, se trouvaient Herr Finkelstein encore ravi d'être pris pour le Baron chauve et Frau Goldschmidt qui transpirait dans ses fourrures, mais qui, inquiète de leur sort, refusait de les laisser au vestiaire. Enfin, il y avait Julian, penché en avant sur son siège, tout ouïe et si tendu qu'on aurait dit qu'il respirait à peine. Nous applaudîmes le chef d'orchestre, puis le petit Jan Tibor apparut sur la scène. Sauf qu'il n'était plus le petit Jan. Ce n'était pas un fantôme mais un homme frêle, aux cheveux blancs, doté de cette autorité propre aux dictateurs, aux dompteurs de lions et aux chefs d'orchestre. Il fait signe à la soliste d'avancer, et voici Anna. Elle n'a pas changé du tout depuis que je l'ai vue pour la dernière fois. C'est une belle femme de quarante-cinq ans, mais elle tient un alto. Ce n'est pas Anna, c'est ma nièce Juliana.

Je jette un coup d'œil au programme ouvert sur mes genoux.

Première mondiale
Le Roman dans l'alto
Concerto en ré *mineur pour alto et orchestre*
Compositeur : Jan Tibor
Chef d'orchestre : Jan Tibor
Alto : Juliana Miller

Cette musique appartient à ma famille. Le petit Jan Tibor qui offrait de la laitue à la tortue et donnait des concerts chez mes tantes, qui faisait chanter et gémir de plaisir le piano d'Anna, a composé cette œuvre pour nous. Je respire avec l'orchestre et le monde s'arrête au lever, puis la baguette frappe et le son monte en tourbillons. Les vagues vertes et bleues des cordes tournoient et s'envolent. Une flûte aussi claire qu'une source se mêle au flot des violoncelles. Alors survient l'alto de Juliana, grave, tendre, exquis comme un nectar. Sa musique emplit mes oreilles et mes poumons. L'*allegro* devient valse, je danse au bal de l'Opéra avec Kit, Anna chante, je suis étourdie par le champagne et l'on entend un bruit de verre brisé. Jan dirige l'orchestre avec fougue, il lui arrache des volutes de sons riches en couleurs. L'archet de Juliana grimpe et grimpe puis, au bord du précipice, Jan retient ses musiciens d'un discret mouvement du doigt, il apaise les cordes en un *diminuendo* proche du soupir.

Et voici le mouvement lent. L'auditoire attend, c'est ce qu'il est venu entendre. Juliana échange son Stradivarius contre un petit alto en bois de rose. Le public étudie cet instrument de violoneux, les sourcils froncés. Ne conviendrait-il pas mieux à une salle de classe ou à un couloir de métro qu'au Grand Opéra de Vienne ? Jan lève sa baguette, l'abat. Commence une étrange et sourde mélodie, le chant d'une page blanche.

Je prends la main de ma sœur dans la mienne et j'écoute ma nièce extraire de la musique de ses cordes. Elle parle du roman dans l'alto et de son contenu effacé. Je suis seule à savoir que les pages du roman ne sont plus blanches, que je les ai séchées avant de les sceller à nouveau, que je les ai remplies de ma propre histoire. Elles sont couvertes de mots et le manuscrit est devenu un palimpseste. Ce soir, après le concert, j'écrirai la dernière page et je la glisserai dans l'alto.

Quelque part les aiguilles d'une horloge tournent à l'envers, minuit n'a pas encore sonné. Juliana continue à jouer et toutes les époques se mélangent. Burt pêche avec son *Lugger* à l'aube, sur le Danube, Mrs. Ellsworth et Hildegard préparent ensemble une terrine de gibier dans la petite cuisine de notre ancien appartement. Quant à moi, j'aime toujours deux hommes.

Cette nuit je rêverai de Tyneford House. Dans mon sommeil, je verrai le manoir tel qu'il était en ce premier été. Les églantines autour de la porte de service. Le cheval dans la cour qui grince des dents. L'odeur du magnolia et des embruns. Alors je me réveillerai à l'intérieur de mon rêve. Me revoici Elise. Alice se repose et tout le monde est en vie. J'ai les mains douces et blanches, sans taches brunes. Debout sur la pelouse, j'écoute l'appel de la mer, le heurt des vagues contre les voiliers de la baie. Je cours vers la plage. Mes pieds s'enfoncent dans les galets, l'eau frappe le rivage. Le soleil brille et il y a un garçon sur la grève. Presque un homme. Un Anglais. Ses pieds baignent dans l'écume. Il m'attend là, il sourit toujours, il s'apprête à m'embrasser. J'ai un goût salé sur la langue. Un goût de larmes et de longue traversée. Et par-dessus tout cela, j'entends gronder la mer.

Concerto en ré mineur

mois pour partir. Supposant qu'ils seraient de retour après Noël, la plupart des habitants plantèrent leur potager. Churchill, en tout cas, leur promit qu'on leur restituerait leurs foyers à la fin de la guerre. Avant de s'en aller, ils fixèrent sur la porte de l'église un mot à l'intention des soldats : « Veuillez prendre soin de l'église et des maisons. Afin d'aider à gagner cette guerre menée pour la liberté, nous avons renoncé à nos foyers où beaucoup d'entre nous ont vécu pendant des générations. Un jour, nous reviendrons. Merci de traiter notre village avec égards. »

Ne tenant aucun compte de cette requête, les militaires (britanniques et américains) utilisèrent les chaumières comme cibles pour leurs exercices, détruisirent les murs avec des obus et tirèrent dans les fenêtres. Ils abattirent les vieux tilleuls de l'allée et provoquèrent un incendie dans la partie ouest de l'aile médiévale. Pire encore : à la fin de la guerre, Churchill revint sur sa promesse. Au lieu d'être rendu à ses habitants, le village fut définitivement réquisitionné. Les villageois ne revinrent pas et les maisons s'effondrèrent. Le manoir élisabéthain fut partiellement démoli dans les années 1960. Et reste situé sur un terrain militaire.

Tyneham est devenu un village fantôme. L'armée permet d'en visiter certaines parties durant l'année. L'endroit est étrange, mélancolique ; il me hante depuis mon enfance. J'ai toujours voulu le ramener à la vie, ne fût-ce qu'en imagination, et le montrer tel qu'il a peut-être été. Si un grand nombre de lieux mentionnés existent, les habitants de Tyneford relèvent de la fiction, bien que je doive à Lilian Bond une description élégiaque de son enfance dans le manoir.

Malgré sa triste histoire, Tyneham est un endroit unique. Nombre de villages de la côte du Dorset ont cédé à la modernité. La campagne autour de Tyneham, elle, n'a pas changé. Elle n'a jamais connu de culture intensive, même lorsque le gouvernement préconisait de « labourer pour la Grande-Bretagne », ni après. C'est encore un paysage des années 1940, avec de petits champs enclos de haies. Les chaumières sont en ruine, mais, d'une certaine façon, l'occupation militaire a préservé autant qu'elle a détruit. Par un humide après-midi d'août, j'ai aperçu un faucon pèlerin, un rossignol et d'innombrables fleurs sauvages. La nature a repris ses droits sur ce territoire abandonné par l'homme.

Elise Landau m'a été inspirée par ma grand-tante Gabi Landau qui a réussi à fuir l'Europe en devenant « aide maternelle » dans une famille anglaise à la fin des années 1930. Beaucoup de réfugiées, surtout des jeunes filles issues de familles bourgeoises aisées, s'échappèrent ainsi grâce à un « visa d'employée de maison », échangeant une vie douillette contre la dure existence des domestiques anglaises. Comme Elise, Gabi souffrit beaucoup d'être coupée de son pays et séparée de sa sœur Gerda qui avait émigré aux États-Unis. Les deux femmes ne se revirent qu'au bout de trente ans et, lors de leurs retrouvailles sur les quais du port de Liverpool, elles ne se reconnurent pas.

Natasha Solomons
dans Le Livre de Poche

Jack Rosenblum rêve en anglais　　　　　　n° 32422

Depuis qu'il a débarqué en Angleterre en 1937, Jack Rosenblum s'emploie à devenir un véritable gentleman britannique. Durant quinze ans, il a rédigé un guide exhaustif des us et coutumes de son pays d'adoption : il sait où acheter la marmelade, écoute tous les jours le bulletin météo de la BBC et ne parle plus allemand que pour proférer des jurons.
　　Malgré toute sa bonne volonté, son désir se heurte à la force d'inertie de son épouse, Sadie, qui refuse obstinément d'oublier le monde juif allemand qui était le leur. Jack est pourtant persuadé d'avoir trouvé sa patrie. Il ne lui reste d'ailleurs plus qu'une épreuve à surmonter pour réaliser son rêve : devenir membre d'un club de golf à Londres. On ne veut pas de lui ? Qu'à cela ne tienne, il quittera la capitale pour s'installer à la campagne et entreprendra de construire son propre green…

Composition réalisée par NORD COMPO

Achevé d'imprimer en mars 2014 en France par
CPI BRODARD ET TAUPIN
La Flèche (Sarthe)
N° d'impression : 3004803
Dépôt légal 1re publication : avril 2014
LIBRAIRIE GÉNÉRALE FRANÇAISE
31, rue de Fleurus – 75278 Paris Cedex 06

PAPIER À BASE DE
FIBRES CERTIFIÉES

Notre engagement écologique
www.livredepoche-durable.fr

30 g éq. CO₂

31/7499/2